1

天空的城

The city of the sky

超级大坦克
科比
—— 著 ——

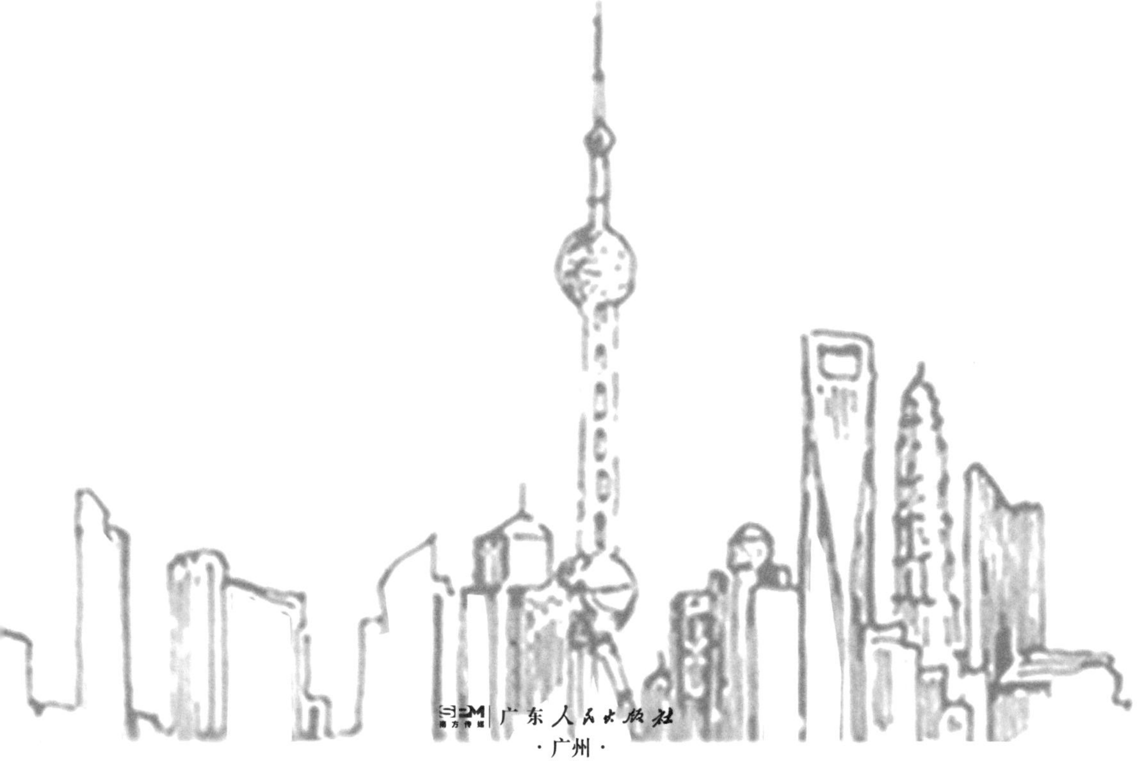

SPM 南方传媒 | 广东人民出版社
·广州·

图书在版编目（CIP）数据

天空的城．1 / 超级大坦克科比著．—广州：广东人民出版社，2017．1（2023.8重印）

ISBN 978-7-218-11368-5

Ⅰ．①天…　Ⅱ．①超…　Ⅲ．①言情小说－中国－当代　Ⅳ．①I247.5

中国版本图书馆CIP数据核字（2016）第260823号

Tiankong De Cheng 1

天空的城1　　超级大坦克科比　著

出 版 人：肖风华

责任编辑：温玲玲

装帧设计：友间文化

责任技编：吴彦斌　周星奎

出版发行：广东人民出版社

地　　址：广州市大沙头四马路10号（邮政编码：510199）

电　　话：（020）85716809（总编室）

传　　真：（020）83289585

网　　址：http://www. gdpph. com

印　　刷：广东鹏腾宇文化创新有限公司

开　　本：787mm×1092mm　1/16

印　　张：22.5

字　　数：330千

版　　次：2017年1月第1版

印　　次：2023年8月第13次印刷

定　　价：48.00元

自序 Preface

《天空的城》写于2014年的春节，二月末正式在网络平台上发表。时隔两年我仍记得，开始写下第一个字的那个下午，扬州的天气不是很好，零零碎碎地下了一点雪后，天空便阴暗得不行，空气里都是潮湿的味道……

点上一支烟，站在窗户边，看着外面被泥水弄得脏兮兮的世界，我第一次问自己，有没有那么一座城市，它不会下雨，也能滋润着万物生长；没有阳光，却也没有阴暗的地方；不必每天心灵鸡汤，生活在里面的人们却个个拥有信仰？

实际上是没有的，但是我的大脑里却因此第一次有了“天空的城”的影子。

它第一次出现在书中，是在男主角昭阳烂醉如泥后，他举着从香烟盒上撕下来的透明薄膜，酸涩地看着被阳光弄得很刺眼的天空，他觉得自己看到了一座晶莹剔透的城池，城池里面住着一个他中意的姑娘，他最喜欢姑娘那一头垂肩的长发……

书中的昭阳，在他人生最好的时光里，做了很多没有出息的事情。他爱泡夜店、私生活放荡，接受过高等教育，却出口成脏，俨然就是个小垃圾，至少在女主角米彩眼中是这样的。

同时，他也是可怜的，他爱过一个叫简薇的女人，可这段原本刻骨铭心的爱情却在对方去美国留学之后而不了了之。他和简薇终究有阶层上的差距，出身寒门的他爱不起简薇这个千金小姐，所以分手后，他连一个分手的理由都不敢要，看似洒脱，却无比自卑。

这是他糜烂的开始。就像我们大部分人，一言不合就和自己的人生狠狠翻了脸，开始堕落，开始迷茫，渐渐找不到方向，然后在很低级的孤独感中虚度了一天又一天。

可我们终究会被拯救，就像书中的昭阳……只是在这本书完结了的一年后，我仍在思考：拯救昭阳的到底是那个叫做米彩的女人，还是他本身蔫而不坏的性格呢？或者，是被他当成信仰的那座干净透明的城池？

……

有人说，一个作者创作的角色中，多少会掺杂着自己的影子，所以在此书在网络上发表后，很多读者也有这样的疑惑，我是否可以等同于书中的昭阳？

其实，何止是我，每个人的心里都会住着一个昭阳，我们一边希望游戏人生，一边又被现实生活弄得哭哭啼啼。

所以我一直认为，拥有幻想是上天赐给我们最好的礼物。因为它会在我们快要绝望的时候给予我们很多希望。

我曾经幻想过，在乡下买一块地，挖一个鱼塘，每天什么事情都不用干，养鸡养鸭就可以了，还有一条会给我端茶送饭的狗。

之所以这么不靠谱地想了这些，是因为那时候最绝望。

在大学毕业后的四年，我的人生大体只有落，没有起。在那段灰色的日子里，我觉得生活中充满了克服不了的障碍。工作如此，感情也是如此，甚至最不应该出现问题的亲情也是如此。

现在回想起来，正是因为这些障碍让我学会了思考，也让我学会了用一种不叛逆的方式去解决那些曾经觉得难以克服的障碍。

如今，我年近而立，再过一个月就是自己的生日，《天空的城》能够在这个时候出版，我觉得是给自己前30年的一个嘉奖，也是一个阶段性的总结。因为曾经的那个愤怒青年，也在他30岁的时候，用理性的方式找到了另一种人生轨迹之外的生活，并为之享受。

那么对我来说，写作就是心中的天空之城。

其实，没有所谓的天空之城，它只是我们追求理想生活的一种方式罢了。

说起理想的生活方式，除了能将写作延续下去，我也还有另外那么一点小期许。

我希望在不久的将来，能在自己城市的某个巷子里开一个小酒馆，上午不营业，只在下午和夜晚开张。而它存在的意义，并不纯粹为了赚钱，它更像是一个心灵驿站，我希望在这里遇到形形色色的人，他们喝下我的酒，留下自己的故事……而我不仅是酒馆的老板，也是心灵的搬运工，将每一个人的心情和过往，以文字的形式，分享给更多向往远方却受困于现实的人们。就像，书中昭阳在本书后半部分和朋友们一起做的“文艺之路”，也正是这个情节，让昭阳的人生价值得以实现……

在此之后，昭阳便很少再去提及那座天空之城。那么，从这个角度来看，天空之城又是一个人从青涩走向成熟的一条必经之路。

总之，不管怎么理解，这座天空之城代表的都是一种积极向上的人生态度，会给人以生活动力。所以，这才是我创作这本书的初衷，我希望大家能够在我的文字里看到希望，看到生活的乐趣。

最后，感谢幻想、感谢青春、感谢思考、感谢愤怒，感谢生命中那些善良的姑娘、感谢所有支持过我的读者和编辑。

祝愿大家，都能找到自己心中的那座城池！

二〇一六年十月

目录

第1章 怀了你的孩子

这是一个下雨的傍晚，冷风卷着落叶肆虐着这座城市，我和乐瑶撑着伞站在市妇幼医院的门口，在人潮涌动中，她面色带着些许苍白看着我。

“昭阳，我怀孕了。”

我愣了一愣，随即瞪着眼说道：“找让你怀孕的人去啊，你打电话约我出来做什么？”

“我这一年就和你一个男人上过床，我不找你找谁？”

“我说我这一年就睡过你一个女人，你信吗？”

“昭阳，你算男人吗？”

“大家都是出来玩的，你别摊上这种事儿就赖上我。你想我负责，就拿点儿实际的东西出来，别和我玩空口无凭，谁愿意稀里糊涂地喜当爹？”

乐瑶沉默了一会儿对我说道：“孩子已经拿掉了，哪里还有什么凭证!”

我有些火大：“你是不是觉得我像凯子啊？你孩子拿掉了，然后……”我抬起手，又倍感无语，道：“然后，再和我说孩子是我昭阳的，是你假天真还是我真傻？……乐瑶，咱们都是成年人了，能做点体面的事情吗？”

乐瑶咬着嘴唇看着我，半晌说道：“你不愿意负责是吧，明天我去你们公司……”

我粗暴地打断了她：“我靠……你至于么！”

我和她是在酒吧认识的，然后发生了一夜情，一个经常泡吧的女人，说一年就和我一个男人发生过关系，我要信她，我就是一蠢货。

我不想再和她纠缠，掏出钱包，将里面的一百元的整钞全部抽出来递给了她："你不就是要钱么，拿着，以后别来烦我了！"

乐瑶没有言语也没有再和我纠缠，点了点头转身撑着伞向医院走去，好似还有什么欠着的费用没有交完……

看着雨中她孤单的背影，我心中忽然有一种说不出的情绪，虽然我不相信她肚子里的孩子是我的，虽然我很厌烦她，但又感觉她现在的日子一定不太好过，否则也不会这么讹上我。

我沉默半晌，终于喊住了她："等等……"

乐瑶回头看着我。

我从钱包里抽出一张银行卡递给她："这张卡能透支些钱，你刚做完手术，自己买点东西补补身子。"

乐瑶却没有接："……不用了，看到你愿意负责，就是我的目的，找你是因为我不想稀里糊涂地被人睡了，又稀里糊涂地怀孕！"

酒吧里，我一边喝闷酒，一边等待在这座城市唯一交心的朋友兼同事方圆。

从来这间酒吧的第一天起，我便见过太多寂寞的女人、空虚的男人在这里喝着各种各样的酒，或沉默，或眼眸中充满欲望地寻找着一个叫"醉生梦死"的东西。

事实上，当抛却白天的肉身，让灵魂迷失在这片灯红酒绿中时，我们就已经醉生梦死了。

忘了从哪天的夜晚开始，我把这里当作安身立命的地方。我喜欢这里扭动着腰肢的女人们，喜欢摇晃的灯光，喜欢各种颜色的酒水，喜欢香水混合着烟草的味道，喜欢这里的醉生梦死，然后在醉生梦死中，将狼藉的过去刻成墓碑。

点上一支烟，抽下烟盒上的薄膜，覆在眼前，看着摇曳的灯光，身子也跟着晃晃悠悠，在被薄膜折射的灯光中，我好似看到一种得过且过的糜烂！

方圆抽掉我手中的薄膜，我的世界又忽然清晰了起来。

"这么急吼吼地找我有什么事儿？"方圆放下手中的公文包，从我的烟盒里抽出一支烟给自己点燃。

"借点钱，我被人讹了！"

“又把人家姑娘的肚子弄大了？”方圆见怪不怪。

“又你大爷啊！这次真是被讹了……”

“这次又谁讹你的？”

“你问那么多废话做什么？”

“我每次都几千几千地借你，你至少让我知道，我的钱都被谁给讹了吧？”

“乐瑶。”我怒火难消地点上一支烟说道。

“那个平面模特儿？”

“可不就她吗，贵圈贼乱，她说一年就被我一个男人睡过，你信吗？方圆，这事儿要搁你身上，你能相信吗？”我因为激动手指将桌子敲得“啪啪”作响。

“这种事儿就不可能发生在我身上，再说她不至于坑你这几千块钱吧，上个月咱们百货公司的宣传海报可全是她拍的，光酬劳就一万多……”

我嗤之以鼻地打断方圆，说道：“你也不看看她平时是什么消费，一万多块钱能架得住她用一个月吗，这会儿和别人玩出事，没钱善后了，又想到我了……我也是贱出品格来了，当初就不该好心把她介绍给咱们公司，钱没给她少赚，现在还反过来坑我，还有点业界良心嘛！”

方圆却不理会我的愤怒，压低声音问：“你睡她时带那玩意儿了吗？”

我回想了半天，只记得当时喝得快断片儿了，带没带套真是想不起来，半晌说道：“带了……要不能说被坑了嘛！”

方圆狐疑地看了我一眼，许久才叹息对我说：“昭阳，咱们快十年的朋友了，有时候真想劝劝你，我知道简薇和你分手，对你打击很大，可这都两年过去了，你真没必要这么作践自己……青春不等人，好好找个女朋友踏实下来，行吗？”

当简薇这个名字再次被人提起，我下意识地愣了愣才说：“别操我的闲心了，哥们儿过得挺好！”

“不缺烦恼！是吧？”

方圆开导了我半天，我不耐烦地应付了半天，最后他留下一句“烂泥扶不上墙”后，带着不满拂袖离去，却忘记了我和他借钱的事儿。

好在混迹于酒吧两年，也时常带些朋友来酒吧消费，和酒吧老板还算熟，这次喝酒的消费暂时记在了账上。

走出酒吧，撑着雨伞走在被雨水淋湿的街头，我真切地体会到什么叫孑然一身，我在这座城市奋斗了两年，收获的却是无尽的空虚和孤独，为了摆脱这种毒药似的空虚和孤独，我不得不戴上一张掩饰羞耻的面具活着，有了这张面具，我可以心安理得地活在放任自流中。

可是无论我怎么挣扎在痛苦的边缘，她也不会再回来了！

在怅然若失中走了好几站的路，我回到了自己住的小区，这是一个陈旧的小区，陈旧得连个物业都没有。来的第一年，听小区里的大妈们说，这个小区建于上个世纪90年代初，在漫长岁月的侵蚀下，小区里的每栋楼看上去都那么破旧，却一栋紧挨着一栋，生怕自己孤独似的，于是好像每栋楼又有了生命，这让我觉得：夜深人静时，它们也会说上几句悄悄话，排遣数十年的寂寞。

叼着烟，从口袋里拿出钥匙，我向自己住的那栋楼走去。这栋楼是小区里唯一一栋有爬山虎的楼，每年的夏天，朝南的墙壁都会很绿，如果这些楼也有性别之分的话，那么这栋楼无疑是个女人，一个冷漠的女人。

让我意外的是：这栋破旧的楼下停了一辆红色的奥迪Q7，在我印象里，在这里住了两年，这个小区里好似就没有出现过超50万级别的车。

没有多想，我吹着口哨，顺着楼道向自己住的屋子走去，到达顶楼时，却吃惊地发现屋子的门竟然是虚掩的，记得走的时候明明是锁好门的，下意识以为家里来了贼，定了定神才想起自己已经两个月没给房东老李交房租了，多半是老李来催租的。

推开门，房东老李和一个陌生的女人坐在沙发上，茶几上摆了一串奥迪Q7的车钥匙，无疑楼下停着的那辆Q7是这个陌生姑娘的。

随之一个疑问闪现在我的脑中：老李这个市井小民竟然带着这么一个高贵如白百合般的姑娘出现在这个简陋的屋子里，这实在让我很是不解！

第2章 开Q7的女人

我再次打量这个女人，她坐姿端正，微卷的长发垂肩，皮肤白皙，身材苗条，嘴角上扬，有一种自信的锐气，总之她是一个不折不扣的美女，只看到她的第一眼，我好似觉得这个世界没有什么是不能被原谅的！

老李向我招手："昭阳，过来和你说点事儿。"

"房租的事儿吧，下个月发了工资，我一起交，成吗？"我带着做作的笑容说道，毕竟拖了老李这么久的房租。

"是房子的事情……呃……这个房子已经被这个姑娘给买了。"

"你把这个房子给卖了？！是哪个二傻愿意买你这套经不住地震晃两下的破房子！"我看着女人咋呼着，在面临无家可归的危机时，我可顾不上她的高雅和漂亮，先愤怒了再说！

老李尴尬地看着皱着眉的女人，许久才对我说道："你今天晚上搬出去吧，前面几个月的房租，我也不和你要了！"

"老李，你怎么年纪越大，活得越像个孙子呢？……你就算要卖房，也提前通知我一声吧，这下雨天的你让我到哪儿去找新房？"

"先找个酒店住一下嘛。"老李丝毫不在意我的感受说道。

"你连房子产权都没了，别和我说话！"我呛了老李一句，又对陌生的女人说道："房子现在是你的了，我继续和你租成吗？"

女人摇了摇头："我买了是自己住的，没有租的打算。"

我顿时就不淡定了："姑娘，你没事儿吧！你开着上百万的豪车，来住这个破房子！……你是存心和我过不去的吧，还是我以前在哪儿得罪过你？”

女人没有理会我的愤怒，语气平静地说：“给你一个小时的时间搬出去……”

她话没说完，我便打断：“不搬……你见过招呼都不提前打一声，就让搬出去的吗？”说完也紧挨着女人往沙发上一坐，女人本能地向另一边移了移。

我点上一支烟，扫视这套陈旧的屋子，心中溢出失落感。两年前，我来到苏州就一直住在这里，在这间屋子里，我度过了人生中最难挨的一段时光。

在这里，我和客厅的座钟哭诉过，和卧室里的那盏陈旧的落地灯彻夜倾诉过，这里的每一个物件，都好似我共患难过的至交好友！离开这里，便意味着丢掉了活着的寄托。

从我口中弥漫而出的烟雾让女人厌烦地从沙发上站了起来，走到了另一侧。

我愈发觉得自己够衰，好似坏事儿商量好了似的全在今天撞上我，找我的不痛快。

片刻后，老李对僵持着的我们说：“我家里面还有点事儿，房子的事情你俩慢慢商量吧……”说完不等回应，好似丢掉了一个烫手的山芋，脚底一抹油，踩着滑轮似的，提着包就向门外走去。

屋子里只剩下我和女人。

窗外，大风伙同冷雨开始肆虐起来，这样恶劣的天气更让我不愿意搬出去，便决定坐着和这个女人死耗，反正我穷得就剩时间了。

无聊了一会儿之后，我开始和她搭话：“姑娘，敢问尊姓大名？”

她一脸严肃地回应我：“重要吗？”

“当然重要，我得知道是哪路神仙，敢在这个冷雨夜把我搞得无家可归！”

她没有理会我言语间的讽刺和威胁，依旧冷言回应道：“你现在只剩下40分钟的时间了，40分钟后你不搬，我报警。”

我刚准备发作，电话响了起来，我瞪着眼冲女人皱了皱眉，才从口袋里拿出手机，看了看号码是乐瑶打来的，又是一个让我烦躁的女人！

我不耐烦地接通电话：“又怎么了，不是给过你钱了吗？”

乐瑶沉默了一下才有些吞吞吐吐地说："昭阳，明天是周末……你能不能陪我去医院做个复查？"

"你肚子里怀的是我的吗？你不能找朋友陪吗？你当我很闲，是吗？"我机枪扫射似的说道，试图在气势上让她打消这个不切实际的念头。

"在这个城市，我就只有你一个朋友。"

"乐瑶你弄错了，我们不是朋友……"

乐瑶不理会我，低声说道："我一个人真的很害怕……你不来，我就这么自生自灭，复查我不做了。"

我耐着性子说道："你今天不就自己一个人去的，明天更轻车熟路了吧。"

"我就是因为昨天一个人，才体会到有多恐怖！"

乐瑶的不依不饶让我有些抓狂，我暴了一句粗口后，电话里随之传来了"嘟嘟"声。

我点上一支烟，朝自己脑门子一顿猛拍。

两年了，我从来没有遇到像乐瑶这么麻烦的炮友，尽管她说得信誓旦旦，我也一样可以信誓旦旦地说：孩子不是我的！她说，这座城市就我一个朋友，更让我觉得她是讹我的，上个星期还见到她在微博上晒了一张和一帮人在酒吧疯玩的照片。

"人渣！"

我抬起头，这才发现女人一直用一种极其厌恶的表情看着我，屋子里就我和她，骂我的无疑是她了。

"你听我讲电话了？"我问道，心中也不介意她骂了我人渣，因为我连自己也辨不清到底是不是人渣。

"你现在还有30分钟的时间。"女人的语气比方才更加冰冷。

真是个麻烦的冷雨夜，今天将所有的现金给了乐瑶后，我身无分文，现在我能搬到哪里去？天高地广，竟没有我昭阳的容身之地。

沉默片刻，我对女人说："姑娘，你看这外面风雨交加的，又挺晚了，今天晚上肯定是搬不了了！"

女人往窗外看了看，总算留了些余地问："那什么时候搬？"

"明天吧。"

"几点？"

"下午一点之前。"我换了一副轻柔的语气，因为待会儿我有求于她。

她点了点头："你先走吧，明天记得准时把东西搬走。"

我一动不动地坐着，半晌身子向她那边挪了挪，犹豫一下说道："姑娘……能借我点钱吗？"

她显得有些诧异，却决然说道："我没有借你钱的义务。"

"不借是吧？那你别指望我今天晚上会走了，我身无分文总不能去睡天桥吧！"我说着身子一歪，躺在了沙发上，又对她说："你可千万别动报警的念头，这事儿本来就是你和老李做得不仗义，你自己说，你们该不该提前通知我，至少让我先有个准备。"

她看瘟神似的看着我，最后却出人意料地对我说："我没有现金。"

我瞪大眼睛看着她，一句没现金，彰显高端、大气、上档次，现在的有钱人是不太会往钱包里装现金，他们动辄几万的消费，钱包里能装的那点儿现金显然是不能满足的。

"姑娘，这是缘分呐，我也不喜欢往钱包里塞现金！"我恬不知耻地说了一句实话，我钱包里是没怎么装过现金。

她没有理会我。

我又说道："要不这样吧，你把你的卡借我用，我就刷一千，明天搬家的时候还给你，或者楼下200米远的地方有取款机，你要不放心就和我一起去……"

她从钱包里抽出一张银行卡打断了我："密码6个零，明天下午一点之前，把你该办的事情都办了。"

我接过她递给我的银行卡，道："没问题！"

其实我并不意外她放心地将银行卡交给我，我的电话、工作单位、人脉关系，老李知道得一清二楚，也或者这张卡上并没有多少余额。

她安静地坐在沙发上，我再次打量她，说真的，这二十多年中我从来没见过这么漂亮的女人，她的身上似乎有一种别的女人不具备的气质，不过遗憾的是：我们似乎不那么投缘！

临走时，我半调戏半认真地说：“姑娘，要不要考虑一下和我同居，我会做饭，还会按摩，你工作一天累了，回到家我可以给你做全套服务，保证让你舒服……”

“滚！”她终于愤怒。

我的话还没说完，一个抱枕便带着制导似的精准向我飞了过来。

第3章 我只爱你一个人

撑着伞，我黯然离开了那套住了两年的小屋子，事实上我心里一点也不好受，而我和那个女人提出同居的要求，并非戏谑或占她便宜，此刻我感觉自己就像一个无家可归的孩子，没有温暖，却没有人知道我有点想哭。

可是人要学会面对现实，当老李卖了这套房子，我的离开就已经是必然的了。

我在附近找到自动取款机，按照约定我从卡上取了1000块钱，又顺便查看了用户信息，这才知道那个美得有些过分的女人叫米彩。

我很喜欢她的名字，米代表温饱，彩代表斑斓，人生如果有米又有彩无疑是幸福的！可这两样我都没有，我现在的生活只剩饥饿和黑白，所以米彩的出现对我来说更像是一种讽刺，讽刺着我的一无所有、穷途末路！

在长街的转角处，有一个旅馆，我住了进去。在整夜狂风暴雨的肆虐下，我直到早晨时才恍恍惚惚地睡着，醒来时已经快中午了。

看了看手机，发现上面有十几个未接电话，全是乐瑶打来的，她还真是执着，见我没有接听电话，又给我发了条信息，说：早知道就该把肚子里的孩子生下来，然后用这个所谓我的孩子惩罚我一辈子。

我觉得有点搞笑，她不怕未婚先育做个单亲的娘，难道我还怕做一个徒有虚名的便宜爹嘛！显然她的抱怨没有给我造成一丝心理负担……

简单洗漱之后，我匆匆赶向医院，之所以去，或许是因为仅存的一点儿善心，也或许是出于炮友之间的同情，到底为何，我也说不清楚，很多时候，人不见得有多了解自己。

来到妇幼医院，下了出租车，我便见到了撑着伞在医院门口等待的乐瑶。

她第一时间发现了我，表情终于舒缓了一些，她向我走来。

我一肚子火，但想到她曾经在这里躺在冰冷的手术台上，我还是忍住了没发作。

乐瑶面色凝重地挽住了我的胳膊，又向自己的肚子看了看，一副她深爱着我，我却不怜惜她的模样。

我挣脱，终于不爽："你大爷啊！……你老实和我说，你肚子是被谁睡大的？"

"你，昭阳！"

"你信不信我掐死你？"我瞪着她说。

"禽兽，你掐啊，要是昨天掐，一尸两命，今天你就上新闻头条。全国人民都会知道有你这号禽兽！"乐瑶眯着眼睛对我说，身子却和我贴得更紧了。

"你有完没完，我两个月前和你上的床，你怀了多久？拍的片子拿出来给我看看。"

乐瑶不理会我的质疑，语气却忽然柔软："昭阳，如果昨天不做手术把这个孩子生下来，让他管你叫爹，你得多幸福！"

我压住怒火将她推到一边，说道："别玩了，行吗？……你赶紧去做复查，走出这个医院门你就当我死了，永远别再烦我了！"

乐瑶低着头，半晌对我说道："别说什么死不死的，我以后不烦你就是了！"

乐瑶做完复查在病房里吊水，我则像家属似的坐在她身边陪着她，却始终不愿意说一句话，心里总觉得有些憋屈。

医生将我拉到病房的门外对我说道："小伙子，你女朋友体质很弱，还有轻微的贫血症状，流产后的调理一定不能马虎，要不年纪大了会落病根，待会儿我给你开些调理的药和保健品，你去二楼的药房拿药。"

我点了点头也没多想，只觉得昨天用米彩银行卡刷的1000块钱应该够拿药了。

拿着医生开的药单，我去了2楼，工作人员足足用了5分钟才拎了满满一方便袋的药和保健品递给我，随后扔下一句："一共3016元，你是刷卡还是付现金？"

我一愣，随即开口骂道："这是什么仙丹，要三千多？是不是觉得老子钱多，坑老子钱！"

工作人员见怪不怪，看着隔壁窗口刚刚买走药的男人对我说道："看到没，人家刚刚买了8000块钱的保健品和药，你要没钱，就别让你女朋友怀孕！"

"当凯子还当这么乐呵，傻！"我冲男人的背影骂了一句，又想起乐瑶人流后那虚弱无助的模样，忍住火气从钱包里拿出米彩的银行卡说道："你给打个折，要不把16块钱零头给抹了。"

工作人员从我手中抽过银行卡，白了我一眼说道："真新鲜，你见过会打折的医院吗？"

拎着从药房买来的药，我的心在滴血……

我扶着吊完水身子虚弱的乐瑶走出了医院，雨却还在淅沥沥地下着，空气也因为这场持续不停的雨而沉闷，让人压抑。

乐瑶依偎着我走了片刻，忽然出乎意料地问我："昭阳，下个月有个剧组邀我到横店去拍戏，你说我去不去？"

"靠谱吗？"我不想刺激她的情绪尽量语气柔和地问道，实际上却对她去哪里拍戏，一点兴趣也没有。

"已经去试过妆了，导演和制片人都很满意，觉得我挺适合这个角色的。"

"成吧，你们做平面模特儿的，不都削尖了脑袋想往演艺圈里钻吗，是机会你就抓住了……对了，这是医生开的术后调理的保健品，你拿回去按时服用，待会儿我发信息告诉你怎么吃。”我说着将手中提着的方便袋向她递了递。

乐瑶没有接我递给她的方便袋，却凝视我许久，轻声说道：“我做平面模特儿只是阶段性的过渡，其实我是上海戏剧学院表演系毕业的。”

“难怪讹我的时候那么像模像样，原来是专业的，我还真是有眼无珠啊，没认出你这个上戏毕业的高材生！”我一半讽刺，一半调侃地感叹道。

乐瑶全然不理会我的咋呼，注视着我问道：“昭阳，你觉得我漂亮吗？”

“你不漂亮我能睡你吗？”我盯着乐瑶反问，她的确是个美人胚子，并且是那种很接地气的美，眸子明亮，唇红齿白，又带点小性感，小迷人。

乐瑶点了点头：“昭阳，忘了简薇吧，等我成了女明星，我只爱你一个人！……”说完从我手中接过方便袋，风一样地离去。

我半晌回过神，一阵冷风吹过来，忽然记起和米彩约定一点之前去搬家，现在已经一点半了，立刻伸手拦了一辆出租车，路上又想起刚刚用米彩的银行卡刷了3016块的保健品和药，我和她说过只刷1000，现在欠了4016元，这么多钱我怎么还？

想起米彩那张不苟言笑却美得过分的脸，我凌乱了！

第4章 撞了邪的周末

等回到原来的住处已经快2点了，我付完车钱，向那栋楼走去，心里也谈不上着急，反正是周末，迟就迟会儿，不过却头疼欠她的4016元，这会儿就算把我给卖了也弄不到这么多钱。

来到那栋楼下，我目瞪口呆，随之气到肺疼，我的行李竟然被搬到了楼道的走廊内，有些放不下的行李已经被雨水淋湿，其中包括一双很久前简薇送给我的黑色皮鞋。

我扔掉雨伞，从口袋里摸出钥匙“蹬蹬”向楼上跑去。

钥匙扭开了门的锁扣，抬脚就将门踹开，站在客厅里愤怒地骂道：“臭三八，你给我出来。”

连骂了三声却没有人回应，我抬脚踹开了她的房门，屋里空无一人。

看着被收拾得一尘不染的房间，想起自己在外面淋着雨的行李，我心中的火烧得更旺，抬手就将她床上的被子扔到地上，还不解气，连席梦思都给掀翻了，枕头和毯子铺了一地。

歇斯底里后，我站在米彩的房间里点了一支烟，缓解着怒火。

米彩不知道什么时候站在了房门外，手中拿着拖把和一只方便袋，里面装了不少生活用品，刚刚她应该是去超市了。

她怒视着我，我一把抓住她胸口的衣服，将她揪进了房间。

我将她拖到窗户口，打开窗户让她看楼下淋着雨的行李骂道：“你有病吧？为什么把我的行李扔在雨里？”

米彩挣脱了我，冷言说道：“你一点没来，我就找人帮你搬出去了，有问题吗？”

“被其他事情耽误了，晚来一会儿怎么了？”

“答应几点就是几点。”米彩寸步不让。

“你不可理喻！”我火气更甚，抬手就做了一个要抽她的动作。

我原以为她会本能地做个躲让的动作，或者闭眼，没想到她依旧冰冷地看着我，连眼睛都没有眨一下。

我放下抬着的手，眯着眼睛对她说：“你给我把东西原原本本地搬上来，我假装这个事情没有发生过。”

“我不去。”米彩美目中隐有泪光，态度却更加坚决。

我点头：“你不去是吧？……”

话音刚落我将地上的被子和毛毯带着发泄和报复的快感全部从窗户口扔

了下去。

风雨中，落下的被子和毛毯看上去是那么无辜，又好似一道道被无情揭开的深深浅浅的伤疤，我看得有些失神，有些后悔，我不该这么冲动，不该如此对眼前这个倔强的女人，或许是那双落在雨中的黑色皮鞋刺激了我，我心中一阵阵抽搐，在雨水落在黑色皮鞋的残影中，我好似看到了自己和简薇死透了的爱情。

被子和毛毯终于落在了地面上，我有些心虚地说："现在咱们扯平了！"

我的话音落下后，泪水从米彩白皙的脸上落了下来，她咬着嘴唇看着我。

看着满目疮痍的屋子，愧疚感忽然充斥着我的内心，我却仍瞪着米彩说："我知道你不爽我，看不起我，是的，我是穷，没出息，但这绝对不是你可以不尊重我和我行李的理由，你是女人，今天我和你发扬一下绅士风度，扔的是你的被子和毛毯，下次我连你人一起扔下去！"

说完我又从钱包里抽出昨天她给我的那张银行卡，放在桌上说道："卡里我一共取了4016元，现在我是没钱还你了，不过我一定会尽快想办法还给你的。"

泪水在米彩的眼睛里打着转："混账，你们所有人都是不信守承诺的混账……"

我意外地看着她，心中说不出是什么滋味，半晌才说道："我走了，欠你的钱一定会还给你，虽然晚了些兑现承诺，但并不是你所认为的不信守承诺。"

米彩没有回应我，依然怨恨地看着我。

我离开了，我不知道米彩是不是还在哭，但却知道待在那个被我弄得一片狼藉的屋子里一定很不好受。

可正如她之前骂我的一般，我的确是个人渣，也是乐瑶口中的禽兽，禽兽似的不愿意控制自己的情绪，人渣似的随性妄为！

拦了辆出租车将自己的行李搬到一个能避雨的路边凉亭下，一时间也不知道去哪里落脚。我现在身上剩下的钱也不够去租房，住宾馆更不是长久之计，而我唯一愿意去借钱的方圆，也因为我昨天的不听劝，对我有诸多脾气，暂时拒绝和我联系了。

是的，这些年我只会找方圆借钱，我把他当交心的朋友，从来不介意将自己的窘迫和潦倒展现在他面前，而别人，我不会。

我好似忽然就被这个世界给抛弃了！

点上一支烟，坐在凉亭里的石凳上，看着来往的车辆我有些失神。

我的生活不该如此，可这两年我却像这座城市中的那群沉默伫立的楼一样孤独、无助地活着，这一切全部源于那个女人，我明知自己这一辈子都不会再有机会牵住她的手，可依旧固执地跳不出，离不开她的温柔。

风吹得我有点冷，我从编织袋里找出一条围巾给自己系上，终于挡住了没完没了往我胸口灌的冷风。

接下来的一个小时里，我就坐在凉亭里重复发呆和抽烟这两件微不足道的小事，直到天色渐暗，才真正有了渴望被拯救的心情。

骤然响起的电话，让我一惊，抹了一把脸，才从口袋里拿出手机，这个电话是板爹打来的。

板爹是我爸，为人古板、木讷，在一中小型国企的采购科工作了15年，进去的第一年就是副科长。15年过去了，他竟然惊天地泣鬼神似的没能把那个副字给拿掉；这还不算什么，更不可思议的是：明明采购科是一个可以捞油水吃回扣的部门，15年硬是没见他收过一份礼拿过一分钱回扣，这份铁板似的操守，让他的同事纷纷私下尊称他为板科，总算摆脱了副科的头衔，于是我也在17岁那年与时俱进的改称他为板爹，但他一直误以为我喊的是“俺爹”。

接通电话，我听到了板爹木讷的没有一丝感情的声音，他对我说：“昭阳，我马上到苏州了，明天早上有个展会要参加，今天晚上到你那儿住一宿。”

我顿感苦逼，这个周末实在是撞了邪了，怕什么来什么，打死也不能让板爹知道我混到身无分文、无家可归。他虽古板，不代表没脾气！

我心念急转：“板爹，你自己在车站附近找一个宾馆住，成吗？我今天晚上和同事一起吃饭，时间肯定不会短。”

“你吃你的，钥匙你不都放在门框下面的吗，我进得去。”

“最近贼特多，没放。”

板爹不依不饶地说道：“那就等等你，吃完饭别疯玩，早点回来。”

“板爹，你看你坐了半天车，估计累得够呛，你就近找个宾馆住得了。你来我这儿还舍不得打车，这会儿又是下班高峰期，公交车上你那胳膊腿儿也不经挤！”

我百般推脱，板爹也不着急，最后说了一句：“你妈给你织了件毛衣，我给你送过去。”

听着“嘟嘟”的挂断声，我愣了愣，片刻反应过来，立马肩上扛着行李袋，手中拖着行李箱向路边跑去，张望着等待出租车，这个夜晚我还得住回那套现在已经属于米彩的房子里。

不管她愿不愿意，我也非住不可，要是让板爹知道我现在的境遇，非气出个好歹来不可。

第5章 暂且等等

风雨中，我打车回到那个住了两年的破旧小区，下了车，下意识地张望米彩的那辆奥迪Q7有没有停在楼下。

很幸运，车子不在，更幸运的是：房子的钥匙我还没还给米彩，我很乐观地想：反正板爹就住一宿，要是今天晚上她不回来，一切不就有惊无险地摆平了么？

我以最快的速度跑回屋子，用最短的时间将自己的行李放回原处，又铺好了床铺，这才撑着伞站在公交站台等待板爹的驾临。

大约一刻钟，一辆从长途汽车站发车的公交车缓缓驶来，我仰着脖子张望着，果然看到了提着公文包从车上走下来的板爹。

我冲他招手喊道：“板爹，这边。”

板爹有些意外地来到我身边，问道：“你不是和同事去吃饭了吗？”

“吃饭是小事儿，你来是大事儿，我分得清轻重。”我说着从板爹手中接过公文包。

板爹沉默，随我向小区里走去。

我抱怨道：“板爹，你这都是公费出差，下次你来我这儿直接打的成吗？又不是不报销！”

“公费也是钱，省一点是一点儿。”板爹言语严肃。

“咱们政府几万亿外汇储备在美利坚呢，不差你这点儿打车的钱！”

板爹没有言语，显然不愿意与我做价值观上的争论，他一直这样，只要自己认为对的事情，从来不愿意解释，好似自己一个人就是一个独立的世界，然后在这个独立的世界里做了15年的副科长。

回到屋子里，板爹拿出一只不锈钢饭盒对我说道：“这是我上个星期钓的野鲫鱼，你妈给煮了，让带来给你吃，你想吃的时候热热就行了，不热也行。”

“咱今天晚上就给吃了吧。”

板爹疑惑地看着我问：“你不是和同事吃过了吗？”

“这不你来了吗，吃一半就回来了。”说完又赶忙打岔，“对了，板爹，我妈酿的糯米酒你这次带了么？”

板爹点了点头，又从包里拿出一只原来装橙汁的瓶子，里面装的正是我喜欢喝的糯米酒。

我和板爹一人倒了一杯糯米酒，吃着煮好的鲫鱼和花生米，等着电饭锅里熬着的白米稀饭，有一句没一句地聊着。

我有些心不在焉，生怕米彩会突然回来，吓到她不要紧，要是在板爹面前露了馅，我就可以去死了。

一杯糯米酒刚下肚，门外传来了脚步声，紧随其后听到钥匙插进锁孔里的声音，我有点慌了神，看了一眼板爹，又看了看近在咫尺的门。

门被打开，果然是米彩走了进来。眼前的景象让她愣在原地，倒是板爹没太大反应，只把米彩当作与我合租的人，也或者当成了女朋友。

没等米彩开口，我一把扶住她的手臂，关切地问道："你喝酒了吧？我扶你进屋……千万别谢我，大家合租在一起，这都是我应该做的。"

我嘴上说得客气，却以一个板爹看不见的角度，抬手捂住米彩的嘴，几步把她推进了她的房间里。

"人渣……你放开我！"米彩挣扎着含糊不清地说道。

"你别叫唤！"我压低声音说道。

米彩又挣扎着从口袋里拿出手机，傻子都知道她是要找警察收拾我，我这行为的确够得上私闯民宅的罪行了。

我从她手中夺过手机，将她按倒在床上，骑在她身上防止她继续挣扎，也管不上这是一个多么流氓的姿势。

我压低声音紧张地说道："你别叫唤，让我爸听到，我就死了！"

米彩根本不理会我，表情惊恐，本能地抬手死死揪住我的头发。

我疼得要崩溃，龇牙咧嘴却不敢吭一声："你轻点，头快被你揪秃了！"

"人渣……"被我捂住嘴的米彩喊得含糊不清。

我怒言："我就是一人渣！"

随后又低声说道："但在我爸眼里不是！他有高血压，要是知道我混得身无分文，连住的地方都没有，非给他气背过气去……大姐，你就当可怜我，对付一晚上，他是来出差的，明天早上就走了……我保证以后绝对不来烦你！"

米彩总算停止了挣扎，松开了我的头发，但一双美目依然瞪着我。

我小心翼翼地松开了捂住米彩嘴的手，这一次她总算没有再叫喊。

我长舒了一口气，片刻才意识到自己还骑在米彩的身上，刚带着歉意准备起身时，米彩身子一扭，重重一推我，我直直从床上栽了下去。

"昭阳，你在里面干吗呢？"板爹听到动静，问道。

我忍痛，道："撞柜子上了……"

板爹没再追问，米彩终于带着报复后的似笑却怒的表情看着我。

“我警告你别乱说话啊！我爸真有高血压，经不起打击，你给我待在房间里不许出去！”

米彩不答应也不否定。

我又做了个拜托的手势，她依然不言语，我只能自我安慰地当她默认了，又恳求地看了她一眼，这才带上房门向屋外走去。

来到客厅，板爹已经去厨房盛了三碗米粥，对我说道：“昭阳，去给那姑娘送一碗稀饭，喝了酒更要吃点东西，不能忍饿。”

“你让她休息吧。”

我话音刚落，米彩便从房间里拎着手提包走了出来……

以我之前的种种恶行，米彩就是把我剐了都不过分，这个时候在板爹面前揭露我，正是报应了我。

正当我紧张得有些腿软的时候，米彩却目不斜视地向门口走去，看样子今天晚上她打算把这个屋子留给我了。

刚准备松口气时，一向木讷的板爹却对还没走出门外的米彩说道：“姑娘，给你装了碗稀饭，趁热喝了吧。”

我巴不得米彩赶紧走，连连对她使着眼色，却不想米彩看着我，然后竟然冲板爹点了点头道：“谢谢叔叔。”

刚刚还以命相搏的两个人，就这么坐在了一张桌子上喝起了稀饭，我始终像个做了亏心事的嫌疑犯，一声不吭，却时刻提防着米彩说不该说的话。

我时不时用眼角的余光瞥着米彩，却不知道她葫芦里卖的是什么药，不过她好像并没有要和板爹告发我的意思，只是小口小口地喝着粥。

板爹向来木讷不喜说话，吃饭也比别人专心许多，所以他最先喝完了碗里的粥，起身拎起自己的手提包，对我说道：“你这边有人住，我去住宾馆。”

我看了看米彩对板爹说道：“板爹，你别走了，回头和我睡就是了。”

“最近打呼厉害得很，你明天还要上班，不能影响你睡觉。”板爹摇了摇头道，又从袋子里拿出毛衣递给我，“你妈给你织的毛衣。”

我接过来看了看，有些不解地问道：“怎么织了两件？”

“等你以后处对象了，给你对象穿，家里织的毛衣厚实！”

我有些无奈，我知道板爹和老妈又用这种隐晦的方式提醒我赶紧找女朋友了。

我看了看还在喝着米粥的米彩，调戏道：“天冷了，待会儿送你件毛衣啊！”

米彩瞪了我一眼，终究没有在板爹面前发作，我却心里暗爽。

临走时板爹又从钱包里数了3000元向我面前递了递，道：“拿着。”

我浑然不在意地笑道：“你给我钱干吗，我又不缺钱！”

板爹将钱塞到我手上：“你是我生的，你什么德性我有数，和你说过多少次了，用钱要有规划……抽空去把水电费交了。”说完往地上那张前几天落下的水电催款单看了看。

我忽然鼻子有些发酸，我真的不是个让父母省心的儿子，我又将钱塞回到板爹的手上：“我真不用，我妈身体不好，你留着给她买些保健品，我下个星期就发工资了。”

板爹没有多说，将钱放在桌子上，又看了看米彩，独自向门外走去。

我追上板爹将他送到楼下，一直沉默的他对我说道：“刚刚那个姑娘不错，长得不错！”

我拉住板爹，看向旁边停着的Q7说道：“板爹，赶紧收起你的幻想，她不是我的菜……看到那车没，就是她的车。”

板爹随我的目光向红色的Q7看了看，面色疑惑，我想他也诧异为什么米彩开着这样的车，却住进了一个这么陈旧的地方。

板爹最终还是习惯性地选择了沉默，他无奈于我糟糕的现状，其实不管我们愿不愿意承认，但我们已经真实地处在了一个需要用金钱证明爱情的时代，所以我让他收起幻想，我自己更不愿意去幻想！

这个夜晚板爹最后给我留下一句“好好工作”后，在雨中撑着伞离开了。

看着雨中他已经年迈的背影，我在这句话中读到了他的期待，他期待我好好工作，好好娶个姑娘，好好让他抱个孙子……可是板爹，我正活在自我的无奈和挣扎中，活在现实的沉重和拉扯中，那许多个待实现的好，暂且等等！……可好？

第6章 他们要结婚了

回到住处，米彩的一碗粥已经快喝完，我的那碗没喝完的粥还在冒着热气，我从板爹留下的袋子里拿出两只咸鸭蛋，递了一只给米彩道：“尝尝。”

“我快吃完了。”认识两天以来这是米彩第一次用正常的语气对我说话。

我笑了笑，道：“再吃一碗嘛，白米粥又不会吃胖。”

米彩没理会我的建议，却说道：“你爸已经走了，你也可以搬走了。”

我看着窗外的风雨交加和米彩商量道：“今天不搬了，我再住一晚，行吗？”

“不行。”米彩坚决地说道。

我将筷子往桌子上一拍，怒道：“你这女人怎么回事儿，懂不懂吃人的嘴软，你给我把刚刚吃的粥吐出来，我立马搬。”

米彩闪着美目看着我，被我的翻脸比翻书还快弄得哑口无言。

我又放柔了语气对她说道：“大姐，我今天来回折腾了一天了，这会儿浑身没劲儿，求你放我一马行吗？”

“人渣，谁是你大姐！”

“小姐……小姐行了吧？”我连忙说道，又信誓旦旦地保证，“明天，明天下班了我一定搬！”

米彩半晌终于松口对我说道：“记住你自己说的话。”

“当然，明天准搬！”

米彩不满地看了我一眼，拿起碗向装着白米粥的电饭锅走去，随即又给自己装了一小碗。

“你不是不吃了吗？”

米彩瞪了我一眼说道：“反正已经吃人的嘴软了，不差多吃一碗吧。”

我摇头叹息：“唉，人就是这么堕落的！”

虽调侃，却将咸鸭蛋剥好壳递给了米彩，她也没拒绝，于是两个人在奇怪的气氛中继续吃着。

吃完饭我将板爹留下的3000块钱递给了米彩：“先还你3000吧，剩下的我下个星期拿了工资还给你。”

“给我了你还有钱租房吗？……以后一起还吧。”

“这可不是我存心不还你钱。”我说着将钱塞进自己的钱包里。

“只要你赶紧搬走，其他都无所谓。”米彩说着又喝了一口粥，她似乎很喜欢这粥。的确，板爹熬粥的手艺堪称一绝，原本最平常的米粥，他却能熬出家的味道。

“我又不是瘟神，你没必要这么嫌弃我吧！”我感叹道。

“以你的品行，难道让我喜欢你？”

我笑了笑，没再接话，或许我真的品行不端，也或许她对我有点误解，但是这不重要，我更没必要澄清或者解释，因为明天下班后，我们就将划清界限。

我一口喝掉了碗里的粥，然后盯着米彩看，此时她穿着白色的长袖雪纺衬衫，黑白格的铅笔型休闲裤，一头微卷的中发，更让她极具气质，却显得单薄。

我拿出板爹留下的针织毛衣装模作样地在米彩面前比划着，半晌叹道：“天凉了，有没有觉得这件毛衣很适合你？”

米彩皱眉：“怎么，你还想让我拿你的手短么？”

“真的，特别适合你……如果你愿意让我继续租这间屋子，我不介意送给你，我爸都说了，这毛衣是我妈亲手织的，厚实，冬天挡风还温暖！”

“无福消受。”

我笑了笑将毛衣递给她：“和你开玩笑的，你不租也送给你了，我暂时没有交女朋友的打算，这么好的毛衣放在我身边也是浪费，就算我为自己昨天的无理向你道歉。”

我表情极其真诚，米彩犹豫了一下竟然真的接过了我递给她的毛衣，对我说道：“行吧，我接受你的道歉……还有对你爸好一些，别再欺骗他，让他操心了。”

“接受道歉和对我爸好一些有逻辑上的联系吗？”我诧异地问道。

对于我的质疑，米彩气愤地说道：“你真的很人渣！”说完将毛衣塞进自己的手提包里推开门离去。

屋里只剩下我一个人，我有点弄不懂米彩的突然气愤，坐着想了许久才明白，或许她暂时接受我的道歉，甚至破例让我再住一夜，只是出于对板爹的同情，对于我她还是很无感和厌烦的，在她眼里，我玩大了女人的肚子，欺骗了自己的亲爹，又粗暴地对她且不信守承诺，不是人渣是什么？

这个夜晚米彩没有住在这间屋子里，我想：她在这座城市肯定还有其他的屋子，只是她为什么一定要住在这里呢？

我绞尽脑汁也未能想明白，索性不再去想，这个世界上总有一些奇怪的人和奇怪的事，况且这和大千世界的无奇不有比起来也不算太稀奇，所以没必要去追根究底，就当是一种富人的行为艺术。

其实很多时候我蛮喜欢这么稀里糊涂地活着，因为真相可能意味着痛苦，得到才有可能失去，所以不明真相就没有痛苦，得不到也就不会有失去了。

次日来到公司，开完企划部例行周会之后，我和方圆并肩从会议室里走了出来，后面跟着的是另一个同事赵里。

我点上一支烟，向他招了招手：“过来，赵里。”

赵里警惕地看着我：“干吗？”

“听说你喜欢户外运动？”

“嗯啊，是很喜欢！”

我笑了笑，道：“我有一套专业的户外运功装备，买了也没怎么用过，便宜卖给你了。”

“你又不喜欢户外运动，买户外装备做什么？”赵里颇疑惑地问道。

“就是因为不喜欢，所以都没用过，和新的一样，超赞的啊！始祖鸟的，便宜你小子了，一套2000卖给你。”我勾住赵里的肩膀说道。

“真的？”赵里喜出望外地问道。

我不耐烦道：“必须真的啊，你速度给钱，回头我让方圆明天带给你，买了一直在他家搁着呢。”

赵里从钱包里数了2000块钱递给我，叮嘱道：“明天记得带给我啊，正好下个周末去攀岩用得上。”

我将钱塞进兜里，道：“你自己和方圆说。”

赵里又对不远处一直心不在焉的方圆说道：“方圆，明天记得把昭阳放在你家里的那套户外装备带给我啊。”

方圆回过神有些不解地问道：“什么户外装备？”

“就是昭阳那套始祖鸟的啊，他卖给我了。”赵里耐心地解释道。

我猛吸一口烟，立刻向洗手间走去，身后的方圆破口大骂道：“卖毛线啊，那是我的！”

又听到方圆无可奈何地对赵里说道：“行了，别委屈了，我明天带给你。”

在洗手间抽完烟，我回到办公室，方圆的桌上放着一杯咖啡，带着防辐射眼镜，手指“噼里啪啦”地在键盘上敲击着。

我打开电脑，趁机子启动的空隙把玩着手中的打火机，又和方圆搭话：“还在忙GUCCI在我们商场设专柜的企划案呢？”

方圆也不和我计较刚刚的事情，叹道：“是啊，忙了快一个星期了，招商部一直等着我们这边的企划案和GUCCI的代表谈判呢！”

我应了一声，没再追问，我和方圆是两个极端，他是工作中的拼命三郎，而我一直得过且过，两种截然不同的态度造成的结果是：同样工作两年，方圆已经是企划部文案企划组的组长，而我依然在最底层混着。

方圆忽然停止敲击键盘，用一种心事重重的眼神盯着我许久。

“怎么了？”我问道，对于方圆的奇怪举动我有些疑惑。

方圆终于说道：“前两天看你心情不好，有件事情我也没和你说……我和颜妍下个星期要结婚了。”

“终于结婚了啊！”我下意识地叹了一句，随之心痛得一阵阵抽搐。

当初方圆能够认识颜妍完全是因为我和简薇，颜妍是简薇的闺蜜，我和方圆是铁瓷儿。在我和简薇恋爱后，为方圆和颜妍提供了认识的机会，随后他们也坠入了爱河。

大学的几年，我们四人经常一起活动，建立了更深的友谊，好几次开玩笑说起过，毕业后一起结婚。

方圆和颜妍修成正果走进婚姻的殿堂是天大的喜事儿，但也将我的伤痛和孤独赤裸又无情地暴露了出来……我终究未能和简薇将爱情持续下去。

有时候人的痛苦，其实是来自于对比……但此时除了在痛苦、孤独中羡慕、祝福方圆和颜妍，我还能做些什么？

往事终将化作尘埃，风却吹不散，落在心上，让自己的世界一片死灰。

我对方圆笑道：“哥们儿的喜帖呢，速度拿来。”

方圆点头从抽屉里拿出喜帖递给了我，我打开，喜帖的照片上，方圆和颜妍洋溢着幸福的笑容。

沉默许久我向方圆问道：“你们结婚简薇会回国吗？”

“你知道的，自她从洛杉矶搬到纽约后，就联系不上了，不过前些天颜妍给她发了电子邮件，还没回复，回不回来，谁都说不准。”

“哦，是吗？”我平淡地应了一声，不再和方圆说话，手指在电脑键盘上按着，眼睛却看着屏幕一阵阵失神。

第7章 孩子本来就是你的

我这一整天都过得恍恍惚惚，直到黄昏的阳光慵懒地映在透明的玻璃上，我才发觉该下班了。

隔壁桌子的方圆依旧忙碌，我有些清闲，又去卫生间抽了一支烟，等待下班。

回来时，颜妍坐在了我的办公椅上，看样子是来等方圆下班的。

我调戏颜妍："颜妍，你的臀部又丰满了，我椅子都快装不下了！"

"死样，没个正行！"颜妍白了我一眼说道。

我挑眉对着颜妍笑，其实她是个美女，很性感的那种，尤其是臀部，浑圆、挺翘，两条腿却修长，身材又高挑，组合在一起，简直是完美的搭配。如果走在街上，看背影，看曲线，最美那个绝对非颜妍莫属。

我来到方圆身边，拍了拍他的肩膀问道："那个企划案的大框架你做出来了吧？"

"整体思路和框架都做出来了，就差后面一点文字说明了。"方圆应道。

"那剩下的我来做吧，你先下班，别让颜妍等你。"

颜妍用双手按着我的脸高兴地说道："昭阳，你太会来事儿了，你不知道我们待会儿有多少事儿要忙！"

"结婚嘛，要忙的事情肯定不会少。"我说着拿开了颜妍按在我脸上的双手。

方圆终于舒展了一下身体，起身对我说道："那行，我马上还得和颜妍去婚庆公司一趟，婚纱店那边也要跑……你有什么疑问，我们随时电话沟通。”

“放心，忙你们的去吧。”我说着在方圆的办公椅上坐了下来。

方圆很快收拾好东西，颜妍挽住他的胳膊，临走时想起什么似的对我说道：“昭阳，我们公司的楼要开盘了。你要买的话我帮你争取个内部价，一个平方能便宜1500块钱！”

颜妍是本市某个房地产公司的销售部主管，她能弄到的内部价绝对是有吸引力的，一套房子下来至少省十来万，可即便这样我也没有买房的能力。

“以后再说。”我应了一声。

方圆问颜妍：“这次开的是哪个盘？”

“中远生态城二期。”颜妍回道。

方圆将公文包放了下来，认真地对我说道：“昭阳，买吧，这个楼盘真不错，错过这个机会下次不知道还得等多久呢，而且以后房价肯定还得疯涨！”

“买什么买啊，我家底你又不是不知道。”

“我和颜妍那儿还有几万块钱的存款，先借给你用，你再回去让板爹想想办法，凑个首付的钱应该没问题吧？”

“你俩还有房贷、车贷要供着，这马上还要结婚，哪儿不得花钱啊！真不用操我的闲心了。”

颜妍又说：“我们两个人还房贷、车贷也轻松，昭阳，你先把房子买了，以后找女朋友也方便，我们真不想看你这么混着，急人，真急人！”

“你们的贷款两个人还，是轻松！但你们想过我买房子以后贷款怎么还？我可连自己都养不活……行了，别在这儿杵着了，马上天都黑了。”我催促方圆和颜妍离去。

颜妍和方圆对视一眼，皆轻声叹息，又看了我一眼，才离去。

站在落地窗前，我看到公司楼下，颜妍挽着方圆的胳膊向他们刚买的那辆白色的马自达6走去，心中滋味莫名。

我和方圆、颜妍同是苏州大学毕业的，他们已经在这座城市有了自己的房子和车，马上又将步入婚姻的殿堂。我有些不懂，为什么我们之间的差距会如此之大，这是上天和我开的玩笑，还是我把自己给作践了。

孤独的眺望中，我不禁想：如果我和简薇没有分手，是不是也该结婚了？

晚上九点，我终于做完了方圆留下的企划案，舒展了一下身体，端着杯子向员工休息间走去，我准备去喝下班前的最后一杯咖啡。

失神地听着咖啡液体从咖啡机里落进杯中的声音，好似一阵温柔的呼唤，于是连欲望都没了躲藏的地方。

猛饮一口咖啡，看着窗外厚重的夜色，挣扎的霓虹灯，真想抛却了这具疲倦的肉身！

电话铃声响了起来，从口袋里拿出看了看，竟然又是乐瑶的。

接通电话，乐瑶声音虚弱地对我说道："昭阳，你在哪儿呢？"

"加班。"我烦躁地回应。

"你来帮我洗衣服行吗，我手沾不了水。"

"你没洗衣机吗？"我在烦躁中怒问。

乐瑶声音疲惫地说道："有些衣服不能用洗衣机洗。"

"那你拿去干洗，我上一天班，累得孙子似的，没精神去。"我坚决拒绝。

"内衣、内裤总不能拿去干洗吧？"

"你疯了吧，让我给你洗内衣、内裤！"

"昭阳，我刚做完手术，手真的不能沾水，你就不能怜惜我一下吗？"乐瑶哽咽道。

"我知道你是上戏毕业的，求你别和我演了行吗？"

乐瑶真的哭了出来："我为你怀了孩子，你就这么对我吗？你想过我的感受吗？又知道我心痛得要死吗？"

"你和我演琼瑶戏呢，还排比着问！"

乐瑶泣不成声："昭阳……你这头禽兽……你信不信，我死给你看！"

我被乐瑶弄得实在没辙："姑奶奶，我怕了你了，我去还不行吗！"

乐瑶的语气瞬间转为平静："赶紧来吧，我等你！"

听着电话里挂断的"嘟嘟"音，我忽然觉得：要是乐瑶混不到影后级别，绝对是演艺圈的有眼无珠，这演技简直神乎其神！

学表演的人真可怕，学表演的女人更可怕！

离开公司，站在马路边等出租车，忽然想起答应米彩下班后去搬家，这会儿已经快九点半了！

“不会又把我东西给搬出去了吧？”我嘀咕了一句。

出租车已经在我身边停下，我想了想：反正已经失约，先去把乐瑶的衣服给洗了，至于搬家的事情，回去再说。

大约15分钟我来到乐瑶住的单身公寓，站在门口狂按门铃，以发泄被强迫而来的不满。

乐瑶穿着睡衣，怀里抱着一只布偶，面色憔悴地给我打开了房门。可怜兮兮的样子让我原本准备好的恶言恶语全部咽回了肚子里，只是抱怨道：“你就是一事儿妈！”

“你要不睡我，就没这些事儿。”乐瑶说着身子一侧，示意我进去。

我没心思和乐瑶斗嘴，走进屋内向她问道：“衣服呢？”

“在卫生间的脏衣篓里。”

我来到卫生间，顿时吓了一跳，两个特大号的脏衣篓里竟然塞满了衣服，我怒道：“你是不是故意攒了一年的衣服，来虐待我呢？”

乐瑶没有理会我，客厅的电视机声音却开得更大了。

我气得肝疼，但还是咬牙将脏衣篓的衣服全部倒了出来，能用洗衣机洗的放了一堆，需要手洗的放了一堆，内衣、内裤又放了一堆。

接下来的时间我和洗衣机一起作业，足足忙碌了一个小时，才把这一堆衣服给洗完。

端着洗好的衣服来到阳台又一件件地晾上，全部搞定后，才站在阳台点上一支烟，缓解刚刚的疲劳。

乐瑶端着一个果盘来到我身边，轻声问道：“吃不吃？”

“没食欲。”我深吸了一口烟说道。

乐瑶抽出了我指缝中的香烟，从口袋里拿出纸巾帮我擦了擦额头上的汗，语气很轻地说道：“昭阳，杂志上说一个男人肯为一个女人洗内衣、内裤，一定是一个温柔、可靠的好男人。”

“滚蛋好吗，你以为我愿意帮你洗！”

虽被我骂了，乐瑶还是挽住我的胳膊依偎着我问道：“那你有没有帮除我以外的其他女人洗过？”

“没有。”我不耐烦地回道。

“简薇也没有？”乐瑶追问。

“你烦不烦，啰里啰唆的问的都是什么鸟问题！”我说着推开了乐瑶。

乐瑶早已经习惯了我的这种态度，不生气也不说话，只是看着我。

我穿上外套，对她说道：“我走了，以后别再给我打电话了。”

乐瑶拉住了我：“我不许你走。”

“你起开。”我一抬胳膊甩掉了乐瑶死死拉住我的手。

乐瑶又挡在门口，道：“你先别走，我有东西给你。”说着从睡衣口袋里掏出一张似乎早就准备好的银行卡递给我，道：“给你的，卡里有一万块钱，我知道这次你花了很多钱。”

我一愣，道：“你哪儿来的钱？”

“和剧组提前预支了些。”

“你这是良心发现么？”

乐瑶用哀怨的眼神盯着我看了许久：“孩子本来就是你的……我说过，我只想看到你愿意负责的态度，你花掉的钱，我当然会还给你了。”

乐瑶的表情越认真，我越觉得她是在演戏，她在我眼中，只是那种喜欢沉迷在灯红酒绿中的女人， 她嘴里的责任是根本不可靠的，这点我也一样，所以我太了解了。

她之所以一口咬定孩子是我的，或许只是一种空虚后的寄托，也或许连她自己都不知道这个孩子是谁的……这种怪异的寄托很难用言语解释清楚，但活在这个糜烂圈子中的人都明白……我们看似潇洒，心却是空的！

最终我也没有要乐瑶的那张卡，尽管很缺钱，至于为什么不要，我也不太说得上来，或许在我的心底是同情乐瑶的吧，嘴上骂她，但在她需要的时候，还是会帮她。

不管她看上去多么光鲜亮丽，可背后的空虚，我懂，因为我们是同一类人，唯一的区别：有朝一日她可能真的会在演艺圈名声大噪，而我注定平凡且孤独地过着！

离开乐瑶的住处，我立刻打车向自己曾经的住处驶去，真希望米彩别再因为我没遵守约定，把我的行李搬出去。我也不想加班，更不想被乐瑶缠着去洗衣服！可人生就是有这么多的意外让我无可奈何。

第8章 给你的惩罚

车子驶进那个陈旧的小区，我先按下车窗，观察自己的行李有没有被米彩给搬出来，结果让我满意。尽管我没有遵守约定，但楼下并没有我的行李，看样子我上次的警告奏效了。

一路轻飘飘地上了楼，打开门屋内却一片漆黑，往米彩的房间看了看，门缝里也没有一丝光。原来今天晚上她并没有回来，难怪楼下没有看到她的车子，也难怪她没把我的行李搬出去。

不回来也好，今天晚上又可以蹭着住一夜了，或许这是一天行将结束时上天给我的唯一安慰。

简单洗漱之后，我躺在床上，关掉灯闭上眼睛的那一刻，世界就安静了下来。我以为这个状态下我很快就可以进入睡眠，可是一些片段却冒冒失失地进入到我的脑海中。

这些片段全部有关于过去，回想过去，又将现在的空虚和落魄给扯了出来。我不懂，为什么方圆和颜妍能够在毕业后坚持走下去，最后结婚，而我和简薇却如此黯淡地收场，到底是我哪里做得不够好？我真的希望简薇能够亲口告诉我，可是就这么一个简单的要求，竟然成为奢望！

于是我在不明不白中痛苦了两年，糜烂了两年。

我重重抹了抹自己的脸，从床上坐起，枯坐了许久，下床从柜子里找出那把尘封许久的吉他，我想唱首歌，送给自己……送给简薇。

用调音器调好音，拨动弦，那曲应豪的《迷途》从嘴里哼了出来。

“这繁华谁能看得清，再一次，眼迷离；这喧嚣谁能躲得及，再一次，侵蚀你；这往事谁又曾提起，再一次，忘却你；这来世谁还会相遇，再一次能爱上你。

“我迷了路，找不到地图，这感情的路走得好辛苦；我迷了路，找不到退路，这世界怎么变得那么的麻木；我迷了路，找不到来时路，这身旁的人都形同陌路；我迷了路，在原地踏步，而你的心已飞到了远处……”

唱到最后一句时，我的眼角传来了温热感，我迷路了，真的迷路了，我以为这两年自己已经走了很远，却在一张叫爱情的地图上原地踏着步，可她的心却飞到了远处……

点上一支烟，刚吸一口，门骤然被敲响，吓得我差点扯断吉他弦，家里不是没人嘛？！

门外传来米彩的声音：“如果你很有唱歌的兴致，麻烦找个没有人的地方，这儿可是居民区。”

我穿上拖鞋，打开房门，米彩穿着吊带睡衣站在我面前，凹凸有致的身材堪比颜妍，俏脸在朦胧的灯光下却如此的安静，这让她的气质无与伦比。

“你刚刚没听到我唱：我迷了路吗？都迷路了还找得到没人的地方嘛！”我似笑非笑地说道。

“强词夺理！”

我没理会米彩的不满，问道：“你怎么在家里？”

“我一直在。”

“楼下没看到你的车啊！”

“停在对面的空地上了。”

“难怪！”我感叹一句，立马想把门关上，生怕米彩和我提搬家的事情，现在已经快深夜一点了，我能搬到哪儿去。

米彩双手推着门，不让我得逞。

我怒视她问道：“你不会真打算这会儿让我搬出去吧？”

“不是。”停了停米彩又说道，“你不是想唱歌又迷路了吗，我可以带你去找个没人的地方，让你尽情发泄。”

“真的？你有这么好？”我警惕地问道。

“反正已经被你吵得没有睡意了，如果你还有兴致的话，我可以做你的听众。”想了想又补充道，“你的声音不错！”

我觉得这是米彩主动想和我修复关系，或者她被我的歌声给惊艳到了，也或者她可怜我这个颓废的男人，反正不管是出于什么动机，我觉得自己可以答应她这个要求，因为我也失眠了，那就一起疯吧！

片刻之后，米彩换好了衣服，我穿着睡衣，脚踩拖鞋，手抱吉他和她一前一后向楼下走去。

米彩开来了自己的车，我打开车门坐在了副驾驶座上，豪车倒不是没坐过，不过Q7却是第一次，不免多打量了几眼。

没等我系上安全带，米彩已经重踩油门，然后又是一脚猛刹车，Q7那强劲的背推力，差点没把我撞死在车玻璃上。

“这大晚上的，你是不是想一具尸体坐在你旁边？”我摸着被撞得生疼的脑袋冲米彩怒道。

“谁让你不系安全带的，不遵守规则的人，活该被撞！”米彩不冷不热地说道。

我愤怒却无可奈何地说道：“你就报复我吧！”

米彩根本不理会我，依旧没什么表情地开着车。

大约20分钟，米彩真的带我来到一处完全没有人会来的郊外荒地。她停下车，拉上手刹，最后熄火对我说道：“这儿没人，尽情唱吧。”

“车上空间太小，施展不开。”

“那你下去唱。”

“你当我二傻啊，待会儿你要把车开走，我到哪儿喊冤去。”我警惕地说道，自从她刚刚故意趁我没系安全带忽然启动车子，我就怀疑她没安好心。

“你废话真多！”米彩说着松开了安全带，率先下了车，一副她君子坦荡荡我小人长戚戚的模样。

我也下了车，与米彩并肩站着，看着天空才发现：这个夜晚的天气不错，月朗星稀，空气也不错，我有了一种终于躲开喧嚣的感觉。

心渐渐安静了下来，倒是真的感谢米彩有这样的兴致带我来到这个安静的地方。我需要宣泄，宣泄心中的诸多不快和对现实的不满。

拨动吉他弦率先唱了一首金武林的《变形记》。

一曲唱罢，米彩出人意料地给我鼓掌问道：“你也喜欢严肃音乐吗？”

“Yes，如果乐器多一点，唱起来更有感觉。”我说道，也有些诧异米彩竟然知道这首歌。要知道严肃音乐是非大众的，艺术性和学术性都较强，无论是演唱者还是欣赏者都需要一定的审美能力。

米彩点了点头，道：“你也不像看上去那么草包嘛！”

“以貌取人才是你狭隘。”

米彩并不计较我和她的针锋相对又对我说道：“请继续。”

我放下吉他对米彩说道：“你应该挺懂音乐的吧，会玩吉他吗？来一首。”

“说好我做听众的，你继续吧。”

我点头，在这样一个黯淡的夜，无边的旷野中，有一个美得过分的女人愿意做我的听众，是上天给我的礼物！

这么一想我忽然更内疚之前那么粗暴地对米彩，其实她对我还是蛮不错的，又是借我钱，又额外收留我住了一夜，现在又陪我宣泄郁闷，或许我的粗暴脾气真的该改改了！

一阵冷风吹过，米彩下意识地掖了掖有些单薄的衣服。

我有些不忍地对她说道：“你上车吧，我自己发泄发泄就成。”

“你确定？”

我点头。

米彩打开车门坐进了车里，却没有完全与我隔离，她按下车窗单手托着下巴看着我，好似很期待我的下一首歌。

我拨动吉他弦又唱了一首，正在投入中，身后的车子突然启动，我猛然回头，米彩已经系上了安全带。

她似笑非笑地对我说道：“你的声音真的很不错……不过我得先走了，这是对你不信守承诺和粗暴无理的惩罚。”说完车子向离弦的箭一般冲破了夜的黑幕。

我摘下拖鞋就向她的车砸去，却砸得不痛不痒。

“你个三八，我他妈知道你就没安好心……利用我的同情心，你小心天打雷劈……我和你没完！”我急得打着转，语无伦次地冲着已经消失在我视线中的米彩骂道。

我这人向来和谁都自来熟，容易信任也不喜欢防备，落得如此下场，真是活该！！

第9章 以德报怨

米彩以时速100码行驶了20分钟将我带到这里，那么意味着我现在离住处至少30公里远，我有点想死，怎么最近这些匪夷所思的事情全部被我给摊上了！

从地上捡起拖鞋，我掖了掖衣服，抬头看了看，好在北斗星还在闪烁，找到那颗最亮的玉衡星，确定东南西北后，我向远处那片模糊的灯火走去，好似一场寂寞的逃亡。

足足半个小时，我终于看到一条有车子往来的路，定睛一看，真想掐死那个恶毒的女人，眼前正是苏州和无锡交界段的沪宁高速。

折腾到快要黎明时，才被一个好心的过路人开车带到市区，我又打的驶往住处，最后因为没带钱包，连车费都没付，把没抽完的半包烟扔给司机师傅就跑了。

进入小区内，我愤怒的火焰开始燃烧，我想和米彩谈谈，不谈人生，不谈理想，就谈她凭什么这么对我。

回到屋子里，我将吉他放在客厅的桌子上，来到米彩的房门前，抬手一顿发泄似的猛敲："要我很好玩吗？你知不知道我明天还要上班……"看了看窗外已经有些发亮的天空，又纠正道："不对，是今天，你这么折腾我一晚上，我拿什么状态去上班，回头老板一不高兴，炒了我鱿鱼，你养我啊？"

我喋喋不休地说着，屋子里却没有丝毫回应。

"你要想我骂得更难听，你就继续和我装听不见。"我说着又对着门猛敲一下。

屋内依旧没有任何回应。

"难道她没回来？"我在疑惑中扭了扭房门把手，却发现被反锁了。

反正在米彩眼里我就是一人渣，也不差夜闯她房间这个罪行了，我从一串钥匙里找到她房间的钥匙，随后打开房门，管她睡没睡，我都得和她唠唠。

我打开灯，终于看到了侧身躺在床上的米彩，她身上盖着被子背对着我，依旧不言不语。

"你睡得倒踏实，你想过我受的是什么罪吗？……这一路风吹得我大鼻涕直流……啊嚏……"我打了个喷嚏，揉了揉鼻子，又怒道，"我告诉你，我活了这二十几年，就没见过你这么办事儿的，忒贼，忒不厚道！"

任我骂得延绵不绝，她安若泰山，岿然不动！

正当我准备把她从床上拉起来和她面对面理论时，她却忽然一阵剧烈地咳嗽……

根据生活常识，如果我刚刚的打喷嚏是感冒的话，那么她这种咳嗽绝对是发热了，一定是昨天晚上受了风寒。

我愣了一愣，随即骂道："老天开眼了啊！……你被报应了！"

米彩又是一阵咳嗽，却没有和我言语，也不知道她是懒得理会我，还是因为发热的痛苦无力和我纠缠。

"出去。"半晌米彩言语冰冷地对我说了一句。

“不用你提醒，我这人就喜欢见死不救，咳死你才好！……活该、报应……”我说着大步走出了米彩的房间。

我准备洗个热水澡，然后小眯一会儿，却断断续续地听到咳嗽声从米彩的房间里传来。

我停下去卫生间的脚步，忽然就莫名其妙地陷入到挣扎中，总觉得这个屋子里就我一个男人，她又咳嗽得那么无助，我真的要这么眼睁睁地看着么？

“算了，做了这么久的人渣，也做一件好事吧，就当积积德了。”我这么对自己说道。

我将手中的毛巾放在沙发上，走到厨房，找到一块生姜和一袋老红糖，点燃煤气灶熬起了生姜红糖汤。

我已经困得快睁不开眼了，点上一支烟提神，然后有些麻木地看着锅里的红糖姜汤。

一轮朝阳已经在窗外最东边的天际处漏了一个边，风微微从挂在阳台的吊兰上拂过，新的一天在清晨散发着朝气和清新。我有点失神，这个时候的世界是迷人的，也好像只属于我一个人……或许相对于这个难得的早晨我也并不是多么喜欢夜晚的灯红酒绿。

米彩的咳嗽声将我从失神中唤醒，这才发现姜汤已经在锅里沸腾了好一会儿了，关掉煤气灶，我盛了一碗向米彩的房间走去。

“熬了碗姜汤，你给喝了吧。”我站在米彩的床边对她说道。

“不用你这么好心。”

“谁对你好心了，我是怕你老这么咳嗽影响我睡觉！”我不满地说道。

米彩很不领情地说道：“你搬出去，就听不到了。”

“我要搬了，你咳死在家里都没人知道……别废话了，你赶紧把姜汤给喝了！”我说着放下手中的碗将米彩的枕头竖了起来，又粗鲁地将她扶了起来。

我摸了摸她的额头，果真是发热了，我又将放在床头柜上的碗端起来递给她：“先把姜汤给喝了。”

米彩没有冉和自己的身体较劲，从我手中接过姜汤喝了起来，虽依然不言语，表情却不像刚刚那般冰冷。

“喝完了你闷在被子里睡上一觉，碗你放着，我等会儿回来收，你发的是低烧，再吃点退烧药，出些汗就好了。”

我怕自己感冒加重，披上一件厚外套才出去，我很少生病，家里也没备什么日常用药，所以我还得去药房给米彩买上些退烧药和止咳药。

现在还太早，药房都没有开门营业，跑了好几站的路才找到一个营业的诊所，买好药又立即打的回去，而时间这么几经折腾下已经7点半了。

再次回到住处，来到米彩的房间，她却已经睡着，看着呼吸均匀、表情安静的她，我没有再叫醒她。

我从她包里找到她的手机，拨通自己的号码后，又在她的床头柜上留下一张便条：“醒了以后记得吃退烧药和止咳药，有什么搞不定的给我打电话，号码我已经存在你的手机里了……你眼中的人渣，我自己眼中的天使——昭阳留！”

轻轻替她掖好被子，我离开了她的房间。

洗了个热水澡，没来得及吃早饭，我又搭上去公司的公交车，在精神萎靡中开始了一天的工作。

我困得不行，一个哈欠接着一个哈欠，最后索性单手托着下巴以一个技术含量十足的姿势睡了起来。如果不走近，绝对不会发现我是在睡觉。

方圆因为临近结婚，陷入忙碌中，直到快十点时才来到公司，抬手就把我给拍醒：“你昨晚又去泡夜店了？”

想起昨晚的事情我就窝火，但也犯不着迁怒方圆，又打了个哈欠应道：“没睡好，折腾了我一夜！”

方圆曲解了我的意思，说道：“你小子得注意补肾，虽然还年轻，也架不住你这么没节制地和女人乱搞！”

“咱们都是有文化人的人，说话含蓄点成吗？”

方圆无奈地笑了笑，这才向我问道：“昨天GUCCI设专柜的企划案你帮我搞定了吗？”

“搞定了，给你存在D盘的文档里了。”

方圆点头又递了一张字条对我说道：“昭阳，待会儿我帮你和经理请个事假，你陪颜妍按照这张字条上的清单，去商场把要买的东西都给买了。”

“是你结婚还是我结婚啊？你让我去陪颜妍买东西？”我有些好笑地问道。

方圆叹息：“我这不也是没办法吗，那么多东西要买，颜妍一个人也拎不动。我待会儿又得和招商部的人带着企划案去上海和GUCCI那边谈，我总不能因为自己的私事儿影响公司准备了几个月的招商计划吧？”

“行吧。”我应了一声，却又打了个哈欠。

方圆拍了拍我肩膀，道：“辛苦一下，晚上回来请你吃饭。”

我冲方圆挥手：“忙你的事情去吧，我再抓紧时间眯会儿！”

“别眯了，颜妍在公司楼下等你呢！……”方圆顿了顿，语气忽然放轻附在我耳边小声说道，“对了……简薇回邮件了，我和颜妍结婚那天，她百分之八十的可能会从美国赶回来！”

我瞪着眼睛看着方圆，困意全消，忽然好似穿梭在冰与火的两重天中，三年了，她终于要回来了吗？

第10章 群众里面有坏人

片刻之后我和方圆一起下了楼，他上了公司的商务车，我坐在了颜妍的车上。

我的神经陷入到莫名的绞痛中，心中甚至埋怨方圆不该这么突然告诉我简薇会回来的消息，时隔三年，我早已不知该用什么情绪去面对她。

我无数个日夜发了疯似的想见她，却又害怕见她……害怕见面之后的沉默和尴尬太痛。

颜妍启动车子，看着后视镜变了个车道之后，向我问道："昭阳，怎么一副心事重重的样子啊？"问完又摇了摇头补充道："……有点不太像你！"

我笑了笑，道："难道非得没心没肺的才像我吗？"

"是方圆告诉你简薇会回来的消息了吧？"

"嗯。"我应了一声，却打开车窗点了一支烟。

"难怪呢，这个世界上除了简薇，也没人能撬得动你昭阳忧郁的神经了吧！"颜妍感叹。

"你想多了，她没那么攻无不克，我也没那么不堪一击。"我依旧笑了笑回应。

颜妍耸了耸肩，道："昭阳，冷暖自知呐……你笑得越灿烂，心里越伤痛吧。"

"说的多了解我似的。"这次我终于收起了被颜妍认为是伪装的笑容，以证明我没她说的那么伤痛。

"这么多年的朋友了，我不了解你谁了解你……昭阳，和你说句心里话吧，我们虽然都很替你和简薇感到惋惜，可是……我也不得不告诉你：当一个女人变了心后，曾经她爱过的男人，也就变成了一支被吸过的二手烟，再也吸不出快感，还熏得自己红了眼，这个时候她唯一能做的就是抛弃这根二手烟，你明白我的意思吗？"

"和我说这些做什么？"我深吸了一口烟问道。

"希望你潇洒一点。"

我沉默许久带着不甘心问道："你说爱情是什么？……不就是一句承诺，然后一生执着吗！为什么给了对方承诺，却没有胆子执着？"

"昭阳，爱情真的不是你想的这么简单，我和方圆为什么能走到最后，而你和简薇却不行，你应该明白的。"

我再次沉默，我的确明白，方圆和颜妍，虽都不是什么大富之家，但家境也都还不错，可谓门当户对，而我和简薇……

我清楚记得，简薇在出国前，她爸就买了一辆顶配的凯迪拉克CTS送给她，作为她的毕业礼物……可是爱情真的要用物质来衡量吗？我不太懂！

颜妍又说道："简薇是真爱过你的，你也知道她去美国留学就是为了避开她爸妈的逼婚，希望待个三年，回国后，她爸妈能接受她和你在一起的事实。可是为什么到了美国之后和你提出分手，我也有些想不通……可能真的是因为……"

我不想再重复体会当初分手时的心情，打断了颜妍："打住，就像你说的那样，当她变心了，当我是一根抽不出快感的二手烟吧。"

"我说她变心只是打个比方……"颜妍又安慰道。

这个世界上有一种人，他们有一种特殊的能力，能把一个想死的人活活安慰到真的去死，无疑颜妍就是。

整个白天我都陪着颜妍按照方圆开出的清单购买他们结婚要用到的相关物品，直到傍晚时才和颜妍简单地吃了些东西，各自散去。

尽管昨天我一夜未睡，今天又做了一天的苦力，可在夜晚将至时，我竟然没有一丝睡意。走在街头，每每看到霓虹灯下依偎着从自己身边走过的情侣，心中涌起的是无尽的孤寂和空虚。

我依然惯性地想放空自己，好似我的夜晚就应该属于夜店，我告诉自己：或许喝点酒，今天晚上才会睡得踏实些。

听着劲爆的酒吧音乐，看着变换闪烁的灯光，疯狂扭动腰肢的人们，不一会儿我已经几瓶啤酒下肚，人也有些眩晕起来。我喜欢这种感觉，没有烦恼，没有爱恨情仇，只有亦真亦假的朦胧和虚幻。

在这个酒吧有两支驻唱乐队，两支乐队每天晚上轮流表演，今天正好是罗本带着的"撕裂神经"乐队在驻唱，我和罗本的关系不错，有时候会一起玩玩音乐。

罗本用手指卡住吉他弦，发出一阵类似摩擦的噪音挑逗着对我笑道："昭阳，上来玩玩？"

我放下啤酒瓶，跳上了台子，从罗本手中接过了吉他，对乐队其他成员说道："来首《还阳》。"

众人点了点头，各种乐器开始发声，灯光闪烁下，重金属音乐开始膨胀。

带着酒醉后的发泄，我单脚踩在弹药箱造型的道具上，开始疯狂地弹着电吉他，用嘶吼的爆破音唱了起来：“空想的手拽着大旗，大衣里掖着我的骨头，拼命地回忆来时的路线，转身撞碎在噔噔墙上；妈呀，我回不来了；妈呀，您受点累呀，妈妈呀，快把我给生下来，生下来……提起嗓子扯开脖子……”

只唱了一半，台下一个留着长发，穿着黑色夹克，带着金链子的混混似的小青年瞪着眼睛，冲我吼道：“你个土鳖唱的什么鸟东西……赶紧换歌……”

我停了下来，弯下腰，眯着眼睛看着他：“你孙子再给我说一遍。”

长发一脚踹翻了靠得最近的架子鼓：“你个傻子，老子让你换歌！”

“你大爷的……”我站在高处，一脚踢在了长发的脸上，好似找到发泄的快感，跟着从台上跳了下来拎着吉他就砸，转眼吉他被我砸得稀巴烂，长发也被揍得抱着头蜷在地上惨叫着。

长发随行的几个人拿着啤酒瓶向我冲了过来，被罗本和乐队的成员给挡住了，混乱中我看到有人报警，随即扔掉了吉他的残骸向酒吧外面跑了出去。

派出所的审讯室里，灯光打在我的身上，对面坐着的是一个上了年纪的警察，看上去还算和气。

“姓名、性别、年龄、工作单位。”

“不是……警察大哥，那孙子是真的欠揍，是他先动脚踹我们架子鼓的。你知道我们玩音乐的，乐器就是我们亲弟弟，他打了我亲弟弟，我能和他过得去吗？……警察大哥，真不是我想打架，实在是群众里面有坏人啊！！”我哭丧着脸说道。

“你小子少废话，不管你有多少理由，打架斗殴都不对，法律就没赋予你这个权利，知道吗？”

“警察大哥，我知错了，我已经在内心做了很深刻的反省和检讨，我不该无视法律的威严，以后我一定提高觉悟，做个遵纪守法的好公民，坚决不拖和谐社会的后腿！”

“行了，别臭贫了！……去把罚款交了。”

“不拘留吧？”我小心翼翼地问道。

“被你打的那个小青年也就受了点皮外伤，他同意私了，你把他去医院的费用还有误工费给赔了，加上罚款，一共6000块钱。”

“6000！！！警察大哥，我身上没带这么多钱啊！”

“打电话找你家人、朋友。”

听到家人和朋友这四个字，我忽然就迷茫了，此时我真正感觉到在这座生活了两年的城市里，自己竟然是如此孤独。

我肯定不能找方圆或是颜妍，一来，他们临近结婚，我不想把这个麻烦惹给他们，二来，他们无数次和我表达过希望我安安稳稳过日子的希望，这样的事情还是不让他们知道为好，怕他们失望!

想了半天，那个极度憎恨我，却美得过分的面容浮现在我的脑海中。

找米彩，对，找米彩！反正我在她眼里就是一人渣，毫无形象可言，让她先帮我交了罚款，等下个星期发了工资连之前欠的钱一起还给她就是了。

这个时候我倒真庆幸早上记下了她的手机号码。

从口袋里拿出手机，找到米彩的号码，随即拨了出去。

第11章 男默女泪

电话“嘟嘟”响了几声之后被接通，我先于米彩之前故作关切地问道：“我给你买的退烧药和止咳药，你吃了没有？”

“吃了。”米彩平淡地应了一声，虽平淡却好似少了之前的厌恶。

“那你好些了没？”

“好些了。”米彩说完又是一阵咳嗽。

“多穿些衣服，受点热很快就会好的。”我依旧很关切地说道。

“我又不出去穿那么多衣服做什么？”

见米彩顺利地被我带进了话中，我这才说道：“还真的得麻烦你出来一趟，那个……我现在在派出所，和人打架了，也不够钱交罚款，你过来帮忙交一下，行吧？”

米彩愣了愣才问道：“你和人打架了？”

“可不是嘛，那孙子特欠揍，我打他，是为了教育他别活得太随心所欲！”

“我看你活得比谁都随心所欲！”米彩噎了我一句，也不说来，也不说不来。

我有些着急地问道：“那你来还是不来啊，能给句准话么？”

米彩沉默，这种沉默好似带着些故意。

我又焦急地追问：“你来行吗？……这边都快对我动用私刑了！”

我话音刚落，米彩还没应答，警察却火了，冲我怒言：“我们是人民警察，你当是黑社会吗？什么动用私刑！”

我赶忙捂住电话，小声说道：“息怒、息怒……我就是用夸张的形容手法来说这件事儿，让她赶紧来帮我把罚款交了，那样我自由了，您也省事儿，对不对，警察大哥？”

民警做了个让我赶紧搞定的手势，没有再言语，我却有些紧张地等待米彩的答复，如果她不愿意来，无路可走下我真的得去麻烦方圆夫妇了。

米彩好似做了个很艰难的决定才向我问道：“哪个派出所？”

我赶忙得救似的回答道：“观前派出所。”

米彩“嗯”了一声便挂掉了电话，这种朦胧的态度却让我陷入到忐忑中，结合她前面将我扔在市区30公里外的荒地里的行为，这个时候再坑我一次也不是没有可能。

民警已经离开，我还在审讯室里待着，于现在的我而言，四周冰冷的墙壁和墙壁上代表着法律尊严的“坦白从宽、抗拒从严”这八个字多少让我感到压抑，我巴不得早点离开这个地方，可是随着时间的推移，我有些怀疑自己又被坑了！

半个小时过去，一直紧闭的门终于被打开，这次来的是一个女民警，她对我说道："昭阳是吗？有人帮你交了罚款，你带着身份证去登记一下！"

一句话让我一直紧绷的神经松了下来，从椅子上站起来时竟然有些虚脱，但心里还是摆脱了沉重和压抑，她真的来救我脱离苦海了！

我和米彩并肩离开了派出所，我竟然产生了一种恍若隔世的感觉，连室外带着汽车尾气的空气似乎都新鲜了起来。

米彩将有些凌乱的鬓发别在耳后，用手背掩住嘴又是一阵咳嗽，她是带着病来帮我解决这个麻烦事情的。

我过意不去，对米彩说道："今天这事儿给你添麻烦了，那个罚款和前面欠你的钱……"我挠了挠头，接着说："好像下个星期发了工资也不够还！"

米彩倒不在意还钱的事情，她停下来对我说道："你知道给我添麻烦了，以后就别再惹这样的麻烦。"

我自嘲地笑了笑，道："你说过我是人渣嘛，打架斗殴、玩女人，全部做全了才算得上是一个合格的人渣吧！"

米彩看了看我，没有言语，眼神中对我的厌恶之色却又死灰复燃，或许她只觉得这是执迷不悟的狂言，却不懂这是我带着些许低落的自嘲。

米彩继续向前走着，我跟上她的脚步，放轻了语气和她商量道："其实下个星期发了工资连我爸给我留的钱倒是能还了欠你的钱，不过就没有多余的钱去租房子了……你看，要不我先还你钱，你让我再住上一个月，等我经济上缓过劲来，我就搬出去。"

米彩用一种让我猜不透她情绪的眼神看着我……

在我和米彩的无言对视中，一辆打了鸡血似的出租车在我们不远处停了下来，接着车门被急促地打开，便看到了拎着手提包匆匆从车上走下来的乐瑶。

乐瑶来到我面前，与米彩面对面站着，两人身高相似，着装风格虽不相同，却都很有别样的气质，且又是少见的美女，连路过的两个男民警都忍不住多打量了几眼。

"你怎么来了？"我疑惑地问道。

乐瑶语气关切而紧张对我说："是罗本给我打了电话，说你在酒吧打架被送进派出所了！"

"现在没事儿了。"我用轻松的语气答道。

乐瑶没有回应我，却对我身边的米彩说道："小姐，麻烦你回避一下可以吗？我和昭阳有私话要说。"

米彩原本就没兴趣待在我身边，只是点了点头，向自己的车走去，随即开车离开。

这似乎是一个很麻烦的夜，我有些烦躁，又习惯性地给自己点上一支烟。

乐瑶往米彩消失的地方看了看问道："是她帮你交的罚款？"

"很明显的事情就别问了，行吗？"我带着一些不耐烦说道。

"你和她是什么关系？"

"你觉得我和她是什么关系就是什么关系。"我又敷衍道。

我的敷衍和不耐烦让乐瑶看上去有些低落，随之陷入沉默中。

一支烟抽了一半，我终于对乐瑶说道："你回去吧，这会儿风大，你刚做完手术，身子吃不消。"

乐瑶摇头，又向我问道："你为什么打架？是不是心里藏着不舒服的事儿？"

我愣了一愣，经乐瑶这么一问，才不禁也疑问自己为什么要打架，我在酒吧玩了两年，喝醉的、撒泼的，什么样的人都遇到过，以前都直接选择无视，为什么今天不愿意忍？

尽管我不愿意承认，但这确实和我得知简薇要回来的消息有关，以前她离得远，那些伤痛一直潜伏着若有似无，当她要回国，这些伤痛便忽然爆发出来刺激着我脆弱的神经。

我看着乐瑶，双手重重抹了抹自己的脸，道："算我求你，别问了行吗？"

"昭阳，我就这么让你不耐烦吗？"乐瑶眼中含泪对我说道。

我不言语，只是吸烟，和乐瑶站在冷风中上演着一出男默女泪的经典桥段。

过了许久乐瑶终于对我说："我下个星期就要去横店了，剧组提前开机。”

“是吗，提前祝你大红大紫！”

乐瑶用一种复杂的眼神看着我，语气很轻地对我说道：“我之所以告诉你，并不是要你祝福我，只是希望我不在的日子，你能好好生活，至少开心一些。”

我继续沉默，心中却交织着各种情绪，而我却搞不清楚这些情绪产生的源头在哪里。

乐瑶从随身携带的手提包里拿出一支笔，对我说道：“手给我。”

我虽然不知道她要做些什么，但还是机械似的将手伸到了她面前。

乐瑶在我的手上写下一个手机号码，对我说道：“我这次要在横店待上很久，如果你心情不好或者有心事，就按这个号码打给我，我们至少可以朋友似的聊聊。”停了停又补充道：“这个号码是24小时开机的。”

我一时不知道说些什么，只是在沉默中看着她。

乐瑶将笔收进包里，冲我微微笑了笑，道：“下次见面，我们该说好久不见了……拜拜，昭阳！”

看着乐瑶离去的背影，不知道为什么我忽然产生一种离别的伤感，或许认识时间久了，也会有些许感情的吧，尽管大多数时候，我很厌烦她给我带来的一个又一个麻烦。

夜深了，我该回去了，可是该回哪里呢？尽管我仍住在那个陈旧却温暖的屋子里，可终究是厚着脸皮住下来的，如果米彩执意让我离开，那些困扰着我的惆怅、失落、孤独又该安放在哪里？难道真的要交给这无边无际的黑夜吗？

不，我不想离开，我该和米彩好好谈一次了，哪怕是乞求她收留我，只求妥善安放那些惆怅、失落和孤独！

第12章

要求合租

夜更深了，酒也清醒了，我拉上夹克的拉链，点上一支烟，踩着霓虹灯的光影，茫然地走在街头，大脑里想的却是那些没完没了的琐碎。我忽然有些厌烦自己现在的生活，我想为自己的人生做些什么，可又不知道从何做起，于是更加迷茫。

路过一间酒店，看着从几十个窗户口散落的灯光，好似窥视到一对对在床上此起彼伏的身躯，以至于整个酒店都在摇晃。这个夜，有人在温暖的房间享受夜的销魂，也有人凋零似的走在街头忍受着夜的孤独。

可正是因为有了这样的对比，世界才显得如此的立体和真实，我该明白这个世界原本就是一个复杂的矛盾体，孤独和失落总要有人去承受，所以我不必委屈，也不必抱怨。

可是今晚的月色竟如此之好，照得那些孤独无处可逃，所以拜托天上的仙人请关了月亮的电源，我愿意承受孤独，可不代表我愿意将孤独暴露在这个赤裸的世界中！

回到住处，我习惯性地站在楼下看了看，并没有看到米彩的车子，又绕到楼的对面看了看，车子是在的，米彩好似已经习惯将车子停在这里。

我蹲在车子的旁边又吸了一支烟，回到楼上，随即在米彩的房间门口站了一会儿才敲了她的房门。

“米彩，你睡了吗？”我低声问道。

“有事吗？”

“我想和你谈谈。”

米彩在我意料之内地回答道：“我们之间没什么可以谈的。”

“今晚的事情至少让我当面说声谢谢吧，真的太感谢你了！”

“不用了。”米彩依旧用三个字拒绝了我。

“要的，不说我心里过意不去！”我说着没有得到米彩的同意便以感谢为名打开了她的房门。

屋里的灯还亮着，米彩坐在办公桌前看着书，也或者是资料、文件什么的。

米彩好似已经习惯了我的无礼，对于我没有得到同意就进房间的行为并没有做出什么反应。

我来到她的身后，瞄了一眼问道：“你看的是啥？”

米彩没有理会我，注意力依旧在看的文件上。

我就这么干站着，却在心里酝酿着怎么和米彩说。

“你觉得这夜深人静地站在一个女人的房间里合适吗？”米彩冷言问我。

“我就是想和你说声谢谢，没别的意思。”我赶忙说道。

“那你说吧，说完赶紧出去。”

“哦……”我应了一声又讨好似的问道，“对了，你今天晚上吃药了吗？刚刚还听到你在咳嗽。”

米彩合上文件皱着眉看我，道：“你有话就快些说，我准备休息了。”

“这是你让我说的啊，我说了你可别和我翻脸。”我连忙说道。

“那你就别说了。”

“那不行，说出去的话泼出去的水，你让我说，我当然要说……”酝酿了一下我终于说道，“那个……实话和你说了吧，我压根就不想搬出去！”说完下意识地站直了身子，企图用威武的气势镇压住米彩，让她同意我不搬出去的要求。

米彩看了看我，平静地说：“我说了欠的钱你暂时可以不还，所以你没有什么理由不搬出去。”

“我说了我压根就不想搬出去，你不明白我的意思吗？”

“可是你不止一次地答应我搬出去，难道你的承诺在自己眼中就这么廉价吗？”米彩言语冰冷，眼神中却闪着怒意。

“你让我住在这里有什么不好？”我也愤怒了，在米彩不理解我的同时我也不理解她。在这座城市里合租的人多了去了，为什么我如此依赖这间屋子，她却一次次无情地赶我走，况且我觉得自己在合租上的人品还是很过硬的，是个很安全的合租对象。

米彩反问：“你告诉我哪里好。”

“哪里都好！”想了想我又说，“有我住在这里，以后有个邻里纠纷什么的，我可以很轻松地帮你搞定，告诉你，我就是这个小区的区霸……”

“你别这么幼稚，行吗？”米彩打断了我。

我冷笑：“你不信是吧？……你可以去别的小区看看，是不是每天晚上都有广场舞大妈扰民，咱们住的这个小区你发现有吗？……是不是没有？我告诉你，虽然这个小区没有物业管理，但有我在比那物业管理什么的强多了。”

“就算你说的是真的，也不能成为你继续住在这里的理由，你必须搬出去。”米彩依旧很坚决。

我再次愤怒：“你是不是缺心眼啊？你让我住在这里怎么了？至少水管堵了，灯坏了，我能修吧，下个雨什么的，你不在家，我也会帮忙收衣服吧；再比如今天，你生病了，我也不能见死不救，也得给你买药，煮上一碗姜汤吧……你干吗非得死心眼地让两个人都不痛快？”

“我没有不痛快。”

米彩一句话就将我噎住了，尴尬、沉默了许久才说道：“反正我不想搬，我欠了你那么多钱，我觉得先还你钱比搬家更重要。”

米彩出乎意料地问道：“你说说看为什么先还钱比搬家更重要？”

我几乎没有思考便说道：“还了你的钱我心里会踏实，搬家却让我觉得自己是无依无靠的，空虚的，如果是你，你是选择先还钱，还是先搬家？”

“从这里搬出去你一样可以去其他地方住，空虚和无依无靠又从何说起？”米彩继续问道。

我环视这个屋子里的一切，心中又泛起一阵不能言明的情绪。米彩她根本不懂我对这个房子的感情和眷念，不过话说回来，她也没有必要去考虑。

“你问我为什么搬出去会觉得空虚和无依无靠，是吗？”

米彩点了点头。

我闭上眼睛，在这里住过的无数个日夜像一个个片段浮现在我的脑海中。

一阵沉默之后，我终于开口说道："我是在两年前住进来的，刚住进这里的那段日子，是我人生中最黑暗的一段日子，我几乎每晚都失眠……之所以失眠，是因为有很多心思，可是这些心思和谁都说不得。但闷在心里又难受，于是我就把屋子里的落地灯、柜子、挂钟，甚至是一根拖把，都当成是自己的朋友，把这些不能对人说的心思告诉它们。虽然它们从来不会回应我什么，但却很耐心，无论我说多久，它们都很耐心，所以不吐不快后，我也没那么难受了。我很感谢它们，感谢这个屋子里的一切，它们是我的依靠，是我的朋友，所以我不想离开，我爱这间屋子，虽然它很简陋，可却是我的世界里最安全、最温暖的一个地方……"

在我说完后，米彩用一种很复杂的眼神看着我，我却一点也不知道这个复杂意味着什么，只是忐忑地等待她会不会让我继续住在这里。

第13章 不许再去泡夜店

窗外的月光出奇皎洁，透过窗户落进客厅里，让灯光都黯淡了些，而米彩那美丽脱俗的面容又黯淡了月光。

我就这么盯着她看，她的面容尽是安静，这让我又忐忑了一些，或许我对这个屋子的眷念并不能打动"冷酷"的她。

许久米彩终于开口对我说道："你很爱这个屋子？"

我认真地点头："很爱，很爱……这个世界上不会有人比我更爱这个不起眼的屋子。"

米彩笑了笑，道："那倒不见得。"

我诧异地看着她："难道你是那个比我更深爱的人？"

实际上我一直好奇米彩为什么会和老李买下这个屋子，尽管我可以假想成是一种富人的行为艺术，但真实答案恐怕并不是我假想的那么简单。

米彩并没有回答我的问题，她向我问道："你打算住多久？"

"你是同意了吗？"我带着些许激动问道。

"昭阳，你能先正视问题吗？"米彩言语间有些不满。

我笑了笑感叹道："原来你知道我的名字啊！"

米彩再次皱眉。

我讪讪地笑了笑，生怕她改口，做了个抱歉的表情，连连说道："我先回答问题，我先回答问题，我打算住……再住一个月，行吗？"

米彩沉默了一会儿，终于说道："可以，不过你要先答应我两个条件。"

"行啊，只要你不赶我走，什么都好说，一定做到。"我拍着胸口说道。

"你先别信誓旦旦，等做到了再说。"米彩噎了我一句。

我再次尴尬地笑了笑，道："我知道在你眼里我没什么信誉可言，那这么说吧，你提的要求我尽力而为，行吗？"

"嗯。"稍停米彩又说道，"先说第一条：以后你不可以去泡夜店，能做到吗？"

"啊！"我下意识地惊叹一声，没想到米彩竟然提出这个要求。

米彩看着我，等待我的答复。

我尽管疑惑米彩为什么会提出这个要求，但考虑到女人的心思一向不可捉摸，也不想追根究底询问原因，先住下来才是头等大事，不做考虑便点头道："能，还有一条呢？"

"住在这里期间，你不可以进我的房间，我房间的钥匙你得还给我。"

"这个要求是应该的。"我说着从口袋里掏出钥匙，找到米彩那间屋子的钥匙放在她面前的茶几上。

米彩从沙发上站了起来，最后对我说道：“记得你答应我的，如果被我发现有一条做不到，你自己自觉搬出去。”

洗漱完毕之后，我回到自己的房间，这本是个该安定下来的夜，毕竟我可以暂时住在这里了，可还是忍不住胡思乱想。

还有四天就是方圆和颜妍结婚的日子，作为一路走下来的朋友，他们结婚不可能不刺激我。其实，我并不是一个不婚主义者，如果能遇到情投意合的女人，我也渴望结婚，可是自己的物质条件又确实差了些，能够给予婚姻的东西也很少，所以结婚的欲望对我来说，只能作为一个不切实际的幻想，暂时封存起来。

我又想到了简薇，方圆和颜妍婚礼那天，我们是一定会见面的，如果她带着自己的男朋友或者她已经结婚，带着老公，我是不是又要崩溃一次？

次日，我按时来到公司，方圆也已经从上海赶回了苏州，两人在休息间的咖啡机旁碰了面。

我们一人端着一杯咖啡闲聊了起来，我问方圆：“怎么样？GUCCI设柜的项目搞定了吗？”

方圆如释重负地说道：“搞定了，不出意外下个月就能签进场合同了。”

“不错，GUCCI这样的一线品牌能进我们百货商场，你功不可没，小同志前途不可限量！”我拍着方圆的肩膀笑言。

方圆却正色对我说道：“昭阳，关于工作你有什么自己的想法吗，我可以帮你向上面争取。”

我依旧笑道：“你就不用替我瞎操心了，有想法我自己会去争取的。”

我知道方圆是替我着急，但是他自己也就刚担任企划文案组组长半年，资历尚浅，而公司的水却深，再加上我们众所周知的朋友关系，对他来说影响并不好。

“你得了吧，咱们在一起共事两年，你什么时候主动给自己争取过的。”方圆的语气显得不悦。

我没心没肺地笑着：“那不是因为没有想法嘛，我觉得这样挺不错的，至少工作轻松，就算天塌下来，先砸的也是你们这些拼了命往上爬的劳模！”

方圆被我说得无语，半晌叹了一句：“下了班一起吃饭吧。”

两人端着没喝完的咖啡杯从休息间向办公室走去，快进办公室时，方圆忽然将我拉住。

“怎么了？”我甩掉袖口的咖啡，诧异中带着不满问道。

方圆停顿许久对我说道：“……简薇昨天晚上和颜妍电话联系了，那时候她已经准备登机回国了，中午差不多就能到上海了！”

我霎时呆住了，脑袋有些空，竟不知道以什么情绪来面对这个消息。

方圆拍了拍我的肩膀低声问道：“你要去上海见她吗？”

我愣了许久反问方圆：“你说说看，我怎么去见，带着一个扯淡的前男友身份去吗？”

“你要觉得尴尬就当我没告诉你吧，不过总是要见上一面的。”

我当然知道方圆说的总会见上一面，是在他和颜妍的婚礼上，到那天，简薇会参加，我也会参加，但那样的见面只是例行公事，而不是刻意为之，我想：彼时，我如果看得够开，只把她当作一个偶然相遇的陌生人，不必寒暄，不必……撕心裂肺！

一个上午，我在涣散中断断续续地做着手中的工作，直到中午时分所有同事都去餐厅就餐时，我才点上一支烟，闭上眼睛，仰躺在办公椅上吸着。

弥散的烟草味中，简薇离开那天的面容又挥之不去的在我的脑中盘旋，我有些痛苦，有些不知所措，却不知道怎么去排遣这些无病呻吟的痛楚。

两年前我就已经明白，因为分手幻想出来的痛苦，不过是无意义的自我折磨，可“贱”乃人之本性，情愿咬着牙承受虚假的伤痛，也不愿脱“贱”成佛。

或许此刻简薇正惬意地享受和家人、朋友重聚后的下午茶，而我却悲怆地坐在空无一人的办公室，抽着烟毒将四周吐得一片愁云惨雾。

我狠狠地掐灭掉烟，恨不能抽自己一个大嘴巴子，告诫自己别太贱。最终我也没能下的去手，只是无奈的苦笑。

又枯坐了一会儿这才有了饥饿感，我将烟塞进口袋里，准备去吃些东西。

从电梯里出来以后，手机响了起来，看了看是罗本打来的。

接通电话罗本带着些歉意对我说道："昭阳，昨天的事儿真是不好意思了，没能帮你扛下来。"

我不在意地笑道："是兄弟就别和我说什么不好意思，你们玩乐队的，酒吧打架这种事情怎么能让你们去扛，以后哪个酒吧还有胆子收留你们驻唱，再说教训那些不开眼的孙子是我这个四好青年义不容辞的责任，你们就别凑热闹了！"

罗本也笑了笑道："那行，兄弟就不多说了，对了，今天晚上苏荷酒吧有一场时装走秀，尽是漂亮姑娘，有几个和我还挺熟，你来，有看对眼的介绍给你。"

"行啊！"我想也没想地应了下来。

"那行，今天晚上我请客，咱们往疯了玩。"

我手持手机已经走离了办公楼，猛然想起自己昨晚答应过米彩不会再去泡夜店的事情。停住脚步，想起自己前些日子对米彩种种不靠谱的言行，我决定这次做个言而有信的男人……

我稍稍沉默之后对还在等我应答的罗本说道："哟……瞧我这记性，今天晚上有点私事儿，真是去不了了。"

"是什么事儿比咱们一帮人在一起吃喝玩乐更重要？"罗本开玩笑似的问道，却也有些诧异，在他眼里，我昭阳向来是把吃喝玩乐当作人生中的头等大事去对待的。

"事情有轻重缓急，改天再约吧，今天真不行。"

罗本略微失望地应了一声，终究也没有勉强我。

挂掉电话，我迎着暖风走在路上，竟也有些诧异自己的转变，其实我即便答应罗本，也无妨，以我的品行，我可以心安理得地告诉米彩：我不过参加了公司的聚会，喝了些酒；她管天、管地，总管不了我和公司同事名正言顺的聚会吧。

而我为什么没有选择欺骗她呢？我有些不懂……

半晌，也没有想出所以然，索性理解为：她实在过于漂亮，对于美女，男人总是本能地愿意去顺从。

可是，这个毫无根据的逻辑，看上去好似也不那么站得住脚。

第14章 你是我的新房客

下了班后的傍晚，我和方圆在公司附近找了一间中式饭馆，简单地点了些饭菜，两人相对而坐。

片刻之后饭菜上齐，方圆拿起筷子自顾自地吃了起来，见我不动筷子又说道："你小子倒是吃啊。"

"不等颜妍了吗？"我疑问道。

"她去上海见简薇了，今天这饭就咱俩吃。"方圆语气平静地说道。

"她去见简薇？你们这还有几天都结婚了，她走得开吗？"

方圆浑然不在意地回道："刚刚下班才去，明天早上就回来了，不耽误事儿。"我点了点头，也随之吃了起来。

方圆将筷子放下，盯着我看，片刻才问道："昭阳，要不咱来点酒？"

"今天不喝。"

半晌又看着我说道："我看你有点郁闷！"说完看了看表又说道："这会儿颜妍应该还没走远，要不我打电话让她回头接你，你也趁着难得清醒和简薇见上一面……"

我沉默半晌叹了一句："颜妍还真是嫁狗随狗啊！"

"怎么说？"方圆换了个坐姿问道，也不介意我拐着弯骂他。

“你俩都缺德，求你们别把一个想死的人，安慰到真的去死，行吗？”

“我安慰你了吗？”方圆一脸无辜地反问。

我有些火大：“这饭你还能不能吃了，不能吃滚犊子。”

我的愤怒却让方圆叹息，他摇了摇头说道：“你小子还是这个模样，每次说到和简薇有关的事情，你翻脸比翻书还快，她这道坎儿你是真过不去了吗？”

我这才意识到，刚刚不过是方圆的试探而已。

方圆让服务员拿了两罐青啤，撕开一罐递给我，自己也喝了一罐，刻意转移话题似的问我：“最近和那个平面模特怎么样了？我觉得她好像对你蛮有意思的。”

“别扯了，我和她充其量也就是对方空虚时期的玩具而已。”

“性玩具？”

“你怎么理解都成。”我又拿起面前的啤酒，往自己嘴里猛灌了一口。

方圆随我喝了一口，又追问道：“你实话和哥们儿说，自简薇离开后，大千世界就没有一个让你心动的姑娘吗？”

“没有。”我想也没想地回答。

方圆摇头说道：“怎么看你也不像一个痴情种！其实这些年是你自己的心不定，你把心沉下来，好好想想，是不是一直有让你心动的姑娘埋伏在你身边，只是你没发现而已。”

“我心不定？”我疑惑地反问方圆。

方圆认真地点了点头，又做了个引导的手势对我说道：“你喝口酒好好想想，就现在，肯定有收获。”

我半信半疑，但还是遵照方圆所说，喝了一口酒，继而发散自己的思维，将这些年自己身边的姑娘一一从心底拿出来体味。半晌，也真没发觉对谁动过心，我更愿意把和她们在一起的记忆定格在一夜春宵上。

犹记得每个一夜春宵后的早晨，阳光落在被两人身躯托起的被子上，并不会给我踏实的感觉，我往往想穿上裤子落荒而逃，似乎黎明的阳光照出的只是物质的穷乏，哪里还记得夜晚的心动和销魂。

如果某个女人在某个早晨，和我坐在同一张床上以房子为基础进行谈婚论嫁，我一定会崩溃，再以这种崩溃为前提，我早记不得心动是什么感觉了。

“有吗？”方圆端起啤酒和我碰了一个，颇为关切地再次问道。

我只是摇了摇头，端起啤酒喝了一口，却懒得再说一句话，心中更不愿意再想起任何女人。

可是人的思维却很奇怪，当我不愿意去想的时候，忽然我的女房东那张美得不真实的面容“嗖”的一下出现在我的脑海中——难道米彩就是方圆口中那个让我心动的女人？

我赶忙否定。我和米彩不过区区相处几天，就算她美得嫦娥下凡，我也犯不着对她心动，因为对女人的幻想和冲动，早死在了刻薄的岁月中。

方圆还在翘首以盼地等待我的答案，我却不想再和他纠结心动这个对我而言毫无意义的词汇，索性继续玩起了沉默。

两人喝完了一罐啤酒，继续吃饭，窗外的天色也在不察觉中暗了下来，路两边的街灯以一样的姿态，渲染着夜幕下的这座城市。

我和方圆一人点上一支烟，消遣着吃完饭后的无所事事，两人继续闲聊了起来，聊着聊着，方圆看了看窗外的夜色，调侃道：“昭阳，今天这情况有点不对劲啊，这天都黑透了，你怎么还坐得住，你不是得去找快活吗？”

“哪儿也不去，待会儿回家睡觉。”

方圆似乎被我震惊到了，惊叹道：“是谁谋杀了你的夜晚？”

我被方圆给问住了，我醉生梦死的夜晚的确被一个刚刚出现在我生活中的女人给谋杀了。

我并不急于回答方圆的问题，却迫切地想让他帮我分析一个困扰我许多天的疑问。我始终弄不清楚，开着豪车的米彩为什么会住进那个破旧的屋子里，我可不愿意相信，这是上天刻意为我们制造的缘分。

半晌我对方圆说道：“告诉你一件特新鲜的事儿。”

“是不是这件新鲜的事儿和你不出去鬼混有直接联系？”

我点了点头，随后将这些天，我和米彩因为那个房子发生的种种事情有选择性地告诉了方圆。

方圆听完后，有些半信半疑地看着我，停顿小片刻才问我：“你确定她开着百来万的豪车，住进了你那间烂房子？”

“当然确定，你帮我分析分析，看看她到底是什么动机？”我很认真地对方圆说道。

“反正不是谋财害命。”方圆不屑地瞥了我一眼。

“我知道我没财，烂命一条，你认真点行吗？”

“昭阳，咱们活在一个特现实的世界，你别指望她是上辈子欠了你什么，这辈子来报恩的。”

我摸了摸下巴，一本正经地说道：“你别说，说不定还真有这可能，你说我这辈子无恶不作，浑得发臭，肯定是因为上辈子好事儿做太多了，说不定我那女房东就在上辈子受了我恩惠，这辈子来报恩伺候我的。”

“伺候你？你不是说她大晚上把你骗到苏州和无锡的沪宁高速交界段，冻得你大鼻涕直流，有这么伺候的么？”

我指着方圆，又是一阵无语，才说道：“你就一损友！”

方圆笑了笑，起身拍了拍我肩膀说道：“昭阳，其实出现一个女人转移你对简薇的注意力，也未尝不是件好事儿……”没等我应答，又说道：“马上七点半了，我八点约了婚庆公司的策划见面，今天咱们就先散了吧。”

看着方圆离去的背影，我在茫然中又点上了一支烟，总觉得不太理解他说的话，为什么米彩的出现会转移我对简薇的注意力？

从餐馆出来后，又买了一罐啤酒，一边喝，一边随着拥挤的人群，听着别人的笑闹，想着自己的烦恼往家的方向走去。

回到家中打开门，屋内一片漆黑，打开客厅的灯，四处看了看，屋内充满冷清，我的女房东米彩似乎还没有回来。

我百般无聊，坐在沙发上看起了电视，少了泡夜店的醉生梦死，夜似乎也变得没完没了的漫长，我已经记不起，我何时像现在这样，在夜晚初至时，便好似一个居家小男人般对着电视机寻找消遣……然后倍感无聊！

时间才刚刚八点半，却被无聊折磨得抓心挠肺，抽了一根烟，发了一会儿呆，时间只走了十分钟，我有点儿想死，原来一个人的夜晚竟是如此难熬！

我从房间里找出吉他，开始练起了歌，消遣无聊。

一曲唱罢，准备弹下一曲时，屋外终于传来了动静，随后门被打开，然后我看到了提着手提包的米彩。

我放下吉他，带着笑容说：“回来了？”

“嗯。”米彩应了一声向自己的房间走去。

“站住。”我板着脸向她喊道，却是无聊心理作祟，不甘心一个人寂寞，想戏弄于她。

米彩转过身与我对视：“有事吗？”

我打量着米彩，口无遮拦地问：“你说你怎么那么漂亮，不会是什么妖怪变的吧？”

米彩眉头微皱，对我冷言道：“麻烦你不要让我有引狼入室的感觉，行吗？”

我立马站了起来，故作激动说道：“姑娘，你没弄错吧，这房子是我先住进来的，你这引狼入室的说法是不是有点不恰当？”

米彩语气依旧冰冷：“如果你觉得我是妖怪变的，你随时可以搬出去，我不会有意见的。”

“我凭什么搬啊，本来这房子就是我住的，你充其量就是一个新房客，再说了，你都答应我住在这里了，我也遵守约定，下了班大佛似的蹲在家里哪儿都没去，所以搬家的事情，以后你千万别和我提。”我说着从沙发上站了起来以示激动。

“我是你的新房客？”米彩的语气明显不悦。

我却毫不在意，道：“对，从今天起，你在我面前就得以女房客自居，在这间屋子里，谁资历深，谁就是房东。”

“你不觉得自己很无聊吗，另外我得提醒你，你没有必要偷换概念，把女房客的称谓强安在我身上，因为我只答应你在这里住一个月，你很快就会带着房客的身份永远离开这里。”米彩有恃无恐地看着我说。

“一个月怎么了，就算只做一个月的房东我也爽！”我嘴硬地回道，情绪却因为米彩那句“永远离开这里”而低落。

米彩不愿意再和我较真，说了句“谁管你”之后转身向自己的房间走去。

一个人的客厅里，我摸出一支烟点上，在烟进烟出的快感中，却又因为自己靠无赖争取来的房东身份而倍感好笑。

吐出的烟雾在灯光的映衬下，悠悠地飘向了窗外，我看得入神……

恍惚中简薇朦胧的轮廓出现在窗前，我猛然想起：还有三天我们就将在方圆和颜妍的婚礼上见面，我似乎有一种预感，接下来的这三天或许比分别的三年还要难熬……

时至今日我一直想不通，我们用人生中最美好的时光经营了四年的爱情，为什么未能善始善终，哪怕是分手至少要给我个理由，可是……

我闭上了眼睛，从指尖处不断散出的烟，熏得我有点想掉泪！

第15章 捉弄米彩

坐回到沙发上，我将未吸完的烟按灭在烟灰缸里，看了看身边的吉他，却已经没有情绪再唱上哪怕一首歌。

我仰躺在沙发上，心中有些不快活，如果没有米彩给我的约束，现在我已经和罗本他们喝啤酒看着一场美女如云的走秀，所以很大程度上，现在的无聊是她赋予我的。

我觉得她有责任帮我解决掉这些没完没了的无聊，不管这个逻辑在别人看来是多么的强盗，我却觉得理所应当，因为无聊在我的认知世界里是那么可怕，它的产生完全源于孤独，倘若活着，谁不害怕孤独呢？

我来到米彩的房门前，敲了敲门，对屋内不知道在做些什么的米彩说道：“喂，有空吗，出来聊聊天。”

“我们没有共同语言。”屋内传来米彩的声音。

“大家说的都是中国话，怎么没有共同语言了？再说，我是房东，你是房客，同住一屋檐下，为了能够长期和谐相处，勤沟通是很有必要的。”

米彩没有理会我。

我当即改变战略，采用怀柔政策，再次敲响她的房门，说道：“你吃晚饭了吗，要不我煮点宵夜……”

米彩并不领情，厌烦地打断了我：“麻烦你做点有意义的事情。”

“靠，给你做夜宵，你还讽刺我活得没意义，是吧？那我还真就不愿意打扰了，了不起啊！我跟勺子把玩去……”

我负气似的坐回到沙发上，却不甘心，她凭什么一副懒得理会我的姿态，我是穷，是不怎么有出息，但这不代表我愿意用卑贱去成全她的高姿态，既然活着我还是很在乎自尊的。

我真从厨房找了一只勺子，放在茶几上用手指拨着勺把，弄得勺子像陀螺似的转了起来。

半个小时后，米彩的房门被打开，她已经换过了衣服，穿着套头的白色珊瑚绒睡衣向卫生间走去，似乎已经打算洗漱休息。

我盯着她看，她走到茶几前，向还在转动的勺子看了一眼，然后停下脚步看着我，我又发泄似的狠狠用手指拨着勺把，勺子转得更快了。

我无聊的举动让米彩的脸上终于露出些许笑意，我却辨不清这是单纯觉得好笑还是嘲笑。

“笑什么笑！我刚刚没告诉你我要玩勺把吗？”我一边说一边将勺子转得更快。

米彩点了点头，道：“你还真是言而有信，有进步。”说完再不多言向卫生间走去。

片刻之后米彩从卫生间走了出来，此时她的头发已经散了下来，发梢有一些不小心沾上了水迹，尽管已经卸了妆，但皮肤依旧白皙，吹弹可破，这更显现出她的天生丽质，至少我认识的无数女人中，还真没一个卸了妆之后依旧如此漂亮的。

她继续无视我的存在向自己的房间走去。

我再次厚着脸皮向她喊道：“你站住。”

“做什么？”米彩不仅言语冷，表情更冷地看着我。

我有点心虚，硬着头皮说道：“我……我挺无聊的，你陪我聊会儿！”

“找和你一样无聊的人去，我准备休息了。”

我好似得到特赦令一般，声调都高了几分：“这可是你说的啊，我现在就出去找乐子去。”

“你可以出去，但是得带着你的行李一起，然后就没有必要再回来了。”

“就知道你就会掐住我的软肋拿我找消遣……说真的，我过了三年多的租房生涯，什么人都见过，就是没见过你这么拽的房客，对自己的房东你就不能客气点吗？”我带着不满再次将房客的称谓强行安在米彩的身上。

米彩反唇相讥：“我也没见过你这么厚脸皮的人！”

“我要不厚脸皮，早就露宿街头了，这都是被你逼的。”我瞪着米彩，想起这几天的遭遇心中又是一阵不爽。

“你不是房东吗？谁敢逼你！”米彩似笑非笑地看着我，讥讽道。

我指着米彩，气得肝疼，半晌说道：“你这毒妇，我说自己是房东，不过想给自己找块遮羞布？你给留点尊严行吗？”说完又长声叹道：“穷人的日子苦……啊！活得没幸福感……啊！”

“你这样的人放在古代就是泼皮刁民，放在现在就是无赖流氓！”米彩瞪了我一眼，说完不愿意再和我纠缠，转身向自己的房间走去。

看着被重重关上的房门，我“呸”了一声，怒道：“资产阶级了不起啊，小平同志都说了，中国人民最终是要走向共同富裕的，先让你们这帮提前富裕了的得瑟几年，再过几年，你且看我……”

又在客厅折腾了一会儿，我才回到自己的房间，关上房门，躺在床上，习惯性地点上一支烟，心中仍回想着刚刚和米彩斗嘴的情形，虽然没占到什么便宜，但想到米彩绷着俏脸，被气得骂我无赖、流氓时，心中一阵暗爽，情绪似乎不那么烦躁了，片刻之后竟然迷迷糊糊地睡了过去，终于没有死在无聊的折磨中！

可能是昨晚睡得早，早上六点我便醒了过来，之后无论如何也睡不着，只是瞪着眼睛对着天花板发着呆，又不自觉地想到了方圆和颜妍即将举行的婚礼，心情随之焦虑了起来……

我和简薇一样为对方奉献了多年的青春，我因为即将与她相见而焦虑，而她呢？是否和我一样？

我没有答案，我不能以自己作为衡量简薇的依据，因为有时候女人区别男人，有时候简薇更不等于我，或许三年后再次与我相对，她只当我是个普通朋友，甚至陌生人！

天才蒙蒙亮，持续的焦虑下我不打算再睡，起床简单洗漱之后，准备给自己做一顿早餐。我打开冰箱看了看，前些天板爹带来的咸蛋还有几个，煮上一锅粥，买上几根油条，还算是个不错的早餐搭配。

我去楼下的早餐店买了些油条，又去便利店买了几袋榨菜，回来时锅里煮着的水已经沸腾，将米倒了进去，然后又找来拖把打扫着屋子。

清晨的第一缕阳光透过玻璃折射了进来，慵懒地荡在阳台下的彩叶草上，好似告诉我：这是一个不错的早晨。

为了让自己融入这不错的早晨中，我闭上眼睛做了个深呼吸，渐渐，焦躁的心绪也稍稍安定了些。

当我睁开眼，看到从房间走出来的米彩，她依旧穿着睡衣，神态还处于刚睡醒的朦胧中。

我手撑着拖把，带着轻佻的笑容和米彩打招呼：“早上好，我的女房客！”

米彩似乎已经不愿意纠结我强加给她的房客身份，将自己睡得凌乱的鬓发别在耳后向我问道：“你一向都起这么早的吗？”

“当然不，今天我特意起这么早就是为了给你做早饭。”我不动声色地撒了个谎。

“是吗？可我还打算再睡一会儿。”

“那你现在起来做什么？”我看着米彩明知故问，这会儿起床明显是去卫生间尿尿的，可我就是很好奇 “尿尿”这两个不雅的字从米彩这样的美女嘴里说出来是什么情形，或者她根本就不好意思说！……管她好不好意思呢，只要能在一天的初始给自己找来乐子就行。

米彩皱眉看着我，却不说话，如此一个气质型美女果然难以将“尿尿”这两个字说出口，我心里得意，又得寸进尺地挪了步子挡在卫生间的门口。

半晌米彩对我说道：“你让开。”

“不让！……你懂不懂礼？我问你问题你还没回答，一大早你就让我特生气！”我提高声调说道。

米彩立在原地，脸色微红，可能是被我气的，也可能是被憋的……这都存了一夜了，能不憋么！

我心里爽得开了花，好似米彩用金钱强占了这座屋子的大仇已经得报，又小人得志地说道：“说啊，你既然还打算睡觉，现在起床做什么？”

“我现在起床是因为我要用卫生间，麻烦你让开。”米彩说着表情已经十分不悦。

我怕自己玩笑开过了火，更怕米彩翻脸让我搬出去，赶忙让开了，也忽然明白，原来不一定非要说尿尿，说用卫生间也一样可以含蓄地表达出来，而这便是一个粗糙男人和一个美女的区别！

待米彩从卫生间出来后，我再次很真诚地邀请她一起吃早饭，但她似乎很反感我刚刚捉弄的行为，没有理会我直接进了自己的屋子继续睡觉，结果我在这个看上去还不错的早晨，独自吃了一顿无聊的早餐，然后像个机器，开始了已经被设定好的一天。

等等，我要纠正自己，严格来说，我并不像个机器，因为最近我总是带着人的情绪去焦虑，想到将要和简薇见上一面时便本能地焦虑……这个时候，我倒情愿自己是台没有情绪的机器。

这时，清晨正好的阳光，变换了一个角度落进屋子里，照亮了衣柜里的黑色大衣，又扑灭了我的情绪，而简薇的脸却越来越清晰……

第16章 两个无耻的窃贼

来到公司，照例先打开电脑看了一会儿社会新闻，然后又去朋友们的微博转了一圈，试图找一些好笑的段子让自己乐乐。

无意中发现两天前颜妍发了一条微博，微博的主要内容便是她和方圆的结婚照片，这条微博颜妍艾特了一圈人，唯独没有艾特我。我当然知道，她是害怕方圆和她的修成正果会让我联想到自己和简薇的收场，其实她大可不必如此，带着疼痛的祝福我昭阳给得起。

他们的婚纱照有好多个主题，其中有一组照片命名为“沉默着欢喜”，在这一组照片中方圆和颜妍两人互相牵着手但面无表情，看上去很沉默，而照片的背景却是一棵微笑着的向日葵，点出了“沉默着欢喜”这个主题。

这是一个很赞的主题，但本却不属于他们，这个主题是三年前，简薇问我该怎么拍我和她的婚纱照时，我灵光一现提出来的……我觉得在沉默中的欢喜才最经得起时间的推敲和岁月的侵蚀，永远保持下去。

我轻轻叹息，心却因为无情的岁月变迁而疼痛，沉默了许久，我笑了笑在颜妍的这条微博下留言：“两个无耻的窃贼，祝你们永远幸福！”

点上一支烟，奋力地吸了一口，悠长地吐出，可弥漫的烟雾却瞬间被吹进来的风给肢解，于是我也看到了一幅尽是裂纹的画面。画面中的简薇依旧是三年前爱着我的模样躺在我的怀里，称赞我提出的“沉默着欢喜”这个主题，我们一起很欢喜地决定有朝一日结婚时，一定会用这个主题去拍一组婚纱照。

可终究我们用不上这个主题了，于是被方圆和颜妍这两个没有创新意识的损友给剽窃去……呵呵，对此我一点也不难过，真的不难过……只是会想起那天黄昏下的我们，是因为憧憬结婚而多么欢喜。

中午时分，我和方圆在公司的餐厅吃饭。从今天下午起，方圆便开始休两个星期的婚假，有些工作他需要暂时转交给我。

花了十分钟和方圆聊完工作上的事情，我们又聊起了他和颜妍即将举行的婚礼。

我向方圆问道："颜妍的伴娘找好了吗？"

方圆点了点头，道："本来颜妍是打算在她们公司找一个女同事做伴娘的，这不简薇回来了吗，肯定找简薇了。"

我一时没反应过来，愣了半天才向方圆问道："你的伴郎是我吧？"

"怎么着，你是想临阵脱逃吗？"方圆脸一沉问道。

"你俩这是安的什么心？你和颜妍就不考虑这么安排我和简薇会有多尴尬吗？"

片刻方圆才反应过来说："是哦，我和颜妍还真没想到这个点上，这么安排你们是挺尴尬的。"

"知道就行，而且我和简薇已经分手了，让我们做你们的伴郎、伴娘不吉利！"我又补充道。

"你这么一说我还真有点后怕！"停了停又问道，"那你和简薇谁退出来？"

"你休婚假了，工作的事情都压在我头上，我也没那么多时间陪着做伴郎，还是我退出吧。"我想了想说道。

"那行吧，这事儿还真没有两全其美的办法。"方圆言语间带着些遗憾说道。

我当然也觉得遗憾，可按照结婚的风俗，让一对已经分手的男女做伴郎伴娘，对结婚的两口子而言是不太吉利。

稍稍沉默一会儿我问方圆："想到伴郎的其他人选了吗？"

方圆做了个让我安心的表情说道："不用想，现成的，找向晨就成。"

别说，向晨做方圆的伴郎是个再合适不过的人选，当初上大学时一个班级就属我们仨关系最铁，只是向晨是南京人，毕业后回了南京，没和我们一起待在苏州，但是革命阶级的友情一直还在。

我点了点头问方圆："我和他有些日子没联系了，这小子最近在忙什么呢？"

方圆感叹道："他们家那烟酒店这两年做得不错，听说在南京开了好几间分店，最近准备公司化运作，又搞了个800平方米的旗舰店，光旗舰店的形象设计费就花了30多万，做得挺上档次的！"

我也叹道："他爹真牛啊！人到老年了还活活把这小子整成了一个富二代！"

方圆耸了耸肩说道："这事儿和他爹还真没什么关系，你又不是不知道他三叔在商务局工作，还是实权派，他们家那烟酒店做大不是迟早的事情吗！"

我认同了方圆的观点，这个社会有人脉和没人脉差得可不是一星半点，比如我和向晨便是两个鲜明的对比。

下午方圆便离开了公司，我的工作也随之忙碌了起来，直到晚上八点才下班，次日，尽管是星期六，我依旧在忙碌中加了一天的班，主要还是代替方圆忙GUCCI在我们商场设专柜的项目，这两天里一直和GUCCI那边的考察团进行对接，又根据他们的要求修改着项目企划案。

仅仅两天，我已经有了焦头烂额的感觉，继而厌烦，这让我明白：相较于方圆我的工作能力还是差了些，至少他在处理这些事件时一直很游刃有余。

星期六的晚上九点，我拖着疲惫的身躯坐上了回家的末班车，心情却没有因为明天的休息而轻松些，脑子里想的尽是明天方圆和颜妍婚礼上的情形。

回到住处已经九点半，我并没有立即洗漱休息，只是坐在客厅的沙发上习惯性地点了一支烟，继而沉浸在焦虑的情绪中不能自拔，甚至忘记了用吉他弹一首歌让自己放轻松些。

我喝了一杯凉水，就这么躺在沙发上对着天花板发呆，片刻之后听到了开门的声音，我知道是米彩回来了，这两天她回来得比我还迟，可能她也有自己的夜生活，不过这和我没多大关系。

屋里的烟味让米彩皱了皱眉，她走到我身边对我说道："你能不在客厅里抽烟吗？"

我并不在意米彩的质问，无所谓地说道：“客厅抽烟怎么了，又没去你房间抽。”

“客厅也不行，我不想每天回来，刚进屋就乌烟瘴气的。”米彩声色俱厉地说道。

“那我下次抽烟把窗户打开行了吧，风吹进来一会儿就散了。”我在焦虑的情绪下耐着性子对米彩说道。

“那也不行，以后你只能出去抽，这个屋子里不允许。”

我从沙发上坐了起来，也皱眉说道：“这也不允许，那也不允许，你把我当孙子了是吧？……我在这间屋子里住了两年多，哪个角落我都抽过烟，包括你现在住的房间和……卫生间的马桶上。”

在我动怒后，米彩却忽然很淡定地对我说道：“你要这么不满，那你自己去找间房子住，就是爬上屋顶抽烟也没人管你。”

我不语，却厌烦被人掐住软肋的感觉，可又反抗不得，心中恨不能自己成了大款买下这间屋子，然后很牛地爬上屋顶去抽上一支烟。

半晌我将烟盒揉成一团，恶狠狠地扔进了垃圾篓里，瞪着米彩粗暴地说：“小爷我不抽了，满意了吗？”

洗漱完了，我回到自己的房间，将门闭得死死的，又找到一包烟，拆开点上一支，然后打开窗户，躺在床上抽着。

半天没响起的电话，没有任何征兆地响了起来，我呆愣了半天，在铃声快要结束时才从床头的柜子上拿起了电话，然后接通。

电话里传来颜妍熟悉的声音：“昭阳，睡了吗？”

“躺下了，还没睡。”

颜妍叹道：“又想心事呢？单身的男人真可怜！”

“你等会儿再打过来，我先去卫生间哭一会儿。”我没好气地说道，颜妍和方圆一个德行，每次都把人安慰得想死。

颜妍笑了笑，道：“行了，和你说正事儿。”

“快说。”我又吧嗒吸了一口烟说道。

“……我现在和简薇在一起呢？她今天晚上住在我家。”颜妍压低声音对我说道。

我克制住自己的心跳，故作平静问道："你没和方圆在一起吗？"

"你傻啊！我现在肯定在自己家的啊。"说完甜蜜地补充道，"等我的夫君明天来娶我！"

"哦。"

"那个……你要和简薇说几句吗，她正在客厅和我爸妈聊天。"颜妍的声音压得更低了。

我无言以对……

电话那头忽然传来另一个声音："颜妍你在干吗呢？"

然后又传来电话骤然挂断的"嘟嘟"音，我却迟迟没有挂断电话，我听得出来那是简薇的声音。

终于电话自动挂断，一会儿后颜妍给我发了一条短信："刚刚你听到简薇的声音了吧……吓死我了，我是背着她给你打的电话，这事儿得你们当事人同意沟通，我才好帮你们搭线，要不显得我挺没分寸的！"

我并没有回信息，只是在沉默中掐灭掉手中的烟头，她的声音却依旧在我的耳畔萦绕，又想起那个在落雨的黄昏中欢喜的我们。

其实今夜是否沟通对我们而言并没有什么太实际的意义，毕竟我们明天会带着真实的身躯见上一面，而且三年都过去了，还在乎再熬过一个焦虑的夜吗？

第17章 三年后的相见

这个夜其实我并没有怎么睡，扪心自问，我是想回到过去的，回到那些她还爱着我的日子里，然后我们牵着手在沉默中欢喜。

可是我终究活在现在，活在她已经转身离去的背影中，然后狠狠想她，再嘲笑她无情！

黑夜转换成清晨，阳光不知道什么时候透过窗帘的缝隙照进了我的房间里，最后停在插着花的玻璃瓶上，氤氲出一个七彩的光圈，似乎昭示这又是一个很赞的早晨。

是的，即便没有阳光的昭示这也是一个很赞的早晨，因为有一对新人将在今天喜结连理，我不应该用焦虑的情绪去污染这个早晨和他们的婚礼，我告诉自己必须要有一个阳光的姿态。

我从衣柜里找出最帅的西服，又刮掉胡须，找来吹风机给自己吹了个很精神的发型。对着镜子笑了笑，确定自己很阳光后，这才准备离开这间屋子，去为方圆和颜妍送上婚礼的祝福。

快中午时分，我和一众宾客在酒店外等待着迎亲的车队，也等待着以伴娘身份陪伴颜妍的简薇。

迎亲的车队迟迟未到，听说是路上堵车了，这对我来说简直是折磨，此时我倒情愿早些见到简薇，而难熬的恰恰是这种见面前的焦虑等待，反正也避免不了要见面，倒不如求个爽快，或许见面后，我们只是心照不宣地把对方当作陌生人，这样，最好！

我挤出人群，坐在了酒店对面的石凳上，情绪更加焦虑，这种焦虑很难用言语去形容，总觉得颜妍和方圆这场象征着圆满的婚礼对我来说是一种严酷的拷问。

这种拷问不仅是情感上的，还有物质上的，为什么我和方圆毕业于同一个学校，站在同一个起点起步，如今他事业小成，与心爱的人修成正果，而我却如此落魄，一个人过着居无定所、四处举债的日子。

自我拷问中，我的心中充满无法呼吸的孤独和失落，这一刻我真的希望有一个女人陪在自己身边，帮我掩饰掉这些孤独和失落，让我带着一张至少看上去幸福的笑脸去祝福方圆和颜妍。

抽了一支烟，终于从口袋里拿出手机，随后拨通了我的女房客米彩的电话。

稍等了一会儿之后米彩接通了电话，我赶忙问道："你起床了吗？"

“干吗？”米彩的语气有些警惕。

我笑了笑，试图先让她放松戒备，然后才说道：“其实是想请你吃个饭……”

“没这个必要，我们算不上太熟。”米彩似乎没考虑便拒绝了。

“有这个必要，你想啊，你又是借我钱，又是收留我住下，对我来说简直是再造之恩，我要不请你吃一顿饭，不真成了你嘴里的人渣了嘛！”

米彩稍稍沉默了一下，我又趁热打铁地说道：“来吧，我地方都选好了，真诚地希望你给我一个机会，让我彻底摆脱人渣这个低级的称号。”

米彩再次沉默之后对我说道：“吃饭的地方在哪儿？”

“雅茗大酒店。”

“雅茗大酒店？我没有听错吗？”米彩言语间充满疑惑。

“当然没听错，只有五星级酒店才能显示出我请你吃饭的诚意嘛，所以……你一定要来，这一顿饭抵我一个星期的工资呢！”我加重语气带着诚意，带着装出来的“肉痛”说道。

“知道了，等我20分钟。”停了停又补充道，“以后别这么铺张，诚心请我吃饭在哪里都一样。”

我没想到米彩会顾及我经济拮据，愣了愣才答道：“知道了，我在酒店外面等你。”说完我和米彩各自挂掉了电话，我的心中也终于松了一口气，我想：把米彩骗过来陪着自己，待会儿也就不会显得那么孤独和落魄了吧！

一刻钟过去，迎亲的车队还没有到，看样子他们是遭遇了一场空前绝后的堵车，而此时我已经不像刚刚那么焦虑，这让我觉得叫来米彩是一个很英明的决定。

又过了5分钟，我看到了那辆红色的奥迪Q7，米彩真的遵守约定来了，她将车子停在了露天的停车场，我立刻迎了过去。

两人站在酒店广场的喷泉旁边，我先开口说道：“我还有点担心你不会来呢，没想到你还真准时，刚好20分钟。”

“我可不像某些人把不信守承诺当作家常便饭。”米彩借机损了我一句。

我不在意地笑道：“你说的某人就是我吧，没事儿你可以挑明了说，我不会和你生气的。”

“你不生气是因为你脸皮厚！”米彩又噎了我一句。

我又笑了笑，却没有再说话。

米彩向对面的酒店看了看，问我：“可以去吃饭了吗？”

“当然可以，不过得稍等一会儿，还要等几个人。”

“还有其他人吗？”

米彩的话音刚落，一直等待的人群开始喧哗了起来，然后八辆贴着喜字，披着彩带的汽车呈一字形，驶进了酒店的院内，他们终于到了！

我顾不上和身边的米彩说话，目光不受控制地盯着那辆载着新娘的婚车看着，我知道简薇也坐在那辆婚车里，呼吸霎时变得紊乱了起来。

一身新郎装的方圆先从婚车里走了出来，然后去车的另一侧帮颜妍打开了车门，用一个公主抱将她从车上抱了下来，这一抱让围观的人群中响起一阵掌声和欢呼声，洋溢着的幸福，瞬间将我淹没。

人群起伏中，我终于看到了从车上下来的简薇，她手上捧着一束鲜花，穿着宝石蓝的礼服，正午的阳光撒在她的手臂上，一片晶莹，而她的脸庞还是那么漂亮，一双柳叶细眉下，桃花似的眼睛好似有水波在动，在我所有认识的女人中，她的眼睛是最美的。

简薇将手中的花递给了被方圆抱在怀里的颜妍，然后随着人群鼓掌欢呼，自始至终没有向我这里看一眼，也可能她根本没有在意此刻我也在现场。

我沉默了许久，做了个深呼吸，对身边有些弄不清楚状况的米彩说道：“我的朋友们来了……我们进去吃饭吧。”

米彩面色冰冷：“你是来参加朋友婚礼的，根本不是诚心邀请我吃饭，对吗？”

“我很诚心的，只是人多了一点。”

“人渣！”米彩骂了我一句从手提包里拿出车钥匙，转身向不远处停着的车子走去。

我不可能让米彩走，是的！我是忽悠了她，可是这样的忽悠对她而言没有一点伤害，至少还能吃上一顿喜宴，既然已经来了，再走就没有道理。

我抬手拉住了米彩，语气也不受控制地变重：“你干吗那么较真！我请你来吃朋友的喜宴怎么了？你只管吃饱了喝足了，又不会掉你身上的肉！”

米彩用包拍打着我，边走边说：“我再强调一遍，我不喜欢别人欺骗我……从现在起，我不想再和你这个骗子、人渣有任何关系，麻烦你回去以后，立刻从我的房子里搬出去。”

尽管我没有料到米彩的反应会这么剧烈，但仍抬手拽着她不让她离开，两人的拉扯中，一个身影站在了我们的对面。

我的手还死死拉住米彩的手臂，同时抬起头看着对面的来人，心一阵阵剧烈地抖动……我和米彩对面站着的正是简薇！

三年后的此刻，我们终于面对面地站在了一起。

第18章 深情告白

喷泉池里的水，顺着巨大的雕塑，瀑布式地向下流淌着，我和米彩、简薇这奇怪的三人组合在流水声中互相看着，一时谁也没有打破沉默。

终于简薇笑了笑对我说道：“好久不见了，昭阳。”

“嗯。”我只应了一个字，生怕字数太多让她听出我颤抖的声音。

对于我的回答简薇只是笑了笑，又看着米彩问道：“你女朋友？”

我这才发现自己还死死地拽住米彩，也顾不上松开她，心想：如果米彩真的是我的女朋友，那足够证明我与简薇分手的这些年过得还不错，至少没有死在一个人的孤独中。

我本能地不想让简薇看到我落魄地过着，在这种本能的驱使下，我竟然冲简薇点了点头，说道：“对啊，是我女朋友。”

说完又紧张地看着米彩，生怕她当面拆穿我，把我变成一个笑话。

米彩皱着眉沉默，似乎打算对我手下留情，又好似不甘心放弃这个绝佳的报复我的机会。

我赶忙对米彩说道：“你不是公司有急事要处理吗？赶紧去吧，回头我和朋友解释一下，他们会理解的。”

米彩一挣扎甩开了我的手，似乎巴不得离开这里，什么话也没有留下转身向自己的车走去。

红色的Q7带着一阵气流，紧贴着我的身体开过，空气中似乎都弥漫着米彩愤怒的气息，看样子我是真的把她给惹怒了。

喷泉还在涌动，现场却只剩下我和简薇，我点上一支烟，深吸了一口，装作一副无可奈何的模样抱怨道：“唉！她就是忙，整天忙……”

“是吗，不过你这女朋友看上去挺不错的。”

“什么叫看上去挺不错的，是当然不错！”我站直身子不满地纠正了简薇的说法。

简薇打量着我，半晌说道：“昭阳，你还是没变。”

“什么意思？”

没等简薇回答，伴郎向晨在远处冲简薇挥着手，说司仪正在找她，有一个婚礼环节需要她去配合。

简薇应了向晨一声，又看了看我，问道：“午宴马上开始了，你不进去吗？”

“我把烟抽完。”

看着简薇离去的背影，我的心中充满失落，我想告诉她：她说得对，我确实没变，我还留恋着那些我们在一起的日子，我还记得那天我不能与她的家人相见只能躲在角落里为她送行，我也记得她哭泣着用口红在车窗上重重地写下了“等待”，我远远地看着，直到“等待”两个字在我的视线里彻底模糊，直到脸上挂着她永远也不会看到的两行泪……

我沉浸在过往的画面中，甚至想不顾一切地冲过去抱住她，告诉她我还爱着她，可就在刚才，我们久别重逢后的对话却是那么的苍白和无味，连个普通朋友都算不上，我知道那些在沉默中欢喜的爱恋已经离我们越来越远……

如果我的心是一座城市，这一刻，整座城市都在哭泣！

婚宴开始了，所有人依次落座，我和同事们坐在略靠后的地方，而简薇、向晨与新郎、新娘坐在最靠前的一桌。

我忍住不去看简薇，身边的同事和我说话，我心不在焉地应付着，却总在心里找一个理由向简薇那边看去，而自始至终简薇甚至没有给我一个回应的眼神，只是时不时与身边的向晨聊着，两人很投机，而简薇的心情也似乎很不错。

司仪在台上怂恿着方圆和颜妍做亲密的互动，台下的人纷纷起哄，我依旧不言语，酒却喝了一杯又一杯。

恍惚中，向晨端着酒杯向我走来，我又端起酒杯一饮而尽，等向晨走到我面前时，我已经给自己倒上满满一杯酒，冲向晨喊道："向晨小兄弟，过来给小爷趴下。"

向晨笑了笑道："谁趴还不一定呢！这次准备喝几个？"

我和向晨所谓的趴下，是从大学时遗留下来的陋习，曾经年少轻狂，我们喝酒一定会把对方喝到趴下为止，那时，喝到最后唯一还站着的人会很牛地称趴下的人为孙子，大学四年，我趴过，方圆趴过，向晨自然也趴过，于是我们三人交替着做了四年的孙子，却从来没有承认过另外俩人是爷！

事实上，自从走上社会后，我已经不会像大学时那样傻喝，但今天不管是向晨还是谁，只要和我端起杯子，随便什么酒，随便多少杯，我都会陪着，因为我替方圆和颜妍感到高兴，替自己感到可悲，这么多的情绪下，或许酒才是我最好的解药。

换了个大规格的高脚杯，我倒上了几乎满杯的白酒，端起酒杯对向晨说道："和以前一样，一人一杯，喝不下去了，赶紧趴地上装死，别求饶，别解释。"

众人被我的话逗乐，一阵哄笑，只当作我们在开玩笑，我却不眨眼，真的端起杯子两口喝掉了满满一杯白酒，然后将杯子朝下示意已经喝完。

一片惊叹声中，所有人的注意力全部从方圆和颜妍的身上转移到我和向晨的身上，包括简薇也看向了这边。

“昭阳，这都毕业了好几年了你还是这么生猛，不过这酒我一定会喝，因为今天我特高兴。”说完也一口喝掉了杯中的酒，然后向简薇那边看了一眼。

我发现了这个细节，心中的一根弦忽然被拉扯，我明白向晨嘴里的高兴是为了谁。

大学时，我和他一起追求简薇，可是简薇却选择了我，然后他便与简薇兄妹相称，仍旧给予无微不至的照顾。当然，这在那时看来是一种释怀，可现在我与简薇已经分手，且简薇也已经回国，如果简薇还单身，那么他完全可以名正言顺地再次追求简薇。

我沉默不语，向晨却又倒上满满一杯白酒对我说道：“昭阳小兄弟，帮个忙，咱们再来一杯。”

我点了点头又倒上一杯白酒，准备一饮而尽，向晨却按住了我的杯子，道：“这次我先喝。”

向晨说完一仰头便喝掉了一整杯白酒，然后将酒杯放在桌子上又向简薇那边走去。

简薇用一种关切的语气责备向晨：“你少喝一点酒，这么喝酒不怕伤身吗？”

“借着喝的这些酒，想和你说说心里话！”向晨说完仰起头闭上眼睛做了个深呼吸，然后向司仪借过了话筒，看着简薇整个人进入到深情款款的状态中。

我忽然有一种预感，接下来会发生的一幕足够撕裂我！

全场鸦雀无声，此刻向晨的表情充满真挚，温柔中带着动情，他紧紧握住简薇的手，凝视许久说道：“今天是一个充满喜气的日子，也是我期待了很久的日子……简薇，我深爱了你五年，从来没有变过，哪怕你和昭阳在一起，我也没有放弃过爱你……曾经我以为昭阳会给你幸福，我选择了默默祝福你们，可事实证明你们的恋爱是失败的，我不会去评价你们的爱情，毕竟爱情是自由的，谁再去纠结过去都没有意义……现在你单身了，我希望你可以做我的女朋友，我真的愿意为你付出一切，哪怕你还打算回美国，我也愿意随你出国，总之天涯海角我都会陪着你，就像两年前我去美国陪着你的那段日子！逗你开心，给你幸福！”

我的心好似炸裂了一般疼痛，向晨的话让我想起了一个事情：那是我和简薇分手后的一个月，向晨的确出国了一段时间，只是当时他没有告诉我们去了哪个国家，现在可以确定他是去了美国陪伴着失恋后的简薇。原来这些年他一直和简薇保持着联系。

所有人都在等待简薇是否会答应向晨，我却在这一刻彻底明白，大学时的简薇爱的是一种感觉，毕业后爱的却是门当户对。

无论从哪一方面来看，向晨和简薇都是最般配的……我想：也许我已经知道了简薇即将给向晨的答案。

撕裂的疼痛中，我仿佛又看到了那天为她送行时，她哭泣着用口红在车窗上重重写下的“等待……”

第19章 天空之城（1）

简薇用一种没有人看得懂的表情和向晨对视着，向晨从口袋里拿出了似乎早就准备好的精致礼盒，然后打开，里面是一条水晶镶嵌着钻石的项链。

灯光师灭掉了大厅里的灯，用一束追光灯将向晨和简薇的身姿映衬得那么光鲜，而我已经在昏暗中感觉不到自己的存在。

“这条水晶钻石项链是我请国内最好的珠宝设计师设计的，全世界仅此一条，我给它起了一个名字——挚爱，代表着我对你最真挚、最纯洁的爱，就像钻石和水晶一样，给我一个机会，让我亲手为你戴上，好吗？”

我想告诉向晨，他说得不对，只要有钱谁都可以为女人送上一条水晶钻石项链，而爱情中衍生出的真挚和纯洁却是发自内心的，不需要借助任何物质的。

可是又有多少女人会相信呢？钻石的闪亮早已经迷了她们的眼睛。

我终究没有去反驳向晨，只是将自己封存在心中的那座城池里……

现场所有人都被向晨所打动，他们用掌声鼓励简薇接受来自向晨的表白。

简薇向黑暗中的角落看了看，终于在沉默中点了点头，于是掌声和欢呼声更加热烈起来，向晨满怀激动地为简薇戴上了项链。这一刻，一对男女在方圆和颜妍的婚礼上定情，喜上加喜！

此刻，除了我，已经没有人再记得起那个黄昏的雨中，我们约定要拍一组主题为“沉默着欢喜”的结婚照。

婚宴在人群的沸腾中接近尾声，前来参加婚礼的宾客互相道别，我迈着晃晃悠悠的步子独自向酒店外走去。

酒店外的阳光真好，刺得我睁不开眼，我扶住身边的一根立柱，眯着眼睛看着蓝天白云，酒醉的眩晕中，我好似看到了自己心中的那座城池随着飘浮的空气飞上了天空，与蓝天白云融合，渐渐晶莹剔透，看不到一丝孤独和伤痛！

穿着婚纱的颜妍和方圆一左一右扶住了摇摇欲坠的我。

颜妍带着歉意对我说：“昭阳，对不起，我们事先真的不知道向晨会在我们的婚礼上向简薇表白……你心里一定不好受，对不起！”

“哈哈……我不难过，怎么会难过呢？……对了，你们有没有……有没有看到我心里的那座城池飞到了空中，藏在阳光的里面晶莹剔透……”我含糊不清地说着，又从烟盒上抽出那层透明的薄膜，覆在眼睛上找寻着那座天空之城。

颜妍和方圆对视了一眼，方圆抽掉我手中的薄膜对我说道：“别说醉话了……我找司机送你回去。”

“不用这么……麻烦，我自己回得去，我去打车。”我说着挣脱了颜妍和方圆扶住我的手向街边走去。

步履蹒跚中，我看到了简薇搀扶着酒醉的向晨从另一边走来，她一边走一边从向晨的口袋里掏出车钥匙，然后打开了那辆黑色路虎的车门，方圆和颜妍赶忙过去帮简薇将向晨扶进了车里。

其实看着这样的画面我一点也不悲伤，至少我还能艰难地站着，而向晨已经醉得不省人事，这一次趴下的是他，他是孙子，我是爷，一个在孤独中伤痛的爷！

我立在原地，看着简薇启动了车子，然后载着向晨向那片城市的繁华驶去。

这个下午我坐在护城河边的绿化带上抽了一支又一支烟，终于无烟可抽，我闭上眼睛躺了下去，感受着秋天午后的风从我的身边吹拂而过。

哪怕喝了过量的酒，可心里的极度疼痛竟然让我没有昏睡过去，而痛苦却在酒醉的另类清醒中被放大数倍。

过去她在车窗上重重写下的“等待”，今天她沉默着点头接受向晨的表白，两个画面交替着在我的脑海中出现，越闪越快，好似要将我撕裂，我在痛苦中紧紧抱住头，蜷缩着身子呜咽着。

心里的疼痛越来越难忍，我真想了结自己的生命，去追随那座已经从我心中剥离，幻化成为天空之城的城池。

我用残存的力气从口袋里掏出手机，在通话记录里找出最近的一个通话记录当即拨了出去。

拨通后许久，电话才被接通，里面传来米彩坚决的声音，她对我说道：“这次不管你用什么借口我也不会再姑息你了，今天你必须搬出去，我不想一个骗子住在我的房子里。”

我笑了笑，语气平静地对米彩说：“如果你现在有空，赶紧来护城河。”

我看上去无厘头的要求让米彩更加愤怒：“我为什么要去？”

“快来阻止我，我想跳河，真的会跳！”

我没有等米彩应答，抬手将手机扔进了护城河里，我没有骗米彩，酒精和痛苦的驱使下我变得麻木，真的想去追寻那座晶莹剔透的天空之城。

一阵暖风吹来，没等我迈出步子，积攒的酒劲忽然冲了上来，抬头看了看蔚蓝得让人眩晕的天空，身子忽然就软了下去，倒在地上昏睡了过去。

当我醒来时天色已经很暗，护城河两边的路灯已经亮起，倒映在河面上随着水波晃荡着，岸边的马路上不时传来汽车的鸣笛声，视觉和听觉的双重刺激下，模糊的世界忽然变得真实起来。

我头疼欲裂，一阵女人的幽香随着夜晚的秋风飘进了我的鼻腔里，我撇过头看了看，竟然是米彩坐在我的身边，我的身上正披着她的外套。

我从地上坐了起来，米彩这才发现我醒了。

“你醒了。”

“你怎么来了？”

我们几乎同一时间向对方说道。

又一阵夜风吹来，已经泛黄的枫叶落了下来，掉进不远处的河里，在点点星光的陪衬下随波逐流。

我们俩都看着河面，片刻米彩才回答我的问题：“我来看看你死了没。”

“什么死不死的？”我疑惑地问，早已经忘记了昏睡前给米彩打电话的事情。

“所以你又在欺骗我，是吗？”

“我完全不知道你在说什么啊！”我感叹道。

米彩耐住性子对我说道：“你中午的时候给我打了电话说你想跳河，如果你还有疑问的话可以看你手机的通话记录。”

“那我看看。”我说着开始摸起了口袋。

“咦！我电话呢？”

再次看向河面，终于记起电话已经在冲动之下被自己扔进了护城河里，随之记忆被打开，想起确实在中午时神经病似的给米彩打了电话说要跳护城河……

我有点歉疚地对米彩说：“不好意思啊，我中午酒喝多了，说的是醉话，真不是欺骗你的。”

“人渣，没有德行的骗子！”米彩丝毫不留情地骂道。

“你别这么骂我行吗？”停了停我又说道，“不就跳河吗，我现在给你补上，不算迟吧？”

“你跳去吧。”米彩看着河面对我说道。

“跳就跳。”我说着向河边走去，一跃站在了河边的护栏上。

第20章 天空之城（2）

我迎着风站在护栏上，睁大眼睛想在水波流动的河面找到那座“天空之城”的倒影，可看到的仅仅是霓虹灯闪烁下的城市浮华。

清醒后的我意识到，自己竟然是如此害怕死亡，害怕被淹没在深不见底的护城河里。

我回头看着米彩，她看上去却是那么无动于衷。

“你真不打算劝劝我吗？”我皱了皱眉问米彩。

“我为什么要劝你？”

“可是跳下去我真的会死啊！”

“死的是你又不是我。”米彩依旧一副不惊不诧的表情说道。

我从护栏上跳了下来，怒道：“我一点没看错你，你就是一个毒妇，为了达到自己的目的，不惜让别人去死。”

“我没有目的，是你自己说要跳河的。”米彩依旧很淡定。

我更加愤怒了，指着米彩说：“你能不能别这么淡定地把我往死里整？……我记得我打电话是让你来劝我别跳的吧，按照我设定的剧本，你就不该这么演！”

“我来的时候你和死人一样躺着，本来就不会跳，为什么还多此一举地给我打电话？耍我很好玩吗？”米彩的言语间终于有了怒意。

我有点憋屈，当时冲动之下我确实会跳，谁知道命不该绝，忽然酒劲就冲了上来让我昏睡了过去。

我不知道怎么和米彩解释又信口胡说：“我是真的想跳护城河的，临跳的时候我想起来还欠着你一万多块钱没还，我死了是不要紧啊！可这钱就没人还你了，所以我一狠心就没跳，因为我是个有良心、有道德底线的人，绝对不会做那种欠债不还的缺德事儿的。”

“说的真是悲壮啊！”

“是真的悲壮好吗？你不知道我当时有多挣扎，一边是死了以后的解脱，一边是欠债不还后良心上的谴责，很难选！……当然，最后我艰难地选择了守住道德底线，所以我还活着。”我表情夸张地说道。

米彩似乎不愿意再听我胡吹乱扯，从地上站了起来，准备离去。

“等等。”我喊住了米彩。

“又怎么了？”米彩的言语间已经非常不耐烦，说着穿上了她刚刚盖在我身上的外套。

“你是不是从下午就一直坐在这里守着我？”

“我是来给你收尸的，又不是来劝你的，所以我傍晚才来。”米彩用她特有的平静说道。

“唬谁呢，你来给我收尸还帮我盖上外套？”我带着意味深长的笑容拆穿了米彩的谎言。

米彩冷冷说道：“尸体上都会盖一件东西遮住遗容，难道你不知道吗？”

我被米彩说得哑口无言，还没有完全消化掉的酒精又开始在我的体内兴风作浪，我一阵眩晕，随之产生了强烈的呕吐感。

我趴在护栏上，将自己掏空了般地往护城河里吐。

吐完，我虚脱似的倚着护栏坐了下来，闭上眼睛，我的神志越来越清醒，于是中午在方圆和颜妍婚礼上经历的画面再次出现在我的脑海里，随之一阵撕裂般的疼痛充斥在我的身体里。

那一刻，向晨帮简薇戴上意味着定情信物的钻石水晶项链，我多么想不顾一切地告诉简薇：我想回到过去，在沉默中欢喜的过去，有情有爱的过去……可是从来没有回得去的过去，我失去了简薇，永远只能旁观着她在别人的世界里幸福着！

撕裂的疼痛中，眼角传来温热感，我好似哭了！

一定不是我在哭，是那座天空之城在哭泣，她在用眼泪分解着我内心的悲戚。

“你哭了，擦擦眼泪。”

我睁开眼，原来米彩还没有离去，她递给我一张纸巾。

我没有去接纸巾，眼泪还是让风吹干了最好，才不会留下任何痕迹。

米彩蹲下来看着我，语气终于轻了些问道：“是不是我刚刚的话说得太重了？我不该嘲笑你是尸体。”

我沉默许久才低声说道：“其实和你没关系，哪怕真的是一具尸体，也只是死之前疼痛了一下，可是活着的痛才是撕心裂肺的……这种感觉你懂吗？”

米彩摇了摇头，道：“我不懂，我现在想的都是你什么时候会从我的房子里搬出去。”

“你就那么烦我吗？”

“是的，你的行为实在不会给我什么好印象，你是一个不折不扣的混蛋！”

“是吗？……可是你不知道，你眼中那个坏事做尽的混蛋，曾经心里也有过一座干净的城池！”

“我不太懂你在说些什么。”

“你不需要懂……因为今天这座城池已经从我的身体里脱离，成为了一座我永远也触摸不到的天空之城！”

我低头摸索着口袋，却已经没有一支烟供我燃烧掉惆怅，缝补我碎裂的灵魂。

米彩没有言语，她在我身边坐下，以同样的姿势倚在身后的护栏上。

我们的四周越来越安静，好似被夜幕隔离在城市的喧嚣之外，一阵夜风吹拂过，吹出了众生平等，吹灭了人间烟火！

我看到了地上有一支只被我抽了一半便掐灭掉的烟，捡起来吹了吹再次点燃，烟草的味道再次弥漫了开来，又在朦胧的灯光下消散……

我终于对米彩说：“我知道你希望我走，我会搬出去的，就明天。”

“这次是真的吗？”

“是真的……我连一座城池都丢了，还会在乎一间屋子吗？”

米彩似乎有些好奇我总是提起那座城池，她问我：“你说的那座天空之城到底是什么模样？”

我想了想说道：“她是一座晶莹剔透却总是沉默的城市，她有一种魔力，会让人忘记烦恼，忘记伤痛，忘记浮华，当你住进去的时候，什么都不再重要，因为你会化身成为一只晶莹剔透的鸟儿，冲破一切束缚穿梭在自由的风中……”

“可是鸟儿终究要落地的，落地后它还会晶莹剔透吗？”米彩看着我问道。

“不知道……因为我还没有想过落地后的模样。”

或许我可怜的模样引起了米彩的同情，这个夜，她没有把我一个人丢弃在河边，我坐着她的车向那座繁华得有些虚幻的城市驶去，而我已下定决心，过了这个夜晚我将从那间陈旧的屋子搬出去，反正我的生活也不会再坏到哪儿去，倒不如成全米彩，还她一个清静。

一路上，我们各自沉默，这种沉默我理解为米彩依旧不满于我今天数次欺骗于她，而我现在的落魄和可怜也不能完全熄灭她愤怒的火焰，能从郊外把我给带回去已经很有人情味了。

回到我们住的小区，米彩停好车，我和她一前一后向楼道口走去，却意外地发现板爹正在楼道口的台阶上坐着，身边放着的是那只已经用了数十年的老式黑色公文包。

第21章 一只蟑螂的意义

我和米彩迎着板爹走去，我问道：“板爹，你来怎么不给我打电话啊，这晚上气温降得厉害，你这么干坐着多冷啊！”

“打了，你关机了。”板爹的回答依旧很木讷，没有一丝感情色彩。

板爹这么一说，我才记起手机被我发酒疯扔进护城河里了，心中不免一阵肉痛，自己钱没挣多少，做的全是败家的勾当。

米彩和板爹打招呼：“叔叔，好！”

“你也好，你们还没吃饭吧，我在超市买了些菜，给你们做饭。”板爹说着从身后拎出一只方便袋，里面有鱼，还有一些蔬菜。

“叔叔，你上次熬的粥很好吃，做饭也一定很好吃吧。”米彩用一种从未在我面前有过的笑容对板爹说道，这让我意识到，我确实是一个不讨喜的人，而不是米彩的姿态高。

对于米彩的称赞，板爹只是笑了笑，随后示意我们上楼。

上楼时，米彩在前面走着，我和板爹落在后面，我有些意外地问板爹：“板爹，你这几天都待在苏州没回去吗？”

“我又去广州参加了一个展会，回来时路过苏州。”板爹的回答依旧简洁。

我想想也是，马上快冬天了，是板爹所在的国企，暖器订单最多的时候，差不多每年这个时间板爹都得去不少地方采购原材料。

回到屋子里，板爹直接进了厨房，开始动起了手，米彩想去厨房给板爹帮忙，却被板爹拒绝了，然后回了自己的房间不知道忙些什么，而我则坐在客厅里发呆，心中仍一阵阵苦涩，我知道这种苦涩会陪伴我许久，直到我彻底忘了简薇的那天。

小片刻米彩从房间内走了出来，换了一身居家服，这让她看上去亲切多了。

“像个雕塑似的坐着！就不能去厨房帮你爸吗？”米彩似乎不满我无所事事。

“你不懂，他喜欢一个人做饭。”

“还有这样的事情？”

“因为他把做饭当乐趣，别人帮忙就是抢他的乐趣。”

“哦，那他做的饭应该很好吃吧？”

“你又不是吃货，问那么多干吗。”

“非要是吃货才能问吗，谁都有好奇的权利。”米彩再次情绪不满地和我针锋相对。

“待会儿不就知道了吗，不差这一会儿。”

米彩没有和我追根究底，转身回了自己的房间，然后抱着一只脏衣篓向卫生间走去，我有点诧异，原来女神也是要洗衣服的。

卫生间里传来水流的声音，然后洗衣机滚动了起来。

尖叫声从卫生间传来，自然是米彩的声音，分贝之大瞬间将我从失神中唤醒，而板爹已经先我之前，手拿大勺跑向了卫生间，随后我也跑了过去。

尽管我和板爹将阵势弄得很大，狼也能被打死，但此时的米彩却只是和一只趴在浴缸上的蟑螂对峙着，蟑螂有恃无恐地抖动着触须，而米彩已经花容失色，这明显是一场不对称的较量，可笑的是处于弱势的竟然是一个大活人。

米彩见我来了本能地往后退了退，躲在了我的身后，简直和九点档的狗血韩剧上的情节一模一样，我也因此获得一个英雄救美的机会，尽管我的对手只是一只蟑螂。

我走到浴缸边上提着蟑螂的触须将它拎了起来，蟑螂的情绪非常不稳定，一阵剧烈的挣扎，米彩又是一阵尖叫。我心中好笑，在她每次把我噎得想吐血时，一只埋伏在阴暗角落里的蟑螂却能把她给吓死，这便是一物降一物。

我将蟑螂提了提，对板爹说道：“加个菜吧，好久没吃肉了，爆炒还是清蒸呢？”

米彩一阵犯恶心。

板爹似乎很维护米彩，脸一沉说道：“别闹，赶紧扔了。”

我提着蟑螂不屑地冲米彩一笑，这才将蟑螂从窗户口扔了出去，随即叹息说道：“唉！要是没摔死也成了一只无家可归、生活不能自理的残疾蟑螂，还不如长点心摔死算了！”

米彩自然知道我是借蟑螂损她总是把我往外赶的行为，但依旧没从刚刚的蟑螂事件中缓过神来。于是我忽地产生一个幼稚的想法，要是富人们都像米彩这么害怕蟑螂，我就揣一口袋蟑螂去敲诈勒索，准能轻松致富。

突发事件结束之后板爹依旧去厨房忙碌着，而米彩却不准我离开卫生间，让我陪她洗完衣服，害怕再从哪个角落蹦出一只蟑螂，也有可能是一群，总之肯定是刚刚那只蟑螂的亲属们。

片刻之后终于洗完，米彩将衣服从滚筒里拿了出来，我则坐在浴缸上看着她。

沉默了一会儿我对她说道：“我明天要搬走了。”

“我知道。”

“你一个人应该挺寂寞的吧？”

“我为什么要寂寞。”

我假装很失落地说道：“是哦，你怎么会寂寞呢，这里可有蟑螂甲乙丙丁陪着你，没事儿和你玩玩捉迷藏的游戏，热闹得很！”

米彩怔住了，随即带着怒意看着我，我却很淡定地说道：“赶紧去把衣服晾了，待会儿要吃饭了。”

饭桌上，我、板爹、米彩三人各坐一边，一向木讷的板爹出奇主动地问米彩：“饭菜还合胃口吗，姑娘？”

米彩点头应道：“叔叔做的饭菜很好吃！”

我知道这绝对不是恭维，板爹做的饭菜真的很赞，尤其是糖醋鱼，堪称一绝，而米彩也很识货，尽挑糖醋鱼吃。

在米彩称赞后，板爹点头笑了笑，然后看了看我，仿佛告诉我：“儿子，你爹只能帮你到这儿了，剩下的要靠你自己了！”

我倒情愿自己错误地解读了板爹眼神中所表达的意思，因为我和米彩完全没有可能往情侣上发展：一来，她极度厌烦我；二来，我还没从简薇和向晨给的阴影中走出来；三来，也是最重要的一点，我配不上她，试问谁见过一个开着豪车的漂亮姑娘会爱上一个不靠谱的人渣！

我们能相遇并不是什么美妙的安排，只是上天为了让我明白人与人之间的差距到底会有多大，然后让我死在羞愧难当中，真缺德的老天！

胡思乱想中，板爹又开口对我说：“昭阳，你待会儿吃完饭把水管修一下，接口处有点儿漏水，天再冷一点弄不好会爆管。”

“知道了。”我应了一声。

按照我和米彩的约定，明天我就得搬出去了，板爹还用他的幻想将我和米彩以后的生活强行捆绑在一起，我有点无奈。

板爹又问米彩：“姑娘，我们家昭阳和你住在一起没给你添麻烦吧？”

我生怕米彩揭露我的种种罪行，在桌下用脚踢了踢她，示意她别乱说话，却不想她趁势一脚重重踩在我的脚指头上，疼得我差点扔掉手中的筷子。

“叔叔，他挺好的……就是总喜欢在屋子里吸烟，说了也不改。”米彩先褒后贬地向板爹揭露了我的罪行。

板爹沉着脸看着我，我假装没看到，可板爹的眼神依旧犀利，不依不饶地看着我，米彩则一副幸灾乐祸的表情。

“改，我改。”我在无奈中妥协，却觉得这样的妥协毫无意义，米彩也够无聊，我马上都搬走了，在不在屋里抽烟还值得较劲吗？

这个小插曲过去之后，板爹的心情似乎不错，让我去厨房拿来了他上次带来的糯米酒，我帮板爹倒上一杯，又问米彩：“你要喝一点吗？”

米彩将自己面前的空杯子往前面递了递，道：“喝一点。”

我给米彩倒上少许，自己也倒上少许，于是三人围着一张不算大的桌子，在这个万家灯火的夜里，吃了一顿有家庭气息的晚餐。

不要误会，我说的家庭气息仅仅区别于在外面用餐，因为米彩和我们并不是一个家庭的人，恐怕等我搬出去以后，在这座偌大的城市，碰上一面都难！

第22章 升迁的机会

吃完饭我和米彩将板爹送到小区外面，板爹住的宾馆就在马路对面，不过明天早上他就得离开了。

板爹临走时我问他："板爹，你下次什么时候来苏州？"

"有时间就来，下次来我给你们带些米和面粉。"板爹应道。

当板爹强调你们时，我心中又是一阵无奈，等他下次来，我早已经离开米彩的房子又不知道漂泊在这个城市的哪个角落了。实际上，我并不希望板爹来苏州，因为我的一事无成，我的落魄，总是让我在面对他时存在极大的愧疚。

板爹又叮嘱不语的我："你记得待会儿回去后把漏水的水管修了。"

"记得。"

板爹点了点头，拍了拍我的肩膀，随即没有再言语，转身离去。

看着板爹离去的背影，我知道他想对我说些什么，只是他没说出来，他并不想给我太多的心理负担。

我点上一支烟，心中一阵阵挡都挡不住的失落，就在今天方圆和颜妍结婚了，简薇成了向晨的女友，而我……不提也罢。

我想：我该回去收拾行李了，明天在这座城市找一个可以安生却不能立命的角落住下来。

米彩先我之前上了楼，我将一支烟抽完才回去。

进了屋我找到工具箱将板爹说的那段漏水的水管换掉了，又查看了其他一些地方，确定没什么隐患了，这才回到自己的房间收拾起行李。

米彩不知道什么时候站在了我的房门口，她问我：“刚刚漏水的水管你修好了吗？”

“嗯，其他地方我也检查过了，以后如果家里面水管坏了，还有换灯泡什么的，你就打电话给我，我来帮你搞定。”我一边说，一边将吉他装进了盒子里。

“哦，可是屋子里还有蟑螂呢，你有办法赶走它们吗？”

我笑了笑和米彩开起了玩笑：“我这么一个生猛的大活人你都能赶走，几只小蟑螂你还搞不定吗？”

米彩没有言语，只是看着我。

“和你开玩笑的，明天下班后我买些杀虫粉在卫生间撒上，马上快入冬了，蟑螂一般也不活动了，所以你用不着担心。”

“哦。”

米彩又回了自己的房间，我继续收拾着自己的行李。

次日，我按部就班地去上班，今天和GUCCI的代表还有一次约谈，这是GUCCI在我们商场设柜前的最后一次接洽，如果顺利的话我将会短暂地获得一个喘息的机会，自从方圆将GUCCI的担子交给我，我一直在超负荷工作着。

我和GUCCI方的代表站在商场的广场上商谈广告位的事情。

GUCCI的代表问我：“你们承诺给的正南门中央位置的广告位一定要给我们尽快落实，配合我们的开业宣传。”

“肯定没问题的，这块广告位我们早就给你们GUCCI预留下来了，你们能进场在一定程度上也提升了我们商场的经营档次，商场的优质资源肯定先给你们这些国际一线品牌使用的。”

CUCCI的代表点了点头，道：“我们GUCCI愿意进你们商场也是因为在企划案上看到了你们的诚意，苏州高档商场可不只有你们宝丽百货！”

“是的。”我应了一声，却不愿意说太多奉承的话。

陪着GUCCI的代表在商场里面绕了一圈，她忽然驻足看着摆放在过道中间的宣传海报。

“赵小姐，怎么了？”我有些疑惑，她正在打量的这组宣传海报正是当初乐瑶拍的。

“这个平面模特你觉得怎样？”她问我。

“镜头感很强，可塑性也很好，气质和容貌比较偏国际化，能够很艺术性地创造产品的广告形象，对了，她还有四分之一的意大利血统。”我如实答道。

“那挺巧的，我们GUCCI正是意大利的品牌，你和她很熟吗？”

我愣了愣才答道：“算朋友吧。”

赵小姐点了点头又打量海报上的乐瑶，片刻对我说道：“我觉得她的形象气质很符合我们的产品定位，你联系她帮我们拍一组开业的宣传海报吧。”

我有些犯难，道：“恐怕不行，她正在横店拍戏，这几个月应该都没有时间的。”

赵小姐皱了皱眉，道：“我不想听到恐怕、应该这样的字眼，你的回答会让我质疑你们商场的执行能力，我们已经洽谈到这一步了，我不希望这样的小事情影响我们之间的合作关系。”

这样直白的威胁让我心中一阵不爽，但想到这个项目关系到方圆的工作前途，我没有发作，但心中本能地不想联系乐瑶；再者，拍这样的宣传海报可能要去其他地方取景，不是一两天能够完成的，而乐瑶作为一个新人进剧组，不可能让整部戏去配合她的时间，作为乐瑶自然把拍戏当作头等大事去对待，我让她回来，不是为难她嘛。

“赵小姐，我尽力和她联系，但到底能不能空出时间，我也不能给你打包票。”我应付道，心中却根本没打算去联系乐瑶。

赵小姐不耐烦地摆了摆手说道：“算了，这个事情我就不为难你了，我去找你们陈经理谈。”说完撇下我独自向办公区走去。

果然不出我意料，回到办公室小片刻，那边经理室便打电话通知我过去。

我心中又是一阵不爽，这明显是拿上级来压我，对于我这样的小职员，她是懒得和我说太多废话的。

我进了经理室，经理陈景明不悦地端坐在办公椅上。

“我来了，陈经理。”

“你知道我为什么找你吗？”陈景明冷着脸问我。

“不知道。”我消极地回应着。

陈景明手指敲击着桌面声调都高了几分：“昭阳，你怎么就这么搞不清楚状况，GUCCI是第八个进入我们商场的国际一线品牌，你知道这对我们商场意味着什么吗？……意味着按照国际评级标准，我们商场正式达到顶级百货B类的水平！有着里程碑式的意义！”

“经理，你不自问自答我也知道的。”

陈景明压住火气对我说道：“如果这个关键时候出意外，不光你个人，我们整个企划部都吃不了兜着走！”

“你别为难我啊，平面模特那边要是档期实在安排不下来我有什么办法？再说这次在我们商场设专柜的项目，双方都投入了大量的人力资源，为了宣传海报这样的小事情，也不至于毁了谈了这么久的合作吧。”

“在合同没有正式签订前，谁都不能抱侥幸心理，其他商场都虎视眈眈地盯着GUCCI这个品牌呢，不排除GUCCI会临时终止合作计划。”陈景明的表情愈加严肃。

我无奈地说道：“就算公司把我开了，这个事情我也不能打包票啊！”

陈景明用一种让人发毛的眼神盯着我看了许久，说道：“有件事情你恐怕还不知道，董事会很看重这次GUCCI在我们公司设专柜的事情，如果能够顺利设柜，咱们企划部会有重大的人事变动，方圆作为整个项目的直接负责人，有机会坐上企划部副经理的位置，而你……有很大机会顶替方圆成为文案企划组的组长！”

第23章 欠债还钱

在关乎方圆和自己的晋升机会前，我在心中认真地权衡了起来，其实我自己还好，主要是方圆，如果真的能晋升为企划部副经理，待遇和在公司的地位都将有一个质的飞跃，前途一片光明。

“昭阳，这个事情你要搞不定，我让方圆回来操办，他那什么婚假也别休了！”

“别啊，经理！我要搞不定他更搞不定，他和那个平面模特又不熟。”

陈景明又放柔了语气对我说道：“其实马上就要签订进场合同了，据我猜测，CUCCI那边也就是借平面模特的事最后考验一下我们公司的合作诚意，即使没有这个事件，估计也会制造其他突发事件的……GUCCI最后会不会在我们百货设专柜，不仅关乎公司利益，也关乎我们企划部的利益，包括你自己，所以……无论你想什么办法也要帮公司渡过这最后一关。”

在心中权衡了半晌，我终于点头说道：“我尽力吧。”

“尽力可不行，是一定要办成，这个你必须要和我保证。”陈景明扶了扶眼镜，语气中没有一丝可以协商的余地。

这个事情无论成不成都要去办，现在只能寄希望于乐瑶能够空出档期，反复权衡之后，我点头说道：“这个事情我一定办成。”

陈景明终于如释重负地长出了一口气说道：“那太好了！”

我心里想：你是好了，我得厚着脸皮去求一个我最不愿意求的女人……

在我准备退出去时，陈景明又喊住了我："昭阳，你先别打电话联系那个平面模特，她不是在横店拍戏吗？你明天直接去横店，你千里迢迢赶过去当面和她说这个事情，她就不那么好拒绝了！"

"经理考虑周全，经理英明！"我挤出笑容说道，却怎么看，怎么觉得他像一只不要脸的老狐狸，他这么破釜沉舟，想过别人如果档期安排不开，又很难拒绝，是什么感受吗？

下班后，我坐在回去的公交车上，心中阵阵烦躁。

回到那间陈旧的屋子内，我下意识地往米彩的房间看了看，她的房门依旧紧闭，可能还没有回家。

我回到自己房间又收拾起了自己的行李，其实昨天已经收拾得差不多了，只是将床上一些用品打包便全部收拾妥了。

东西收拾完，我打开电脑在同城网上寻找那种可以拎包即住的房子，找了几个符合条件的却全部需要交半年的租金还要押三个月的房租，这么一算至少要准备一万元的房租，我顿时犯了难，我现在身上也只剩几千块钱，上个月的工资还得等到后天才发，就算发了，我也不能全部用来交房租吧，总要留一些做生活费的。

无奈之下我只得降低要求开始找那种可以合租的、房租相对少一些的房子，而时间就这么悄然流逝，回过神时夜晚已经让这座城市灯火荧荧。

我重重地抹了抹脸，缓解长时间对着电脑的疲倦，休息一会儿还得继续找，总不能真的流落在街头吧，我已经够落魄的了！

这一刻我真的渴望在这座生存了两年多的城市里有一间自己的房子，有一个每天等待我回家的女人，从此告别居无定所，告别夜晚的孤独，告别活着的心酸……

一会儿后，屋外传来开门的声音，我知道是米彩回来了，不过此时此刻我完全可以心安理得地面对她，因为我终于没有失信于她，待会儿我就将从这里搬走。

米彩拎着手提包，穿着刚换好的拖鞋站在我房门口，看了看已经打包好的行李向我问道："房子找好了吗？"

"你放心吧，找不找好，我今天晚上都搬走。"

"哦。"米彩应了一声，却没有离去。

片刻想起来什么似的向我问道："你说今天买些杀虫粉撒在卫生间，买了吗？"

买杀虫粉相较于搬家，被领导逼着去横店找乐瑶实在是太微不足道，所以我真的给忽略了。

我抱歉地对米彩说道："不好意思，我忘记了，你自己去买一些吧，你要不想跑，网上也能买到的，很方便。"

米彩的表情变得不悦："这是你答应过的事情，你这个人怎么这么没有责任感？"

今天我憋屈了一天，到现在能住的房子还没找到，心情能好到哪里去，语气也重了起来："责任感能当饭吃吗？你天天这么和我提，烦不烦？"

米彩没有料到我的反应会这么激烈，愣了愣沉下脸来说道："那好，把欠我的钱还了，我也没有必要对你负责。"

我无语半晌，又一次倒在没钱的悲哀中，许久才声音低了几分地说道："你说过只要我搬出去，借你的钱可以不急着还的。"

"谁管你，欠债还钱天经地义。"米彩依旧冷着脸对我说道。

"怎么说我们也在同一个屋檐下住了好几天，有必要这么把我往绝路上赶吗？"

米彩不屑地笑着说："我没有把你往绝路上赶，你也工作好些年了吧，为什么身上连一点存款都没有？……你应该明白，把你往绝路上赶的人是你自己。"

米彩的话无情地揭开了我心灵深处最痛的那道疤，一瞬间自卑和羞耻感让我无地自容。

无措中我看到了那只被我立在角落里的吉他，当初这把吉他是简薇在我过生日时特地到琴坊里定做的，然后作为生日礼物送给了我，用的都是非常好的材质，价值远远不止一万。

看着这把吉他，我再次体会到物是人非的悲痛。

我起身将那把吉他拿到米彩面前，递给她说道：“这把吉他给你抵债，你卖给懂行的人绝对不止一万。”

没有等米彩表态是否答应用吉他抵债，我已经拖扛着行李，甚至不敢再多看一眼这个屋子，低着头向屋外走去。

第24章 成长的代价

我拖着行李走在城市的街道上，走了许久才在一个广场上找到了可供休息的石凳。

我将行李放在石凳的一边，点上一支烟坐了下来，看着依附着高楼闪烁的霓虹灯，心中涌起一阵不知何去何从的恐慌。

赶忙避开这座城市的光影，我抬头看着天空，寻找着那座已经从我身体里剥离的“天空之城”。

不知道什么时候，广场上来了一群拿着扇子跳广场舞的大妈，响起的音乐声顿时将我淹没，窒息中更看不清那座“天空之城”，也许它早就藏在了月亮的后面，也许它已经被刚刚那一阵路过的风吹走……

可这个夜，我终究要在这座城市里找一个可以休憩的地方。

我从口袋里掏出手机，拨通了罗本的电话，他住在火车站附近，正好我明天要乘火车去横店，索性这个夜晚就先寄宿在他那边。

嘈杂声中罗本接通了电话："昭阳，找我有事情吗？"

"还在酒吧演出呢？"

"是啊，马上就该我们乐队上了。"

"哦……那个，我想去你那住一夜，方便吗？"

罗本笑了笑说道："有什么不方便的，你现在来酒吧，等我下班，咱们一起回去。"

"我直接去你住的地方吧，酒吧就不去了。"

"来啊，我请你喝酒，我这边还有好几张消费券呢。"

"真不去了。"我说完挂掉了电话，把为什么不去的疑惑留给了罗本。

离开广场后，我直接打车去了罗本的住处，看了看时间还早，又去火车站买了一张明天早上从苏州到义乌的火车票。

差不多夜里12点罗本才从酒吧回来，而我已经在楼道里靠着自己的行李睡着了。

罗本将我拍醒，抱怨地说："你小子最近转性了啊！让你去酒吧你不乐意，情愿睡楼道里傻等！"

我只是笑了笑没有言语。

罗本一边打开门一边向我问道："你搬家了？"

"是啊，暂时也没找到合适的房子，明天还得到横店出差，索性到你这儿蹭一夜！"

"住嘛，多久都成！"说完又向地上的行李看了看，"你那把吉他呢？"

我心中一阵低落，毕竟是一把陪伴了我数年的吉他，但却若无其事地说："拿去抵债了！"

罗本瞪大眼睛叹道："抵债了？你这是混得多惨！以前我几次和你借着耍耍，你都宝贝似的不借，竟然拿去抵债了！"

"别提这事儿了，帮我把行李搬进去。"

罗本住在最顶层的小阁楼里，只有窄窄的一间，屋子后面倒是有个不小的阳台，阳台上有一个许多人共用的卫生间和一根晾衣的绳子，居住环境算不上好。

打开灯，先看到衣架上简单地挂着几件皮夹克，角落里有一只吉他，鞋架上摆着几双马丁靴，还有几只箱子，再没有什么多余的摆设，除了凌乱散在桌上的啤酒罐，倒不算太杂乱。

摆放好行李，罗本不知道从哪个箱子里拿出两桶方便面，给我和他自己各泡了一桶算宵夜。

小片刻，已经吃完的泡面盒子被倒扣在阳台废弃的花盆上，两人身边放了几罐啤酒，坐在阳台的护栏之上。

各撕开一罐啤酒，我和罗本碰了一个，仰起头，顿时半灌啤酒下了肚。

“昭阳，我看你最近挺郁闷的，是受什么打击了，连酒吧也不去了？”

“我活得逍遥自在，能受什么打击？”我说着一口喝掉了罐子里剩余的啤酒，却茫然地看着远处。

远处，麦斯威尔的巨型广告牌上点缀的灯光仍旧在这深夜的凌晨闪烁着。

罗本没有再追问，也随我的目光向远处眺望着，许久才感同身受地拍了拍我的肩膀，我们都是挣扎在这座城市里的边缘人，有些痛苦是相通的，其实没有必要说得太清楚。

风带着夜晚的冰凉从我们身边呼啸而过，我和罗本仍坐在护栏上眺望着，啤酒又喝了一罐。

安静的夜，人总会想多些，罗本好似想起了谁，又撕开了一罐啤酒，我却制止了他，酒喝得太多终归不好，我昨天就差点因为喝得太多跳进护城河里。

“想女人了？”我笑了笑问罗本。

“是啊，喝点酒就想。”罗本很直爽地说道。

我知道罗本曾经有过一个爱得挺深的女朋友，推了推他说道：“你那个女朋友的照片还有吗？拿出来瞅瞅。”

罗本从口袋里掏出钱夹，从夹层里抽出一张照片递给了我，我借着远处的光看清了照片上的女人，五官很好，是个很知性很有气质的女人。

罗本有些失神，许久才对我说道：“我们分手快三年了，现在她也应该结婚了吧！”

“为什么分手？”

罗本黯然地笑了笑：“她出生在教师家庭，爸妈都是大学教授，书香门第，我一个玩音乐的，没有稳定收入，有一天没一天地活着，不想耽误她。”

“所以你背着她从北京跑到了苏州？”

罗本点了点头，许久才说道：“其实后来她追到了苏州，我们在一起又生活了半年……”

“那怎么还分手了？”我有些不解地问道。

“她爸妈找过我，说已经在北京的一所大学帮她安排好了工作，让我放她回北京。”

“你个小傻逼真就放了？”

罗本点了点头：“放了，我告诉她我有别的女人了。”

“她能信？”

罗本笑了笑，道：“她肯定不信……”

“那……”

“我找了个小姐，就在这个屋子里，当着她的面……”罗本没有再说下去，脸上依旧带着笑容，只是这种笑容下我看到的是一颗已经死透了的心。

我重重叹息说道：“你又何必把事情做这么绝呢！”

“我不做这么绝，她不会走的，长痛不如短痛……”罗本仰起头一口喝掉了罐中的啤酒，一部分酒液却顺着脖子流进了他的衣襟里。

我沉默，尽管罗本说得轻描淡写，我却看到了一份在无奈中撕心裂肺的爱情，我知道罗本一辈子都不会忘记那个女人的。

“别说我了，你那个女朋友的照片也拿出来瞧瞧。”罗本也推了推我说道。

我也从钱包的夹层里抽出了简薇的照片递给了罗本，其实我们都不太舍得忘记过去，因为太珍贵！

对面投射的光线已经不足，罗本点燃了打火机，借着燃烧的火焰打量着照片里的简薇。

“你这女朋友漂亮，不是一般的漂亮！”

当听到漂亮这个字眼，忽然我那女房客的面容又浮现在我的脑海中，但这并不让我意外，因为在我活过的人生中从来没有见过比米彩更漂亮的女人，仅仅一瞬间我又回到了现实中，趁着还没有熄灭的火苗看着照片上简薇那熟悉又陌生的面庞，心一阵刺痛。我想：要不了多久，她也会和向晨结婚了吧。

罗本将简薇的照片还给了我，也问道："你们呢，你们为什么分手？"

我回忆着，许久说道："在她去美国后的一年打电话和我提出分手。"

"她为什么要和你分手？"罗本追问。

"我不知道，她没说。"我带着和罗本刚刚一样的笑容回道。

"你也没问？"

我点了点头，我确实没有问简薇为什么要和我分手，因为我觉得：简薇如果想说，不需要我问，她会告诉我，也或许我的潜意识里并不相信我们能走到最后，终究会有分手的一天，而在意料之内的事情，求个结果又能怎样呢？

"你就不怕你们之间存在什么误会吗？"罗本提醒我。

我愣了愣说道："能有什么误会？……爱情也就是一阵过眼云烟，不聊这个了！去把吉他拿来，咱俩来一首，忘了那些乱七八糟的！"

罗本从屋内取来了吉他，试了一下音问我："用你的key（调）还是我的key？"

"随便。"

罗本拨动吉他弦，一段旋律飘荡在夜晚的空中，是李宗盛的《爱的代价》。

"……走吧，走吧，人总要学着自己长大……"

歌声从我们的嘴里飘荡出去，充满沧桑，可我并没有弄懂爱的代价是否仅仅是伤心流泪和黯然心碎，但知道：成长的代价却是那些已经在岁月的流淌中逝去的爱情。

在这个该看破的深夜，我终究还是为自己逝去的爱情遗憾，为罗本和那个不知姓名的北京姑娘遗憾！

次日一早，我便搭上了往义乌方向去的火车，到了义乌后，还得转车去横店，我知道，我该为自己做些什么了，如果这次乐瑶能够答应回来帮GUCCI拍摄开业的宣传海报，我的事业将会迎来人生中的第一次进步。

晋升成为企划文案组的组长，我的月薪也将过万，或许生活能随之稳定下来。

坐在南去的火车上我第一次对自己说："努力吧，昭阳！……不要再让任何人看轻你！"

第25章

梦幻谷的夜晚

中午时分火车到达义乌，在车站匆匆吃了个中饭就赶往横店。

下午三点我终于到达横店镇，在万盛北街找了一间家庭旅馆住下，这才拨通了乐瑶留给我的那个电话号码。

可能此时乐瑶正有戏，迟迟没有接我的电话，我又给她发了一条短信，告诉她：我来横店了，让她速速接驾。

许久乐瑶也没回短信，我也没什么心情出去逛，只是躺在旅馆的床上，找了一本杂志翻看着。

我房间的窗户朝西，一会儿便看到了黄昏下的落日，而阳光正绵柔地躺在我身边的被子上，空气里都是慵懒的味道，我打了个哈欠，片刻睡了过去。

醒来时天色已经微暗，乐瑶也终于给我回了信息，她让我到明清宫苑内的御花园找她，她们剧组正在那儿拍戏，好几个大腕今天也有戏，说帮我要签名。

其实心里是想去的，可身上真的没什么现金了，差旅费用也得回去才能报销，花那一百多块钱进去见几个大腕太浪费，只能在遗憾中回了条信息告诉她：在景区外面等她。

日落黄昏，景区外还有不少蹲着点等待剧组召唤的群众演员。他们的眼神麻木中透露渴望，我真的在他们的身上看到了生活的艰辛，可是谁也不是生来就一定要这么在煎熬中生活着的，但偏偏就有那么多的人在挣扎、在煎熬，比如我，比如这些等待中的群众演员。

我蹲在一个群众演员的身边，一边和他聊天解乏，一边等待乐瑶。

天色渐渐昏暗，已经看到好几辆剧组的车子从景区内开了出来，却仍没有见到乐瑶的影子，心中不免嘀咕，这坑爹的女人，不会今天晚上有夜戏吧！

正在怀疑中，出入口处便看到了穿着一身清朝宫廷装的乐瑶，似乎还没来得及换戏服，她站在票务服务处张望着。

我起身向乐瑶走去，她终于发现了我，微笑着向我跑来。

乐瑶挽住我的胳膊，如释重负地说道："终于穿越回来了！"

我拿开她挽住我胳膊的手，道："格格，请自重！"

乐瑶又挽住我的胳膊，带着快乐的腔调问道："小阳子，如实道来，千里迢迢来横店找本宫所为何事？"

"肯定不是做你的驸马。"我又将乐瑶推到了一边。

"那我把你送到内务府做公公去。"乐瑶说着在我腰间掐了一把，可脸上仍带着笑容，心情看上去很不错。

我被她掐痛，严肃地训斥她："别闹，好好演戏，好好做人！"

乐瑶哈哈大笑。

陪乐瑶去她住的酒店换了一套衣服，两人晃荡在万盛北街的街道上。尽管乐瑶还没有在演艺圈成名，但仍有过路的人向她投去目光，我觉得她成名是迟早的事情，她不仅漂亮还很有明星相，演技更是出神入化，至少我曾不幸领教过。

此时，我并没有和乐瑶提及此行的目的，我总觉得这对她来说是一件很为难、很破坏兴致的事情，倒不如先享受夜晚来临前的轻松和自由。

我第一次来横店，走在街上不免四处看看街景，而乐瑶只是对街上的一些小吃感兴趣，不时问我想吃些什么。

随着人群向街尾走去，乐瑶忽然将我拉住，指着街边的一个烧烤店说道："昭阳，咱们去吃烧烤吧。"

我向那个烧烤店看了看，简直人满为患，我说道："人太多了，换个地儿吃吧。"

"人多证明好吃啊！你不知道吧？这家烧烤店很出名的，范冰冰来横店拍戏时，都在这边排队等了20多分钟，就为了尝尝这家的烧烤。"乐瑶说着将我往店的方向拖拽着。

"等20分钟！范冰冰也这么傻！"我立在原地不肯走，倒不是排斥吃烧烤，就是不愿意等。

"她不是傻，是吃货！"乐瑶纠正了我的说法。

我依旧不肯动。

乐瑶忽然满脸兴奋地看着我身后喊道："咦！范冰冰耶……"

我下意识地一转头，乐瑶趁机一用蛮力将我拖进了店内，又嘲笑道："看你那迫不及待转头的模样，脖子没扭折了吧？"

"要真是范冰冰，扭折了我也高兴！"我瞪着乐瑶说道，却又一次被她的演技给耍了。

"没出息！"乐瑶说着将我按在椅子上，自己则去排队点餐。

吃饭时，夜已经悄然而至，我们和乐瑶一边喝着雪碧一边吃着烧烤，胃口都很不错。我向乐瑶问道："你说我吃了这么多，怎么没吃出范冰冰的味道呢？"

乐瑶鄙视地看了我一眼答道："你傻啊，你吃的是烧烤又不是烤范冰冰！"

我一阵无语，半晌说道："你当我没问……"

乐瑶得意地冲我笑了笑，道："就爱看你拿我没办法的样子……赶紧吃，吃完我们去梦幻谷走走。"

晚上七点半，我和乐瑶来到横店的景点之一梦幻谷，进入景区，才发现夜晚的这里几乎是一个由光影构成的世界，尽管不是旅游旺季，但依旧热闹非凡，我和乐瑶逛了一圈，最后两人坐在摩天轮下的木制长椅上休息。

我闭上眼睛养神，并不太喜欢这里的灯光迷离，睁开眼时，却发现乐瑶也闭着眼睛。

我推了推乐瑶问道：“你干吗闭着眼睛？”

乐瑶依旧闭着眼睛表情却憧憬地回答：“我把这里想象成一个灯光环绕的舞台，而我化身为星光闪闪的大腕站在舞台的最中央……”

我一直知道乐瑶追求的梦想是什么，也知道机会对一个从电影学院毕业的新人而言有多重要，其实单纯从追求来说，我和乐瑶天差地别，所以她喜欢这里的光影迷离，而我却迷恋那座城池的晶莹剔透。

摩天轮依旧载着形形色色的人在空中转动着，我看得有些入神……

乐瑶不知道什么时候挽住了我的胳膊，依偎在我的怀里，而我沉溺在她难得的温柔中有些恍惚。

“和你在一起很开心。”乐瑶轻声说道，身子又往我怀里靠了靠。

这次我并没有推开乐瑶，其实让她这么依靠着也不错，此刻对于我来说没有情欲的泛滥，有的是相依为命的温暖。

我好似很依赖这种温暖，也紧紧抱住乐瑶，闻着她身上淡淡的香水味，清醒中又是一阵迷离。

一滴温热的泪水落在我手上，乐瑶将我抱得更紧，哽咽着对我说道：“昭阳……在这里我真的很累，很无助……每天都要看别人的脸色，害怕潜规则，害怕剧组里的钩心斗角……只有靠在你的怀里才会有依靠的感觉！”

乐瑶的话让我有些惶恐，我自己都在风雨中摇摇欲坠，哪里靠得住。

我无言安慰，只是用手帮乐瑶擦掉了脸上的眼泪，除了将身体借给她依靠，我并不能为她做些什么。

一直吹着的风终于小了些，乐瑶离开了我的身体，这才看着我问道：“你这次来找我肯定有什么事情吧？”

第26章

我们会在一起吗

身后的摩天轮停止了转动，又换了一拨人上去，许久我在乐瑶的注视下点头说道："嗯，这次来横店找你确实有点事情。"

乐瑶一副意料之中的表情说道："你肯定不会因为想我来找我，你也根本不会想我。"

"别这么说，弄得我都觉得自己是小人，有事儿才找你。"

乐瑶笑了笑，言语间带着调戏问道："那你这些天有没有想我？"

"又来！"

"好啦……不逗你了，说吧，你找我为了什么事儿？"

我沉默了一会儿才问道："你最近有档期吗？"

"剧组刚开机，基本上每天都有戏的。"乐瑶回答道。

"这么忙吗！"我感叹了一句。

乐瑶点头说道："嗯，最近的戏排得很密集，今天晚上还有两场夜戏，待会儿我就得回剧组了，不能陪你太久。"

我心中一"咯噔"，知道这次无功而返的可能性很大，又不想勉强乐瑶，沉默了一会儿对她说道："那你先回去吧，我来找你也不是什么太重要的事情，没时间就算了。"

乐瑶抬手看了看表，对我说道："我得走了。"

我笑了笑说道："去吧。"

临走前乐瑶又问我："你住在哪儿？"

“小李客栈。”

“哦，那我走了啊，拜拜，昭阳。”乐瑶向我挥挥手，然后小跑着离开。

摩天轮还在转动，我却忽然形单影只，躺在长椅上，也不想回旅馆。

之所以这么轻易便放弃努力，是因为我知道乐瑶的处境，她在剧组只是一个新人，很多时候要看别人的脸色行事，而且在剧组戏很赶的情况下，也确实很难空出档期，总不能让剧组停工来配合她吧！

其实我该为乐瑶感到开心，空不出档期也恰恰说明她在这部戏里戏份很重，或许她真的可以一戏成名。

回到旅馆，我洗了个热水澡，缓解了些许疲倦之后躺在了床上，心中不免为自己和方圆的工作前途担忧起来，只希望是陈景明小题大做了，GUCCI那边也不一定会死卡着这个事情终止这次的合作。

我迟迟不能入眠，走到窗户边上打开窗户，点上一支烟，眺望着窗外的灰色，再次放空自己什么也不愿意去想。

忽的一阵门铃声传来，起初以为是隔壁的，细听才知道是自己这间屋子的。

我有些疑惑，按道理这样的民宅客栈是不会有什么特殊服务的，那这么晚又是谁在门外？

透过猫眼看了看，发现门外站着的竟然是乐瑶。

我打开房门，乐瑶冲我微笑道：“怎么样，很惊喜吧？”

“只有惊，没有喜！”我确实被乐瑶给惊到了。

乐瑶进了屋子，将自己的化妆品和洗漱用品放进了卫生间，又对我说道：“我的戏刚拍完就来找你了，今天晚上我住在你这儿。”

“你很需要吗？”我站在卫生间门口问道。

“需要啊！可是今天晚上不行，人流后一个月不能行房事，这点生理常识你应该懂的哦，昭阳！”乐瑶一面卸妆一面对我说道。

“你这人怎么都改不了坑的本性，你想过这个夜我得多难熬吗？”

“自己想点办法解决嘛！”乐瑶毫不在意。

我躺在床上看着电视，乐瑶洗漱之后穿着睡衣钻进被子里在我身边躺下，然后又靠在了我的怀里，抱着我说道："你别看电视了。"

"又不能睡你，不看电视干吗？"我依旧盯着电视。

乐瑶关掉了电视，屋内霎时静了下来，她难得认真地对我说："说吧，这次来找我到底为了什么事情？"

"说了不是什么大事儿！"我说着去拿遥控器。

"我又不傻，那你就别磨叽了，告诉我为什么来找我。"

在乐瑶的一再追问下，我终于说道："最近GUCCI正在和我们百货谈设专柜的事情。GUCCI那边的一个女代表看了你给我们商场拍的宣传海报，觉得你的形象很符合GUCCI的产品定位，希望你能为GUCCI拍一组产品的宣传海报，配合开业宣传……"说完我又补充，"你要安排不开档期就算了。"

"那你们公司是不是很重视和GUCCI的合作？"

"我们百货，现有驻场经营的国际一线品牌7个，加上GUCCI正好8个，达到顶级百货B类的标准，等于上升了一个档次，是挺重视的。"我答道。

"你看吧，我不问，这么大的事情你就不说了？"乐瑶语气中有些埋怨。

"你实在没档期，我说了也没用，你还是以你的工作为重吧，真不用勉强的。"

沉默了一会儿乐瑶问我："大概需要几天拍完？"

"两天应该能搞定，也可能一天，现在还不确定GUCCI那边打算怎么拍。"

乐瑶点了点头说道："那还好，其实来之前我已经和导演说过了，可能要请假，他说可以给我安排出两天的假期，你和GUCCI那边沟通一下，看看什么时候拍吧。"

我心中一块石头忽然就落了地，又提醒乐瑶，道："你可别勉强啊！"

"为了你勉强一点也没什么。"

"昭阳，你说我们会在一起吗？"

我不知道乐瑶为什么会突然这么问，愣了许久才回答："我们不是一个世界的人，你的未来是光亮的，我一直得过且过，现在之所以睡在一起，更多的是空虚和生理需要。"

"或许吧……走上这条路，我就没有再期待过爱情。"

猛然听见爱情这个字眼，觉得是那么空乏，那么陌生，一时忘了还在和乐瑶说话。

我们就这么陷入沉默中，体会的却是活着的无奈。

“乐瑶，我们不要再这么相处了，否则，会成为我们以后的负担……”许久我终于说道。

乐瑶又抱紧了我，沉默了许久，最后平静地说：“嗯，过了这个夜晚，做朋友吧。”

这个夜，我和乐瑶睡在同一张床上，她一直抱紧我，睡得很安然。

第27章 别让我在苏州见到你

次日一早，我便离开了横店，下午回到苏州，第一时间去了公司，然后将情况汇报给了经理陈景明，而为GUCCI拍摄宣传海报的事件也就这么随着乐瑶给我的承诺得到了解决。

下班后，我坐在办公室里久久没有离去，离开了那个住了两年多的屋子，无处可去的恐慌便一直纠缠着我。

我有点不懂这些年到底是怎么了？为什么总是丢掉生命中弥足珍贵的东西，收获却又那么少？

也许我知道答案，但又不愿意承认，便安慰自己：现在总算在工作上看到一些希望，工作中的进步一定会让以后的生活好过一些，所以收拾心情准备迎接新的生活吧！

离开公司，我并没有去找新的房子，决定暂时先住在罗本那边，至少夜晚时两个同样孤独失意的男人可以聊聊音乐，聊聊这扯淡的生活。

一个人晃荡在街上，无聊透顶，便打算去酒吧找罗本，再喝上几杯。

说走就走，我当即拦了出租车去往罗本驻唱的酒吧。

来到酒吧，依旧是熟悉的灯红酒绿，依旧是腰肢乱颤的人群，我只是找了个相对安静的角落坐下来。

罗本提着几瓶啤酒来到我这边，在我对面坐下，又递了一瓶啤酒给我，说道："我以为你和这儿绝缘了，怎么又来了？"

我四处看了看，开玩笑说："来这儿吸点颓靡的气息，最近活得有点太得意！"

罗本拿着酒瓶和我碰了一个，笑道："你就是苦日子过惯了，得意点儿活着有什么不好！"

"这是生活的境界，小同志你还得慢慢悟……喝酒！"

罗本笑着耸了耸肩，也随我喝了一口，接着问我："你昨天是去横店找乐瑶的吧？"

"我瞒得这么严实，你是怎么知道的？"我诧异地问道。

"今天和乐瑶在微信上聊了几句，她说你去了。"

"其实我去横店还真是为了工作上的事情，GUCCI不是要在我们百货设专柜吗，非指定乐瑶给他们拍产品的宣传海报，这苦差事就落到我头上了。"

"难怪乐瑶说白高兴一场，可能一开始还真以为你是专程去找她的。"

"就算专程去找她，也得周末吧。"

罗本点了点头，也没有再追问什么，两人又喝掉一瓶啤酒，闲聊了几句之后，罗本便离开了，马上该他上台演出了。

来酒吧里找消遣的人越来越多，我依旧坐在角落里，一口口喝酒，一阵阵失神，和乐瑶在一起的昨夜也若有似无般出现在我的脑海中，我因此有些伤感。

演出台上，罗本和另一个驻唱的女歌手唱着他自己写的歌，现场断断续续地响起掌声，我的注意力终于被吸引，跟着音乐的节奏，打着响指。

罗本其实是一个很有才华的民谣歌手，只是气节太重，不愿意写一些商业气味重的流行歌，也不愿意参加烂大街的选秀，所以这些年一直默默无闻地在酒吧驻唱，生活清苦，但他自己好似并不太在意这种清苦。他常说：玩音乐不一定要扬名立万，但一定要有心中的坚持。

只是相处了好些年我也不知道他的坚持是什么，但这不影响我欣赏他。

音乐声中，手机在我的口袋里震动着。电话是方圆打来的，他好似听到了酒吧的嘈杂声，对我说："昭阳，又在酒吧鬼混呢？"

"好好渡你的蜜月，别操哥们儿的闲心。"我说着从座椅上站起来走到中央，跟着音乐摇摆了起来。

"你在哪个酒吧？我去找你。"

"你不是和颜妍去三亚了吗？"我疑惑地问道。

"三亚这几天一直下大雨，过几天再去。"

"过几天再去，你那婚假还够用吗？"

"玩不了几天，够用了……你小子别废话，赶紧告诉我在哪个酒吧。"

"苏荷酒吧，你来吧，请你喝酒。"

"那你得多准备点银子，颜妍也去，还有简薇、向晨。"

听到简薇和向晨的名字我心中一阵乱颤，愣了许久开口骂道："你结婚结傻了吧，带他俩来干吗？"

"你瞎激动什么，咱们五个人好几年没聚在一起了吧，再说，你不是有女朋友了嘛，喊出来一起聚聚，也就别想过去那些乱七八糟的事情了。"

"你听谁说我有女朋友了？"

"简薇啊，你要没女朋友，我也不可能带着简薇和向晨去给你找不痛快吧，这点分寸我有！"

我这才想起在方圆结婚的那天，我在简薇面前撒的谎。

愣神中，方圆又对我说："其实找你聚聚是向晨的意思，我们都是从大学走过来的兄弟，别因为感情上的那些事情弄得不痛快……现在大家都成双成对的，一起聚聚不挺好的嘛！"

我不知道说点儿什么，就这么沉默着。

方圆又提醒我，道："记得把你那个女朋友约出来，我可听简薇说了，美得不像话，能让简薇都这么认为，我和颜妍还真想开开眼界！”

我刚想说点儿什么，方圆已经挂掉了电话。

酒吧里依旧嘈杂，我却坐立不安，方圆都把话说到这份上了，我也不能临阵脱逃。

六神无主了半天，我终于决定给米彩打个电话，如果她还有那么点儿义气的话，一定会拔刀相助的。

拿出电话，找到米彩的号码，却半天按不下去。犹记得前天搬出去时，我们还因为没买杀虫粉的事情吵了一架，然后她逼着我还欠款，我难堪地留下那把吉他，几乎是落荒而逃，现在这个时候再给她打电话是不是太没有男人的气节了？

“不管了，反正我在她眼里就一人渣，还谈什么气节。”我嘀咕了一句，胆子一壮，按下了拨号键。

听着拨通的提示音，我竟然有些紧张，担心米彩会冷嘲我没气节的行为，更担心她不愿意江湖救急。

片刻之后电话接通，我再次听到米彩不苟言笑的声音：“打电话给我做什么？”

“江湖救急。”

“江湖救急？你是又准备跳江跳湖了吗？”

我被米彩噎得半死，半晌才说：“这次不是跳河，你还记得上次在我朋友的婚礼上，我告诉一个女人，你是我的女朋友吗？”

“你还好意思提这事儿？”

我立即顺着米彩的话感叹道：“唉！可不就这事儿给我惹祸了吗，我朋友都说要见见你，现在已经在来的路上了，你赶紧来苏荷酒吧抢救我一下。”

“你这样的人，耶稣都救不了！”

“你就别损我了，真的是十万火急，你要不来，我今天真就无地自容了！”

“谁管你！”

“算我求你，行了吧？”我以人在屋檐下不得不低头的姿态说。

米彩不为所动：“你自求多福吧。”

我怒了：“你灭绝师太投胎的啊！有没有一点江湖义气……靠，以后别让我在苏州见到你……”

电话忽然被挂断，听着“嘟嘟”的挂断音，我彻底傻了眼！

第28章 夹着尾巴做人

在米彩决绝地挂掉了我的电话之后，我对她不再抱有任何幻想，自己作的孽最后还得自己兜着。

一筹莫展中，我挠了挠头，真的想离开这间酒吧，我发自内心的不愿意面对简薇和向晨，这种不愿意只是想让自己好过些，可是今晚我无法逃脱，因为逃脱只能说明我根本放不下简薇。

仅仅过了十分钟，便看到一行四人走进了酒吧，方圆和颜妍在前，向晨和简薇在后，四人有说有笑地向我走来，我却恨不能找一条地缝钻进去。

简薇身穿香奈儿的时装，手持爱马仕的新款包，一身奢侈品逼得我不敢直视，赶忙将目光定格在颜妍和方圆身上，又点上一支烟掩饰自己的不自在。

颜妍和方圆坐在我左边的沙发上，简薇和向晨则坐在右边，我依旧独守中间。

方圆和颜妍四处看了看异口同声地问我：“你女朋友呢？”

“她今天晚上没空，咱们玩吧。”我应付了一句。

颜妍一脸不悦：“你别扫兴啊，我们等一会儿没事儿。”

我瞪着颜妍说：“小犟妞儿，你和小爷我较什么劲儿啊！我说她忙就是忙，你非这么死心眼干吗！”

“别他妈扯犊子，赶紧给你女朋友打电话，我瞅瞅我未来的弟妹什么模样！”方圆踢了我一脚说道。

向晨又接话，道：“昭阳，你就别扫兴了，时间都是挤出来的，把你女朋友约出来玩玩嘛，咱们几个人都是老面孔了，玩起来也没劲！”

我看了看简薇，这个时候刻意和她保持距离反而显得我放不下，便说道：“我觉得有劲儿啊，我和简薇三年多没见了吧，老面孔也成生面孔了，是吧，简薇弟妹？”

从进来一直没言语的简薇，看着我问道：“你喊我什么？”

简薇这么一问，刚刚我故意做出来的潇洒姿态，顿时土崩瓦解。

方圆赶忙帮我解围，对简薇说道：“昭阳没喊错，严格来说，你算是他弟妹了，等你和向晨结了婚，那就更名正言顺了。”

简薇看了方圆一眼说道：“你瞎激动什么，我说他喊错了吗？刚刚我没听清。”

方圆尴尬地笑了笑，我依旧在沉默中不言语，而向晨将简薇搂在了怀里亲昵耳语，这又让我的心一阵阵刺痛。

这个时候我终于明白，当初我和简薇在一起，毫不避讳地做着亲昵动作时，向晨是什么心情。

我端起啤酒喝了一口，有点想离开这里，我知道，只要我还爱着简薇，这样的聚会对我而言就是折磨。

服务员送来了方圆他们点的酒，几个人喝了起来。颜妍往我身边靠了靠，轻声说：“昭阳，知道你有女朋友了，我和方圆真的挺为你感到高兴的，原本我们还担心你放不下简薇，现在看来我们的担心挺多余的……赶紧把你女朋友喊来，介绍给我们认识，以后又多了个可以逛街的闺蜜！”

我挤出笑容说：“下次吧，今天她真的忙！”

颜妍面露失望之色……

就在这时，酒吧里几乎所有的目光忽然集中在一个款款而来的身影上，柔美曼妙，只是晃动的灯光下我不太看得清她的面容，但这不妨碍我判断出她是一个气质美女。

她向我这边走来，一直晃动的灯光终于落在她的脸上，我惊得差点从沙发上滑下去，来人不是米彩是谁！

米彩发现了我，落落大方地向我走来，我赶忙起身，没等她走到众人面前，将她拉到一边压低声音问道："你怎么来了？"

"你不是说'不要让我在苏州见到你'吗？我就来看看被你见到后，会有什么后果。"米彩似笑非笑地看着我说。

"这么说，你是来找我事儿的，不是帮忙的？"我脸一沉说道。

"威胁我的人是你，怎么说我找你事儿呢？……现在我来了，你动手吧。"

我像一条被米彩掐住七寸的蛇，生怕她在众人面前拆我的台，不得不放软了语气说："我那说的是气话，你就别和我计较了，成吗？"

"刚刚嚣张的气焰到哪儿去啦？"

"姐姐，我错了，以后一定夹着尾巴做人！"

"你这是求饶吗？"

"是吧。"

"再求一遍。"

我心中泛起一阵无力感，又不能反抗，只得咬牙说："我错了，以后一定夹着尾巴好好做人！"

那边，方圆冲我喊道："昭阳，在说什么悄悄话呢，还不赶紧把你女朋友介绍给我们认识。"

"就来。"我应了一声，又向米彩问道，"现在消气了没？"

米彩不言语，好似故意让我忐忑，我这才知道这个女人多么不好惹，软硬不吃。

"记得明天买好杀虫粉，卫生间里的蟑螂和你一样讨厌！"米彩说完在我之前向众人走去。

我半晌没反应过来，随之疑惑，她这是放我一马，救我于危难中了吗？

米彩坐在了我刚刚坐的位置上，和众人打招呼，我随后也在她身边坐下。

颜妍笑着对我说："昭阳，眼光很正啊，你女朋友超赞、超漂亮！"

"那是肯定的，我们是郎才女貌！给大家正式介绍一下，这是我女朋友米彩。"我语气中尽是春风得意，心中却满是忐忑。

"大家好。"米彩笑了笑和众人打招呼。

方圆、颜妍、向晨，按次序向米彩做了自我介绍，最后是简薇。

米彩和简薇对视着，一样的淡然，却一样让我看不懂她们隐藏的心思。

简薇先开口说道："我们那天见过。"

米彩点了点头。

"我叫简薇，是昭阳的前女友。"

我们都是很开放的人，并不意外简薇这么介绍自己，况且这也没什么好隐瞒的，说清楚关系，以后相处起来反而坦坦荡荡。

米彩回应了简薇一个礼貌的笑容说了句"你好"没有再多说话，气氛却因为她的淡漠而冷了下来。

颜妍开始活跃气氛，向米彩问："你和昭阳是什么时候认识的，他保密工作做得可真好，我们昨天才知道呢！"

我紧张地看着米彩，如果这时她不拆穿我，那么今天这个让我不舒服的聚会就可以有惊无险地过去了。

"有一段时间了。"米彩很模糊地回答，却是一个没有破绽的回答。

颜妍笑了笑，道："以后我们就把昭阳交给你了，他性子野，你得多管管他。"

米彩点了点头，道："要管的，他人品是差了些！"

颜妍一时没反应过来，看了看米彩又看着我，表情有些疑惑。

第29章

私奔

在颜妍疑惑的眼神中，我说道：“别闪着你那双疑惑的大眼睛看着我，你没损过方圆吗，小情侣之间，互相损损有益感情的健康发展，在座的谁不知道我昭阳人品过硬。”

说完又向米彩抱怨道：“别闹，损我的话，咱们回家说，这几个可都是损友，你别和他们同流合污。”

“昭阳，你还真是丧心病狂啊，为了你自己一个人的高大形象，可贬了我一帮人！”向晨说道。

“我一向擅长这么干！”

这一次米彩主动接话：“那我说你人品差，没说错吧？”

“太对了！”众人附和，随后纷纷端起酒杯碰了一个，气氛终于活跃了些。

我一口喝掉了剩余的半瓶啤酒，心中稍稍松了一口气，眼角的余光却看向简薇，从进酒吧后，她甚至比米彩还沉默，只是偶尔才和向晨说上几句话。

众人继续聊着天，我虽然紧挨着米彩，却不敢和她有一点肢体接触，因为怕她翻脸。我现在只希望能平静地结束这场聚会，以后无论如何也不愿再参加。

违心地陪着众人嬉笑怒骂，让我心中充满苦痛，可又逃脱不得。

人啊！戴上一张不合尺寸的面具痛苦的不仅仅是脸，还有心！

远处的罗本终于演唱完毕，他拿着话筒看向我这边说：“昭阳，上来唱两首，给你的朋友们助助兴。”

罗本的话音刚落，简薇第一个鼓掌，随后方圆、向晨等人也一起鼓掌，吹起了口哨，整个酒吧的气氛也随之high了起来。

我目光扫视众人，冲罗本点了点头，随后向舞台走去。

罗本将手中的吉他递给了我，自己又从乐队成员小五的手中接过了一把贝斯与我合作，我做了一个深呼吸，要了一首郑钧的《私奔》。

“一首《私奔》送给你们。”我说着拨动了吉他弦，闭上眼睛，一些支离破碎的画面又浮在了脑海中。

“把青春献给身后那座辉煌的都市，为了这个美梦 我们付出着代价，把爱情留给我身边最真心的姑娘，你陪我歌唱 你陪我流浪 陪我两败俱伤，一直到现在 才突然明白，我梦寐以求 是真爱和自由，想带上你私奔，奔向最遥远城镇，想带上你私奔，去做最幸福的人……私奔、私奔、私奔……”

撕裂的声音中，我即兴改编，一连唱出了三个私奔，我的情绪在这一刻彻底释放……

在简薇出国前，我们被逼得走投无路，从上海躲到苏州，又想从苏州私奔到西藏，那时候的我们天真地以为，靠这首歌中的勇气可以私奔到天涯海角。又以为一把吉他，两个人，一路狂奔就是最幸福的人，更以为私奔可以让我们从现实的世界里窃取出两个人的一辈子……

重金属的音乐撕裂了渴望，所有世俗的嘈杂全部淹没在这首《私奔》中，我从未如此不能自已地歇斯底里，恨不能撕破世界，撕破虚妄！

音乐的声音渐止，掌声雷动，我依然仰着头，许久将吉他还给了身边的罗本，头也不回地走向了卫生间。

卫生间的镜子里，我的脸上满是水渍，却庆幸终于瞒天过海，顺利地将那些伤痛、憋屈的泪水掩饰好。

曾经，她是我在这座欲望都市里的信仰，现在，信仰无情地坍塌，于是那些伤的、痛的、渴望的，全部压抑在心底，终于不堪重负，在一首歌的时间里变异，绞痛着我的神经。

酒吧的门外，众人道别，我们三个男人都喝得有点高，方圆搭着颜妍的肩向他们的车先行走去，简薇搀扶着不清醒的向晨，只有我和米彩保持着不易察觉的距离。

简薇将向晨搀扶进车里，以为她要离开时，她却折了回来。

她站在我和米彩的面前，对米彩说："回去给他喝一杯用蜂蜜泡的牛奶，他胃不太好。"

米彩点了点头，简薇这才看了看有些站立不稳的我，然后没有再言语，转身离去。

我凝视着她的背影，久久回不过神！

"她已经走了……"身边的米彩对我说。

"哦。"我麻木地应了一声。

"你住哪儿，我送你回去。"

"不用了，我自己打车就行了。"

米彩笑了笑说："我可答应了你的前女友帮你泡一杯蜂蜜牛奶，我不喜欢失信于人。"

"那走吧。"

米彩开着车，我坐在副驾驶座上，看着车子压着城市的光影穿梭在高楼林立间，我有些眩晕，我知道酒劲上来了。

沉默了许久，米彩终于向我问道："你刚刚那首歌是唱给你的前女友听的吧？"

"她……叫简薇。"

"怎么，你不喜欢别人称她为你的前女友吗？"

我有些不利索地回道："已经撇清……关系的两个人，干干净净地叫，叫名字不是更好吗？"

米彩笑了笑，道："恐怕你心里并不像嘴上说的那样吧。"

我不应答，盯着米彩看了许久，忽然说道："开快点，我有点想吐。"

"那你下车吐吧。"

"回家吐，你开快点。"我再次催促，言语都变得流利起来。

米彩一脚踩住刹车，车子顿时停了下来：“下车吐，憋着不难受吗，那边有条河。”

虽然眩晕，但还不至于要吐，之所以说吐只是不想和她谈起简薇，但这个急刹产生的惯性下，差点没让我胃里积存的各种酒喷出来，这个女人似乎总能拆穿我的谎言，然后给予我惩罚。

我打开车门，连滚带爬地跑向了河边，然后歇斯底里地吐了起来。

我有些虚脱，呈大字形平躺在地上，看着闪烁的星空又是一阵眩晕。

米彩来到我身边，递给我一张纸巾，责备地说：“让你再喝那么多酒啊！”

“你刚刚不……猛踩那，那一脚刹车，我根本就不会吐。”我依旧不太利索地说着。

“是吗，那你刚刚又是在耍我咯？”

我这才意识到自己又不打自招了，索性装死躺在地上一动不动。

“你继续装，我先走了。”

我又想起那个被米彩扔在荒郊野外的夜晚，一把拽住了她的手，道：“别走……”

我死死握住米彩的手不肯松，生怕自己一个人落在这鲜有人、车路过的地段。

米彩有些慌张，她一边挣扎一边让我松开，我又死死抱住她的双腿，好似找到了依靠，找到了慰藉，找到了遗失的过去。

“昭阳你赶紧松开，你喝多了，别发酒疯。”米彩的言语更加紧张，这样的肢体接触对于我们而言过于亲密。

“让我抱一会儿，别走……”我的声音已经哽咽。

“我不是简薇，昭阳你清醒一点！”米彩一把将我推倒在地，夺路向自己的车跑去。

再次躺在地上，我的世界一片昏暗，秋天的冷风又将我吹得渐渐清醒，躺了一会儿后起身向米彩的车走去，而米彩心有余悸，坚决不同意我坐在副驾驶座上，将我赶到了后面。

车子再次启动，带着我渐渐清醒后的失落向前面的一片灯火处驶去。

第30章

突如其来的机会

片刻之后米彩将我送到了罗本的住处，今天我将在这十平方米的小阁楼里度过。

我依旧眩晕，直奔床而去，随后昏昏沉沉。

眼睛的半睁半闭中，我看到了忙碌的米彩，她找到一只电水壶，烧上热水，又下了楼，片刻之后买来了牛奶粉和蜂蜜，给我泡上了一杯蜂蜜牛奶。

“你先别睡，把牛奶喝了。”

我一点也不想动，含糊着说：“你先放那边，我待会儿喝。”

“待会儿就凉了。”

我挣扎了一下从床上坐起来。米彩将牛奶递给了我，自己坐在对面的椅子上看着我。

刚冲好的牛奶很烫，我喝得很慢，米彩又催促我：“你快点喝，喝完我收拾一下就走了。”

“没什么好收拾的，你要急，就先走吧。”

“洗了杯子，再给你倒上一杯热水，留你口渴了喝。”米彩说道。

“你干吗对我这么好？”

“也就给你泡了一杯牛奶，这就算对你很好了吗？”

是啊！米彩也就给我泡了一杯牛奶，为何我却觉得她对我很好？

许久，我才意识到，我已经孤寂了太久，身边也太久没有一个女人陪伴了，每次喝再多的酒，也只是自己吐，吐完再吐，吐不动了就蒙头大睡，哪里有过一个女人会泡上一杯牛奶送给我。

终于喝掉一杯牛奶，米彩洗好杯子又给我倒了一杯白开水，这次她却没有催促我喝，放在床边的桌子上说："这杯水放着，你渴了就喝。"

"哦。"

米彩拿起手提包，准备离开，又想起什么似的对我说："明天记得自己要做什么吗？"

"按时起床上班啊。"我不假思索地答。

米彩皱了皱眉："不对。"

"那是什么？"

"你自己好好想想，我先走了。"

点上一支烟，我坐在床上，想了半天也没有想起明天除了上班之外我还需要做些什么，索性掐灭掉烟头，蒙上被子又睡了起来，既然米彩说的是明天的事情，那就明天再想……

次日，我起床时，罗本还在睡，他的工作性质决定了他必须黑夜白天颠倒着生活，昨天他好似也到凌晨才回来。

简单洗漱之后，在墙角的一个箱子里找到一碗桶面，泡上当作早餐吃了，便匆匆下楼等待去公司的公交车。

罗本的住处比较偏，公交车一直在路上晃荡着，于是在路上的这一个小时里我一直想着昨天米彩离开时提醒我的事情。

总算早上比较清醒，想起米彩昨天晚上配合我演了一出戏，她当然不会无缘无故地帮我，我们之间一定有某个交换条件，顺着这个思路一想，豁然开朗，我今天得帮她买上杀虫粉去卫生间撒上。

我怕自己会忘，在手机上设置了一条日程安排提醒，这才觉得保险。

到了公司后，还没来得及给自己泡上一杯茶，便被我们企划部经理陈景明召唤了过去。

我来到陈景明的办公室，他心情似乎不错，招呼我坐下。

"经理，你这一大早就召唤我，是不是我又搞砸什么事情了？"我下意识地问，工作这两年陈景明找我，基本上都是批评我的。

陈景明笑了笑，道："你别紧张，这次是有重要任务交给你。"

“什么任务？”

“这次GUCCI在我们百货设柜，让我们宝丽百货正式跨进顶级百货的行列，公司想借助这次的契机，开展一次全方位的营销活动，力求声势浩大，吸引更多的国际一线品牌与我们百货合作。”

“经理，你的意思，这次的活动策划由我来负责？”我在震惊中问道。

陈景明点了点头，很严肃地说：“没错，这对你来说是一次难得的机会。你知道，现在传统零售业竞争激烈，这些年又受到网络购物的强烈冲击，生存环境很恶劣，走高端路线、品牌化经营是我们宝丽百货在这个行业生存的根本……我们必须要尽可能多地吸引国际一线品牌驻场经营，强化我们宝丽百货的品牌优势，所以这次的活动，是我们公司核心价值的体现，上面的决策层非常重视，我希望你能担此重任。”

“经理，我几斤几两你又不是不清楚，这么大的活动你还是交给方圆吧。”

“昭阳，机会可不是经常有的，方圆坐上企划部副经理的职位已经是板上钉钉的事情了，因为他为公司为企划部做的贡献足够多，别人没有闲话说，你昭阳呢？我想提拔你成为企划文案组的组长，恐怕别人也会有闲言碎语吧……我的意思你明白吗？”

我当然明白陈景明的意思，他是想借助这次活动名正言顺地让我当上企划文案组的组长，这对我来说确实是一个几年都难得遇到的机遇。

我沉默了半晌终于问：“那这次的活动什么时候开始筹备？”

“GUCCI和我们百货的进场合同一签订就开始筹备，对了，GUCCI那边准备在本月15号拍摄开业的宣传海报，你再和那个平面模特确认一下有没有档期，这个事情千万千万不能出差错，明白吗？”陈景明说话间表情愈发严肃。

“明白，我马上就给她打电话确认。”

陈景明点了点头，道：“好好把握这次机会，这不是每个人都能有幸遇到的。”

“谢谢经理给的机会。”我很诚恳地说道。

从陈景明的办公室出来以后，我当即给乐瑶打了电话，告诉她拍摄宣传海报的日期，她那边确认没问题，我一颗悬着的心也终于落了下来，我的确应该为自己的人生做些什么了，所以这次的机会我一定要牢牢握住！

这是我不思进取了两年多之后，第一次渴望上进，期待生活发生质变。

忙碌了一整天，回过神来时已经七点多钟，街上的各种灯光又开始将这座城市的夜晚渲染得光彩夺目。

坐在晃荡的公交车上，满脑子想的都是即将要筹备的活动营销，我从口袋里拿出手机想看看时间，却发现手机因为没电自动关机了。

抬头看了看公交车上的电子钟，已经是夜晚的八点半。

八点半！我猛然想起今天下班后还得去帮米彩买杀虫粉，替她解决那些让她讨厌的蟑螂！

记得早上，我生怕自己忘记还特地在手机上设置了日程安排提醒，可手机却恰巧没电了，这种巧合足够败光我的人品，让米彩彻底厌恶我。

第31章 江湖骗子

公交车还没停稳我便下了车，张望着等待出租车，偏偏天不遂人愿，路过的尽是已经载了客的。

我越来越相信：自己和米彩的相遇并不是一个美妙的安排，而是躲都躲不掉的折磨。

终于等来了一辆出租车，马不停蹄地向农贸市场驶去，我记得那里有小摊贩会卖一些杀虫粉，而超市里卖的那些杀虫剂一般是杀不死蟑螂的，所以只能拜托这个时候那些小贩还没有收摊。

来到农贸市场，漆黑一片，别说小摊贩，连里面的商铺都已经全部歇业了，我有些惆怅，尽管我已经很努力，可这个夜晚注定是买不了杀虫粉。

无奈之下只得退而求其次，去超市买了一瓶杀虫剂，企图蒙混过关。

来到那个陈旧的屋子，已经是夜里10点，这来来回回一个多小时可把我折磨得够呛，只希望米彩别发现我带去的只是杀虫剂而不是原先说好的杀虫粉。

敲了敲门，小一会儿米彩便穿着睡衣给我开了门，嘴里似乎还吃着什么东西。

我好奇地问道：“你吃的啥？”

“车厘子。”

“车厘子是啥？”

米彩似乎很满意我今天遵守约定，很耐心地为我解释，道：“车厘子就是樱桃，你先去洗手，那儿还有不少呢！”

“你是要请我吃？”

米彩点了点头，我当即向卫生间走去，心里头有点儿喜滋滋，米彩此时对我的态度比以前好多了，所以做个靠谱的人没什么坏处。

我从卫生间出来时，米彩已经将装樱桃的盒子放在了客厅的沙发上，自己抱着一本书边看边吃，神态悠闲。

我在米彩的身边坐下，看了看盒子，盒子很精美，这才发现是正宗从智利进口过来的樱桃，可不是超市里那种打着进口名号的水货，这一盒至少上千。

我一下拿了两只樱桃塞进嘴里对米彩说道：“你说我们都是一个鼻子两只眼睛，凭什么你活得这么奢侈啊？”

“什么？”米彩有些疑惑地问。

“我说你活得奢侈，从我妈把我生下来我就没吃过这么贵的水果！”我说着又拿了两只扔进嘴里。

“朋友送的。”米彩应了一句，注意力又放在自己正在看的书上。

“那你说，怎么没有朋友送我这么贵的水果，说到底你们这个阶级就是腐败，就是奢侈！社会主义的大蛀虫。”我说完又恨恨地扔几只进嘴里。

米彩似乎心情很不错，也不和我较劲，只是说道：“你要喜欢你拿回去吃好了。”

“必须拿回去。”我说着从沙发上站起来，找了个方便袋就将盒子装了起来。

这个时候米彩也终于放下了书向我问：“你的杀虫粉买好了吗？”

“要没买杀虫粉，我好意思来吗？”

米彩很认同地点头，道：“你要没买还敢来找我，那就是骚扰！”

“买了买了，说什么骚扰，败我名声。”我说着从公文包里将买好的杀虫剂拿了出来。

米彩盯着杀虫剂看了看，皱眉说道：“你不是说杀虫粉吗？这个不太像啊！”

我心头一慌，随即说道：“当然不像，这是最新研制出来的杀虫剂，杀蟑螂有奇效。”

米彩一脸怀疑地看着我说：“我在书上看过，蟑螂的抗药性很强，一般的杀虫剂根本没什么效果。”

“你就别教条主义了，我这是一般的杀虫剂吗？不和你吹牛逼，就我手上这一罐，能把这个屋子的蟑螂满门抄斩，简直惨无人道！”我信口胡说道。

米彩依旧一脸怀疑地说：“我怎么感觉你这么像江湖骗子？”

我有点心虚仍怒道：“我是为了你好，杀虫粉毒性大，一不小心毒死一只老鼠什么的，你恶不恶心？”

米彩被我吓住了，赶忙对我说道：“那你别站着了，做你该做的事情。”

“你要进来观摩吗？”

米彩连连摇头，我不动声色地转过身子，然后得意忘形地向卫生间走去，此刻我有一种收复城池的快感，心里乐道：“傻姑娘，再来拆穿我啊，来啊……”

我手中提着米彩送给我的樱桃和她告别，此刻已经11点钟了，回到罗本那里至少得12点，心中不免感慨这是个多么折腾的夜晚。

临走时我叮嘱米彩：“那个卫生间你今天晚上别用了，喷完杀虫剂，有毒物质太多了。”

“知道了。”

我很无聊地问：“那这一夜你能憋得住么，我感觉够呛，我一般一夜都得上好几次厕所。”

米彩果不其然皱眉说道：“你的话怎么这么多？”

“我是担心你好吗！”

“我今晚不住这里就是了。”

米彩的话又一次引起了我的好奇感，从她的话里我几乎可以肯定她在这座城市还有其他房子，可是为什么非要买下这里，然后住下呢?

我终究没有问出自己的疑惑，因为米彩不会告诉我，再说知道答案除了满足好奇感之外对我没有任何意义。

我又从口袋里拿出一只樱桃扔进嘴里，对米彩说道：“那我走了啊，以后在这个屋子或者小区里有搞不定的事情给我打电话。”

“嗯。”

我咳嗽了一声，楼道里的感应灯亮起，随即转身离开。

“昭阳，等等。”

我转回身很意外地看着米彩问：“你不是打算让我留下吧？这儿卫生间都不能用，我可憋不住！”

“带走你的吉他。”米彩说着转身回到我以前住的那个屋子，从里面拿出了吉他。

我不想从米彩手中接过吉他，沉默了许久说道：“我说了你找个懂行的人，这吉他绝对能卖出个好价钱，我现在也没钱还给你！”

“我那天让你还钱，是被你气的，吉他你带走吧，它不属于任何人，只属于你和简薇，至少是一段记忆。”

“你怎么知道这个吉他和简薇有关？”

“吉他上刻着你和她的名字。”

一段极长的沉默之后，我不看那把被米彩立在墙角的吉他，低声说道：“我不想要了。”

米彩笑了笑：“你是丢得掉一把吉他，可心里却丢不掉那段记忆，又何必自欺欺人呢？”

我不言语。

“拿去吧。”米彩将装吉他的盒子放在了门外，随即关上了房门。

带着这把失而复得的吉他，我心情沉重地回到了罗本的住处，恰巧在楼道口碰到了罗本，和他带着的一个打扮妖娆的女人。

女人摘下头盔从罗本那辆改装过的赛道摩托车上跨了下来，随后罗本也摘下了头盔。

我当即明白这是罗本带回来的炮友。

罗本搂着妖娆的女人向我介绍道：“昭阳，这是我朋友莉莉。”

我笑了笑，道：“不碍你俩事儿吧？要不我去住旅馆。”

“不碍，不过夜，一会儿就行。”罗本说道。

“那成，我在楼下坐会儿……你帮我把吉他先带上去。”

罗本从我手中接过吉他，拍了拍我肩膀，示意很快搞定之后，便搂住女人向楼上走去，我坐在楼道口，打开了从米彩那里带回来的樱桃又吃了起来。

第32章 发薪水的日子

坐在楼道口等了将近四十分钟，罗本也还没完事儿，我被秋天的冷风吹得有点招架不住，想上去催催他。

刚起身，那个叫莉莉的女人便从上面走了下来，空气中弥漫着浓烈的香水气味。

“完事儿了？”我掖了掖衣服问道。

莉莉瞥了我一眼不满地说道：“要不是你，我今晚就在这儿过夜了。”

“罗本明天还有好几个酒吧要跑呢，你就别折腾他了。”

“搞不懂两个男人住在一起干吗！”

“我也就在这借宿一段时间，找到房子就搬走。”

莉莉点了点头，随即又说道：“我钱包忘带了，给我50块钱打车。”

我有点诧异：“你刚刚怎么不和罗本要啊？”

“刚刚忘记了，懒得再上去，你就别磨叽了，快点。”莉莉又向我做了个要钱的动作。

“你不会是小姐吧？”

莉莉白了我一眼说道：“你见过出场的小姐只要50块钱的吗？”

“说的也是。”我说着从口袋里拿出钱包，翻了半天也没找到50的，莉莉直接抽了一张100面值的，在我面前晃了晃，好似我睡了她一般。

莉莉离开后，我觉得在罗本这里住着也不是长久之计，毕竟不太方便，离公司也远，房子还得继续找。

回到屋内，空气中似乎还残留着浪荡的味道，我下意识地往床上看了看，被子却还是叠着的。

“怕你睡着不舒服，没在床上干。”罗本向我解释道。

“辛苦了！”

罗本笑了笑：“不辛苦，睡着，站着都一样。”

我将从米彩那儿带来的樱桃放在了桌上对罗本说道：“朋友送的，你尝尝。”

“哟，还是从智利进口的，你哪个朋友这么奢啊？”罗本说着拿了一个扔进了嘴里。

“就一朋友。”我含糊地应付了一句，意识到称呼米彩为朋友有点一相情愿。

这本来就是一件无关痛痒的事情，罗本也不追问，从吉他盒子里取出了吉他，拨动吉他弦，一脸陶醉，又向我问道：“这把吉他你不是拿去抵债了吗？怎么又回你手上了？”

“她又还给我了。”

“她是哪位？”

“我要不要写一本书回答你啊？”

罗本用一种了解的眼神冲我笑道：“淡定……”终于不再追问我，随即拨动吉他弦，一首《灰姑娘》乘着夜晚的秋风从十平方米的小阁楼里飘了出去。

夜静得像一潭死水，我和罗本两人躺在床上，一人手中捏着一支烟，同样的茫然，同样的沉默。

一支烟很快被我抽完，掐灭在烟灰缸里，终于向罗本问道：“本儿，想啥呢？”

“想姑娘。”罗本说着也深吸一口烟。

我调侃道：“你不是刚和莉莉睡过吗？”

罗本笑了笑掐灭手中的烟，又从烟盒里抽出一支点上，半晌才说道：“也不知道她现在过得怎样。”

“想她就和她联系吧，就当老朋友关心一下。”

“你和简薇分手了两年多敢和她联系吗？”罗本反问我。

“你扯我和简薇干吗。”

“一样的道理，联系了又能改变什么，就这么想着吧！”

“我就是替你委屈，明明还爱着，明明是被她父母逼的，最后却在她心里留下个背叛的臭名。”

“只要她过得幸福，我这点儿委屈不算什么。”

我也又点上一支烟，吸了两口陷入沉默中。

“睡吧，天都快亮了。”罗本将只吸了一半的烟掐灭在烟灰缸里，对我说道。

我往窗外看了看，好似看透了黎明来临前的所有黑暗，不免心中感叹：人活着，真是一道无解的难题，是是非非，真真假假……

次日，又在忙碌中过完一天，这种忙碌是我在公司前两年里所不曾有过的，主要还是因为方圆的工作暂时落在了我的身上，但这也不算什么坏事，如果我有幸成为企划文案组的组长，那么现在正是一个提前适应的过程。

除了忙碌了一天，我还有其他收获，今天终于发了工资，于是在临近下班时，我便计划着怎么去消费这个月的工资。

思量了许久，我决定把这笔钱的第一次消费用来请米彩吃一顿晚餐。前些天我借吃饭的名义将她骗去方圆的婚礼上，她是多么恼火。毫无疑问，这件事情是我欠考虑，所以，今天晚上这顿饭我必须用最真诚的态度去邀请她，一来赔罪，二来感谢前天晚上她在酒吧配合我演的那出戏，让我不至于在简薇面前无地自容。

我找到米彩的电话拨了出去，小一会儿她才接听，语气依旧很平静，道："喂，有事吗？"

"晚上想请你吃个晚饭，赏脸吗？"我特诚恳地说道。

"这次又是你哪个朋友结婚？"

我有点无语，她总是这么平静地将我噎得半死，顿了一会儿才说道："这次真不是朋友结婚，就是想请你吃个饭。"

"哦，今天算了吧。"

我有点失落，但仍坚持道："来嘛，今天我发薪水了，第一个就想到你，我这么盛情你就别拒绝了。"

"我的车送去保养了，这边也不太方便打车，下次吧。"米彩这次终于给了我一个不来的理由。

"这个好办，我有车，我去接你，你人在哪里？"

"你有车吗？"米彩疑惑道。

"有啊，和你那车差不多，你就给个面子呗，今天晚上带你去个特有意思的餐厅，保证你喜欢。"

"嗯，我在柳岸景园，你过来吧。"

"你住在柳岸景园！"我感叹道，因为这是本地一个很高档的小区。

"问那么多做什么。"米彩说完便挂掉了电话。

我笑了笑并不在意米彩的态度，我早就预料她在苏州还有其他的房子。

将手机放进口袋里，我对隔壁还在忙碌的赵里说道："赵里，你那辆奥拓小王子今晚借我用一下。"

赵里抬起头警惕地看着我，问道："你要干吗？"

“用完给你加满油，赶紧的。”我不耐烦地说道。

“你说的哦，可别耍我。”赵里说着从抽屉里拿出车钥匙递给了我。

天色渐黑，我开着赵里的奥拓向“柳岸景园”小区驶去，这次我真没忽悠米彩，我现在开的车和她的那辆的确差不多，她的叫奥迪，我的叫奥拓，同样是惹眼的紫红色。

第33章 空城里，音乐主题餐厅

大约行驶了半个小时，我终于到达现在住的“柳岸景园”，而米彩已经站在小区外的一棵梧桐树下等我。

秋天的落叶在空中盘旋着下落，灯光映衬着她的身姿，美得好似从画里走出来的人物，安静、淡然。

我按了按车喇叭，米彩向我这边看来。

我冲她笑着说道：“上车，咱们去吃饭，晚了就不一定有位了。”

米彩打开车门坐进副驾驶室，也没在意我开的是什么车，倒是我有些心虚地说道：“怎么样，我这车不错吧，小排量、低碳环保。”

“是不错，就是和你一样有点猥琐。”米彩似笑非笑地看了我一眼说道。

“我很猥琐吗？”我问道，随即扒下车内的镜子不自信地打量着自己。

“猥琐不一定指外貌，我说的是你的人品。”

我又将镜子复位，也不想和米彩斗嘴，反正我人品差的形象已经刻进她的心里，就算我把自己包装成救国救民的英雄她还是会觉得我猥琐。

米彩有点意外我的不还击，而我只是冲她微微一笑，随即启动车子，我想：米彩她不太懂一个有内涵的男人，往往是沉默寡言的，以这个为准，显然我是一个很有内涵的男人。

奥拓穿梭在大街小巷中，最后在一个已经快要拆迁的老街上停了下来，随即我和米彩下了车，我要带她去的那个店，会经过一条狭窄的巷子，车子是开不进的，我们只能步行。

这条狭窄的巷子里只有寥寥几盏路灯，很是昏暗，米彩紧紧跟在我身后，有些紧张地问我："你要把我带到哪里去？"

"一个世外桃源，不过得先穿过这段幽暗。" 我答道。

走过这段幽暗的小巷，对面的空间顿时大了起来，一盏明亮的路灯下，"空城里主题音乐餐厅"出现在我和米彩面前。

我点上一支烟，对身边的米彩说道："就这个餐厅了，是我一个玩音乐的朋友开的，里面的音乐氛围很好，不过主打川菜。"

"那很混搭啊！"米彩打量着招牌说道，一般音乐餐厅都是西餐为主。

"嗯，老板娘是重庆姑娘，你能吃辣吗？"

"可以的。"

我和米彩说话间走进了餐厅内，老板娘CC正坐在一张可以升降的吧台椅上唱着歌，身边放着一杯扎啤，手上还捏着一支没有吸完的烟。

CC第一时间发现了我的到来，趁着音乐的间隙向我打了个响指说道："好久不见，昭阳。"

我点头冲CC竖了竖大拇指，示意她唱得很赞。

CC笑了笑，又随着音乐的节奏继续唱着那首张悬的《模样》。

我和米彩选了个位置落座，米彩似乎很喜欢CC的歌声，也不和我说话，安静地听着。在CC有些沙哑却极具感染力的歌声中，我又想起了一些片段。

三年前，我和简薇因为她父母的疯狂反对从上海逃到苏州，两人都身无分文，我便在CC的这间音乐餐厅里驻唱，每天会有一些收入维持我们的生活。

那时候的简薇每天都会守候在餐厅里听我唱歌，也帮顾客端端盘子接接水，赚取一些小费，每每到餐厅打烊，我会习惯性地抽上一支烟，她帮我背着那把吉他，两人牵着手走过那段幽暗的小巷，我会在转角处的小摊上给她买上一个烤红薯……

那年冬天，有时候风很冷，有时雨雪很大，但那种相依为命的感觉，却让我至今都觉得温暖！

“昭阳，这个餐厅为什么叫空城里？”

米彩的突然发问打破了我脑海里的画面，一时回不过神，愣了许久才答道：“每个人在刚出生的时候，心里都有一座空空的城市，随着时间推移，随着自己长大，浮躁、冷漠、世俗的名利便填满了这座空城，从此变得臃肿不堪，叫空城里是为了纪念那座纯真的空城吧。”

“这是你的理解吗？”

“这是CC告诉我的。”我说着向正在唱歌的CC看了看。

米彩点了点头喝了一口凉茶又继续聆听着CC的歌声。

CC终于唱完了一支歌，她将麦克放回到支架上向我们这边走来。

CC是个很另类的美女，她的五官并不算特别好看，但凑在一起却动人心魄，让人过目难忘，所以她走来的这一路，吸引了不少食客的目光。

CC端了一大杯扎啤放在我面前笑了笑说道：“请你喝的。”说完又招呼服务员给米彩拿来了一大杯可乐。

“我开车了，今天就不喝了。”

米彩接话道：“喝吧，待会儿我帮你开车。”

CC这才看着米彩，问我道：“这个姑娘是……你的新女朋友？”

我看了看米彩，她表情平静，便壮起胆说道：“是啊，是我女朋友。”

CC耸了耸了肩，我知道她是为我和简薇遗憾，但最后还是笑着和米彩打了个招呼，称赞她倾国倾城。

餐厅里的灯光黯淡了些，桌上的老式烛台却亮了起来，整个餐厅随之点点星光，弥漫着淡淡的香薰蜡烛的味道。

三人稍稍沉默了一会儿后，CC向我问道：“对了，最近罗本在忙什么呢？好久不来这里了。”

“他能忙什么，整天跑场子呗。”

“有空约他来坐坐，我挺想他的。”CC言语中有一丝无奈，一丝忧伤，她喜欢罗本，可罗本一直想着那个北京姑娘。

“行啊，约个时间咱们一起聚聚，就在你这边。”

“你得和我保证！”

我笑了笑做发誓状说道：“我保证。”

CC这才放心地点了点头。

CC离开后，我和米彩总算有了单独相对的空间，我端起扎啤向米彩示意，米彩也端起可乐和我碰了一个，两个人各自喝了一口。

就在这时，门外又有两个人向店内走来，打开门一阵冷风被带了进来，随后我看清了来人正是简薇和向晨。

一瞬间各种情绪翻涌，让我措手不及，看来这并不是一个可以和米彩安静享用晚餐的夜晚，我厌烦这样的见面，也害怕这样的见面，更憎恨这样的巧合让我们尴尬地碰在一起。

第34章 干净的地方

我的表情开始变得不自然，对面坐着的米彩发现了我的不对劲，看了看我，又回头看去，于是和简薇的目光碰在了一起。

米彩的性子有些冷，简薇生来骄傲，这么实实在在地打了个照面，两个人竟然没有和彼此打招呼，倒是向晨冲我挥了挥手，道：“昭阳，带女朋友吃饭呢！”

“嗯，正好你们来了，一起拼个桌吧。”尽管不愿意碰面，我还是很客套地邀请，这种客套让我觉得很别扭，但又不得不做。

简薇挽住了向晨的胳膊摇了摇头说道：“不拼了，我们坐那边的位置，省得挤。”

向晨唯命是从，对我笑了笑后挽住简薇向另外一边的桌子走去，看着他们的背影，我相信这次意外的巧遇后，简薇和向晨应该绝对相信我和米彩是男女朋友关系，因为今天我和米彩是单独约会，享受只属于我们两个人的晚餐。

这应该是简薇回国的几天中第一次来“空城里”用餐，所以CC骤然见到简薇时非常意外，同样也给简薇和向晨赠送了扎啤和可乐，只是却没有提及过去，因为此刻我和简薇在她眼里已经各有新欢，说起过去太不识趣，也太破坏气氛。

等待上菜中，我和向晨走到外面聊了几句，向晨说，苏州是我们上大学的地方，这些年却很少来，就趁着他和简薇都有时间，在这边多玩几天，但再过几天简薇要随他去南京的。

向晨的回答刺激着我脆弱的神经，我当然知道简薇去南京是为了见向晨的家人，或许要不了多久我就会收到他们的结婚请帖，然后再一次将我撕扯得支离破碎。

吃饭的过程中，我一直坐立不安，却始终不向简薇那边看，我一遍遍告诫自己：我们那些过去，早就被岁月的流水冲淡，再多的不舍，再多的自我折磨也不会再改变什么。

我深知：从简薇戴上向晨送给她的水晶钻石项链时，我就已经生活在一个独立的世界里，砌上一道最坚实的围墙，将自己密闭起来，不看，不想，不痛……

不知道什么时候，向晨和简薇已经在我们之前用完晚餐，只是简单地打个招呼便先行离去，而我一直目送他们走进那条小小的巷子里，却已经看不到曾经可以在冬天的夜晚买到烤红薯的那个转角处的风光。

这个夜有点冷。

米彩的手在我眼前挥了挥，将我从失神中唤醒，我这才意识到，这是一个原本只属于我和米彩的晚餐，抱歉地笑了笑，向米彩举起杯，一口喝掉了杯中剩余的扎啤，却仍然很清醒。

晚餐依然在继续，不是我和米彩吃得慢，而是简薇和向晨离去得太匆忙，我又要了一杯扎啤，不是想把自己灌醉，这样的扎啤也灌不醉，只是想借助这冰凉的酒精清醒一些。

半个小时之后我和米彩结束了这顿晚餐，和CC打了个招呼之后便带着米彩离开。

“昭阳，你还没买单吧？”米彩说着拉住了我。

“都是这么熟的朋友了买什么单啊？”我说着继续向前走，却只是和米彩开了个玩笑。实际上，整个吃饭的过程中我们沉默居多，并没有交流多少，行将离开时逗逗她，也让这个夜晚至少看上去不那么沉重。

米彩平静了一晚上的脸，满是怒色：“你这个人就是没有德行！都像你这样，你朋友的餐厅还怎么经营？”

“你喝多了吧！稀奇了，可乐也能把人喝醉吗？”我似笑非笑地看着她说。

米彩不再和我纠缠，拿出自己的钱包向吧台走去，这一刻我更加了解米彩是多么厌恶我的品行恶劣。

我快步跟上，拽住了米彩，对她说道：“说好我请你的，怎么能要你买单呢！”

“我不想与你这样的人渣为伍，别和我说话。”

“呵呵，和你开玩笑的，买单的地方不在吧台，在那个角落里。”我转过米彩的身子让她看到角落里那个箱子。

米彩有些疑惑地看着我，她吃饭的时候一直背对着那个箱子并不了解情况。

我笑了笑解释道：“你没有看到我们点的菜单上都没有标价格吗，在这里吃饭，全凭自觉，走的时候把钱投进那个箱子里就行了。”

“随便投多少吗？”米彩很惊讶地看着我问道。

“对啊，这里不会有人监督你的。”

“可这……”

我拉住米彩来到摆放箱子的角落，从钱包里抽出300元放进了箱子里，然后对米彩说道：“来这里消费的人，心中都曾经有过一座纯洁的空城，没有人会用世俗的物质去亵渎这座空城的，所以这个店已经经营了很多年，并不亏损……如果这个世界还有一处干净的地方，那一定是这里！”

回去的路上米彩一边开着轻巧的奥拓一边问我：“昭阳，难道那间餐厅这么多年所有来消费的人都很遵守这个规则吗？”

“当然不是，这间餐厅刚开张的时候有很多来蹭饭、逃单的人。”

米彩并不意外我的回答，因为这个世界上最不缺的就是一些爱占便宜、不劳而获的小人，她又追问：“那为什么会变成现在这样人人都遵守这个规则的呢？”

我回忆了一下，答道：“当时我们都劝CC放弃这种理想化的经营方式，因为太不切实际，可CC执意如此，最后入不敷出，难以经营下去，终于有一天在餐厅的公告栏上张贴了停业公告。”

“然后呢？”

“就在停业前的最后一个夜晚，仍有很多人拖家带口来吃不要钱的晚餐，我们心都凉了，埋怨CC太傻，这种理想化的经营方式，最后揭露的只不过是人性的丑陋而已。”

米彩若有所思地点了点头。

我打开车窗点上一支烟继续说道：“那天晚上结束营业后，我们真的很失落，几个朋友关上门喝了很多酒，因为过了这个夜晚，便不会再有空城里这座餐厅！”

我长长吐出口中的烟，笑了笑又说道：“或许真的有绝处逢生这一说吧，在我们和CC一起打开箱子结算当天的营业收入时，竟然发现里面有整整10万元的现金……我们很惊讶，却谁都不知道是哪位顾客放进去的。”

“所以这间餐厅也因为这10万元继续经营了下去？”

我点了点头，道：“嗯，这10万块钱给了CC继续经营的动力。准确地说，是一种精神层面上的动力，为了那个不知名的顾客也不能关了空城里。后来，我们把箱子换成了透明的，每个人吃完饭给多少钱都看得清清楚楚，那些只扔几个硬币进去的小人，我和几个朋友就把他们堵在巷子里揍一顿……久而久之，那些爱占便宜的人便不来了，不过CC一直都不知道这个事，如果她知道不会同意我们这么干的……又过了很久，CC把透明的箱子再次换成了不透明的，但已经基本上不会亏损了，当然也不排除还有浑水摸鱼的！”

听完我的叙述后，一向淡漠的米彩竟然同仇敌忾地说：“打得好，那些缺德的人就该打……不过你们这么滥用私刑，那些被打的人不会报警吗？”

“当然会报警，但是和我们一起打人的哥们儿中有一个是在这片做片警的，所以就睁一只眼闭一只眼了呗。再说，我们又不敲诈钱，下手也有分寸，就是以警告为主，只要那些人渣不来，餐厅能维持正常经营就可以了。”

米彩看着我，忽然就笑了……

我诧异地看着她，不明所以。

“听你骂别人人渣就莫名觉得好笑……!”米彩笑着解释道。

“……谁规定人渣就不能骂别人人渣了？”

“这次我可没说你是人渣。”

“你就是这个意思，你当我傻，听不出来吗？”

米彩“哈哈”大笑，相处这么多天，第一次看到她笑得如此开放，这一刻开朗的她，愈发美得动人心魄，于是小奥拓更加轻快地穿梭在城市的光影中，少了些现实的厚重，多了一串美丽的笑声。

第35章 你这个畜生

米彩驱车将我送回到罗本的住处，这个夜我并没有喝得太多，所以告别也变得简单起来。

米彩解下安全带，对我说道：“谢谢你今天的晚餐，那个餐厅我很喜欢。”

“喜欢就经常去吧，不过别企图逃单，我会带着一群正义之士，把你堵在巷子里痛扁一顿的。”我笑着和米彩开起了玩笑。

“如果我真这么做，我会心甘情愿接受你们的审判。”

“你很有觉悟！”

米彩没有再多言，打开车门下了车，张望着等待过路的出租车。

我也跟着下了车，站在米彩身边，半晌推了推她，玩笑似的说道：“和你商量一个事情呗。”

“什么事情？”

“让我再回去做你的房东，你做我的女房客，好不？”

“很不切实际的要求！你可是刚刚才搬走。”

“可是我对那个屋子的想念却与日俱增！”

“收起你的非分之想……我并不喜欢我的房子里住进一个男人。”

“那你之前不也收留我了吗？”

“那是因为你很可怜地求我。”

“那我再很可怜地求你一遍。”

米彩没有再像从前那般厌烦我的死缠烂打，很耐心地对我说道：“一男一女住在一起真的很不方便，这么大的城市有很多选择，你又何必为难我呢？”

“那你以后也不和你男朋友生活在一起吗？无论谁活着，总避免不了一男一女生活在一起的。”

米彩淡淡一笑，道：“你说得对，所以我只和我的男朋友生活在一起，而不是你。”

终于一辆没有载客的出租车驶来，米彩伸手拦下，随即坐进车里，很快便消失在我的视线中。

我对着夜色自语道：“你说得也很对，可我怎么感觉你是在逼我做你的男朋友，然后名正言顺地住在一起呢？记得上次我就和板爹说起过，你不是我的菜，所以请你也赶紧收起对我的非分之想！”

忽然自己就笑了，这真是胆大包天，连自己都敢骗！

进了罗本的屋子，里面依旧空荡得连个电视机都没有。这个夜注定乏味、无聊，我从床底拖出几只箱子找到一罐啤酒，这很不错，喝上一罐啤酒，再拿上吉他唱上几首歌，也算是不错的消遣。

阳台上的风依旧吹得很野，我抱着吉他坐在护栏上岿然不动，我并不畏惧这一阵阵野风，可却害怕见不到那座“天空之城”，于是拨动吉他弦，声嘶力竭地唱了起来，似呼唤，似乞求，呼唤那座远去的城池回到心中，从此安定，从此不必漂泊。

罗本不知道什么时候回来的，忽然从身后给我递了一支烟，然后也纵身跃上护栏，又为自己点上了一支烟。

我将吉他放在一边，将烟点燃，吸了一口对罗本说道：“我今天去CC的餐厅吃饭了。”

“是吧。”罗本机械地应了一声。

“CC说她想你。”

罗本看着我，沉默了一会儿说道：“今天微信上和乐瑶也聊了几句。”

“是吧。”我机械地应了一声。

“乐瑶说她想你。”

我笑了笑，道：“我是摸着良心把CC的话转给你的，你显然是在扯淡。”

罗本也不和我废话从口袋里拿出手机，让我看他和乐瑶的聊天记录，果然白纸黑字，铁一样的证据。

我忽然有一种无言以对的感觉，拿起身边的啤酒喝了一口，半晌才说道：“你和CC很久没见了吧，有时间咱们一起去她的餐厅聚聚。”

“带上乐瑶，咱们一起。”

“你没事儿老扯上乐瑶干吗？”

“昭阳小兄弟，己所不欲，勿施于人啊！你应该比所有人都明白，其实男人的心并不大，能装下的也只是最初的那个女人，在这点上，至少我们是同一类人。”

我摇了摇头说道：“罗本，你和CC其实真的挺合适的，至少有一样的理想，一样的爱好，一样的品格，而我和乐瑶明显分属两个世界，她并不是真的有多喜欢我，准确说只是一段时间里的依赖，所以真的不要这么牵强地放在一起做对比。”

“不说这些，今天有点累，先睡了。”罗本拍了拍我的肩膀，翻下了护栏。

我冲他喊道：“最近抽个时间去CC那边聚聚啊。”

“再说吧。”

罗本给了我一个模棱两可的答案之后便离去了，我知道他是不忍带着一颗不爱的心用身躯去亵渎CC，毕竟CC和那些可以随意带回来睡觉的女人不一样，在这一点上罗本有自己的原则。

其实我能理解罗本，可心中还是有些惋惜。

次日，我较平常起得稍晚一些，因为今天不必乘公交车，赵里的车还在我这里。

来到公司，赶在九点前在前台打完卡，后脚赵里也从另外一部电梯里匆匆走了出来，踩着风火轮似的跑到打卡机前，刚准备将卡插进去，时间却好死不活地跳过了九点。

赵里哭丧着脸和我抱怨道：“昭阳，都怨你，我还以为自己有车呢，一觉睡到八点，结果……唉！我这个月全勤奖没了！”

我将手中的车钥匙扔给了赵里，不在意地说：“不就一个全勤奖吗，多大事儿，我上个月不也没拿到嘛。”

“你从上班有拿到过吗？”

我被赵里问得很不爽，脸一沉，赵里赶忙转移话题，问道：“你说帮我车加满油，加了吗？”

“放心吧，加得很满。”

赵里终于得到心理平衡似的点了点头。

我又补充，道：“对了，在你车上发现一张中石化的加油卡，我顺手递给加油的人了。”

赵里面色顿时大变，仍抱着最后的希望说道：“你又不知道密码！”

“不就潘晓云（赵里的女朋友）的生日嘛，我知道的。”

“昭阳，你这个畜生！……上次我游戏里的装备也是你偷的吧！”

进了办公室之后，赵里依旧用不共戴天的仇恨目光看着我，我则无视他，下次有需要时，他那辆小奥拓还得乖乖给我用。

准备去休息间泡上一杯咖啡提提神，却又收到经理陈景明的召唤，让我立刻去他的办公室一趟。

我放下手中的杯子，随即去了陈景明的办公室。

“坐。”陈景明一边看着文件，一边对我说。

“不坐了，经理你有事情就直说，我很忙的。”

陈景明抬起头笑了笑，随即放下手中的文件对我说：“这次有个事情需要你去协调。”

“还是GUCCI那边的事情？”

陈景明点了点头说：“拍摄宣传海报的日期有变动，调整为这个月的10号，你通知一下那个平面模特儿吧。”

“不是说好15号的嘛，人家那边也不是无业游民，随时都有时间配合的，你知道和剧组协调出档期有多难吗？”我带着火气说道。

陈景明也是一脸无奈地说道：“GUCCI那边临时做出调整我也没办法，说是摄影师15号有其他工作安排，只能提前到10号了！”

“他们的姿态可真高啊！说用哪个平面模特，我们就得帮他们找，说调整时间，我们就得配合！”我愈发火大。

“行了，昭阳……你是领着公司薪水的，这是上面给你的任务，你必须完成。”陈景明终于也带着火气对我说道。

我讥讽道：“是不是领着公司的薪水，公司说天上的月亮不错，我就得造一架航天飞机，把月亮给摘下来献给公司啊？”

第36章 怒火中烧

陈景明被我说得哭笑不得，又有求于我，半晌放轻语气对我说道："GUCCI临时改变拍摄日期我也很恼火，可是有什么办法？总不能和他们撕破脸皮吧，人家可以选择设柜的商场很多，可我们找第八个国际一线品牌却太难……唉！人总要跟着形势走的……昭阳，想在职场这条路上走得更高、更远，忍耐和妥协这四个字，一定要学会，牢牢放在心上。"

陈景明这么一说，我倒不好意思继续火下去，其实他还算是一个不错的上司，在公司的这两年多，他给我的照顾不少，只是我自己不太上进。

我不想让陈景明为难，他有他的难处，这件事情的利害我也清楚。沉默了许久，我对他说道："我和她联系吧，但是后天就是10号，时间这么紧，能不能再协调出档期，这次我真的不能保证了。"

陈景明疲倦地揉了揉自己的太阳穴说道："尽力沟通吧，如果10号她能参加拍摄，我个人愿意出三倍的劳务费用对她进行补偿。"

我再次沉默，深深体会到陈景明的不易。这个事件，公司的高层一定给他施加了很大的压力，他和我不一样，毕竟已经做到这个职位，而我反正是基层，干得不舒服大不了换一家公司便是……或许他的无奈和妥协正是职场残酷的体现。

离开陈景明的办公室，我在复杂的情绪中拨通了乐瑶的电话。

乐瑶似乎还没有起床，拨通后许久她才语气朦胧地接通了电话："喂，昭阳，怎么现在给我打电话啊？"

“你还睡着吗？”

“嗯，昨天晚上有两场夜戏，拍了将近一个通宵，好困！”乐瑶说着又打了个哈欠问道：“你给我打电话有事吗？”

我有点难以启齿，沉默了半晌才说道：“GUCCI那边的拍摄计划有调整，提前到10号了，也就是后天，你时间能再协调一下吗？”

电话那头的乐瑶沉默，而沉默也足以证明这对她来说是一件多么为难的事情，因为之前她已经和剧组申请15号请假，那么剧组对她的戏肯定有所调整，这种调整会涉及很多其他演员，这个时候再调整，其他演员一定有很大的意见。

“我现在去找导演吧，能不能协调下来，我第一时间给你通知。”乐瑶对我说道。

“嗯，这次真的很不好意思了！”

乐瑶笑了笑说道：“说这些做什么，如果能协调下来，你今天下午得来横店接我，坐火车太无聊了！”

“没问题。”

“嗯，那你等我消息。”

结束了和乐瑶的通话，我当即去卫生间抽了一支烟，心中觉得堵得慌，我深知乐瑶作为一个新人，三番五次地和剧组提要求影响有多坏，可她还是这么爽快地答应了我，真的希望别给她造成什么麻烦才好。

大约中午时分，正在吃饭时，手机一阵震动，看了看是乐瑶发来的短信。

“昭阳，剧组已经批假了，一共3天，你快来接我吧。”文字后附加了一个笑脸。

我做了个深呼吸，紧张的心情终于缓解了些，随即给乐瑶回了信息，而这个下午我将赶到横店去接乐瑶回苏州。

我再次去了陈景明的办公室将这个情况汇报给他，他和我一样也是重重松了一口气，当即将他的车钥匙给了我，又给了我2000元现金，让我代表他先在横店请乐瑶吃一顿饭，等乐瑶回苏州了他再单独款待。

陈景明还告诉我：GUCCI那边的中国区副总裁也将在拍摄宣传海报的那一天来到苏州正式和我们百货签订进场设柜的合同。这意味着，企划部和招商部忙碌了数个月的GUCCI招商计划终于完成，宝丽百货也因此正式达到顶级百货B类的标准，于我个人而言，我得到了一次晋升成为企划文案组组长的机会。

希望这次是真的圆满，不会再有变故。

从办公室出来后，我当即开着陈景明的那辆奥迪A4赶向了横店，到达时已经是下午4点多钟，我没有找酒店而是直接去了乐瑶拍戏的景区，我和她约好，在景区外等她拍完今天下午的戏。

天色已经完全暗了下来，乐瑶还没有从片场出来，点上一支烟，我习惯性地看着景区的出口处一阵阵失神。

乐瑶终于出现在出口处的灯光下，她的步子很慢，右手捂着自己的面颊，我不太看得清她的表情。

我起身向她走去，她看了看我，却没有像以前那样表现得很亲昵。

我笑了笑，问道："你是牙疼吗，干吗捂着脸？"

乐瑶沉默不语，继续向前走着，这样反常的举动让我满是疑惑。

我随即跟上了她，关切地问道："你怎么了，让我看看你的脸。"

"没事儿。"乐瑶加快了自己的脚步，声音却已经哽咽。

我一把扯住了她，随即强行拿开了她捂住脸颊的手，霎时惊住了，只见她白皙的脸上落着好几条鲜红的指印。

我怒火中烧："哪个打你了，我他妈弄死他。"我说着就向景区的入口处走去。

乐瑶在身后死死地拽住了我："昭阳，不要去。"

"你起开，我他妈不抽他，我对不起你。"我已经无法控制愤怒的情绪，我隐隐意识到，乐瑶被打一定和这次的事情有关。

乐瑶被我甩开后，又坐在地上死死抱住我的腿，哭泣着说道："昭阳，我求求你，别闹事……对我一点好处也没有……这儿人多，我们回酒店说。"

我极力控制自己，看着周围已经向我们投来的目光渐渐冷静了下来，这个时候我把事情闹大无非是让乐瑶雪上加霜，除非她什么都不在乎，放弃这部戏，显然这对她来说完全不可能，此刻为了乐瑶，我能做的也只有忍耐。

我将乐瑶从地上扶了起来，心中泛起一阵阵无法发泄的愤怒，拿出纸巾帮乐瑶擦掉眼泪，尽量放轻柔语气说道：“我们先回酒店，但你得和把事情说清楚。”

乐瑶点了点头，轻轻挽住我的手臂，向停车的地方走去。

酒店的房间里，乐瑶坐在我的身边，我用冰袋敷住她红肿的脸颊，心中仍是一阵阵冒火，我咬着牙向乐瑶问道：“谁打你的？是不是你们导演？”

乐瑶摇了摇头，泪水又顺着脸颊落了下来，沉默许久才对我说道：“是我们剧组的一个女演员……她说我是狐狸精，勾引导演，所以导演才这么照顾我，两次帮我安排出档期，害得她们都没得休息，可我……”

乐瑶没有说下去，已经泣不成声，而我的心像被刀绞着一样，我猜得没错，的确是我的事情给乐瑶惹来了这个麻烦。

“她们平常都这么欺负你的吗？”

乐瑶点了点头，道：“这个圈子很复杂，我只是一个刚从学校毕业不久的新人，很正常的，昭阳你就不用替我生气了。”

“那个女演员是谁？”我皱着眉问道，心中仍想帮乐瑶要个说法。

乐瑶拼命摇头，死活也不肯告诉我。

我心中涌起一阵阵无法发泄的憋屈，更怨恨自己让乐瑶受了这么大的委屈。

乐瑶好似看穿了我的心思，轻声安慰我：“别想了，她打我只会让我更加努力，我一定会比她走得更远，说不定以后我还得感谢她今天给我的这个耳光呢！”

我咬着牙叹息，心中又想起陈景明早上对我说的话，是的！无论是在职场还是在演艺圈，都必须要学会忍耐和妥协，因为挣扎在底层的我们没有发作的资本和权利，如果冲动，如果学不会克制，付出的只能是更大的代价，所以乐瑶才拼了命阻止我去帮她要说法。

可是，因为我们的卑微，就必须要这么毫无尊严地活着吗？这个世界难道真的就不会有一座晶莹剔透的“天空之城”吗？我们也回不到人性最初的那座空城里吗？

谁他妈来给我答案？

第37章

穷人的命苦啊！

夜更深了，屋外的秋风肆虐起来。乐瑶依旧靠在我身上，有些失神地看着空调的出风口，我也一样，两人谁都提不起吃饭的欲望。

许久我往乐瑶的脸上看了看，指印终于消了一些，对她说道："咱们出去吃饭吧，或者你不想出去，我打电话订餐。"

乐瑶摇了摇头，道："出去吃吧。"

"嗯，我来的时候我们领导给了我2000块钱，让我请你吃饭呢！"

乐瑶终于笑了笑说道："剧组的盒饭我都吃腻了，今天咱们就腐败一回，吃最好的。"

我重重点了点头："嗯，吃最好的，不够，再管领导要，吃穷他，让他见到咱俩就害怕。"

"你可真坏！"说完，两人相视一笑。

夜风"呼呼"地吹着，街道上的行人已经不多，乐瑶穿着厚实的粉红色羽绒服走在我身边。我们虽说要奢侈地吃一顿，可最后只是决定吃上一碗面，或许此刻我们并不喜欢锦衣玉食的浮华，只追求一碗面的简单，在简单中，忘了现实的伤痛。

面食店里，乐瑶摘掉了口罩，拿出小化妆镜看着自己的脸，有些担忧地对我说："后天就要拍海报了，也不知道这些指印能不能消掉。"

"还有明天一天呢，应该会退掉的。"我安慰道。

乐瑶点了点头："回去再用冰袋敷敷吧。"

我有些心疼地看着乐瑶，却也不知道再说些什么，只是有点懊悔曾经不该那样对她。其实她对我很好，只是这种好却是在我有求于她时，才被自己发现，这让我很是自责！

有时候人真的不该片面地去看待另一个人，尽管乐瑶是一个麻烦的女人，但她也有她的好，至少很有朋友间的义气，否则她不会情愿自己委屈，也义无反顾地帮助我。

吃面时，乐瑶问我："昭阳，罗本和CC最近怎样了，他们在一起了吗？"

"没有吧。"

"那多可惜啊，CC可是一个好姑娘，虽然性格有点理想主义，但罗本也很理想化啊，我觉得他们在一起挺好的。"

我点了点头，认同了乐瑶的话，却又无奈地说道："你应该知道罗本心里有道坎过不去，他不想带着这道坎去和CC相处，反正我是挺能理解他的。"

"那你呢，你走出心里的那道坎了吗？"乐瑶忽然将话题又转移到我身上。

我心中有答案，却陷入到沉默中，这一刻我真的希望有一个人路过那座"天空之城"，回来告诉我，我到底需要多久才能跨过层层阻碍，再次登上那座"天空之城"与我心中的那个女子相见……但我知道，那个在"天空之城"等待的女子却已经不是简薇。

见我许久不言语，乐瑶笑了笑说道："你已经用沉默代替回答了。"

我没有否认，只是带着一点失落说道："快吃吧，面都快糊了。"

乐瑶低头吃了一口面，又想起什么似的对我说道："这次回苏州，我们去CC的餐厅里聚聚吧，好久没去那里吃饭了，怪想念的。"

"嗯，就明天晚上吧，喊上罗本一起。"

有了上次和乐瑶做朋友的约定，这个夜我们并没有住在一起，酒店的房间里，我依旧点上烟，沉浸在一个人的孤独中，心中仍不能控制地想起简薇，这让我恐慌，又欲罢不能。

深深吸了一口烟，我无奈地笑着。我和简薇经历了那么多点点滴滴，可拼凑出来的却是一份残缺的爱情，最后这些点点滴滴化为向四面散去的力将我撕碎。

一阵短信提示声，终于将我拯救，我掐灭掉烟头从柜子上拿起了手机，但这条将我拯救的信息却让我意外，竟然是米彩发来的。

“你打完杀虫剂，卫生间里应该会有很多蟑螂的尸体吧？”

她可真够可以的，连死了的蟑螂都害怕！我笑了笑给她回了信息：“应该会有一些的吧。”

“那你现在有空来帮我清理掉这些死掉的蟑螂吗？”

“我在横店出差呢，等我回去吧，或者你先找其他人帮忙。”

“等你吧，这么恶心的事情不想麻烦其他人。”

我哭笑不得，她可真行，不就欠了她些钱没还嘛，便什么恶心的事情都能名正言顺地让我去干，随即给米彩回了信息：“穷人的命苦啊，活得没尊严，没幸福感啊！”

“少抱怨！好好做人，好好工作。”

看了米彩这条回信，我竟然发自内心地觉得好笑，却也说不上来为什么觉得好笑，总之这是一种很微妙的感觉。

心情渐渐不再沉重，赶忙给米彩回了个“晚安”之后，拉上窗帘，关掉房间所有的灯，片刻之后便陷入到睡眠之中。

次日，我便带着乐瑶回到了苏州，她在苏州租的房已经退掉，我帮她安排了酒店，又约在晚上一起去CC的餐厅聚聚，当然还得叫上罗本，这是我答应过CC的事情，像我这么有原则的人，自然是言出必行。

回到公司向陈景明交了差后，又继续忙碌了一个下午，直到快傍晚时，我才脱离了工作状态，躺在椅子上休憩片刻，终于拿出手机翻到了罗本的号码拨了出去。

罗本很快便接通了电话，我直切主题地问道：“在哪儿呢？”

电话那头传来剃须刀转动的声音，罗本忙里偷闲地对我说道：“待会儿准备去酒吧上班了。”

“别去了，今晚去CC那儿聚聚，我请客。”

罗本的语气有些不耐烦：“说了不去，你就别给我添事儿了，行吗？”

“你上次不是说，我带着乐瑶，你就一起去吗？”

“是这么说过。”

“算话么？”

“算，可乐瑶不是在横店拍戏吗？”

我笑了笑说道：“我不把她接回来，怎么请得动你罗大腕啊！别磨叽了，赶紧过来……对了，把我那把吉他也带出来，今晚咱俩帮CC撑撑场子。”

第38章 餐厅巧遇

夜晚如期而至，疲倦了一天的肉体终于得到释放。在这座偌大的城市里，夜晚给了我们无尽的孤寂，也让我们肆意放纵，或许只有夜晚，才会释放最真实的自己，在真实中痛苦，在真实中享乐，在真实中无力地看着青春一点点淹没在岁月的奔流中……

因为乐瑶的关系，陈景明的那辆A4，这几天便成了我的私车，结束了和罗本的通话之后，我便驱车去酒店接了乐瑶，然后马不停蹄地驶向了CC的那间“空城里音乐主题餐厅”。

在我们到达后，罗本也背着我的吉他，骑着他那辆改装过的赛道摩托车出现在那个巷子的入口处。

停好车后，我和乐瑶一前一后从车上走了下来，乐瑶见到罗本很高兴，老远就和他打起了招呼。

两人走近，罗本手搭在乐瑶的肩上，开玩笑说道：“乐大腕，好久不见了！”

乐瑶并不介意罗本和她勾肩搭背的行为，看了看他身后的吉他问道：“罗大腕，今天晚上是准备开金口了么？”

“这把是昭阳的吉他。”

乐瑶又看着我问道：“待会儿打算即兴来几首吗？”

我点了点头，道：“嗯，很久没在CC的餐厅里唱过歌了，挺怀念以前在这里驻唱的日子。”

“怎么听见怀念这个字眼，我就觉得酸呢？”罗本说道。

乐瑶附和道：“因为怀念可耻，咱俩可都是抬头向前看的人，是吧，罗本？”

罗本点头：“有道理，就只剩下昭阳还时不时地情愿可耻，也得回头看看。”

我笑了笑，此刻罗本与乐瑶一唱一和地对我调侃，更像是一种掩饰和逃避，但我不会拆穿，他在人前伪装得再完美，可夜深人静时，所有为了掩饰而涂抹上的伪装，依旧会被全部被撕裂。

三个人一边说笑，一边穿过那条幽暗的小巷向CC的餐厅走去。

推开餐厅的门，先传来的依旧是CC熟悉的歌声，这次她唱的是一首许巍的《时光》，她唱得很投入，甚至没有发现我们三人的到来。

我们没有打扰CC，只是找了个角落坐了下来，然后聆听这首让我们有许多感慨的《时光》。

当CC唱到那句“你是记忆中最美的春天，是我难以再回去的昨天”时，我和罗本几乎同时从烟盒里抽出一支烟点上。我不知道此时罗本是什么心情，但我心中却充满那些关于过去的怀念，恨不能再回到那个春天，纵身跳进她的河流中，一直游到爱的尽头……

掌声断断续续地响起，我这才意识到那首《时光》已经在时光的悄然流逝中唱完。抬起头看向小舞台上的CC，她已经放下了吉他，几乎在同一时间发现了我们的到来，眼神中充满惊喜，当然她的惊喜源于罗本，与我和乐瑶无关。

CC带着笑容向我们走来，同时招呼服务员给我们拿酒和菜单。

对于CC的到来，罗本并没有什么特别的反应，依旧叼着烟，给吉他调着音。

CC在罗本的身边站着，许久才说道："好久不见了，罗本。"

"坐吧，一起喝几杯。"罗本说着给CC让出了空间，可语气平淡得没有一丝感情。

CC点了点头在罗本身边坐下，也点上一支烟向罗本问道："最近过得好吗？"

"挺好的。"

对于罗本的回答，CC一脸无奈，可罗本对她一直如此，她是没有一点办法，随后陷入沉默中。

酒和饮料送来后，我们三人各自将杯中倒满，抛开罗本聊了起来。

CC弹了弹手中的烟灰向我问道："昭阳，今天怎么没带你女朋友一起来玩玩。"

我愣了愣才回答，道："她挺忙的，整天忙。"

话音刚落，身边的乐瑶和罗本同时向我问道："你有女朋友了吗？"

这个时候我倒有点后悔那天和CC乱说米彩是自己的女朋友，可人一向有惯性思维，我在方圆、简薇他们面前以"女朋友"的身份介绍米彩，便也延续着介绍给了CC。

"算吧。"我敷衍着回了一句。

罗本倒是对我有女朋友的事情看得很淡，端起酒杯喝了一口，没再追问，而身边的乐瑶却兴致很高地追问道："是谁啊，昭阳？"

"你见过的。"我说着端起酒杯示意乐瑶喝一个，企图转移她的注意力。

乐瑶却不理会我，想了一会儿，说道："就是那个上次在派出所帮你交罚金的女人？"

"你猜。"我说着拿起被罗本调好音的吉他向对面的小舞台走去，却是畏惧乐瑶会没完没了地问下去。

我刚在舞台的椅子上坐下，罗本也随我站在了舞台上，两人对视一眼，各自无奈，我是害怕乐瑶的追问，罗本是害怕和CC相对。

罗本和音响师又要了一支麦，随后对身后的乐队说道："来首黑豹乐队的《Don' t Break My Heart》。”

乐队找准音后向我们示意，我和罗本做了个OK的手势，随后闭上眼睛，陶醉在歌曲的前奏中。

整首歌我都非常投入一直闭着眼睛，直到尾声时才睁开，下意识地向我们刚刚坐的座位看过去，竟发现米彩不知道什么时候来到餐厅，正和CC坐在一起，给我和罗本鼓掌，而食客们的目光也随之聚集到她们那边。

一个美女就已经非常难得，此刻米彩、乐瑶和CC三人坐在一起，自然无限放大了美女效应，吸引着食客们的目光。可我却在这种美女效应下一阵阵心慌，生怕CC将米彩以我女朋友的身份介绍给乐瑶，随后米彩很不给面子地拆穿，那我可就丢人丢大发了！

我将吉他递给罗本，示意他继续，自己匆忙走下台，来到三个女人的身边，刚准备开口，乐瑶却对我说道：“我去接你的档，好久没和罗大腕一起合作过了。”说完向小舞台走去。

我在米彩身边坐下，趁着CC的注意力在舞台上，压低声音问米彩：“你怎么找到这儿来了，我不是已经答应你，有空就去帮你清理掉那些该死的蟑螂了吗？干吗这么急！”

米彩用一种看白痴的眼神看着我，问道：“你觉得我是来找你的吗？”

我这才意识到处于紧张中的自己是多么自作多情，记得上次米彩和我说过她很喜欢CC的这间餐厅，那么自然会来吃饭消费，所以今天纯粹是巧遇。

为了缓解自己的尴尬，我厚着脸皮向米彩问道：“刚刚我唱的那首挺不错的吧？”

“你身边的那个男人唱得很赞，没关注你。”米彩和我说话，却托着下巴看着台上的罗本，似乎很期待罗本的下一首歌。

我捂住胸口，扭曲着脸做了个疼痛的表情说道：“Oh，dear，我的心太痛了，我可是你的男朋友，你不能这么对我，我的心碎了！”

“无聊。”

米彩的态度让我心中暗松一口气，如果她很不给面子地拆穿我，就绝对不会只是一句“无聊”这么简单了。

端起酒杯喝了一口啤酒，随即也将注意力放在小舞台上，等待着乐瑶和罗本的合唱。

第39章

生活的高手

小舞台上罗本拨动吉他，乐瑶跟着音乐的节奏唱了起来，我则一边喝啤酒，一边心不在焉。

半晌我对CC说道：“乐瑶还真是一线女演员的胚子啊！”

CC不解地看着我问道：“怎么说？”

“你见过杨幂和范冰冰唱歌好听吗，显然以唱歌为标准，乐瑶成为一线女演员指日可待！”

CC笑了笑，道：“昭阳，你可真缺德，拐这么大弯调侃乐瑶，她知道能气死！”

我好奇心突起，推了推身边的米彩说道：“待会儿你上去玩玩，还没听过你动人的歌声呢！”

“我只喜欢听别人唱。”米彩摇头拒绝。

我有点无趣，喝了一口啤酒，随后又将注意力放在了唱歌的乐瑶身上。

一小会儿后，CC让服务员拿来了相机，离开座位，选了个好的位置将小舞台上乐瑶和罗本的身姿用影像记录了下来。

我对回到座位的CC说道：“你还真是偏心啊，刚刚我唱的时候也没有帮我拍张照片，记录下我伟岸的身姿。”

CC笑了笑将刚刚拍好的照片给我看，又说道：“拍得不错吧，说不定这会成为一张有特殊意义的照片呢！”

我点了点头，又向台上的乐瑶和罗本看了看，或许有朝一日他们真的会在娱乐圈名声大噪，那么两人成名前的合唱照片自然有特殊的意义。可是，即便真的有那么一天，又有谁会知道，他们成名的背后，曾走过无数个艰难的昨天和今天。

这是个简单的夜晚，简单到只是我们几人轮流去小舞台上唱歌，而米彩更是简单，从头至尾几乎没说什么话，只是托着下巴安静地听着，或许每一个来“空城里”的人都把这里当作一处可以停留歇息的海滩，听听音乐，享受人性的温暖。

这顿晚餐本来说好是我请客的，最后米彩却于我之前拿出了1000块钱投进了那个彰显人性的箱子里，我对此大为得意，在众人面前炫耀我的“女朋友”是大款。众人则戏称我是被米彩养着的那个“小白脸”。

其实哪有什么大款和小白脸，不过是年轻人在一起的笑闹而已。我们的青春已经所剩不多，唯有笑闹，才让我们最后的青春显得不那么孤独和沉重，因为我们都不愿意在最美的年华中做那个孤独的人！

离开CC的餐厅，米彩和众人告别，第一个开车离去，之后是罗本，而我得将乐瑶送回到她住的酒店。

路上，没有喝酒的乐瑶开车，我打开车窗，点上烟，习惯性地看着夜幕下的这座城市。

天空不知道什么时候飘起了一阵蒙蒙细雨，秋风有些清凉。

乐瑶忽然变道，调转车头向反方向驶去，她对我说道：“时间还早，酒店太闷了，我们去护城河边坐坐吧。”

“嗯。”我应了一声，继续沉浸在无边的夜色中。

片刻之后，我们来到护城河边，紧挨着彼此坐在已经被小雨淋得微湿的草坪上。

坐了一小会儿，我仰面平躺在草坪上，任绵绵细雨打湿自己，情绪在秋风的清凉中完全放空。

乐瑶也侧身在我的身边躺下，她的手搭在我的胸膛上，在我耳边轻声问道：“昭阳，其实米彩不是你的女朋友吧？”

我有点讶异地问道：“你哪儿看出来的？”

乐瑶笑了笑，道：“女人的直觉呗，我看得出来她对你没有男女之间的喜欢。”

女人真是一种感觉动物，我点了点头，道：“嗯，她确实不是我的女朋友，只是那次和简薇碰面，不想让简薇看到我太落魄，头脑发热，才说她是我的女朋友。”

“简薇回来了？”乐瑶的语气充满讶异。

“是啊！”我叹息说道，随后又点上一支烟，重重吸了一口，将手臂枕在脑下。

乐瑶似乎有些冷，又抱紧了我，却沉默不语，于是两个在生活中沉沉浮浮的人，就这么在这个下着小雨的夜晚，相依为命地缩在一起，去找寻那些少得可怜的温暖。

不知过了多久，乐瑶才轻声在我耳边问道：“昭阳，你心中有向往的地方吗？”

“有的，是一座城池。”

“一座城池？就好像CC的那间餐厅吗？”

“不，在空中，是一座空中的城，晶莹剔透，里面住着一个长发垂肩的美丽女子。”

乐瑶想了想说道：“米彩就是一个长发垂肩的美丽女人。”

“不是她，她的长发有些微卷。”我否定之后，又问乐瑶，“你呢，你心中向往的是什么地方？”

“是海滩对面的一个小岛，可我不知道这个小岛在哪里，后来在海中央遇到一个撑着船帆的男人，他带我找到了那个海岛，我们从此生活在一起，每天在岛上看日落的黄昏。对了，他会在每个黄昏里为我做晚餐，于是岛上有了炊烟，就再也不用去想尘世中的烟火啦！”

我笑了笑，道：“你还真行！连故事情节都想好了，不过挺美的，比我的那座城池更美！”

乐瑶没有再言语，将自己的脸与我的脸贴在一起，又过了许久才对我说道：“昭阳，不要再想着简薇了，好好为自己的人生奋斗吧，我们都不要做那个被现实打败的人。”

我不禁问自己：我真的能忘掉简薇，从此好好奋斗，成为生活的高手吗？

这次我给了自己答案，不管能不能忘记简薇，我都该好好去奋斗了，我深知这次在工作中得到的机会是乐瑶承受了极大的委屈为我换来的。

我在沉默之后对乐瑶说道："我是该好好奋斗了，从今天起，尽快搞定自己的生活，做一个生活的高手。"

"嗯……昭阳，抱紧我，有些冷！"

雨还在绵绵地下着，一处低洼的地方终于有了些许的积水，路灯的光影投射在这一小摊积水上，好似折射出了那座"天空的城"和"海滩对面的海岛"。

……

第40章 别像个孩子

与乐瑶暂时告别后，我回到了那个阁楼，打开门，发现罗本正坐在天台上，手中抱着吉他，却没有练歌，身边凌乱散落着的啤酒罐，让他显得有些颓废。

我递给他一支烟，也纵身跃上护栏，点燃烟，倾听着雨水滴落在雨篷上的声音，好似一阵悲伤的呜咽，呜咽着潮湿黑夜，等待黎明。

"怎么又颓了？"我笑了笑问道。

罗本撕开一罐啤酒递给了我，好似我们的夜晚只剩烟和啤酒，他说："每天都颓。"

“那你颓着吧，哥们我已经决定做个积极向上的男人。”

“是吗？千万别举而不坚。”

虽然罗本调侃着我，可我并不在意，笑着回道：“也举，也坚。”停了停又正色说道：“这都毕业三年多了，还是一事无成，看着身边的同学、朋友们一个个忙着结了婚，心里也挺空的。”

罗本点了点头，没有言语，只是扔掉手中的空啤酒罐，重重吸了一口烟。

我从护栏上站起，对着身下那座偌大却被夜色死死笼罩的城市大喊：“我他妈不玩了，我要每天工作，买个房子，娶个漂亮的姑娘，每天回家有人说话，有人睡觉……”

罗本忽然拨动吉他，一首《别傻了》从他嘴里哼了出来，这才发现，罗本也他妈够损的！

次日，我早早来到公司，同时乐瑶也来到我们公司，与GUCCI一位负责市场的经理见了面。经理初见乐瑶，也称赞她的形象和气质十分符合CUUCI的产品定位，这点我并不怀疑。虽然乐瑶在我们这些朋友面前经常大大咧咧，但她进入工作状态时，气质高贵，又有时尚、前卫的感觉，还有一点混血的美丽，所以GUCCI认准乐瑶为他们拍摄宣传海报，也不一定完全是出于对我们百货合作诚意的考验，主要还是因为乐瑶适合。这恰恰凸显了国际一线品牌的品牌意识，他们在营销宣传上往往很慎重。

在乐瑶为GUCCI拍摄宣传海报的同时，GUCCI的中国区副总裁也如约与我们百货签订了驻场设柜的合同，这次的签约仪式做得很高调，签约现场来了很多媒体，我们公司也借助这次签约仪式，正式对外宣布：宝丽百货强势跨入顶级百货的行列。

而这次签约仪式的高调，也正是为了后面我即将负责的全营销预热和造势，所以我人生中第一次真正意义上的挑战，也随着GUCCI在我们百货的设柜而正式开始。

这个夜晚，我们公司宴请了GUCCI在中国区的副总和若干随行人员，当然我作为功臣之一也破例受到邀请，这让我有些受宠若惊。要知道，在公司做了两年的基层，还真没和公司的最高层说上几句话，更别提共进晚餐了。

宴会上，陈景明在公司的高层面前对我很是褒奖，以至于宴会结束时，我们宝丽百货的执行副总李君仁亲自来到我面前，拍着我的肩膀说了句：“年轻人，我记住你了。”

当然，这仅仅是记住，如果想让公司的高层真正重视，我需要抓住这次难得的机会，全力以赴做好这次营销活动，为公司创造价值。

离开庆功宴会，我去找了乐瑶，完成GUCCI拍摄任务的她，明天将离开苏州回到横店，继续为自己的演艺生涯奋斗。

我们坐在一段铁轨的旁边，铁轨在黑夜中顺着风吹的方向无限延伸，看上去是那么自由，但我知道，或许下个城市，便是这段铁轨的终点。

一列已经很难见到的绿皮火车，匆匆从我们眼前掠过，最后只留下一些光影和味道。

乐瑶穿着很厚的衣服坐在我身边，我们之间有些距离，这样的距离让我们越来越像朋友。

我掖了掖衣服，点上一支烟，对乐瑶说道：“回到剧组，不要再让别人欺负你了。”

乐瑶双手抱住自己的膝盖，有些失神地看着又一辆路过的火车，许久才点头对我说道：“嗯……你也要好好工作。”

“嗯……其实我挺内疚的，因为我的事情让你受了那么大的委屈，这几天晚上睡不着时，我总是想去打那个女演员。”

乐瑶笑了笑，说道：“别像个孩子，其实我自己都不愿意再想这个事情了。”

“那你想啥？”

“啥也不想，想多了自己难过。”

我很认同乐瑶的话，可是她真的能做到吗？至少我经常带着被血肉之躯禁锢的灵魂去胡思乱想，越想越痛。

各自沉默了许久，我从身边的包里拿出一只信封递给乐瑶说道：“这是你这次的酬劳，一共一万，你点一下吧。”

“怎么这么多？”

“我们经理说了，只要你这次能抽出时间参加拍摄，他个人愿意出三倍的酬劳，拿着吧，这是你应得的。”我说着又将信封往乐瑶的手中递了递。

乐瑶接过信封，塞进了自己的手提包里，之后我们一直将沉默持续到离去时，却看到了许多辆带着风声呼啸而过的列车。

回到住处，发现罗本今晚并没有去酒吧，因为准备开门的时候，从屋内传来一阵女人的娇喘声，可能是上次带回来的那个莉莉，也可能是别的女人。

我不太好意思打扰，可又无处可去，在楼下坐了一会儿，终于想起前些天曾答应米彩去帮她解决掉那些蟑螂的尸体，倒不如现在帮她给办了。

我打电话给了米彩，她告诉我，她一直在等我解决掉那个旧屋子里的蟑螂，所以现在还住在柳岸景园。

我告诉她，我现在就有时间解决，她当即表示自己现在也有时间，于是我们从这座城市的两个方向，在相同的时间往那座陈旧的屋子赶去。

第41章 你不要脸

在夜色中，我又来到那个我住了两年多的小区，小区的楼下停着米彩的那辆紫红色的Q7，她已经在我之前到了。

我吹着口哨上楼，一路上感应灯纷纷亮起，灯光照射下，楼道看上去更加破旧，这种破旧让我愈发不解，我总是想不明白，米彩为什么要住在这里，害得我无处可去，不得不寄宿在罗本的那间淫窝里。

敲了敲门，米彩穿戴整齐地为我开了门，我随即抱怨了一句：“累死我了！”

“那你快去弄，弄完赶紧回去休息。”米彩以一种很关心我的口吻说道。

我不满地看了她一眼，道：“你这人长得是很漂亮，可是情商真就差了一点，我说累，是想让你帮我倒杯热水。”

“我都好几天不住这里了，哪里还有热水。”

“家里有电水壶，有煤气灶，没有热水你就去烧啊！对了，我喜欢枸杞柠檬茶，上次搬家，枸杞和柠檬我都没带走，你现在就去给我泡。”我说着在沙发上坐了下来，跷着二郎腿，拿着果盘里的蜜橘吃了起来。

米彩脸色很难看，但还是去厨房接了水，插上电水壶烧了起来，自己站在沙发对面有些幽怨地看着我。

我心中得意，这个时候不占她点儿便宜，等她利用完我，指不定又会用歹毒的言语将我噎个半死。

“这蜜橘真不错，你哪儿买的？”我说着又剥开了一只。

“你喜欢就带回去吃好了，不过能不能先请你帮我把正事儿做了。”

我一点也不着急地回道：“上次我觉得你的樱桃不错，你让我带回去了；这次我觉得蜜橘不错，你也让我带回去，是不是这个屋子里的一切，只要我喜欢都可以带走啊？”

“原则上是，和你这样的人，我计较不起来，因为你的脸皮出奇的厚！”

我笑了笑继续说道：“那我很喜欢你，你今晚也跟我走吧。”

米彩的脸色忽然阴转雷阵雨，怒视着我说道：“麻烦你不要把对每个女人都能说出来的话在我面前说，我会觉得你很不要脸！”

我依旧淡定地说道：“我只是顺着你的逻辑往下说的，怎么就不要脸了，你要不愿意，我不喜欢你就是了。”

米彩往已经快沸腾的水看了看，那表情恨不能将我塞到电水壶里去。

我心里爽开了花，在我和米彩这么多次的口舌之争中，我这是第一次占据上风。这种收复城池的感觉真的爽爆了，得意到无以复加，不禁哼唱起了王菲的那首《新房客》。

“等待晚上，迎接白天，白天打扫，晚上祈祷，离开烦嚣，寻找烦恼，天涯海角，心血来潮，有人在吗，有谁来找，我说你好，你说打扰，不晚不早，千里迢迢……”

米彩瞪着我听我将歌唱完，却又无可奈何，她当然无可奈何，因为她不敢像我这么不要脸。

我又对米彩说道：“你知道我刚刚唱的是什么歌吗？”

没等米彩回答，便抢着自问自答，道：“是王菲的新房客，有没有觉得歌词写的就是我们两个人的关系？”

依旧没等米彩回应，又抢着分析，道：“我每天在这个屋子里等待晚上，迎接白天，白天打扫，晚上祈祷，有一天你心血来潮地住进了这里，我这个房东对你这个新房客说：你好，你却对我说：打扰……然后……就把我从这个屋子里赶了出去！”

米彩半晌感叹，道：“你可真会联想！”

“这不是联想，是一个不久前发生的真实的、悲惨的故事！”我委屈地从沙发站了起来，怒视着米彩。

米彩没有应我，看了看已经沸腾的水，问道：“你的柠檬片和枸杞放在哪儿了？”

“卫生间的马桶旁边。”我没好气地说道，却是为了恶心米彩，刚刚经自己这么一分析，也觉得受了天大的委屈。

米彩果然面露恶心的表情，但也知道是我故意为之，沉着脸说道：“你要不告诉我就算了，你自己泡去。”

“你那么有原则，答应过帮我泡茶，就一定会泡的。”我又趁机讥讽米彩的原则。

米彩终于愤怒了：“可是你真的把柠檬和枸杞放在卫生间的马桶旁边了吗？”

“你去问卫生间里的蟑螂啊，它们住在那儿，放没放，肯定特清楚。”

米彩气急，说了句：“不喝拉到。”随即走进了自己的房间，不愿意再和我说一句话。

我小人得志似的对着米彩的房间又唱起了那首《新房客》。

终于去自己原来住的那个房间里找到了柠檬和枸杞，用开水泡上一杯，惬意地坐在沙发上喝着，生活瞬间如此美好。

喝完了一杯茶，这才想去卫生间帮米彩清理掉蟑螂的尸体，电话却忽然响了起来，看了看号码是罗本打给我的。

我接通电话，却是一个女人的声音，她对我说道："你是昭阳吧。"

"你谁啊，怎么用罗本的电话？"我在疑惑中问道。

"莉莉，上次那个莉莉。"

"哦，有事儿吗？"

莉莉用一副商量的语气和我说道："罗本去楼下买烟了，我打电话给你就是让你今晚别回来了，我想在这儿和罗本过夜。"

我有点为难，但之前已经坏了人家莉莉一次事儿，再坏一次，有点说不过去，半晌终于对莉莉说道："行吧，今晚我就不回去了。"

莉莉顿时高兴起来，叮嘱我："那你待会儿打个电话告诉罗本你不回来了。"

"没问题。"

"记住，别告诉罗本是我打电话让你不回来的啊。"莉莉又叮嘱。

"嗯，我就说今晚有事儿不回去了。"

"昭阳，你真不错，改天有空请你吃饭。"莉莉说完揣着喜悦挂断了电话，我却忘记提醒她，先把上次从我这儿拿走的一百块钱还给我。

结束了和莉莉的通话，我又犯起了难，如果今天晚上不回罗本那里住，我还能去哪儿过夜!

我带着无处落脚的担忧，去卫生间帮米彩清理起了蟑螂的尸体，其实也没有几只，因为上次那杀虫剂根本就没有什么效果，找了半天才在抽水马桶的后面发现了一只还没死透的蟑螂，但就这一只已经足够让我心安理得地和米彩交差了。

我用卫生纸将蟑螂包了起来，又塞了一些烟头进去充当蟑螂的尸体，随即来到米彩的房门口，敲了敲门说道："蟑螂的尸体已经都被我清理掉了，我用卫生纸包着呢，你要不要出来验一下，那个杀虫剂效果真不是盖的。"

第42章 有本事你报警啊

房间里的米彩并没有回应我，可能真的被我刚刚的言行气得够呛，我又敲了敲门说道："那我不进你的房间，就把清理掉的蟑螂扔进去给你验一下，证明我确实帮你做好事情了，从来没有敷衍过你。"

米彩语气紧张地对我说道："不用验了，你赶紧拿走。"

"哦。"我应了一声，抬手将手中用卫生纸包裹着的烟头和一只半死的蟑螂从窗户口扔了出去。

我又对米彩说道："现在卫生间可以用了，保证一只蟑螂都没有。"

"哦，那你赶紧回去休息吧。"

"这么晚很难打到车的。"

米彩终于再次从房间里走了出来，一头微卷的长发已经扎了起来，并换了一件比较厚实的千鸟格图案的呢绒大衣，手中拿着车钥匙，对我说道："那我送你回去吧。"

我一动不动地站着，当然是为了赖着不走，因为已经答应了莉莉今晚不回罗本那边住。

已经走到门口的米彩，回头问道："你怎么不走？"

我叹息，一脸无奈地说道："今天没法去朋友那边住了。"

"怎么回事？"

"唉……他带了个女人回去过夜了。"我语气中充满无处可去的悲凉。

"都已经一个星期了，你还没有找到住的地方吗？"

“这段时间忙呗，光横店就跑了两次，哪里还有时间找房子。再说，找到一个让自己住得舒服的房子哪有这么容易！”我说着又环视这间屋子，充满怀念。

“那你就去住宾馆吧。”

“不去，住宾馆多贵！我得攒钱把欠你的债给还了。”我说着往沙发上一坐，又一躺，直接用行动和米彩挑明了今晚就住在这里。

米彩走回到我身边，皱着眉问道：“你这是什么意思？”

“就是今天晚上住在这里的意思。”我说完回应了米彩一个笑容。

半晌米彩耐着性子对我说道：“不要让我觉得你很无赖，好吗？”

“我本来就是一个无赖，再说了我今天为了来帮你的忙，打车费就花了二十多。我都不开口跟你提钱的事情，你让我在这里住一夜怎么了。”

“你的打车费我给你就是了，宾馆我去帮你订，这总可以了吧？”

我一翻身又从沙发上站了起来，几乎与米彩脸对着脸，怒道：“你知道吧，我就看不惯你一副什么都能用钱去搞定的姿态，你觉得我是缺钱的人吗？……告诉你，今天晚上我就是在这儿不走了，有本事你报警啊，就说我私闯民宅……你一房客，好意思报警说我这个房东私闯民宅吗？你当然不好意思，因为是你用俩臭钱强占了我住了两年多的房子，理亏的是你……”

我一通乱说，却将米彩所有能说的话全部堵死，我又往沙发上一躺，摆出一副坚决不离去的姿态。

米彩拿我没有一点办法，一向淡定的她竟然一跺脚，随后拎着手提包向门口走去。

“你去哪儿？”我扭着头问道。

“我走行了吧。”

“走吧，别回来了……”

米彩离开后，我潜入到米彩的屋子里，从柜子里找到一套没用过的床上用品，搬运到自己原来住的那间房里，铺好床，就这么心安理得地住了下来。心中巴不得米彩不回来才好，却已经忘记了当初从这里搬走时，自己是怎么摆出一副大义凛然的姿态，成全米彩的。

次日，我睡到八点才起床，来不及买洗漱用品，直接用了米彩的，又在楼下熟悉的小吃店快速解决了早饭之后，匆匆登上了去公司的公交车。

来到公司之后，参加了例行的晨会之后，经理陈景明又将我单独留下，我知道他是关心这次由我负责的全营销策划。

陈景明向我问道："怎么样，这次全营销策划的思路有了吗？"

我点了点头说道："嗯，这次我打算以实现客户价值为策划的核心，这么做是为了强化我们的品牌形象。我认为先实现客户价值，客户才会更好地为我们实现企业价值 。"

"你这个思路没有错，我们宝丽百货经营多年，在4P（产品、价格、渠道、促销）上已经很成熟了。现在正式跨入顶级百货的行列，急需做的便是形象上的提升，更好地实现客户价值是提升企业形象的最好手段，你的营销思路很符合我们百货现阶段的战略需要。"

我点头回应，在宝丽百货工作两年多，我当然对公司所处的战略环境有自己的理解。

陈景明又说道："我会从平面设计组、工程组、陈列设计组各调一个人，加入这次的专案组，协助你完成这次的营销企划案。你对人选上有什么要求，可以随时和我沟通。"

"好的。"

"对了，我得到消息，我们最大的竞争对手卓美购物中心，近期会针对我们宝丽百货举行一次大型的促销活动。他们这么做的目的，就是为了短期内透支消费者的消费需求，达到阶段性打压我们的目的。"

卓美购物中心在这个时候有大型的促销活动，并不让我意外，这完全是战略需要。我们宝丽百货和卓美购物中心处于同一个商圈，同样主攻高端市场，利益冲突原本就很剧烈。而GUCCI在我们百货设柜，更让我们在真正意义上和他们处于平行的位置，他们感觉到威胁，自然要强势压制。不过，我们宝丽百货虽然达到顶级百货的标准，但和卓美仍有一些差距，目前在卓美设柜经营的国际一线品牌有11个，略多于我们。

我向陈景明问道："所以我们企划部近期也要出应对的促销企划案吗？"

“是的，而且要尽快，我们的促销活动要赶在他们之前做，破坏卓美的战略意图。时间虽然很紧，但一定要保证活动效果，这是对我们企划部机动性和执行力的考验，只能成功不能失败。”停了停陈景明又补充道：“这次的促销企划因为意义重大，我已经让方圆提前结束婚假，明天就回公司报到，由你们一起完成这次的促销企划案。”

我在心中松了一口气，要是方圆不回来，我一个人还真扛不起来这么重要的案子。但这也从侧面说明，这次的促销企划，对我们百货的战略意义有多重大，否则陈景明也不会提前结束方圆的婚假。

陈景明又从抽屉里拿出一份文件递给我，道：“这是公关部刚刚到手的卓美购物中心的最新人事档案，他们公司的高层在前段时间有重大变动，这份人事档案你拿回去看一下，尤其是他们企划部的人员构成要着重了解，做到知己知彼。”

我翻看着从陈景明手中接过来的人事档案，刚看到第一页，便震惊了，因为卓美购物中心新上任的首席执行官是一个我熟得不能再熟的人。

第43章 不是冤家不聚头

卓美购物中心首席执行官：米彩（英文名Betsy）生于1988年9月10日，祖籍苏州，毕业于美国宾夕法尼亚大学，工商管理硕士。

我阅读着简历，震惊到无以复加，原来昨晚被我从那间破旧屋子里气走的女人竟然是卓美购物中心新上任的CEO！虽然我们都是从事百货行业，但地位天差地别。

难道真的有不是冤家不聚头这一说吗，我们继生活上产生交集之后，又间接在工作上产生联系。

陈景明注意到我的异常，问道：“怎么了？卓美的这份人事档案有问题吗？”

“没有，没有……就是觉得卓美新上任的CEO实在是太漂亮了，才26岁，不知道有没有男朋友。”

陈景明很无奈地看着我，半晌无语。

“那经理你先忙着，我去工作了。”我说着也没等陈景明回应，带着卓美的那份人事档案离开了经理办公室。

回到自己的办公室，我又翻看着那份人事档案，看完后，又翻到米彩的那一页，仍觉得有点不可思议。潜意识里又拿自己和她做对比，瞬间觉得人的差距竟然可以如此之大。要知道卓美这些年在苏州一直稳压我们宝丽，作为卓美的首席执行官，米彩在业内要比我们宝丽的CEO杨华清更胜一筹。而在宝丽工作的这两年多，因为级别的关系，我甚至连杨华清的面都没怎么见过，在我心中杨华清就是一个站在高处需要自己抬起头仰望的男人。可就在前不久，米彩作为在业内比杨华清更强的存在，竟然被我粗暴地对待！犹记得那天我将她的床单和被子从窗口扔进雨中的情景，当时米彩在我面前委屈地哭了，而后面的相处中我更是劣迹斑斑……

我没有再想下去，这个时候我真庆幸，我是在宝丽工作，而不是卓美！

身边的赵里看着我不断变化的表情，疑惑地问道：“昭阳，你的表情怎么这么扭曲啊？”

“脸疼！”

“哦……你手上拿的是什么资料，看你翻了半天了。”

“卓美那边的最新人事档案，你拿去熟悉一下吧。”我说着将资料扔给了赵里。

赵里随即翻看了起来，刚看到第一页，惊讶地对我说道：“卓美那边的CEO换了啊！”

“嗯。”我应了一声。

赵里继续看着，又感叹道：“才26岁，还这么漂亮，不会是花瓶吧？”

“你也觉得是花瓶吧？”我知音难觅般地对赵里说道，却是心里不平衡，凭什么我和米彩都是“80后”，她活得像个仙女，我却活得像只蟑螂。

“可是人家是宾夕法尼亚大学毕业的工商管理硕士啊，应该也不会太花瓶吧，谁不知道宾夕法尼亚大学的商学院是全球最牛的！”赵里看着米彩的照片又否定了自己刚刚的看法。

我瞪着赵里说道：“赵里，你有立场吗？宾夕法尼亚大学的工商管理硕士怎么了，现代商业竞争，拼的是智慧和经验，不是学历。”

“你干吗那么激动？我也就是随便一说，反正她是不是花瓶和我们这些小人物也没什么关系。”

“娘娘腔，别和我说话。”

“谁是娘娘腔，我是一个酷爱户外运动的纯爷们。”赵里憋红着脸对我说道。

“户外芭蕾吧。”

“昭阳，你这个畜生，你做事损，说话更损！”

我无所谓地回道：“骂，继续骂，捏着兰花指骂。”

赵里：“……”

这个傍晚，我和同事一起留在公司加了两个小时的班。我已经连续好几天处于这种工作状态中，自己也渐渐适应了这种忙碌和高压，这对我来说是一个有重大意义的改变，而我颓废了很久的生活需要这样的改变。

准备离开公司时，我接到了方圆的电话，他告诉我：他已经和颜妍从三亚回来了，约我一起吃晚饭。我警惕地问他有没有简薇，他告诉我简薇已经和向晨去了南京，我这才放下了戒备。可心中却充满了失落，这次简薇和向晨回南京意味着什么我很清楚。

夜晚的厚重不断地压抑着我的敏锐，于是越来越压抑，越来越失落……

来到与方圆约好的餐厅，在门口吸了一支烟，龇牙看了看橱窗里的自己，觉得笑得毫无破绽之后，这才掐灭烟头向餐厅里走去。

颜妍在老远的地方就向我挥手示意，我艰难地保持着刚刚的笑容向他们夫妇走去。

在我坐下后，颜妍立刻将身边的方便袋递给了我说道："知道你喜欢喝啤酒，给你买了很多可以开袋即食的海鲜……昭阳，姐姐够疼你吧？"

我从颜妍手中接过了袋子，撇着嘴说道："你都一结过婚的少妇了，就别在我们面前装嫩以姐姐自居了，我真喊不出口。"

颜妍拍打着我，道："你可真损，我少妇怎么了，少妇也是你姐姐。"

我没心没肺地"哈哈"大笑，心情却仍沉浸在一种不该有的失落中难以自拔。

在我和颜妍的笑闹中，方圆向我问道："听陈经理说卓美那边近期会有针对我们宝丽的大型促销活动。"

我点头道："嗯，这是预料之中的事情，要不然陈景明也不会这么急着把你召回来，可惜你的婚假了。"又转而问颜妍："少妇，还没玩得尽兴就被召唤回来，是不是特恼火？"

颜妍挽住方圆的胳膊说道："我一向支持我老公的工作，少玩那么几天我不在乎。"

"好妻子，贤内助！"我发自内心地感叹了一句。

方圆搂住颜妍向我笑道："你也可以花点心思把你女朋友培养成贤内助的嘛！"

我没有言语，张望中等待服务员赶紧把菜上齐。

吃饭间，方圆又和我聊起了工作上的事情，我把最近的工作情况大致和他说了一下，他又忽然问道："对了，听说卓美那边的CEO换了，你那边应该有他们最新的人事档案吧？"

"有，陈景明今天早上给了我一份。"

"你带身上了吗？给我看看。"

我忽然意识到，卓美新上任的首席执行官正是米彩，要是方圆乍看到那份人事档案，非被震倒不可。我也难以解释，因为太不可思议，我自己做梦也不曾想到，那个被我生拉硬拽着冒充成"女朋友"的女人竟然是卓美新上任的CEO。

我当即说道："我没事儿把那东西带在身上做什么。"

"那份人事档案你应该看过了吧，你简单介绍一下卓美新上任的CEO，还有他们那边企划部的情况。”

我不耐烦地说道：“下班时间，咱们不谈工作成吗？”

方圆却很认真地对我说道：“工作上的事情我一向不含糊的，对我来说没有上下班的区别，我们作为公司企划部的成员，第一时间了解竞争对手的动向是必做的功课。”

我沉默，也知道这事儿根本瞒不住，方圆早晚都得看卓美的人事档案，心一横，索性从包里拿出来资料扔在了方圆的面前，道：“这份就是。”

方圆拿起档案，诧异地问道：“你不是说没带在身上吗？”

“别问，你先看。”

第44章 被拆穿

方圆在疑惑中打开了卓美购物中心的人事档案，目光停留在第一页上，表情瞬息万变，不亚于我乍看到时的震惊。

身边的颜妍，察觉到方圆反常的表现，说了句“怎么了”也看向了方圆手中的那份人事档案，只看一眼，惊得捂住嘴然后瞪着一双大眼睛看着我，半晌说道：“妈呀，卓美购物中心的首席执行官是你女朋友！……这太夸张了，还是我幻觉了？”

方圆放下手中的档案，和颜妍一样的表情看着我说道：“昭阳，这是怎么回事儿，以前也没听你说过，米彩是卓美的CEO啊！”

“我也是今天早上看了这份人事档案才知道的，和你们感觉一样，我也觉得是自己的幻觉！”

方圆和颜妍对视了一眼，依旧震惊地向我问道："你和她到底是怎么认识的？"

"还记得我和你说过，我以前住的那间老房子被一个开着豪车的女人给买了吗？"

"嗯，你和我说过。"

"就是米彩买的，然后我们就理所当然地认识了。"

方圆点了点头，忽然好似想到了问题的关键，用一种刺透我的眼神问道："前后不到一个月，她就成了你的女朋友？"

我还企图掩饰："没办法，缘分来了挡都挡不住啊！"

"卓美的首席执行官不到一个月就被你昭阳追到手了？小说情节也没发展这么快的吧！"

颜妍附和，道："一开始你把米彩介绍给我们，我们都以为你和她交往很久了，只是瞒着我们没暴露，没想到你们认识都没到一个月，昭阳你泡妞的功夫可是登峰造极了啊！"

"你俩口子能不能别这么阴阳怪气地和我说话。"我说完怒视二人。

方圆和颜妍异口同声地质问道："那你就和我们老实交代，你和米彩到底是什么关系？"

其实把米彩的档案给方圆看的那一刻我就已经知道，今天这纸是包不住火了。谁会相信一个顶级购物中心的CEO会爱上一个不靠谱的小职员，要怪就怪生活太他妈神经，为什么米彩偏偏是卓美的CEO，哪怕她是一个乡镇企业老板的女儿，我也不至于面临现在这被拆穿的窘境！

半晌我不耐烦地对死盯着我的方圆和颜妍说道："你俩别像审犯人似的看着我，我招了还不行嘛！"

"赶紧的，再不招，我俩就对你用刑了。"颜妍冲我举着拳头说道。

我仰躺在椅子上，终于看着天花板，豁出去似的说道："她不是我女朋友。那天你俩的婚礼上，我一个人心里挺空的，就打电话骗米彩，说请她吃饭，把她骗来参加你们的婚宴，然后遇到简薇，我脑子一发热就说她是自己的女朋友了；再然后我就不停地用谎言掩饰谎言，直到你们所有人都真的以为她是我女朋友……"

“天啦！昭阳，这是不是说明你还是忘不掉简薇？”颜妍不顾餐厅人多，惊声向我问道。

“方圆，给你媳妇来一针镇静剂，忒吵！”我用最平静的语气说道。

方圆给了颜妍一个眼神示意她安静，颜妍终于抱歉地看了我一眼，随后沉默，把对话的空间留给了我和方圆。

沉默了一会儿，方圆对我说道：“昭阳，你又何必用这种幼稚的做法去自欺欺人呢？”

我笑道：“幼稚吗？我只是想让自己好过一点，还有简薇、向晨，至少大家不显得那么苦大仇深，至少还能像个朋友似的说上几句话。”

方圆叹息，随后沉默。这世界上最让人无能为力的便是男女之间的爱情，来来去去由不得人，更没有谁能拯救我和简薇的那段过去。方圆选择沉默，是因为他明白这个道理。

我也沉默，沉默中无奈，无奈里悲伤，却没有一叶能在这深秋的夜晚破着浪带我远离悲伤的舟。于是禁锢着欲望，晃荡着灵魂，不安地张望……

结束了晚餐，我一个人走在街头，谈不上失魂落魄，却有点想离开这座城市，其实我很早就想离开了，因为这座城市让我幻想了两年，也让我疲倦了两年。

我无数次在无眠的夜，幻想着有一天简薇会回到我身边，可幻想一次次破灭，于是我也越来越疲倦，现在我终于不用再幻想下去，因为简薇已经心有所属，在向晨为她戴上定情的项链时，我就已经清醒了。

真想把幻想、把失落、把孤独全部留在这座城市里，扬长而去，然后让冷冽的秋风绞碎这该死的一切，从此与我无关，这该多爽！

我想离开，离开这里，回到从小长大的那座城市，冷了有妈妈织的毛衣，热了有板爹泡的凉茶……

可我离不开这座城，我的灵魂早已经深埋在这里。这里有一把唱着孤独的吉他，这里有一座藏着过往的空城，还有一间抚慰我的旧房子。

坐在公交站台的长椅上，我茫然地看着一辆辆载着乘客的公交驶向这座城市的每个角落，可我似乎在这个夜又无处可去。

最后一班32路车停靠在公交站台，我猛然惊醒，随后慌忙跑了上去，投上硬币，于是终于有了一个身份叫乘客。这个夜晚，我会随着这辆32路车，穿过6条街道回到那个老房子。

潜意识里我就不想离开这间老房子，所以今天早上，我又去了米彩的房子，并天真地以为，米彩真的把这个屋子留给了我，从此不会再回来。

拿出钥匙，打开了屋子的门，却意外地听见卫生间里有洗漱的声音，往鞋架上看了看，有一双chanel的水晶亮片系的女式皮鞋，那无疑是米彩回来了。

我悄无声息地站在卫生间的门口，看着正在洗漱的米彩忽然说道：“你回来了啊？”

米彩并不惊吓，可能早就听到我刚刚开门的动静，但也不理会我，似乎还在气我昨天死皮赖脸的行为。

“你刚刚漱口了吗？”我又问米彩。

米彩下意识地往自己的牙刷看了看，才说道：“问这个做什么？”

“昨天早上起来得迟，我来不及买洗漱用品，就用你的了。”我答道。

米彩的表情顿时阴晴不定，气息也变得重了起来：“你……”

“你昨天走得那么坚决，我以为你不回来了，要不然我肯定提前告诉你啊，或者帮你买一套新的。”

米彩好似那天看到蟑螂的表情，怒道：“你恶不恶心？”

“你是美女我肯定不觉得恶心啊，用了就用了呗！”我实话实说，实际上这对我来说也实在是鸡毛蒜皮的事情，大学时几个爷们抽一根烟，都是口水一挤放进嘴里便抽，以此为参照，哪里还会介意用美女用过的牙刷，再说，我是真打算给她买一套新的。

“我是说你的行为恶心！”

我无辜地说道：“用你的牙刷我真不恶心啊，真不用替我担心的。”

米彩的表情更加愤怒，将牙刷、毛巾，甚至化妆品全部扔进了垃圾篓里，走到挡在卫生间门口的我身边，重重一推我，第一次爆了粗口：“死开！”

我一把拉住米彩“恍然大悟”，道：“噢！原来是我用你的牙刷，你嫌恶心啊！你看看你这表达能力真是让人着急，这都说不清楚！”

第45章 看还是不看

米彩咬着嘴唇看着我，似乎已经无法用言语和我沟通，许久才阴沉着脸对我说道："为什么世界上会有你这么没素质的人？"

我松开了米彩，不以为然地说："你就不能两面性去看问题吗，我用你的洗漱用品从另一面来看也表明我不拘小节！"

"你用的时候得到我同意了吗？"

"所以我说自己不拘小节啊，这种鸡毛蒜皮的小事情值得大张旗鼓地去请示你吗？"

"可是我在不知情下用了你用过的牙刷！"米彩说着又现出恶心的表情。

"用都用了，难不成我去找月光宝盒让时间倒流，提醒你千万别用吗？这多不实际，所以这个事情你就看淡一些，你得明白，这世上本来就无一物，你是假的，我也是假的，牙刷当然也是假的。"

米彩终于稍稍息怒说道："天知道你有没有什么传染病。"

"有传染病也是活该你倒霉！你说茫茫人海我们碰到一起的几率有多小，碰到以后我又用了你牙刷等洗漱用品的几率是不是更小？"

刚刚有些息怒的米彩又火大地说道："按照你这个逻辑，以后不管发生什么事情，是不是都是我的错，都是我活该倒霉？"

"可以这么说。"说完又看着米彩笑道，"你还是挺懂我的嘛，我的心思你不用猜都知道！"

米彩怒极反笑："王八蛋的心思都是这样的，谁都不用猜，就能看透你们这类人的丑陋嘴脸。”

“你又爆粗口了，就算我是王八蛋，你这么一个亭亭玉立的女人，也不应该说出来，多坏形象啊！”

“昭阳，你今天是非要把我气死吗？”

“你要怕被气死，那你走啊，把这个屋子留给我，大家都舒服、都清静。”

米彩忽然就平静了下来，语气淡然地说道：“你想得美，我不会成全你这个人渣的。”

“反正我今晚不走了，你要不嫌弃，那我肯定也不会嫌弃咱俩有机会再次同居的。”

米彩出人意料地没有反驳，转身回到卫生间重重关上门，也不知道在里面做些什么。

我坐在沙发上打开电视，心不在焉地看着，却不时向卫生间里看去，总觉得有阴谋，忽然又想起上次她深夜把我骗到荒郊野外的事情，一阵后怕。

“我这么充满智慧的人，能在同一个人身上吃两次亏吗，显然不会！”我在心里自我安慰道，顿时宽了心。

宽心之后心情也莫名好了起来，于是趁米彩在卫生间的工夫到楼下的便利店买了洗漱用品，当然我是带着钥匙出去的，以防米彩趁机将我关在外面。

我心里有一点点愧疚，于是在肉痛中给米彩买了便利店里最贵的洗漱用品，自己随便买了些瞎凑合，反正我也不是什么讲究的人。

我在小区外散了一会儿步，又抽了几根烟，将心中的压抑排遣完后回到住处，米彩也正好从卫生间里走了出来，头发湿漉漉的，好似刚洗完澡。

我疑惑地问道：“你不是把洗漱用品都扔了吗？怎么又洗上了？”

“难道我没备用的吗？”

我顿时不淡定了：“你……不早说，我刚去便利店帮你买了一套，50多块钱呢。”

“是吗？”米彩用一条崭新的毛巾擦了擦自己的湿发说道，语气很平静，好似根本没有刚刚发生的不愉快。

“咯，你看。”我说着将袋子提给她看。

“那你放卫生间的柜子里吧，以后用。”米彩依旧平静。

我点头向卫生间里走去，里面全是水蒸气和弥漫的沐浴液味道。我警惕地四处看了看，生怕米彩对我使坏，据我对她的了解，她越平静，越会把我往死里整。

除了米彩换下来的衣服，卫生间里几乎无物。确定安全后，我打开了洗漱台下的柜子，里面果然有很多备用的洗漱用品。早知道我就不用她用过的了，毕竟我真的不是一个把拌嘴吵架当乐趣的人。

随后我在卫生间洗漱，忙妥了之后也和刚刚的米彩一样，一边用干毛巾擦湿发，一边走出卫生间。

让我意外的是，米彩并没有休息，而是坐在客厅的沙发上一边吃樱桃，一边看文件。

“你怎么还不睡？”我问米彩。

“等头发干了。”

我在米彩身边坐下，也不客气地拿起樱桃吃了起来，随后又问道：“你很喜欢吃樱桃吗？”

米彩很耐心地对我说道：“嗯，很小的时候就喜欢吃。”

我打量米彩，总觉得不对劲，以我最近的恶劣行径，她回答一个“嗯”字就已经很给面子了，竟然告诉我很小的时候就喜欢吃。

我又给自己壮胆：我一男人她能对我做什么，平心静气地在这里住下就行，用不着疑神疑鬼。

无聊中我向米彩捧在手上的文件看了看，果然在文件上看到了卓美购物中心的LOGO，那米彩是卓美的首席执行官便是千真万确的事情了。

我推了推看得入神的米彩，问道：“喂，你知道我是做什么工作的吗？”

“谁愿意管你。”米彩这次不耐烦地应了一声。

我讪讪地笑了笑，心却更放宽了些，她就应该用这种不耐烦的态度对我，也不意外米彩对我工作状况的一无所知。虽然我相信卓美也有我们宝丽的人事档案，但米彩肯定不会去看，就算看也只是看宝丽的高层不会看我这种小人物，所以她根本不知道我在宝丽的企划部工作。

我当然更不会主动告诉米彩自己在宝丽任职。这完全是因为自尊心作祟，我不愿意低她那么多档。至少在这间屋子里，我和她是平等的，也不平等。在这个屋子我可比她牛，这绝对不是我的胡言乱语，是有逻辑支持的，她怕蟑螂，蟑螂怕我，我比她牛了两个档次。

自我臆想中，我更加得意，抬手又扔了两只樱桃进嘴里，又当着米彩的面哼起了王菲的那首《新房客》。

米彩不胜其烦，但又不愿意再和我争执，将文件拍在桌上，起身离开了沙发。

“你干啥去？”我厚着脸皮问道。

“洗衣服。”米彩头也不回地答道。

“那你今晚不赶我走了吧？”

“你爱住就一直住着吧。”米彩恨声说道。

“你也陪我住着吗？”

“当然陪你住。”

米彩的回答让我大为得意，一个女人就这么被自己轻松搞定，心中已经幻想着明天晚上便去把行李给搬回来住下。在这座城市里，这间老房子就是我梦寐以求的地方。

继续哼唱着让米彩心烦意乱的《新房客》，眼睛却瞥在米彩留下的那份文件上，心忽然“砰砰”跳动，这份文件正是卓美购物中心11月份的经营计划书，里面肯定包含对我们宝丽的战略压制以及即将要举行的促销活动方案，如果我看了这份计划书，卓美的战略意图便一清二楚，这将对接下来我们反制卓美的营销计划极为有利。

看还是不看，我一瞬间纠结了起来。

第46章 米彩的报复

稍微挣扎了之后，我最终没有看米彩留在茶几上的那份关于卓美的经营计划书。或许我算不上是一个光明磊落的人，但也不愿做这种鸡鸣狗盗的事情。我一直警示自己，一定要清楚活着的底线，我不会为了一己之私，用这种近乎盗窃的手段去伤害米彩和她所在的卓美购物中心。

卫生间里传来洗衣机滚筒转动的声音，一会儿米彩从卫生间里走了出来，坐回到沙发上，再次拿起那份月度经营计划书看了起来，却自始至终把坐在她身边的我当作空气。

我找不到存在感，又对米彩说道："对了，昨天我还从你房间拿了一套床上用品，你说我总不能睡你床上吧，那样你得更恶心，所以我觉得这个事情你应该不会生气的哦。"

"不会，你拿去用吧。"米彩并不在意地说道。

她忽然转变态度倒让我有些不好意思起来，觉得之前是自己欺负了她。虽然她贵为卓美的CEO，但终究也只是一介女流，我之前的种种行为是欠缺了点男人的风度。

"我先睡了，你也早点休息吧，别太熬夜。"我放轻了语气对米彩说道。

"嗯，洗好衣服就睡。"

回到自己住的房间，我有了一种失而复得的喜悦。我终于又可以名正言顺地住在这间曾经住了两年多的房间里了。感谢上苍对我的眷顾，感谢自己不要脸皮的坚持，感谢米彩的良心发现！

把能感谢的都感谢了个遍，神经忽然松弛，随即困意来袭。昏昏欲睡中，我知道漂泊了一个多星期后，终于可以睡一个舒服安稳的觉了。

如我所料，这个夜晚我真的睡得很踏实，一觉睡到黎明，甚至连梦都没有做。

醒来后，我从床上坐起，看了看窗外，尽管秋风吹得落叶飘飘，可阳光还不错，气温也适宜。我抹了抹脸，彻底摆脱清晨的倦意，看了看手表刚过7点半，此时起床正是时候。

起床洗漱之后，我准备煮些稀饭，再下去买些早餐，当然也会帮米彩买一份。我觉得我们之间不应该有隔夜仇，作为男人，我可以放低些姿态主动向她示好，从此大家在这间屋子里和谐共处、相安无事。

我来到存放米的橱柜边，却意外发现橱柜被锁上了，心中不免有些疑惑，但也没有察觉出什么，又准备去冰箱看看，谁知刚打开冰箱，彻底傻眼，冰箱里竟空空如也。当即一种不祥的预感弥漫了开来。

我几乎跑到屋子的门口，扭动防盗门的把手，发现被死死反锁了……我忽然明白，我被米彩禁闭在这间屋子里了。

“我操啊！难怪昨晚对我说爱住多久，住多久……我他妈怎么猪似的没有发觉呢！”我骂骂咧咧，带着最后的希望向自己的房间跑去，却绝望地发现，房门的钥匙果然被米彩趁我睡觉的时候拿走了。

总算我临危不乱，想起打电话找开锁公司求救。从柜子上拿起手机，感觉重量轻了很多，打开手机后盖顿时有一种要彻底崩溃的感觉，手机里的电板已经不见了踪影。

我咬着牙沉着脸从卧室走回到客厅，却一点办法也没有，这间屋子在五楼，跳下去简直是找死。

一个早上，我像无头苍蝇一般在屋子里转着。如果是周末不用上班还好，可今天恰恰是方圆回归公司的日子，部门肯定会有一次针对近期制订促销方案的交流会。这个交流会的重要性不需要多说，如果我不参加，肯定会影响方案的进度。我已经能够想象到陈景明和方圆那张因为对我愤怒而扭曲的臭脸……

我越想越恼火，真想掐死米彩这个恶毒的女人！此刻我就像一只被她关在盒子里的可怜虫，可是却没有一点办法，这次她简直是要置我于死地。此时屋子里不仅没有吃的东西，连电都被她在屋外给切断了，我已经不敢想象这一天会有多难熬。

我焦虑地躺在沙发上，每一秒都好似过了一天。中间数次跑到阳台冲着楼下吼叫，可根本没有一个答理我。好似小区里所有人都被米彩收买了一样，也可能是我今天的人品差到极点，总之我依旧被困在屋子里，体力却消耗了不少。

中午时分，我饿得头昏，对米彩的憎恨又增加了一分，我不信她敢这么把我困死在这间屋子里，顶多今天晚上她就得回来放了我。

盛怒之下，我决定：只要她回来，我立刻报警，她这是非法囚禁，还偷走了我手机的电板，数罪并罚，够拘留她的了，必须拘留，太欺负人了！

几只鸟儿叽叽喳喳，在阳台的窗户上蹦来蹦去，炫耀着它们有多自由，而黄昏的阳光却无力地映衬在窗帘上。我和阳光一样无力，软绵绵地躺在沙发上，总感觉有一圈星星在我脑袋上环绕，心中哀求着赶紧结束这地狱似的一天。

又过了许久，最后一束阳光从阳台消散，天色完全暗了下去。我躺在沙发上连翻身的力气都没有，可米彩这个恶毒的女人竟然还没有回来！我心中渐渐恐惧了起来，虽然知道她不敢把我真的困死在这里，但如果她今天晚上不回来，到明天早上我也和死差不多了。

屋子里已经没有了光亮，黑暗中，失去自由的焦虑感越来越强烈。我心中一阵阵抓狂，可连发泄的力气都没有，于是焦虑叠着盛怒下的抓狂如百爪挠心般折磨着我。我两眼开始发黑，随时都可能昏厥过去。

时间蜗牛似的向前推进，我还在苟延残喘着。屋外终于传来了钥匙开门的声音，我打了鸡血似的瞬间清醒。一用力想从沙发上站起来，肉体却根本跟不上自己的意识，“扑通”一声从沙发上滚了下去，肩膀又磕在茶几的一角上，疼得我哭都哭不出来，脑袋更是一阵眩晕……

屋子的灯忽然全部亮了起来，接着听到米彩“惊讶”的声音：“昭阳，你怎么不开灯啊，还睡在地上，不冷吗？”

第47章 你就是一女流氓

我挣扎着从地上站了起来，瞪着一脸“诧异”的米彩说道：“过来，让我掐死你！”

“怎么了？”米彩一脸无辜地问。

我怒极反笑：“你把我关了一天，还问我怎么了！你越和我装，我越觉得你无耻！”

“神经。”米彩淡淡扔下俩字，随即开始换鞋。

我向米彩走去，腿却一阵阵发软，几乎用最后的力气拉扯住米彩，怒道：“你今天为什么要把门反锁？”

“防盗门不都要反锁的吗。”

“我还在家里，你不知道吗？”

米彩摇头，道：“不知道，我以为你先走了。”

“好，就算你不知道我在家里，那为什么要趁我睡觉的时候拿走钥匙？”

“我拿走自己房子的钥匙不应该吗？”米彩冷着脸反问。

我气得头更晕，重重拍了拍额头，奋力保持理智问道：“也对，你的钥匙，你是该拿走，可你偷走我手机的电池板怎么解释？”

“谁偷你电池板了！我昨天拿钥匙的时候不小心碰掉了你的手机，可能电池板掉床下了，当时屋里没开灯，我也看不清，直接装上了后盖。”

“你为了弄死我，还真是环环相扣，滴水不漏啊，我想找你麻烦都找不着！”

米彩回应了我一个笑容说道：“套用你的话，遇上我是你活该倒霉，你说茫茫人海我们相遇的几率有多小，相遇以后我把你锁在屋子里的几率又有多小？”

“你这是承认了吗？”

米彩言语冰冷：“承认了又怎样，你去报警啊，就说我非法囚禁……你肯定不好意思报警，毕竟你是一个男人，我只是一个女人，再说，你不是房东嘛，房东怎么可能被一个房客囚禁在屋子里，说了警察也不信啊！”

米彩再次用我以前针对她的言行给予我沉重一击，我却不知道怎么回击，半晌才冒着火说道：“你……你就是一女流氓、魔鬼、妖精……你无耻的行为，配得上你那张漂亮的脸蛋吗？”

米彩丝毫不受我的影响，依旧淡然地说道：“这些话，还是留给你自己吧，没有你的因，也不会有我现在给你的果。”

“可你这给的果也太毒了吧，你把我锁了一天，电话打不出去，公司怎么看我，这比旷工性质恶劣多了，弄不好我要丢饭碗的！”我涨红着脸说道。

米彩盯着我沉默了许久，又很平淡地对我说道：“你说这么多话，不饿吗？”

话音刚落，我腿一阵发软，肚子“咕噜”乱叫，怒火攻心下又一阵发晕，手本能地搭在了米彩的肩膀上，咽下饥饿的口水，艰难地对米彩说道：“扶我下去吃炸酱面，最大碗的那种！”

楼下的面食店里，我装上了手机的电板，忐忑中打开了手机，顿时数十条短信提示音响了起来，全是方圆和陈景明拨来的未接电话提示。

我懊恼地将电话扔在一边，怒视着对面一脸平静的米彩。

米彩起身对我说道：“我已经把你送来了，你自己慢慢吃吧。”

“你给我坐下，这事儿没那么容易完，刚刚的短信提示音你听到了吧，全是公司的，你说现在怎么办？”

米彩的脸上终于有一些愧疚之色，低声对我说道：“我一直以为你没正经工作，真的没想到……”

我一阵无语，以我之前的状态，确实不像是个有正经工作的人。我耐着性子对米彩说道："就算我不是正经工作，也得有组织，有纪律吧，你没看到那些地下通道的乞丐，每天还集合统计人数，然后划分要饭的区域呢！"

米彩又沉默了一会儿，对我说道："这件事我确实做得有些欠考虑，要我怎么做，你说吧。"

米彩的态度软了下来之后，我倒有些不好意思起来，想了一下说道："我也不为难你，你就给我们领导打个电话，把今天我没去上班的事情解释一下，只要能保住饭碗，被你锁了一天的事情我也就不计较了。"

"你自己解释不行吗？"

"我解释他要能信，还用得着你解释吗？"我白了米彩一眼说道。

"看来你平时也没少忽悠你们领导吧……号码给我吧。"

我又被米彩说得无言，无言是因为被她说中了，咳嗽一声掩饰尴尬，才将陈景明的电话号码给了她，她当即便拨打了出去。

我有点好奇，如果让陈景明知道，给他打电话的是卓美的CEO，他会是什么反应，不过米彩和陈景明肯定不会聊到这个，所以只能是好奇了。

那边电话好似被接通，米彩开口说道："喂，请问您是陈经理吗？"

"我是昭阳的室友，有个事情和您解释一下，今天走的时候不小心把昭阳反锁在屋子里了，他电话又出了点毛病，所以没能立即通知公司，我向您表达歉意，抱歉了。"

米彩的话虽然说得礼貌，可语气中还是有那种身处高位者的威势。

随后米彩又和陈景明说了一句，将电话递给我说道："你们经理要和你说话。"

我从米彩手中接过电话，立即说道："经理，刚刚你也听到了吧，今天不去上班，真的是意外！"

陈景明语气带着怒意，很无奈地问道："是真的吗？"

"骗你是孙子，为了这事儿，我至于专门找一个托儿和您说吗，我昭阳向来敢作敢当，是怎样就怎样。"我理直气壮地说道，因为这次我真没有忽悠陈景明。

"行了，这次就当意外处理，明天你早点来公司和方圆沟通一下，这次的方案一定要在高效中做出来。"

“您就放心吧，明天我一早就去公司。”

结束了和陈景明的通话，我又打电话和方圆解释了一下，心中总算松了一口气。这个时候炸酱面也送了上来，二话不说，我便狼吞虎咽地吃了起来，一连吃了两大碗，直到实在撑不下去这才罢休。

我用纸巾抹掉嘴上的油迹，对被我强行留下的米彩说道：“你刚刚和我们领导说咱俩是室友关系吧。”

米彩猜到了我意图，当即否定，道：“那是形势需要，要不然我怎么和你们领导解释这件事情。”

“哦……哦……原来你也会撒谎忽悠的啊！”

第48章 都快疼傻了

在我说米彩撒谎忽悠时，她的情绪倒没什么明显的变化，依旧很平静地对我说道：“我记得上次就已经和你说过，我们两个人住在一起有太多的不方便，生活方式、习惯也有很大区别。你又何必一而再再而三地为难我，然后这么无休止地和我纠缠下去。”

我也很平静地回应道：“你可千万别这么说，我有纠缠你吗？我惦记的是那间房子，你如果搬出去，我一辈子都不会去找你。”

米彩点头，道：“这个我相信，可是房产证上清清楚楚写的是我的名字，你的惦记又有什么意义呢？”

我很认真地对米彩说道：“咱们换位思考行不行，假如你在一个房子里住了两年多，忽然搬出去，你又是什么心情，在苏州这座城市，我们没有房子，生活漂泊，心中真的很渴望有一个寄托，尤其是夜晚时……你永远也不懂那种无处可去的恐慌，很压抑，很无助！”

米彩沉默。

我也沉默，此时让我们有所冲突的不仅仅是一座屋子，还有阶层上的障碍，这种障碍让我们不能理解彼此，又各自坚守，在坚守中互相折磨。

过了许久我对米彩说道：“其实你一定要我离开，比如找警察来解决，我是非走不可的，为什么你一直没这么做？”

米彩抬起头看着我，沉默之后才说道：“你还没有坏到需要报警收拾你。”

我笑了笑说道：“那我真是庆幸啊，庆幸我坏得不够彻底！”

明明是一句讽刺米彩的话，她却再次认真地对我说道：“你能帮CC守住那间餐厅，能和CC这样的女人成为朋友，肯定不会太渣，只是生活和感情赋予了你太多的压力，所以你才会看上去像个无恶不作的人，其实你的玩世不恭只是想让自己好过些罢了。”

我有些失神地看着米彩。这些年把我看得最透的竟然是她，至少方圆、颜妍、罗本、CC这些我最亲密的朋友们，从来没有这么对我说过。我内心最深处的那道死结似乎被米彩轻轻抽动，却又没有完全抽开。

我终于对米彩说道：“你是打算肯定我的为人，然后让我不好意思纠缠，成全你的清静吗？你少和我玩计谋，我上过学，怀柔政策我懂的。”

米彩沉默，表情无奈，无奈我的软硬不吃，而我已经知道了她的底线。如果我就这么赖着不走，她拿我一点办法也没有，我也自然不会再给她机会将我锁在屋子里。像我这么聪明、警觉的人怎么可能在同一个女人的身上吃三次亏。

我并不羞愧自己纠缠米彩的行为，至少她在这座城市里还有一套豪宅。逼走了她，她也不会体会到那种无处可去的漂泊，而我当然也不会白住进那间老屋子，该给的房租我一样会给。

此时我打的就是这样的算盘，如果米彩能够妥协，对我们来说便是一个皆大欢喜的结果。的确，她是漂亮，有钱，卓美的CEO，可这不代表我一定要喜欢她，或者图她什么，所以我真的没有必要去纠缠她，只要她愿意将这个房子租给我，我一辈子不去烦她都行。

稍稍思量了一会儿，我对一直沉默的米彩说道："要不你把这边的房子租给我得了，你在柳岸景园不还有一套房嘛。你回那边住去，只需要留一个银行卡号给我，每个月我把房租打进你卡里，咱们连面都不用见了，多好！"

米彩一点也不接受我的提议，面带怒色说道："你上次那么坚决地搬出去，为什么现在又变卦了？"

"我就是一无赖啊，活得左右摇摆的；再说了，我以为搬出去会找到合适的房子，可是要么太贵，要么离我公司特远。"

米彩哭笑不得，道："你的理由还真充分啊，主观、客观上都有了！"

"那当然，我这人做事向来滴水不漏。"

"可是你不觉得自己很过分吗？哪有人逼人把房子租给自己的！"米彩依旧耐着性子对我说道。

我"咋呼"道："过分吗？要不我现在打电话把我的朋友们全部喊出来，让他们评评理，看看我俩到底谁更过分。真的，你就和过去那恶霸土匪一样，用金钱强暴我们穷人的生活！"

米彩终于丢掉耐心，从桌上拿起手提包，随之起身对我说道："没工夫和你臭贫，房子我是肯定不会租给你的，你就不要再幻想了。"

我紧随米彩走出了面馆，还想和她继续谈谈，总之今天晚上把房子的事情谈妥，最好。

米彩生怕我追上她，走得极快，高跟鞋踩着水泥地面"蹬蹬"作响。我也不慢，跨了几个大步，挡在了米彩的前面，随即拦住她，用威胁的腔调说道："你到底租还是不租……"

话音未落，胃部突然传来一阵让我抽搐的胀痛感，随即捂住腹部蹲了下去。今天我一天未进食，刚刚又暴饮暴食，本来就不太好的胃哪里经得起这么刺激！

米彩趁我蹲在地上，从我身边绕过，却不管我死活。

"你有……没有良心，我胃疼，你就眼睁睁看着我死吗？"

米彩站住又回头看着我："怎么，又准备和我来苦肉计了么？刚刚我已经和你说得很清楚了，房子我是不会租给你的。”

我疼得抽搐，甚至能感觉到额头上冒出的细汗。

米彩终于回到我身边，蹲下看着我，仍带着怀疑问道：“你怎么了？”

“刚刚不是告诉你了……我，胃疼，你好意思……见死不救吗？上次……上次你发热的时候，我有没有以德报怨地给你煮姜汤……有没有去给你买药？”我皱眉扭曲着脸说道。

“这个时候你还斤斤计较，我说了见死不救了吗？……我打电话叫救护车。”米彩说着从手提包里拿出了手机。

“你是哪个星球空降来的妖怪，有没有……生活常识！我只是胃疼，你叫什么救护啊……马路对面向右一百米有个药房，你去……买那种速效的治胃疼的咀嚼片，我嚼两片就好了。”

米彩不满地看了我一眼说道：“都这样了，你就不能少说两句留点劲儿嘛，行了，我这就去，你在这儿等我。”

我咧着嘴，道：“快点儿，我快疼傻了！”

米彩点了点头，随即向马路对面小跑而去……看着她的背影，我坐在地上，又是一阵抽痛。

第49章 简薇的约见

回到那间让我和米彩发生无数争执的老屋子，我嚼着咀嚼片趴在沙发上缓解疼痛，米彩又给我倒了一杯白开水，随即在我的对面坐了下来。

她问我：“你好些了吗？”

“歇会儿就没事了。”

“那等你好些了，我送你回去。”

我忍痛坐了起来：“我回哪儿啊？”

“你不是暂时住在你朋友那儿吗，我送你回那边。”

我带着怒意回道：“你就不能发扬一下人道主义风格吗，我现在可是一个病号！”

米彩依旧很淡然地说道：“这是我的房子又不是医院，干吗非要装着你这个病号？或者你觉得自己的身体状况很差，我可以送你去医院。”

我又躺回到沙发上，一副不愿意答理她的姿态，于是双方因为意见不统一又陷入到冷战中。

小片刻之后，手机在我的口袋里震动着，我翻了个身，从口袋里拿出手机，看了看却是个陌生的号码，归属地是上海的，我在疑惑中接通了电话：“喂，你哪位啊？”

电话那头稍稍沉默了一会儿才说道：“是我，简薇。”

我的思维忽然就停滞了，甚至连胃痛也感觉不到，许久才回应道：“有事儿吗？”

“出来坐坐，老地方等你。”

我没有反应过来，简薇已经挂掉了电话，她还和从前一样，不会给我任何拒绝的机会，所以在和她分手时我没有拒绝，没有追问原因。

电话已经挂断了许久，我的心仍在震荡，但有一点可以肯定，她邀我，我一定会去赴约，再不济我们现在还算普通朋友。

我终于将电话放进了口袋里，对米彩说道：“我出去见个朋友，你帮我留个门。”

“赶紧走吧，留门就不必了，看看屋子里还有什么你的东西，一起带走。”

此时，我一点没有和米彩斗嘴的心思，再次向她看了看，随即向门外走去，而胃还一阵阵隐隐作痛，或许心里的痛更难忍。

我站在小区外面等待着出租车，却思量简薇说的老地方在哪里，是CC的音乐餐厅吗？或者是护城河边？我都不能确定，这也说明，关于苏州，我们有太多的记忆，太多被我们流连过的地方，每一个地方都是一段难以忘怀的过去。

最终我选择了去护城河，曾经，那是我们每天傍晚都会散步的地方，我们在这里笑闹，在这里看风景如画。

一刻钟后，我便来到了护城河边，我们以往走得最多的一个路段。我在草坪上坐了下来，在胃痛中点上一支烟，因为心是忐忑不安的。我不知道简薇为什么突然约我，我也不知道自己用什么心情去面对她，更不知道见面后要说点什么……看看，看看，这就是时过境迁，将曾经的亲密全部风化成现在的无知！

已经半个小时过去，简薇还没有来。冷冽的秋风中，我终于意识到我来错了地方，或许此刻简薇正在CC的音乐餐厅里等着我。

我当即拿出手机拨了出去，但简薇的电话却占线，在我挂掉电话的片刻，简薇的电话又打了过来，可能刚刚我们在同时拨打了对方的电话。

接通电话，简薇告诉我她在CC的餐厅，我告诉她我在护城河边，我说去找她，她说来找我，我自然顺从她，于是结束了通话又开始了新的等待。

我有些失落，我竟然没能选择简薇心中的那个老地方，我们的心早已经不契合，那么分手也是必然的了。

秋风覆盖了这个夜晚，霓虹映衬着我身边的一切，在这个看上去还不错的护城河边我又点上了一支烟，然后看着烟雾弥漫最后散落。

又过了20分钟，我看到了岸边停着的凯迪拉克CTS。这辆顶级配置的CTS是简薇的爸爸在三年前送给她的毕业礼物，也正是这辆车将我们狠狠地从单纯的校园恋情中撕扯了出来。直到现在我仍深深记得：那天简薇开着她的新车带我兜风时，我是多么强颜欢笑，仿佛那一瞬间便能预料我和简薇最后的结局，事实上，我也确实预料到了。

简薇打开车门从车上走了下来，她穿得很单薄，只是一件短款的女式皮衣，略显宽松的灰白色休闲裤，头发很简单地扎着，打扮得很随便，不像上次在酒吧见到时，一身奢侈品牌晃得我不敢直视。

我无法用目光去迎接她，撇过头，却重重地吸着手中的烟，只是一口，半支烟便被吸成了烟蒂。

简薇身上熟悉的女人香气飘进我的鼻腔里，我终于抬起头看着她，生硬地说道："约我做什么？"

简薇在我的身边坐下："非要有理由才能约你吗？"

我试图让自己放松一些，笑了笑问道："你不是和向晨去南京了吗？怎么这么快就回来了。"

"我有我的安排。"

"那倒是，你有你的安排。"我顺着简薇说道，却不知道和她能再说些什么，于是又点上了一支烟，看着被风吹动的河面，茫然和忐忑交替占据着我的情绪。

简薇将烟从我的指缝间抽了出来，看着我说道："不要当着一个女士的面抽烟，你应该绅士一点。"

我的嘴角抽搐了一下，简薇竟然要求我绅士一点！时间的确会改变一个人，从前她喜欢和我一起玩，一起疯，甚至抽我正在抽的烟。此刻，我意识到：她真的已经从我的世界里出走得太远，而我却学不会与时俱进，只是傻站在原地。

沉默之后，我终于对她说："说吧，约我出来到底是什么事情，你我都不应该只是坐在这里吹着冷风。"

我虽这么说，可是却愿意与她在这里坐上一夜，然后看着她，仔细看她三年后的模样。让她知道我是多么喜欢她水波灵动的眼睛，喜欢她微微上扬的嘴角，喜欢她笑颜如花，喜欢她面沉如水，喜欢她身上的女人味道，喜欢她看似责骂却关心的爱，喜欢她靠在我怀里轻声细语，喜欢我们做爱后抱在一起的重重喘息……

我喜欢她的一切，和她在一起的一切，可现在的她却像一只被我放丢的风筝，只能抓着那根被扯断的线，无助地看着她飞向遥远的天空，淹没在黄昏的夕阳中，最后只在我的记忆中走了一遍。

多么失落，多么惆怅，多么不舍！

第50章

她配不上我

我终于借刚刚的问题，名正言顺地看着简薇，等待她给我答案，这次她主动联系我，实在让我很意外。

简薇与我对视着，于是我终于看清了她的正脸，她的面容依旧未变。我有一种冲动，我想抱住她，管她现在和谁在一起，管她和谁谈恋爱。

可是最后理智压住了冲动，只是怔怔地望着她。

许久简薇对我说道："这次我回国，我不打算再去美国了。"

我点头，却沉默，她是否去美国与我已经没有关系，我最多只能站在普通朋友的角度去看这件事情。

"你呢，你这两年过得怎样？"简薇笑了笑问我。

"很好啊！每天都过得很自由。"我回应了简薇一个笑容说道，但这句话我只说了一半。我的确过得很自由，自由地把自己埋在过去中的爱恋中一动不动，而谁都管不了我这么做，够自由吧！

"那就好。"简薇看着我点头说道。

"你呢，你又过得怎么样？"

这个问题却让简薇想了想才说道："虽然没有你过得那么自由，但也过得不错。"

我生硬地回应："呵呵，那也挺好的。"

两人又陷入到沉默中，这种沉默似乎在讽刺着我们曾经无话不谈的过去，我有点不适应，可又不知道该说些什么。

简薇似乎和我一样的情绪，她终于起身对我说道："挺冷的，我先回去了。”

“哦……好！”我应了一声，却没有起身。

简薇看了看我，转身离开草坪向河岸边停着的车走去，而我又点上了一支烟，坐在原地，依然弄不懂这个夜简薇找我到底为了什么。我们费了一番周折见面却又寥寥数语，让这个夜多少显得有些单薄，也毫无意义。

准确说这次和简薇的见面也不是毫无意义，等我再次回到那间老屋子时，米彩把我关在门外，无论我怎么敲门她就是不开。这让我觉得是不是她和简薇商量好的，一个把我约出去，一个趁机把我关在门外。不过这不重要，重要的是，我又无处可去了。

一个人坐在楼道口思量了很久，最后还是决定再去罗本那里凑合一宿，这会儿他也应该从酒吧回来了，但愿今晚莉莉没有和他一起。

回到罗本那间在天台上的阁楼，我伏在门上先听了听，确定屋内一片安静，这才敲了敲门，一会儿罗本便给我开了门。

罗本穿着睡衣叼着烟，带着诧异对我说道：“你回来了！”

“受了一天罪，别提了！”我叹息说道，今天于我而言实在是糟糕透顶。每一件事情都是受罪，身体和精神双双被折磨了一天！

“你哪一天不受罪？”罗本感叹了一句，又躺回床上，抽一口烟，喝一口啤酒。

对于罗本的调侃，我无奈一笑，没再说什么，简单洗漱之后，也躺在了床上，点上烟，两杆烟枪顿时联手将原本就不大的房间弄得一片愁云惨雾。

罗本忽然问我：“你这两天晚上没回来，是和你那新交的女朋友住一起了？”

“没有，乐瑶都看得出来她不是我女朋友，你看不出来吗？”

罗本诧异地问道：“什么个情况？”

“装的，她压根就不是我女朋友。”

罗本点头，道：“你俩是不怎么像一个世界里的人。”

“是啊，她配不上我。”

“你牛！”罗本冲我竖了竖大拇指说道。

我没有回应，掐灭烟，拉上被子，躺下的瞬间倦意便铺天盖地涌来，很快进入到睡眠中。

次日，我起了个大早，没顾得上吃早饭，破天荒地打了个出租车向公司赶去。为此我比乘公交车多付出了30多块钱，这明显是花的冤枉钱。要不是昨天被米彩那可恶的女人关了一天，落下了一天的工作，我根本用不着这样分秒必争，恐怕晚上也逃不过要加班的命运。如此想来，对米彩的憎恨又增加了一分，于是打定主意，最近得抽空和她谈谈，不谈人生、不谈理想，就谈她凭什么这么对我。

终于来到公司，我以为自己已经够早，没想到方圆比我还早。还没来得及和他打招呼，他便将一份资料扔给我说道："这是昨天的会议资料，你花半个小时看一下，然后我们再商量这次应对卓美的促销方案……"说完又补充道："昭阳，时间很紧迫，赶紧进入工作状态。"

"没问题。"我说着便坐下拿起会议资料看了起来。

从这份资料中我看出，昨天的交流会议并没有确定明确的促销思路；同时陈景明和方圆在方案的制订上也存在分歧。

陈景明趋于保守，他的意见：情愿沿袭以前的促销方案，也要保证在规定日期里完成任务。而方圆则希望这次的促销方案较以往有所突破，真正表现出我们宝丽百货成为顶级百货以后的改变和气势，哪怕时间略微延迟一些。

花了20分钟看完会议资料，我和方圆一人泡了一杯咖啡，随之交流了起来。我自然是支持方圆的思路，既然公司下一阶段的战略重心是强化品牌形象，那么促销行为上较以往肯定要有所突破。而和卓美的竞争只是经营的一部分，显然要给强化品牌形象这个战略重心让路。当然，如果我们可以在促销方案上取得突破又能在规定时间内完成任务，那更加两全其美。

商量之后，我和方圆达成一致，我们尽力在时间允许范围内，制订出较以往有突破的促销方案。只是我们所达成的一致还需要陈景明点头认可，毕竟他才是企划部的最高领导，拥有一票否决权。

整个早上陈景明并没有出现在公司，直到快中午时才出现，当即将我和方圆喊到了他的办公室，情绪看上去很亢奋，这让我和方圆很是不解。

来到经理办公室，陈景明让我把门关上，没来得及喝上一杯茶，便对我和方圆说道："今天早上我和卓美的招商部经理见了面。"

我和方圆对视一眼，充满疑惑和震惊，陈景明竟然和卓美招商部的经理在工作时间见了面，这可是有通敌的嫌疑啊！

陈景明带着难以抑制的兴奋向我们解释，道："我和卓美的招商部李经理是老同学了，这次他给我带来了一个足以改变我们宝丽和卓美命运的消息……卓美内部正在酝酿着一场大风暴——权利争夺的风暴，矛头对准的便是他们新上任的CEO。"

我心中一惊，卓美新上任的CEO不正是米彩吗，难道此时她正面临着一场公司内部的权力危机吗？心中虽猜测着，但还是不动声色地等待陈景明说下去。

第51章 米彩的危机

我依旧很"平静"地看着陈景明，方圆却充满震惊地问道："陈经理，你的意思是，卓美的高层要对他们新上任的CEO动手？"

陈景明很肯定地点了点头说道："是的，卓美是一个家族企业，你们应该略有耳闻。"

我和方圆同时点头，如果不是家族企业，以米彩26岁的年纪怎么可能担任这么大一个购物中心的CEO呢，只是不知道米彩在这个家族中是什么地位。

陈景明继续说道："两年前，卓美的创始人米仲信去上海参加一场商务会议时，在高速上与一辆抛锚却没有设置警示标志的货车发生严重追尾，不幸身亡，后来卓美便一直由他的弟弟米仲德管理。不过米仲信还有一女，这几年一直在美国留学，前些日子才回国，也就是卓美新上任的CEO，Betsy（米彩）……”

陈景明的话没有说完，我便打断问道：“经理，难道要对Betsy动手的，是他的叔叔米仲德？”

陈景明笑了笑，道：“很明显就是他了，这几年他一直是卓美名义上的董事长，现在米仲信的女儿回国了，他的地位肯定会受到威胁。一个人在高处待习惯了，再让他下去，很难！”

我愤愤不平地说道：“这老小子也太禽兽了吧，卓美本来就是他哥哥的，现在他哥哥意外身亡，就留下这么一个遗孤，他作为叔叔还忍心下得了手！”

陈景明挥了挥手，面色严肃地对我说道：“这些家族企业里的是是非非，不是我们这些外人需要操心的，我们现在要做的是紧紧抓住这次机遇，压住卓美，成为苏州百货业的龙头。”

方圆很认同地点了点头，我没有言语，心中却莫名产生一股难以压制的怒火。

陈景明继续对我们说道：“卓美招商部的李经理今天早上和我约谈的就是这个事情。下个月有两个国际一线品牌与卓美的租赁合约到期，米仲德已经授意招商部的李经理以不满现任CEO的管理方式为由，带着这两个一线品牌跳槽到我们宝丽，然后以此为理由，联合董事会，对米仲信的女儿进行发难，逼她转让在卓美的股份，达到自己彻底垄断卓美的目的。”

我又一次震惊，道：“这也太狠了吧，情愿自断一臂，也要拿下卓美的所有权！”

这的确让我震惊，如果卓美的招商经理真的带着两个国际一线品牌跳槽到我们宝丽，那我们宝丽将达到10个国际一线品牌。此消彼长下，卓美仅仅剩下9个，谁都明白国际一线品牌对顶级百货的重要性，即便真让米仲德获得卓美的所有权，可这代价也是巨大的！

陈景明笑了笑，道：“米仲德想彻底拿下卓美的所有权必须要出这样的狠招。董事会里面有很多米仲信生前的亲信，他们都力挺米仲信的女儿。如果李经理以不满现任CEO管理方式为由带着两个国际一线品牌加入到我们宝丽，那便是CEO所造成的严重管理事故。这样的管理事故已经影响到企业的根本，原本支持的人也会动摇的，到时候董事会集体施压，米彩想不交出管理权和所有权都难！”

一直沉默的方圆这个时候也终于向陈景明发问：“难道米仲德这么做真的就不怕卓美从此元气大伤，一举被我们宝丽超越吗？”

我索性代替陈景明回答：“就算被宝丽超越了，他米仲德还是卓美的最高领导者。如果米仲信的女儿还留在卓美，他迟早会被取代，一个身居高位多年的领导者，习惯了高高在上，怎么会甘心寄人篱下地活着。”

陈景明点头认可了我的话，继续说道：“人性就是这个样子，所以这对我们宝丽来说是个千载难逢的机会。不过米仲德也不是那么简单的人物，听说近期会有一笔海外资金注进卓美。卓美的南京店和上海店已经在筹备开业，他们的战略腹地已经不仅仅是苏州，而是更大的市场；再者即便丢掉两个一线品牌，以卓美这么多年在苏州经营的人气，也不会轻易垮掉的。米仲德手上是有底牌的，所以才敢这么做，只要这次能够成功地解决掉米仲信的女儿，他就稳坐江山，相比还是很值得冒险的！”

我和方圆皆陷入到沉默中，即便我们工作多年，商场上的战争和残酷也从未像今天这般赤裸地呈现在我们面前。这一刻我明白，职场或者商场是真的有规则的，我们这些身处底层的人想上位，靠的是努力和对机会的把握能力，而高层玩的却是心术。这种心术让我发自内心地畏惧，人性的丑陋在种种心术之下被数倍放大。

陈景明这个时候终于给自己泡了一杯茶，喝了一口，又对我和方圆说道：“你们是跟了我好几年的下属，都是我准备重点培养的对象，特别是方圆，我在你身上看到了潜力，所以我才把这件可以作为公司最高机密的事情分享给你们，目的是希望你们能够抓住这次契机，在为公司创造价值的同时，也实现自身突破，这次的促销方案，你们俩人一定要好好表现，明白吗？”

方圆表情郑重地点了点头，而我却沉浸在某种情绪中有点恍惚。

“你呢，昭阳？”陈景明又看着我问道。

方圆推了推我，我才缓过神，对陈景明说道：“我也明白。”

从陈景明的办公室出来，方圆立即将我拖到了员工休息间，压低声音向我问道："昭阳，陈景明还不知道你和米彩的关系吧？"

"废话，他要知道我认识米彩，还能对我说这件事情吗？"

方圆点头，认真地说道："这件事情你无论如何也不能透露到米彩那边去，且不说自己的工作前途，就冲陈景明对我们的知遇之恩，你也不能透露给米彩，知道吗？"

我没有回应方圆，依旧有点恍惚。

"昭阳你要分得清轻重，这事儿不是开玩笑的，就算米彩真的是你女朋友，你也得死死把这件事情给守住了，半个字都不能漏出去。"

我忽然就火了，瞪着方圆怒道："你是人吗？你就不能站在米彩的角度去看这件事情？她本来就丧父，孤苦伶仃的一个女人，现在还被自己的亲叔叔算计，夺走她父亲的产业，得多苦！"

方圆死死捂住我的嘴，依旧压着声音，紧张地对我说道："你小声点，这是他们高位者之间的权利争夺，不是我们这种小人物能够掺和进去的！这件事情不仅关乎公司利益，还有陈景明的个人前途，甚至我们俩人的，你说出去，又对得起陈景明的信任吗？"

我终于沉默，陈景明的确对我和方圆有知遇之恩。如果这件事情最后真的以卓美的招商经理带着两个一线品牌进入我们宝丽为结局，陈景明作为最大的功臣，至少会被公司高层提拔到副总经理级别，我和方圆作为他的心腹也会因此受益，这件事情已经关乎太多人的命运……

方圆又对沉默中的我说道："昭阳，你一定得答应我，就当今天没听到这件事情，成吗？"

我久久不言语，好似一瞬间走在了人生中最难抉择的十字路口上……

第52章

渐渐像朋友

方圆还在紧张忐忑中等待着我的回复，我在内心做了一番剧烈的挣扎之后，终于对他说道：“你说得对，我就当没听到吧。”

方圆又慎重地问道：“你确定？”

我点了点头，转身离开了员工休息间，心中却弥漫着一种无法用言语形容的低落。方圆确实没说错，这件事情关乎重大，甚至关乎两个商场的命运交替，牵扯的人也实在够多，而陈景明正是因为信任才对我们说了这个事情，如果我因为不忍而泄露给米彩，那我对陈景明便是不义。可如果就这么憋在心里，眼睁睁地看着那个孤独、淡漠的女人被自己的亲叔叔算计，那我便是助纣为虐！

这一整天我都心不在焉，似乎煎熬了许久才等到了下班的时间，看着落地窗外已经亮起的点点霓虹灯，心中又是一阵突如其来的挣扎。

盯着落地窗外的世界看了许久，我终于拿起自己的背包对还在工作的方圆说道：“我先下班了。”

方圆“嗯”了一声，随即猛然抬头看着我，说道：“才七点，你这就走了？”

“不早了，这都下班一个半小时了。”

方圆点了点头说道：“闷在办公室思维也发散不了，那你就先回去吧，如果有好的促销创意，咱们随时保持联系。”

我做了个OK的手势，来不及和方圆说声“明儿见”，忙不迭地离开了这间让我感到压抑的办公室。

拎着单肩包，叼着烟随着人群走在街道上，也不知道该去哪儿，心情却愈发沉重。

前方50米的对街，卓美购物中心巨型的LOGO牌在顶楼闪烁着光亮，可是谁又能看到这光亮下的争斗？谁又能刺透这光亮看破人性的丑陋？

我迈着机械的步子渐渐靠近卓美购物中心，然后思维混乱地随着人群走进了卖场。

其实我根本不知道自己为什么要来卓美。或许潜意识里是想将这场针对米彩的阴谋告知她，让她免于这场灾难，可偏偏被另一股阻力死死困住，于是茫然好似丢掉了思维。

就这么乘着电梯从一楼到了六楼，六楼之上再也没有了楼，于是我也没了去处，寻了一张供顾客休息的长椅坐了下来，有些失神地看着往来的顾客。

对面通往卓美办公区的电梯门忽然打开，我猛然看到了从里面走出来的米彩。她的身后跟着一个年轻的女助理，我本能地不想被她发现，从长椅上站起来，一闪身进了离自己最近的一间商铺。

接待小姐的“欢迎光临”在耳边响起，抬头看了看，顿时被琳琅满目的各色女式内衣内裤晃得一阵阵眼晕。

“先生，请问您是要帮自己的太太看内衣吗？”接待小姐热情地招呼我。

“我……”我硬生生地将“我像有太太的人吗？”憋了回去，又带着笑容对接待小姐说道：“是啊，你给推荐一款，要性感一点的。”

接待小姐随即拿了一款给我看，又热情地介绍了起来，我附和着称赞，目光却向外面扫视，并没有发现米彩的影子。或许她已经下了楼，这才松了一口气，随即打断还在滔滔不绝的接待小姐说道：“这内衣是不错，可就是太便宜了点！难道你们培训的时候没学过，要根据顾客的穿着判断他们的购买能力吗？”我说着将手中的单肩背包拎了拎，让上面LOGO出现在接待小姐的视线中，说道：“看到没，锐克达斯牌的，锐克达斯没听过吧？今天我就给你普及一下，锐克达斯就是锐步、耐克、阿迪达斯合资打造的最新奢侈品牌，我这包是他们刚出的全球限量款，就仨字，特奢侈！你觉得我这身价会买你们这种二线品牌的内衣吗？”

接待小姐有点哭笑不得，我背上单肩包准备离开，却忽然发现内衣店的过道外米彩正带着她的助理用一种怪异的目光打量我。

我硬着头皮向内衣店外走去，来到米彩面前，挤出笑容问道：“好巧啊，在这儿碰到你。”

“我在这边工作……不过你跑女式内衣店干吗？”米彩用一种看变态的表情问道。

我避重就轻地说道：“原来你在这边上班啊，是商场的楼管吗？”

米彩摇头，眼神中依旧带着轻蔑追问道：“你还没有回答我的问题，你跑内衣店干吗？”

我不耐烦地答道：“你别用看变态似的眼神看我行吗？我进内衣店是为了不想碰到你，刚才就看到你从电梯上下来了。”

“你会躲我？你不纠缠我就谢天谢地了！”米彩一脸质疑的表情说道。

我叹息说道：“心中有愧呗！”

这是我说的一句实话，如果最后我选择不将米仲德针对米彩的权力阴谋告知她，我心中会有很强烈的愧疚感和负罪感。

米彩笑了笑说道：“你早就该有愧了，好好去找个住的房子，暂时稳定下来，不挺好的嘛。”

米彩显然误会了我心中有愧的真正含义，但我也不能和她解释，于是又转移话题，道：“还没吃饭吧，一起吃个饭吧，想不碰上都碰上了。”

米彩看了看表点头对我说道：“是该吃饭了，听说一楼新开了一间米线店，口味不错。”

“你请我吗？”

米彩似笑非笑地回道：“你的背包都是锐克达斯的，一碗米线还用别人请吗？”

我：“……”

米彩嘴上说不请我，到了米线店内还是随着人群排着队。此刻淹没在人群中的她就像一个普通姑娘，没有一点CEO的架子。我心中又是一阵莫名难过和挣扎，或许我真的不应该邀请她共进晚餐，哪怕仅仅是吃一碗米线。

小片刻之后，米彩拿着点餐后的小票在我对面坐了下来，然后向我的背包看了看，微笑着问道："什么时候出来一个锐克达斯品牌的？好像很厉害的样子嘛！"

看着她微笑的样子我意识到：我们经历无数次争吵之后，已经把对方当作熟人，我们会调侃对方，会请对方吃饭，会帮对方做一些力所能及的小事情，只要不涉及那间老屋子，我们渐渐有些像朋友了。

第53章 一个善良的女子

我随米彩的目光向自己的背包看了看，随即说道："我的背包确实是锐克达斯的。不过没我自己说得那么奢，就淘宝上花50块钱买的，还赠送一顶遮阳帽！"

米彩咬着嘴唇不让自己笑出来，可我却看得入神，此时她的姿态太美。

米彩终于忍住了笑容，问道："遮阳帽也是锐克达斯的吗？"

"谁还记得，上次被一朋友借去钓鱼就没还，忒没素质！"

"那肯定是锐克达斯的，那么奢侈，所以你朋友动了觊觎之心！"米彩一本正经地分析道。

这次换我被米彩逗笑，却又一本正经地说道："所以说他没素质，一顶帽子就把自己的人格给卖了。他要喜欢就和我说嘛，我这么奢的人，还会在乎一顶帽子！"

米彩笑着摇了摇头，不再和我搭话。或许她并不太喜欢我的满嘴跑火车，有时候实在是被我气乐，可这种气乐，实则也挺无奈的。

服务员终于送来了两碗米线，还有一些其他的小吃，我和米彩也随之吃了起来。

吃饭过程中我时不时用眼角的余光去打量米彩。她自始至终都显得很安静，我却在这种安静里看到了孤苦，这种孤苦和物质无关，是她的身世，但她还在用自己的坚强，独立地生活着，至少认识以来，我从未听到她抱怨过生活。

我有些失神地看着她，想到她即将要面临的阴谋，我一阵阵痛心和剧烈挣扎，可又感觉那么无能为力！

在快要结束这顿简单的晚餐时，我终于对米彩说道：“我还欠你10016块钱呢！”

米彩并不在意，道：“我没忘，不过你不用急着还，先去把房子找好，就像你自己说的，不要再体会那种无处可去的痛苦了。”

“我的话你记得蛮清楚的嘛！”

“这是你昨天晚上才对我说的，我当然记得。”

我跳过这个话题问道：“那昨天我见完朋友，回去的时候，你为什么关着门不让我进去，我敲了差不多有十分钟的门。”

“你就是敲一个小时，我也不会开的呀！都和你说了，房子我不会租给任何人的。”

“那你告诉我，为什么你会买下那间老房子，还不愿意租给别人。”我再次问出了这个让我疑惑了很久的问题。

米彩向窗外看了看，面色有些恍惚，许久才低声对我说道：“这是我的私事，你就别问了。”

我没有再追问下去，心中隐隐有一些明白她为什么会买下那间老屋子，可是又不能肯定。

黑夜中，我坐在米彩的车子里，拿着手机，在58同城上搜索着租房信息，看到合适的便打电话询问，而米彩充当着我的司机，与我走遍这座城市的一个又一个角落，看着我用各种无赖的方式与房主或中介讨价还价。

因为有了米彩做司机，仅仅一个多小时，我便很高效地看了5套房子，可总是因为这样、那样的情况不尽满意，于是继续在这座偌大的城市里穿梭着。

又半个小时过去，米彩将车停在路边，颇感慨地对我说道：“原来租房子真的挺不轻松的呀！”

“是啊，现在黑心中介挺多的，不注意就被他们坑了。”

米彩点了点头。这让我意识到，有的时候并不是谁不能理解谁，只是没有真正去对方的那个世界里生活过。

“你渴么，我去给你买点喝的。”我向米彩问道。

米彩点了点头，我甚至忘记问她要喝些什么，打开车门当即便走了下去。此刻我的心情又是一阵压抑。我虽然和米彩因为那间老屋子而无数次争吵，可是我的内心并不讨厌她，并随着相处的深入，我发现她并不是当初我所理解的那种高姿态，相反她很随和，看上去冷漠却很热心，或许她真的是一个善良的女子。

犹记得那次板爹在我最落魄的时候来找我，我虽然对她做了很过分的事情，可是她依然选择帮我在板爹面前隐瞒了我的落魄，甚至最后自己离去，将房子留给我和板爹；犹记得，在护城河边她为我盖上的外套，让我不至于受寒；也记得，他为酒醉后的我在罗本那间小屋子里冲泡的蜂蜜牛奶……

我在内心的煎熬中一遍遍拷问着自己：“昭阳，你真的要这么眼睁睁地看着这样一个姑娘身陷自己叔叔的商业阴谋中吗？”

我回头看着坐在车里被淹没在灯火阑珊中的她，她的身影有些茫然、孤独地倒映在车窗上。我因为这个倒影而心痛，可依然无法将真相告诉她，因为方圆，因为陈景明，我同样不能自私地毁了他们的大好前程。

我买来了两杯热着的柠檬茶，又坐回到米彩的车上，为她插好吸管递给她，又叮嘱道：“有点烫，你喝慢点。”

米彩点了点头，双手捧着塑料杯子，获取柠檬茶的热度，这个秋夜已经有了些许冬天的寒意。

彼此沉默了很久，米彩向我问道：“咱们还要继续找吗？”

“看你了，如果你不累的话，我也没有问题。”

米彩笑了笑，道：“做人有始有终最好，那咱们就一鼓作气吧，今天晚上帮你把房子找好。”

我调笑道：“米彩姑娘真是好热情、好心计啊，今天晚上搞定了我的事情，以后你就一劳永逸，坐享其成了。”

“坐享其成这个词你用得可不准确，帮你找房子我可是出了力的，再说那间房子本来就是我的，用坐享其成也很牵强吧？”米彩很认真地说道。

“切，干吗那么斤斤计较！”我摆了摆手说。

“和你学的。”

我猛吸一口柠檬茶，却差点被烫歪了嘴一口喷了出去。

米彩抽出纸巾递给我，又擦拭着落在她身上的茶水，抱怨道：“刚刚还提醒我小心烫呢，自己喝的时候怎么忘了呀！”

我没有回应米彩，心中却一阵阵苦涩，忘了是因为心不在焉，心不在焉是因为挣扎，此刻我心中涌起强烈的冲动，我想告诉米彩这场针对她的阴谋！

第54章 人性的挣扎（1）

我已然不顾口腔里传来被烫后的疼痛，涨红着脸看着米彩，心脏一阵阵剧烈跳动。事实上活过的20多年中，我并不是一个喜欢瞻前顾后的人，但这次的事件实在过于重大。我的选择不仅仅关乎我自己的命运，还有朋友、上司的职场前途，包括乐瑶，她为了给我争取工作的机会，做出的牺牲仍历历在目，而我真的要为了米彩毁了这一切吗？

“昭阳，你怎么了，表情这么难看？”米彩看着我，面色疑惑地问道。

挣扎中，我的心忽然静了下来，揉了揉嘴巴，对米彩说道：“被烫了，嘴里可能出水泡了。”

“那要去医院吗？”

“这种小伤小痛的用得着去麻烦救死扶伤的医院吗，拜托你能不能有点生活常识！”

“哦，你没事就好，那我们继续去找房子吧。”米彩说着启动车子。

再艰难的决定往往也只在一瞬间，我最终也没有告诉米彩，我不知道这么做对不对，但我的心却仍是煎熬的，我情愿陈景明没有告诉我这一切，可我终究是知道了。

路灯的影子倒映在车窗上被越拉越长，我的思维也就这么涣散了起来，涣散中更想不出一个两全其美的办法。

在深夜中寻寻觅觅之后，我们终于找到了一间比较有性价比的单身公寓，我当即付了三个月的房租押了一个月的房租。房东离开后，屋子里只剩下我和米彩。

我们两人并肩站在26楼的小阳台上，我点上一支烟，看着整座城市的夜景，许久才对米彩说道：“这里因为高而很安静，你的那间屋子因为旧而很安静，都很静！”

“你终于承认那间屋子的所有权是我的了吗？”米彩微笑着问道。

“都尘埃落定了，我干吗不承认。”

米彩了了一桩心事般地点了点头，向我问道：“你今晚要搬过来吗？”

“明晚吧……”我停顿了一下，接着说，“今晚让我去你那儿住最后一个晚上吧，我和我的拖把、座钟、沙发、柜子朋友们告个别，怕它们太想我！”

我已经做好了被米彩拒绝的准备，没想到她却点头同意了。或许她真的相信那些没有意识的拖把、座钟……真的都是我的朋友，事实上我也没有欺骗她，更不是矫情。有时候我情愿和这些看上去没有意识的物件交朋友，也不愿意和带着主观意识的人相处过深，因为一不小心便会遇到披着人皮的禽兽，有的索性连人皮都懒得披，生怕别人不知道自己是禽兽，比如曾经因为档期问题扇乐瑶耳光的那个女演员，比如米彩的叔叔米仲德。

和米彩回到老屋子时间已经很晚，米彩在我之前去了卫生间洗漱，而我坐在沙发上，看似安静，情绪却暗涌。

片刻之后米彩从卫生间内走了出来，她往脸上抹着爽肤水，半开玩笑半认真地对我说道："昭阳，你不是要和你的朋友们告别吗？怎么从进屋到现在都没见你动过？"

我捂住胸口对米彩说道："我和我的朋友们是用心沟通的，我们已经依依惜别过了，就刚刚。"

米彩点头做了个惊讶的表情说道："那你们双方的默契很高哦！"

"那是肯定的，在我和我的朋友们面前，尔等都是凡夫俗子。"

米彩撇了撇嘴，随即笑了笑，没再多言转身向自己的屋子走去，然后关上门。我忽然觉得我们被这扇门隔离在两个世界中，我的世界一片凌乱，她的世界是暴风雨前的安静。

洗漱之后，我回到住了两年却行将离开的房间。我有些失神地看着天花板，却没有放空大脑，人生中第一次绞尽脑汁地思考所谓人性，却觉得人性缥缈。比如自己，在面临选择时，却偏离了自己一直以来的坚守，我当然可以说这种偏离是因为朋友，因为有知遇之恩的上司，因为自己的工作前途。可是这许多个因为真的可以超越人性的价值吗，让我心安理得地去扭曲人性？

夜更深了，窗外皎洁的月光透过窗帘的缝隙，在被子上荡来荡去，我的意识渐渐模糊，片刻之后我丢掉了人性的包袱进入到了睡眠中。

次日我早早起床，和以前一样，先用电饭锅熬上粥，又去楼下买了些油条、蒸饺，还有一些糕点，回去后又煎了两个荷包蛋。我打算和米彩一起吃早饭，但这并不是献殷勤或者对她昨晚帮我找房子的感谢，这更像是一种愧疚，愧疚自己的知而不言。

准备好早餐，米彩已经起床，片刻之后洗漱完毕，我准备好早餐对她说道："一起吃早饭吧，我熬了稀饭。"

米彩很客气地对我说了句"谢谢"，然后与我相对而坐，两人就这么吃起了早餐，可气氛始终有点压抑、沉默。

米彩似乎很享受这种沉默，我却在压抑中煎熬。她很快吃完了，又很客气地对我说："昭阳，你慢慢吃，我先去上班了，对了，饭碗什么的你要是来不及收拾，就先放着，我晚上回来洗。"

米彩已经拎着手提包走到鞋架边换起了鞋子，我看着她的背影喊道：“等等。”

米彩换鞋的动作并没有停止，有些不解地问道：“怎么了？”

我沉默了一会儿才说道：“你捎我一程吧，我和你一起去上班。”

“顺路吗？”

“你不是在卓美购物中心上班吗，我们公司就在你们对面。”

米彩点头，道：“哦……你们是什么公司啊？”

我愣了愣才答道：“我们就一小公司，像我就是拿着薪水混日子的，不值一提。”

“好吧，那你快点。”米彩说着已经换好了鞋，站在门外等我。

我几口扒掉了碗里的稀饭，换好鞋，拎着公文包，随米彩一起下了楼。

上班时间的交通状况并不好，一路上走走停停，在快要靠近公司时，车子再次被堵在一条双行道上，无事可做中我和米彩却都保持着沉默。

我从米彩车子的储物盒里拿出一张碟放进了音乐播放器里，打算听一首音乐消磨让人烦躁的时间。

那首《爱的箴言》被罗大佑用充满沧桑和故事的嗓音所演绎，这首表达大爱的歌飘散在小小的车子里。

车子被秋天的雾淡淡地包裹着，车窗外一辆辆正在等待通行的车纷纷亮着示廓灯，像一只只在栖息的萤火虫，安静了这个世界。我在这片被自己幻想出来的安静中有些入神地听着这首《爱的箴言》。

身边的米彩也是如此，她看上去比我还安静，可是眼角已经湿润，泪水慢慢从她的脸颊掉落，好似不愿意被我看到，她趴在了车子的方向盘上，于是除了有些凌乱的发丝，我一点也看不到她的面容。

她是怎么了？只不过在这个不经意的清晨听了一首罗大佑的歌而已，她却哭了！

第55章

人性的挣扎（2）

堵在前面的车子缓缓动了起来，米彩浑然不觉，她的肩膀微微颤抖，而后面的车子已经鸣笛催促。

我终于轻轻拍了拍米彩的肩膀问道："你怎么了？"

米彩抬起头用手抹掉了自己的眼泪，却没有看我，说了句"没事"便启动车子向前方驶去，而那首《爱的箴言》也终于结束，车内渐渐归于平静。

我不打算让米彩知道我在宝丽工作，于是让她将我在一个站台放了下来，临别时我向她问道："喂，今天晚上能去帮我搬家么，用你的车方便。"

"如果今天不加班的话，可以。"米彩并没有拒绝。

我笑了笑，道："那行，下班后电话联系。"

米彩点了点头，关上车窗启动了车子，瞬间便顺着茫茫的车流消失在我的视线中，我却在原地站了很久，想起她刚刚因为一首歌趴在方向盘上哭泣的样子，心中又一阵茫然后的失措。

我并不想探究那首《爱的箴言》让她想起了什么，可是终归是同情她的，这种同情又一次加深了我的负罪感。

来到公司，没来得及喘上一口气，方圆便召集我们企划文案组的成员来了一场"头脑风暴"。

会议过程中，众人由各抒己见演变成唇枪舌剑，掀起一阵阵头脑的风暴，我却始终歪着身子心不在焉地坐在角落里一言不发，这种沉默一直持续到会议结束。

头脑风暴结束后，众人纷纷拿着文件夹散去，我依旧坐在原地，心思却完全不知道飘到哪儿去了。

方圆抽出一支烟在我鼻子下面晃了晃，嗅到烟草味道的我这才回过了神，问道："风暴结束了？"

"我就想知道这场风暴把你刮哪儿去了？"方圆的语气有些不悦，在工作上他向来是一丝不苟的。

我没有言语，从方圆手指间将烟抽了出来，然后点上，深深吸了一口，却被方圆抽回，掐灭掉扔在了垃圾篓里。

我皱眉说道："你和我较什么劲儿啊，我躁着呢！"

方圆愣了一愣，随即意识到我因为什么而烦躁，他拖来一张椅子在我身边坐下，还没开口，表情已经很到位地演绎了接下来要发生的良药苦口般的劝告。

"你小子是不是还因为卓美和米彩的事情纠结着呢？"

"烦的就是这个事儿……从昨天到现在就感觉自己是一个作奸犯科后不坦白的罪犯，这种感觉你明白吗？如鲠在喉！"我一个字说得比一个字重，宣泄着心中的压抑。

方圆叹息着放轻了语气，对我说道："昭阳，其实事情的利害我昨天已经和你说得很清楚了，你心里再怎么有负罪感，但那也始终是卓美内部的事情，我们必须置身事外。"

我再次沉默，这件事情我和方圆多说无益。他根本不能站在我的立场去看待这件事情，但是他也没有错。尽管我和方圆是将近十年的朋友，可是我们并不是一类人，所以我们的生活也迥异。这个时候，我倒是弄明白了为什么我和方圆毕业于同一所大学，毕业后却以不一样的轨迹生活着。

许久我对方圆说道："我再坐会儿，这事儿我自己会想明白的。"

方圆点了点头，又叮嘱道："这次的促销方案我还不知道你的想法呢，待会儿咱们单独聊聊。"

"行吧。"我应了一声。

方圆从烟盒里又抽出一根烟递给我说道："去吸烟室抽，在公司注意点影响。"

我从方圆手中接过烟有点麻木地看着他……

方圆拍了拍我的肩膀，随即转身离去，我的手指飞速地转动着香烟，却更加麻木了。

中午时分，我和方圆在公司的餐厅吃午饭，两人选了个相对安静的角落坐了下来，并未直接聊起正在筹备的促销方案。

方圆对我说道："今天晚上颜妍有空，让她做几个菜，到我家，咱们喝几杯。"

"今天算了，晚上我要搬家。"

"搬家的事情还没搞定吗？"方圆有些诧异地问道。

"没呢，这不刚找到合适的房子嘛，前段时间也忙！"

方圆点头，短暂沉默后说道："昭阳，不是我说你，你现在也是该成家立业的年纪了，能踏实下来就赶紧踏实下来吧。"

我很认真地问道："你说咱们也毕业这么多年了，同学、朋友们该稳定的都稳定了，不该稳定的也玩了命地想稳定下来，为什么就我活得像在幻觉里呢？"

方圆几乎没有思考便回答："是因为你这些年活得太自我，可你的自我偏偏带着强烈的理想主义。昭阳，你要知道，在海滩用沙子堆出来的城堡即便再精致，但一个浪打过来，你的城堡第一时间便会坍塌，你的痛苦和不稳定便是源于此！"

方圆的话让我很茫然，我知道他口中打来的浪便是沉重的现实，而我的痛苦来源于自己不愿意接受现实，所以我会幻想那座天空之城，以及那个在城池里等待的长发垂肩的女子。

方圆又对我说道："你真的不要再去想卓美高层争斗的事情了，人始终是活在现实中的，良心固然要有，可是这件事情已经超出了简单良心的范畴。如果你以良心或人性来衡量这件事情，最后告知米彩，那么现实会立即给你一记响亮的耳光。昭阳，学会尊重现实吧，千万不要以身犯险！"

"你怎么又扯到这个事情上来了？"我带着些许不满对方圆说道。

短暂沉默之后，方圆轻声叹息道："因为我了解你，所以我担心……"

我不言语，虽然我和方圆不是一类人，但是将近十年的兄弟，他的确比很多人更了解我，如果我不用人性和良心去衡量这件事，那我又怎么会如此煎熬呢？

方圆对沉默中的我继续说道："如果这次陈景明趁着卓美的内斗给我们宝丽百货收入两个一线品牌，这么大的功劳下，他几乎百分百会被提拔到公司副总的位置。你我作为他的心腹，也算真正在这个公司站稳了脚跟，尤其是你昭阳，这对你的人生而言都是一次升华，你的生活会因此而产生质变。"

我仰起头闭上眼睛，第一次感到自己坚守了几十年的信念有所动摇，或许我真的该尊重现实，我已经到了成家立业的年纪，现在好不容易看到生活的曙光，如果亲手熄灭，以后的生活又将挣扎在黑暗中暗无天日。

"聊聊你对这次促销方案的想法吧。"

方圆的话，将我从挣扎的泥潭中暂时拉了出来，我终于点了点头，准备和方圆谈谈自己对这次促销方案的想法。

第56章 爱情不奢侈

我将自己对这次促销方案的一些零碎想法在大脑里整理了一遍，随即对方圆说道："这次的促销方案，我们可以跳出常规思维。我的想法是，除了八个国际一线品牌，其他的普通品牌依旧按照以前的促销手段去做，就是打折和送赠品，这个我们没必要花太多的心思，时间上也不允许我们将精力过于分散。"

方圆点头说道："你的意思我明白，我也认可你的想法。这次的促销活动主要还是为了凸显我们顶级百货的形象，促销方案的重心应该围绕八个国际一线品牌开展，谈谈你打算怎么整合这八个一线品牌来做这次的促销方案。”

我想了想说道：“咱们宝丽百货这八个一线品牌包含了几乎所有生活用品的类别，有服装、包包、手表、珠宝……这种包含是我们的优势，也有利于我们进行搭配促销。”

“怎么个搭配法？”

“首先我们要给消费者在主观上创造足够的购买动机，当然促销是刺激购买动机的一个重要手段，但这不够，我们还要在心理层面进一步去刺激他们的购买欲望。”

“你继续说。”

“咱们首先对市场进行细分，能够购买奢侈品牌的一定是高端人士，但高端人士里面也有职业区别以及财富差异。”

方圆点头说道：“是的，购买奢侈品牌以女性为主力，这些女性要么是公司的顶级精英，要么是富家女，或者……”

“或者被包养的小三！”我代替了方圆说了出来，从事百货行业多年，我们对目标消费群体已经有了一套很具体的划分体系。说来讽刺，我们曾经研究过宝丽百货奢侈品牌的消费结构，公司高管约占20%，富二代消费约占30%，剩余的50%基本上是非正常购买，所以经常会在高档购物场所看到年轻貌美的女性携成功形象的男人走进奢侈品牌店。当然，这只是我们做的一个内部调查，不具有官方性和权威性，但也足够说明问题。

“怎么，你是打算以这个为切入口吗？”

“没错，你知道这类女人，她们在感情上长期缺乏安全感，她们需要一种寄托，哪怕这种寄托是虚假的，她们也会觉得安慰。”

“所以，你的促销主题是？”

“爱情不奢侈……活动期间，该给的折扣照给，同时只要以爱人身份在奢侈品牌店购买产品的，我们将赠送我们百货的纪念版会员卡。第二年活动时，如果这对情侣还在一起来我们百货购买奢侈品，那么我们将往他们的纪念版会员卡里返还现金，第二年返还购物的10%，第三年递增到15%，第四年递增到20%。这么做，一来可以增强消费的延续性，二来让这些消费者得到心里和物质的双重补偿。其实那些女人，倒不会真的在意所谓的现金返还，她们在意的是一种心理安慰，她们也希望有爱情，希望爱情能够长久。”

方圆在沉默中思索这个想法的可执行性，许久对我说道：“这个促销思路我基本认可，但是能不能操作，我们还需要再开会做一次集体探讨。”

我点了点头说道：“行吧，听你安排。”

方圆开玩笑地说：“昭阳，看来你对女人的心思不是一般的了解嘛。如果你对那类女人的判断没有错的话，这次迎战卓美的促销战略一定会大获成功的。”

我没有言语，但对于那类女人的了解，是这些年泡夜店生涯所赐予我的。至于能不能以她们的心理特征作为商业行为的依据，我暂且不知，如果有幸被公司采用，那么市场会最终验证的。

忙碌了一天，终于迎来了下班，同事陆陆续续地离开了，四周也渐渐安静下来，我仰躺在办公椅上闭目养神，心却始终安静不下来。

又是一阵手机的铃声将我拉回到现实中，重重地抹了一把脸从桌上拿起手机。看了看号码，意外地发现是板爹打来的，我有些诧异，离家的这些年，都是我主动给他电话，他几乎不太和我联络。有时候我都怀疑他是不是忘了有我这个漂泊在外的儿子，实际上我知道他没忘记，所以他每次出差路过苏州都会来看我，只是不太善于情感的表达而已。

我习惯性地先点上一支烟才接通电话，喊了一声：“板爹。”

“嗯，你吃饭了吗？”

“还没下班呢，最近公司忙。”

“哦。”

“你给我打电话有事儿吗？”

“我最近没时间去苏州，上次和你说的米和面粉给你用快递寄过去了，你这几天注意收一下。”

“哦。”我有气无力地应了一声。

板爹稍稍沉默，然后问道：“昭阳，你和那个姑娘怎么样了？”

我知道板爹说的是米彩，但仍装作不解地问道：“哪个姑娘啊？”

“就是和你住在一起的姑娘，对了，你妈这次织了两条围巾，也给她织了一条，你回头给她；还有，你脾气大，别冲她乱发脾气，让着她一点，住在一起不要吵架。”

板爹一边说，我一边在心里数着他这句话一共说了多少个字，结果大吃一惊，竟然足足61个字。好似从我会数数以来，他就从来没有一句话说这么多字的，我忽然觉得这个世界真善变，连板爹都变了，变得多话了！

“你和我妈连人家名字都不知道，就这么热情，还给人织围巾，你自己说合适吗？”我有些哭笑不得。

板爹接着说了句让我吐血的话：“是你和她过日子，我们要知道她的名字做什么？”

半晌我无奈地对板爹说道：“您说得对，您吩咐的我都照办。”

“好好对人家，那是一个好姑娘。”

我再次无奈地说道：“我亲爹，你只见了人家两次，是不是好姑娘，你就看出来了！到底是她单纯，还是您老谋深算啊？”

板爹却不理会我的调侃，又重复了一句“好好对人家”便挂掉了电话。

听着“嘟嘟”的挂断音，我心中也不知道是什么滋味，不禁问自己：我该怎么好好去对她？现在的我就像一个旁观者，无力地看着她的叔叔米仲德举起残忍的刀向她落去。

将手机放回到桌面上，我重重地靠在了椅背上，又用手拍着脸，闭上眼睛，想起她长发垂肩却又那么孤独的样子，我连接着心脏的那根血管似乎都被撕断，一瞬间又铺天盖地般涌起了沉痛的窒息感。

手机的铃声再次响起，这次是米彩打来的，我这才想起，早上她答应过我：有空会帮我搬家，这会儿她应该是下班了，所以才会主动联系我，她的确是个言出必行的女人。

第57章

我要做自己

我犹豫了很久才接通了米彩的电话，压低声音道："你下班了吗？"

"嗯，你还没下班吗？"

"我也准备下班了。"

"哦，你公司在哪儿？我去接你，今天帮你把家搬了，我也就了了一桩心事。"

我笑了笑，道："你之所以这么热情地帮我搬家是怕我继续和你胡搅蛮缠下去吧？"

"胡搅蛮缠这个词用得不错！……刚刚问你公司在哪里你还没回答我呢。"

我愣了愣才答道："我去卓美找你吧，你们卓美楼下的那个米线不错，今天我请你，算是答谢你为了我搬家的事情辛苦了这么久。"

"好吧，那你过来吧，我在米线店的门口等你。"

两人相继挂掉了电话，我也暂时收拾了心情，提着背包离开了公司。

来到卓美购物中心的北门，米彩已经站在米线店门口等待着我。今天的她不施粉黛，可依旧如此美丽动人。此时正是购物的高峰期，一波波走过的人，几乎都会下意识地将目光投向她，被她的美丽所吸引，毕竟这年头完全不化妆的天然美女真的太稀少了。

不过我却是一个不太会欣赏她美丽的男人，从见面的第一天起我便觉得她的美丽和我没有半毛钱的关系。我一直在意的是她会不会让我留在那个屋子里，不过最后我终究还是搬出来了。

如果说得牵强一点，我从那间屋子里搬出来也是一种对现实的妥协。尽管我住进那间屋子两年多，而米彩一个月都不到，可是因为房产证上是她的名字，最后搬出去的人依旧是我，完全和时间长短、感情深浅没有关系，就是现实压迫下的妥协。

也许我真的是个很理想主义的人，所以才会以住进房子的时间长短为标准，将房客的身份强加给米彩，而自己也不觉得这么做有什么不妥，是理所应当的。可现在看来房客恰恰是我，甚至我连房客都算不上，至少米彩这个有房产证的人，从来没有同意我去租那间房子。

我来到米彩面前，两人都沉默地看着彼此，似乎少了针锋相对的我们便没有沟通的话题似的。

我终于向她问道："等多久了？"

"不久，走吧，里面都快没位置了。"米彩说着向身后看了看。

我点头，在米彩之前向米线店走去，第一次很绅士地帮她打开了玻璃门，米彩有些惊讶地看着我，但还是很礼貌地说了声"谢谢"这才走进了店内。

米彩找了个空位置落座，我则去点餐，排了好一会儿队，要了两碗米线和一些其他小吃，然后拿着小票和等餐牌在米彩的对面坐了下来。

我们已经连着两天在这家米线店吃米线了，我很无聊地问端坐在对面的米彩："你喜欢吃米线的原因，是不是因为你叫米彩？"

米彩看了我一眼却没有回答，只是端起面前的茶杯喝了一口水，显然不愿意回答我这个无聊的问题。

我笑了笑并不在意，反正我也习惯了她对我爱理不理的态度。

一会儿后，点好的东西被服务员送了过来，米彩只要了一份米线，其他小吃全部推给了我。

我又将鸡腿和豆干推到她面前说道："待会儿你得帮我搬家呢，体力活儿，你得多吃点。"

"我只负责开车，再说你东西很多么？上次你搬走的时候，我见你一个人连拖带拽的，一次就搬走了。"

我又想起当时因为没钱还给米彩落荒而逃的情景，讪讪地笑了笑，道：

"我就是找个借口让你多吃一点，然后借你的嘴毁灭你的漂亮，看看你变成胖子后的样子！"

"你还真是用心险恶啊！不过很遗憾地告诉你，我吃不胖！"

看着米彩说自己吃不胖时略带得意的样子，我发自内心地笑了笑。虽然她很多时候是淡漠的，但仍有童真的一面。她不经意间在我面前表现出来的童真也恰恰说明她对我已经没有了什么戒备。或许我们之间所有的矛盾和不快真的只是因为那间屋子。

吃完饭，我和米彩去了罗本那里。我的东西确实不算多，本来让她在楼下等我，她却和我一起上去了，力所能及地帮我拎了几只比较轻便的袋子。实际上她也和大部分女人一样有口是心非的毛病，刚刚在米线店她可是对我说过：只负责开车，不负责搬家。

但这样的口是心非更加证明她是一个善良的女人，所以板爹只和她见了两面便迅速地判断她是一个好姑娘。

来到新住的房子里，我简单地打扫了一下房间，米彩则在同一时间帮我铺好了床铺。这让我很过意不去，又想起之前粗鲁地将她的被子和毛毯统统扔到了楼下，当时虽然是为了发泄，但是两人的行为稍作对比，我顿时相形见绌。

收拾好一切，我不顾劳累去楼下的饮品店买了两杯热的果汁，将其中一杯给了米彩，又搬了张椅子让她坐下歇歇，弄得她很怀疑我是不是又准备对她使用糖衣炮弹，然后反悔，再次厚着脸皮要求搬回那间屋子里去。实际上她误会了，我只是自责曾经对她的粗暴和现在对她的隐瞒。

喝完果汁，米彩如释重负地对我说道："你的事情也办完了，我该走了。"

"哦，你路上慢点。"

"嗯。"米彩应了一声，已经拿起了自己的手提包。

"以后你住在那边，有什么自己搞不定的，随时给我打电话。"

米彩点了点头，转身向屋外走去，我又对她说道："你要想吃家常饭了就来我这边，我给你做，反正这儿离你公司也近。"

"知道了。"米彩并没有回头，但语气却不那么淡漠，我明白她的知道了，并不是为了应付我，也许某天晚上她真的会来我这里吃上一顿我亲手做的晚餐，有粥，有饭，还有几个简单的家常小菜。

米彩已经越走越远，看着她的背影，我再次百感交集。或许米仲德很快便要实施他的权力阴谋，如果我还隐瞒着，即便后面告诉了米彩，留给她应对的时间也不多了。

米彩已经进了电梯，消失在我的视线中，板爹让我好好对她的话却忽然闪现在我的脑海中，让我又是一阵痛苦的煎熬。在这种不间断的煎熬中，我终于有一种受够了的感觉，我咬牙对自己说：我要做自己，做那个别人眼中的人渣，却有底线、有坚守的自己。

第58章 我写的两封信

这是我住在这个单身公寓的第一个夜晚，但我做了人生中一个最重大的决定，我写了两封信：一封是准备明天给米彩的，一封是做完这次促销方案后给陈景明的辞职信。

我知道，当我选择将米仲德的权力阴谋告诉米彩时，也意味着失信于方圆，更愧对陈景明的知遇之恩，我没有脸继续待在宝丽百货，辞职是我唯一能够选择的路。

拿起笔，做了个深呼吸。我几乎没有思考，用最快的速度写好了两封信，然后将笔折断扔进了垃圾篓里，笔是无辜的，可是我的情绪需要发泄。我亲手毁掉了自己的前途，甚至还有方圆和陈景明的前途。

想起乐瑶为了我的工作前途所做出的牺牲，我心中又是一阵窒息。虽然这个决定坚守住了自己内心深处的那点儿信念，可是却辜负了真正关心自己的朋友们。

我将两封信折叠好放进自己的衣服口袋里，尽管我不后悔自己的选择，但却知道接下来将要度过的这个夜是无眠的。我想喝酒，越多越好，然后醉倒在床上，蒙头大睡，再不管这些现实的繁重。

我打的去了CC的那间餐厅，此时此刻真的很想喝酒，如果CC有空，我还想和CC聊聊，不一定要聊自己对人性的选择，随便聊聊就可以。

此时已经很晚，临近打烊，用餐的顾客已经非常少，而CC正坐在一个角落里喝着啤酒，依旧活得不像个女人，虽然有一副美女的皮囊。

我在她的对面坐下，CC这才意识到我的到来，向服务员打了个响指，服务员随即给我拿来一大杯扎啤。

CC看着我笑，言语调戏地问道："怎么了，昭阳？又被生活给揍了么？"

"差不多吧，你还真够了解我的啊！"

我把啤酒当成了水往自己嘴里灌，直到被酒液刺激得脑袋一阵阵痛才停止。

CC就这么看着我，偶尔自己也端起啤酒喝上几口，直到我停下来才问我："说吧，生活又怎么让你不痛快了？"

我沉默了许久，才说道："你说我们都是偏理想主义的人吧，明明带着理想，带着心中的坚守去生活是一件很美好的事情，为什么现实偏偏要给予我们这么多掣肘呢？"

CC想了想对我说道："其实这么多年我也想明白了一件事情，以理想主义的方式活着也没什么不对，但是前提你要有物质做支撑。比如我这座音乐餐厅，它现在能养活我，我不用为物质担心过多，所以我可以继续这么理想化地生活着。如果当时没有那不知姓名的顾客在生死关头给餐厅支援的10万块钱，让餐厅得以继续经营下去，我又到哪里谈理想呢？"

我再次沉默许久，才说道："CC，你说的没错！理想化的生活需要物质做基础。"

以这次我遭遇的事件为例，如果我有足够的经济基础做保障，不必为工作前途操心，方圆和陈景明也已经在宝丽身居高位，那么我完全可以没有任何后顾之忧地告知米彩这一切，来成全心中的良知和信念。

即便明白了以理想主义的方式生活需要物质做支撑，可我仍不打算改变自己的决定。我还是会将米仲德的权力阴谋告知米彩，也许在内心深处，哪怕因为这件事情让我丢掉了好不容易争取来的工作前途，仍觉得是值得的。

喝掉了一大杯扎啤，我又要了一大杯，而CC只是抽烟陪着我。我们之间没有再交流，这种不交流源于我们以理想主义的视角将这个现实世界看得太透，看透了也就累了，不愿意再说些什么了。

两大杯扎啤下肚，我有些眩晕了起来，一直紧绷的情绪也渐渐松懈下来，以至于看对面CC的脸都模糊了起来。我又要了一杯高烈度的白酒一饮而尽，这种带着酒醉目的的豪饮，让我的眩晕感越来越强烈，最后就这么在CC面前趴在了桌子上……精神世界是清静了，可明天的现实世界恐怕又是一片狼藉。

次日，在酒醉后的头痛中清醒，窗外秋雨蒙蒙，天空是阴晦的，往室内看了看，发现自己正睡在CC的闺房里，才记起昨天很刻意地把自己喝高了。

掀开被子，穿上鞋离开了床铺，走出卧室，发现CC睡在客厅的沙发上还没有醒。我看了看时间，已经七点半，也没有打扰CC便轻轻带上门离去了。

下了楼，走到小区外拦了辆出租车，目的地却不是自己的公司，而是卓美，既然已经在昨晚做出选择，那么我便会遵循自己的选择去做。

20分钟后，我来到卓美地下停车场的入口等待米彩，以我对她的了解，这个时候她应该还没有到公司。

又守了20分钟左右，我终于看到了米彩的那辆红色的Q7，趁她将车子开进地下停车场的空隙，我拦了一个过路的学生模样的男生。

我对一脸不解的男生说道："小哥们儿能不能帮我个忙？"

男生顿时很警惕地看着我问道："什么忙？"

我将信件从口袋里抽了出来，递给他说道："帮我转交一封信件给一个姑娘。"

男生恍然大悟，道："这是情书吧？可是现在信息这么发达，干吗要写情书啊，随便发短信什么的都可以的呀。”

“你‘90后’的吧？”

“对啊。”

“我‘80后’的，懂什么叫代沟吗，我们那年代的就兴写情书，这叫格调，你快点帮我送给她，回头她得上电梯了。”

“可是我上学要迟到了呀！”

“就一小会儿，不耽误你上学的。

男生依旧面露难色。

我当即改变战略问道：“你喜欢看美女吗？”

男生一听有美女看，立刻兴致很高地问道：“她是美女吗？”

“她要不是美女，我能看得上她吗，放心吧，绝对的美女，你下电梯，到地下停车场等她……记住，穿紫灰色外套，长发垂肩、最漂亮的那个女人就是她，千万别认错了。”

“那行吧，我看看是不是你说的那么漂亮。”男生说着终于从我手中接过了信件。

我又叮嘱他：“你把信交给她就行了，其他什么都别说，尤其别在她面前形容我的相貌，知道吗？”

男生心照不宣地点头，道：“我懂，你是想给她惊喜嘛，先祝你表白成功咯！”

我赞许地点头，道：“不错，咱们还不算有代沟。”

男生“嘿嘿”一笑，随即向卖场内的电梯口跑去……而我点上一支烟，静静地看着他离去，心中好似终于放下了一只沉重的包袱，至于明天，明天再说……

第59章 将信件交给米彩

片刻之后男生便回来了，言语中难掩兴奋对我说道：“你没骗我耶，真的是个超级大美女！”

我笑了笑，道：“那你说说她长什么模样，我看看你有没有认错人。”

“就你说的长发垂肩，紫灰色的衣服嘛，然后特别漂亮，就是不太爱答理人，不过我还是把信塞给她啦！”

我点头，开着玩笑问道：“那你觉得我能追到她吗？”

男生煞有其事地打量着我，道：“我觉得悬！”

“是吧……赶紧去上学吧，别迟到了！”我笑着拍了拍男生的肩膀说道。

男生留下一句“祝你好运”之后，便匆匆向远处的站台跑去。

秋雨蒙蒙中，我将已经快从肩上落下的单肩包扶了扶，抬起头看着卓美购物中心巨大的广告牌，心中默默祝愿米彩能够有惊无险地渡过这次危机，而我能为她做的也仅仅是这些了。

回到宝丽百货，我很平静，平静地工作，平静地参加方圆召开的交流会议，平静地和同事们沟通。我的平静源于我已经看到了自己的结果，所以我对一切有足够的心理准备。等这次的促销方案结束之后，我便会从宝丽辞职。也许会继续留在苏州找工作，也许会回到自己出生的那座城市，让板爹给我在他们单位安排一份工作，从此安安分分地过上一辈子。

专注的工作中，时间飞快，很快便到了下班时间。我去休息室泡了一杯咖啡，短暂的休息后继续投入到工作中。今天，方圆已经向陈景明通报了我昨天所提出的“爱情不奢侈”这个促销主题，陈景明那边很有效率地通过了，当即便启动了流程，而这个主题因为是我提出的，所以这份促销方案的主要撰写人便是我。作为对陈景明这些年照顾有加的回报，我必须尽一百二十分的力做好这次方案。

离开公司时，已经是夜晚10点，我饥肠辘辘，在公司楼下的肯德基店买了一些汉堡，一边走，一边吃。累了一天我需要这样近乎散步的方式来放松自己。

可是我并没有因此而放松，街头的车水马龙衬托出的仍是我的孤独和无助。

我也很想在这座城市有一个家，有一个可以在以后成为妻子的女朋友。只是挣扎了这些年，我才发现自己竟然对这些小的憧憬是那么无能为力；也才明白，自己在这偌大的城市是那么微小，微小到一阵微风便能将我吹得飘摇，然后留下不甘和黯然，随着风飘离这座城市。

回到昨天才租下的单身公寓，只觉得人生很无常。我以为自己会在这里住上很久，可是当今天早上将那封信件交给米彩后，就已经决定我不会在这里住上太久。虽然潜意识里还想挣扎着在这座城市生存下去，可是找一份新的工作也并不是那么容易的，一切还得看辞职以后的运气。如果能以最快的速度找到新工作，那便继续挣扎；如果很久都找不到，无奈之下我只能选择离开。

洗漱后，躺在床上，思维很乱，也不敢去规划自己以后的人生，于是前些天那些昂扬的生活动力，又退化成了得过且过的颓废。

听着窗外的雨落声，我又开始想简薇了，想那些曾经和她一起憧憬过的未来。可是现在想起又是那么苍白和乏力，而承受这份苍白和乏力的也仅仅是我自己，至少没有了我，简薇也一样会生活得很好，她不用为物质发愁，她可以用物质去填补情感的空虚。实际上，她的情感也不会空虚，现在的她已经有了向晨，连情感也找到了寄托。这很好！真的很好，我会一直想着自己的痛苦，然后将祝福默默地送给她。

从装吉他的盒子里拿出吉他，拨动吉他弦，唱起了陈奕迅的那首《背包》，我就这么跟着吉他弹出的旋律唱着，唱着……自己也就哭了，哭得莫名其妙，因为没房子、没有工作、没有女人对曾经的我来说只是区区小事，可我现在就是为了这些区区小事滴下了廉价的泪水，难道这还不够莫名其妙吗？

窗外的雨声好似又大了些，这场雨过了，天恐怕又会冷上一些，而冬天就要来了，然后用冰冻覆盖着这个世界。

时间不紧不慢地向前推进了三天。这三天中大事小事都有，小事是我收到了板爹寄过来的两条针织围巾，还有米和面粉，大事是我在没日没夜的加班中高效率地完成了这次以“爱情不奢侈”为主题的促销方案。我将做好的方案交给了方圆，方圆又交给了陈景明，随着方案的逐层递交，我向陈景明递交辞职信的日子便也进入倒计时，我将离开宝丽百货了。

这个下班后的傍晚，我想给米彩打个电话，准备将那条针织的围巾送给她。我觉得她会喜欢的，因为上次板爹送来的两件针织毛衣，我送了其中的一件给她，并见到她穿过好几次，所以这条针织围巾她应该也会喜欢的。

且不论我们之间的关系如何，但这条针织围巾毕竟是老妈和板爹的心意，该送就送。

有了充分的理由之后，我当即拨通了米彩的电话，只是许久都没有人接听，当我放弃拨打时，她却将电话回了过来。

我赶忙接通电话，她有些抱歉地对我说道：“不好意思，刚刚在开会，你有事情吗？”

我并没有立即回答，而是试探着问道：“怎么，你们公司最近很忙吗？”

“嗯，最近公司出了点事情，正在研究处理。”

“哦。”我应了一声，却知道米彩真的收到我的那封信了，现在的她也许正在应对米仲德所针对她的权力阴谋。

米彩又催促我：“说吧，你给我电话，有什么事情？”

“我妈给你织了条围巾，我爸给快递过来了，你有空的话就拿一下，或者我送给你。”想了想又补充，“你要不想要也没关系。”

米彩并没有拒绝，她说道：“那你等一会儿吧，我还有点事情要处理，你来我们卓美，找个地方先喝点东西，我处理完事情去找你。”

我很“斤斤计较”地说道：“那喝东西得你请我啊！我可是过去给你送东西的。”

“好。”米彩应了一声，便挂掉了电话，似乎此刻的她很是忙碌。

结束通话之后，我将围巾用袋子装好，随即离开公司，向对面的卓美购物中心走去……

第60章 人生的分岔口

来到卓美购物中心，我进了一间叫“海景咖啡”的咖啡厅，却并没有点东西，因为这是一间先付费的以海为主题的咖啡店，里面的饮品特贵，所以我当然得先等米彩过来了。

选了个空位置，将咖啡店的名字用短信发给了米彩后，又找了本时尚杂志打发时间。落地窗外的天色渐暗，纷纷亮起的各种灯光又迷离了这座被秋雨笼罩的城市。于是我放下了杂志，有些失神地听着雨点打在窗户上的声音……

米彩不知道什么时候走进了店内，在我的对面坐下，看着空空如也的桌面问道：“你怎么不点东西喝？”

“先付费的啊，忒贵，一壶乌龙茶都要200多元，这店的老板可真黑！”

米彩并没有理会我的抱怨，招呼来了服务员，帮我要了一壶乌龙茶，自己则点了一杯卡布奇诺。

我细品着这壶200多元的茶，却也没品出什么特别的滋味，于是更加肯定老板是奸商，却不觉得是自己的消费档次低。

我喝了一杯茶，才看着用勺子搅拌咖啡的米彩问道：“你看上去精神不太好啊，最近很累吗？”

“有点累！”米彩说着下意识地揉了揉自己的太阳穴。

我挑着眉毛笑道：“你看你就是搬石头砸自己的脚吧，你说你那么费尽心机地把我赶出来图什么，要不然你累了，我还有能力照顾你的生活起居，保证把你伺候得舒舒服服。”

米彩皱着眉说道：“昭阳，不要和我开这样的玩笑。”

“你这人的思维就是有点儿飘，我说照顾你生活起居，又不一定要以你男朋友或者丈夫的身份，是吧？也可以是男保姆的嘛，我又不介意做你的男保姆！”

米彩被我气得无语，半晌说了句“无聊”便不再理会我，依旧搅动着自己杯中的咖啡，但却是一副在思考的表情。

一会儿我便喝掉了一壶乌龙茶，感觉饿了，又喊来了服务员，要了一份意面沙拉，还很殷勤地帮米彩点了一份提拉米苏，当然付钱的还是米彩。

我可不介意，她比我有钱多了，花她的钱是为了缩小贫富差距，调和社会主要矛盾，构建和谐社会而已。

我很快便吃掉了一盘意面沙拉，然后从背包里拿出了用袋子装好的围巾递给米彩。

米彩接过围巾，目光无意瞥到我锐克达斯的背包上，脸上忍不住有了笑意。

我不满地说道：“有什么好笑的，这是我的娱乐精神而已，锐克达斯还有女款的背包，你敢用吗？”

米彩摇了摇头示意不敢，从袋子里拿出了围巾打量着，似乎很喜欢，对我说道：“挺漂亮的！”

“那是，我妈这辈子最拿手的就是织东西了！”

米彩点头，随即将围巾放进自己的手提包里，但也没有急着离开，表情比刚刚放松了一些，托着下巴看着落地窗外被雨淋湿，却又被霓虹照亮的世界。

我也不太愿意离开，也这么随着米彩向窗外看着，直把一盏盏霓虹看成一片片盛世的繁华，然后将自己映衬得那么萧条。

大约晚上九点，我和米彩在咖啡店告别，她开着车在城市的光影中向那座旧屋子驶去，而我徒步在纷纷秋雨中避开落叶向那间新租的公寓走着。

过了一夜，天空不再阴晦，这是一个有阳光的早晨，尽管昨夜我听着雨声失眠了一夜，但还是在清晨时分便起了床。

雨夜过后的早晨，阳光似乎带着一丝清冷的味道，风叫嚣着吹起了地上的落叶，我在楼下的早餐店买了一包豆浆和几只蒸饺，边走边吃。

将吃完的袋子扔进垃圾箱里，抬起头才发现身边竟然有那么多匆匆走过的行人，而我好像变得静止，然后与这座城市没有任何关联。

忍受着风的寒冷，我独自站了很久，最后从口袋里拿出那封即将要给陈景明的信件，一种走在人生分岔口的无奈再次在我的心里弥漫开来。

这次的促销方案我已经在昨天做完，不论最后的执行结果如何，但这份方案我已经尽了力。

来到公司时，已经快九点。照例打了卡之后，我来到工作了将近三年之久的办公室，坐在自己的办公位上，我大脑里空无一物，只等陈景明来公司，然后找一个合适的时间将辞呈递给他。

一小会儿之后，方圆也来到了公司，他放下了公文包，容光焕发，似乎心情很不错，可他的模样却让我充满了负罪感，但也无可奈何，该做或不该做，我都做了，对于方圆和陈景明，我只能说抱歉了。

方圆招呼我一起去休息间泡咖啡，我点头拿起杯子随他向休息间走去。

两人各自泡上一杯咖啡，找了个角落聊了起来。

方圆将咖啡杯放在窗台上，拍着我的肩膀，兴奋却低声地说道：“昭阳，可靠消息。这次的促销活动结束之后，我们就会接到任命通知书，我将担任企划部副经理，你顶替我的位置担任企划文案组的组长！”停了停，又唏嘘地说道：“咱们兄弟在这座城市挣扎了两年，终于有了一席之地……生活一定会越过越好的，是吧，昭阳？”

我心中涌起难过的滋味，许久苦涩地笑道：“或许吧。”

“你小子怎么这么淡定？就一点都不兴奋吗？”

“我这是淡泊名利，然后反衬出你小子有多市侩！”我和方圆开了个苦涩的玩笑。实际上我也不淡泊名利，如果真的可以成为企划文案组的组长，我一定兴奋，可是现在已经准备将辞呈交给陈景明，还谈什么兴奋。

说话间，陈景明的女助理找到了我和方圆，说陈景明让我们去经理办公室。

方圆表示马上就去，而我心中却有一种不好的预感，或许米彩已经利用这几天的时间瓦解了米仲德的阴谋，连锁反应下，陈景明的计划可能也已经落了空。

我和方圆当即去了陈景明的经理办公室，坐在办公椅上的陈景明很少见地给自己点上了一支烟，面色很是难看。

方圆很是不解，而我已经了然于心，知道接下来会发生些什么。

第61章 递交辞职信

陈景明抽烟的过程中一言不发，我和方圆就这么干站着，终于陈景明叹息着将烟掐灭在烟灰缸里对我们说道：“这次卓美内部的权力斗争出现变数了！”

方圆大惊，问道：“怎么了，经理？”

陈景明仰靠在办公椅上闭上眼睛，许久才睁开，咬着牙说道：“不知道卓美的CEO通过什么途径得知米仲德的阴谋。三天，短短三天时间，雷厉风行地调查了招商部李经理的财务状况，最后以财务问题将李经理从卓美给清理出去了……这丫头，不是一般的有手段，有魄力！……天不助我！”

我自然知道陈景明口中的丫头是米彩，更没有预料到，她仅用三天时间便瓦解了这场针对她的阴谋。

我沉默，方圆却疑惑地看着我，陈景明不知道我和米彩的关系，可能误以为是卓美内部的成员走漏了风声给米彩，而方圆是知道的。

方圆最终并没有当着陈景明的面质问我，只是情绪低落地问道：“那经理，我们现在应该怎么办？”

陈景明重重叹息说道：“我们宝丽还是错过了这次超越卓美的历史最好机会，接下来肯定是一场鏖战，按照之前的计划走吧，先做好这次的促销活动。”

方圆点头，又试探着问道：“经理，咱们公司高层对这件事情是什么态度？”

陈景明摇了摇头说道：“我现在还没有将这件事情通报给上面，最后是什么结果，你们等我的通知吧。你和昭阳的职位升迁的事情，我一定会尽力和上面去争取的……好好努力！”

“那经理你自己……”

陈景明没有回答方圆，只是向我们挥了挥手，示意我们先行离开，他的低落让我和方圆都明白，他已经因为此次事件丢掉了晋升公司最高层的机会。

离开了陈景明的办公室，方圆拉扯着我进了电梯，随后两人站在了公司顶楼的天台上。

我点上一支烟，等待方圆正在酝酿中的火山爆发。

“昭阳，我真的情愿是她们公司内部的人泄露出去的，而不是你！”方圆压制住情绪，并没有想象中火山爆发似的愤怒，他一向比别人冷静很多。

“不是卓美的人泄露的，是我告诉米彩的。”

“你这么干对得起陈景明吗，对得起我们努力了这些年才争取来的机会吗？”方圆冰冷的话语中带着压制住的愤怒。

我不语，只是重重地吸了口烟，我这么做确实除了对得起自己的良心和坚守，谁都对不起，包括自己。我毁掉了陈景明和方圆的同时也毁掉了自己的前途。

“你说话啊！”

怒不可遏的方圆终于一脚踹在了我的小腹上，窒息的疼痛中，我摔倒在地上，我有些痛，心也有些疼，可是却不知道该说些什么，做些什么。

“昭阳，你是不是收了米彩什么好处，是不是准备跳槽到卓美，另谋高就了？”方圆说话间面色越来越冰冷。

“我没有，我没收她什么好处……”

方圆却不愿意听我解释，骂道：“昭阳，你个混蛋……陈景明就不应该把你留在身边，你为了巴结一个女人，连道义都不要了！你知道陈景明等这次机会等了多久吗？……我看错人了！”

方圆说完，再也不看我一眼，向楼道口走去，连背影似乎都那么愤怒。

我一口将烟吸完，躺在了地上，看着蔚蓝的天空，让风从自己的身上刮过，疼痛中我苦涩地笑了。我和方圆将近10年的兄弟，可是他却觉得我是为了巴结米彩才这么做的，原来在他心中我只是这样一个人！

事实上我只是写了一封信给米彩，她并不知道写信的人是谁，我们之间也根本没有什么利益交换，而我更没有去巴结她，可是方圆连解释的机会都不愿意给我。或许我也用不着解释，如果他懂我，根本就不会误会我。

曾经我深信不疑我们是交心的朋友，可是为什么连他也不懂我，难道10年的时间都换不回一个理解和知心吗？

我有点想哭，却哭不出来，只是呼吸着冰冷的空气呜咽着。呜咽中，这座偌大的城市渐渐化成了一座伤城，我在这座伤城里丢失了爱情的纯粹，丢失了兄弟间的肝胆相照……我又一次有了要离去的冲动，然后将那些沉痛的、悲伤的，统统留在这里，孑然一身地离去。

离开了那座被冷风肆虐的天台，我当即带着辞职信去了陈景明的办公室。此时的我甚至已经不愿意在这里找下一份工作，完成工作交接后，我便离开，永远地离开这座伤城。

我打开陈景明办公室的门，低着头走了进去，正在看文件的陈景明有些不解地问我：“你怎么又来了？”

我将手中的辞职信摆放在了陈景明的办公桌上，语气歉疚地说道：“经理，我是来向您申请辞职的。”

陈景明吃惊地看着我，许久才将文件放在了一边向我问道：“怎么突然要辞职了，你刚刚也没有和我提啊？”

“经理，其实我想着辞职已经很久了，也深思熟虑过……在这个城市我买不起房，看不到希望，再加上我妈身体也不太好，我想回家陪在她身边，希望您理解吧。”我尽量用平静的语气对陈景明说道，虽然这并不是我辞职的真正理由，但也是发自内心的理由。

陈景明摇头对我说道：“昭阳，刚刚我对你和方圆已经说得很清楚了，你和他的职位升迁，我会尽力去和上面高层申请的，你们不会受这个事件影响的。”停了停又补充道：“你虽然平时看上去玩世不恭，但是，是有才华的，这次的促销方案上就能体现，虽然还不知道执行效果，但这份促销方案很具有创新精神……如果你愿意端正态度，在宝丽百货好好做下去，一定会有前途的。”

陈景明的话让我心中愧疚更深，我对不起他，我知道遇到他是我三生有幸，以后在职场的险恶中，我也不一定再有机会遇到这样的好上司，可是正因为这样，我更要离开。我的离去是对自己，对方圆，对陈景明最好的交代。

沉默许久，我再次坚决地对陈景明说道：“经理，请您理解我，成全我！”

陈景明看着我很久才问道：“真的想好了？”

我没有一丝犹豫地说道：“想好了，经理。”

陈景明点了点头，从笔筒里拿出笔在我的辞职信上签上了自己的名字。

第62章

离开前夕（1）

我拿着陈景明已经签字的辞职信去了人事部，又去了财务部，办妥一切手续之后，我回到了办公室。

我来到了方圆的身边，对他说道："我已经和陈景明申请辞职了，他同意了，你安排一个人和我交接吧。"

在我说完后，办公室顿时安静了下来，连敲击键盘的声音都不再响起，所有目光全部聚集在我身上，他们和陈景明一样，没有想到我会突然提出辞职。

方圆却一点也不意外地对我说道："你手上的工作我都清楚，不用交接了，我会安排人接替的。"

我点了点头，没有多言，随即走向自己的办公位，收拾起东西，心中除了难过还有一种压抑后的解脱。也许我从来就不属于这座城市，终有一天我是要离开的，而这次只是将离开的时间提前了些而已。

赵里来到我的身边，扯了扯我的衣服，低声问道："昭阳，你怎么突然辞职了。"

我笑了笑，道："我辞职了你不就爽了嘛，以后这公司再也没有人镇压你这个娘娘腔了。"

我虽和赵里开着玩笑，他却很认真地对我说道："昭阳，别这么说，我们一起工作这么久，是同事也是朋友。"

"你把我当朋友吗？"

赵里点了点头，道："虽然你这个人又损又坑，但性子并不坏，每次我请假的时候，工作上的事情，你都很爽快地替我办了，别人不了解你，我是了解你的。”

我笑了笑，心中滋味莫名，只是拍了拍赵里的肩膀，没有再言语，又低下头开始收拾起自己的办公用品，而赵里则帮我收拾着。

片刻之后，我终于收拾好东西，然后端着纸箱和一起共事了两年多的同事们告别，众人纷纷起身和我道别。也许这些年他们或多或少地被我用各种方式镇压着，但心里却并不和我计较，用赵里的话说：虽然我又坑又损，但在这个企划部里，我是光明磊落的，没有在工作上排挤过谁，中伤过谁。

我最后来到唯一坐着的方圆身边，拍了拍他的肩膀说道：“哥们儿走了。”

方圆并没有抬头也没有理会我，他的举动让所有人诧异，他们都诧异为什么平日里我们亲如兄弟，而此刻却对我如此冷漠。

终于，没有得到回应的我苦涩地笑了笑，最后向众人挥了挥手，搬着纸箱向公司的出口处走去。

于是我的世界自由了，但仅仅是现在！而未来却化身为一个陷阱，拦在我人生的必经之路上，等待我掉落下去，或许我会摔残了，也或许在求生的欲望中我变得更加强大，然后挣扎着逃离陷阱，成为生活的高手，但结局到底如何，只有时间才能给我答案，所以我不必揣测，只需在如履薄冰中带着求生的欲望去张望！

离开公司后，我直接回到了新租的公寓里，关上门后的第一件事情便是脱掉鞋子躺在床上，然后用被子蒙着自己，渴望能够抛去所有的沉重踏踏实实地睡上一觉。

很不幸，整个躺在床上的下午，我并没有一丝睡意，更多的时候只是对着天花板发着呆，然后在恐慌中点上一支烟。窗外的天色渐渐暗了下去，于是这座城市又被光和影所笼罩，而我却被四面墙隔离在一个幽暗的空间里，根本感觉不到光的温度，似乎我的冬天已经在冬天之前来临了！

看着窗外已经被城市霓虹映红的天空，我意识到这个睡不着的下午，我已经抽了太多的烟，可那又如何，至少弥漫的烟雾，拯救了我的孤独和无助。于是我又重重吸了一口烟，瓦解了无助，消散了孤独，可又换来一阵沉重的咳嗽，哎，人生难两全！

手机铃声响起，我翻了一个身，艰难地从床头柜上拿起了手机，看了看号码却意外地发现是颜妍打来的。

我犹豫了很久才接通了颜妍的电话，我没有先开口，等待着颜妍的质问，这个时候恐怕方圆已经告诉了她今天所发生的一切。

“昭阳，你在哪儿呢？”颜妍的声音并不像我想象中那么严厉。

我因为意外愣了一愣才回答：“住的地方啊。”

“吃晚饭了吗？”

“没吧。”恍惚中我如是回答。

“没吧？你这是傻了吗？吃没吃饭你还给我一个这么模棱两可的答案！”颜妍哭笑不得。

于是我立刻给了她一个肯定的答案：“吃过了。”

“吃的什么？”

我终于不耐烦地说道：“我要不要今天上了几次厕所都和你汇报一下啊？”

颜妍没好气地回道：“德行，别装了，赶紧来我家吃饭。”

“不去，你们家老公不待见我！”我坚决拒绝，实际上却是害怕面对方圆，无论我有多么正派的理由，终究还是毁了他和陈景明的工作前途。

“那咱们单独出去吃，今天听方圆说你辞职了，问他什么原因也不说，老是沉着个脸……”颜妍没有说下去，但意思已经很明显，她想知道我为什么辞职，方圆为什么沉着脸，我又为什么说方圆不待见我。

我稍稍权衡了一下，答应了颜妍单独出去吃饭的要求，有些事情离开这座城市之前，至少要和她说清楚，最后也希望方圆能够理解我，原谅我。

我在和颜妍约好的餐厅外等待着她的驾临，因为颜妍开的是马自达6，我便格外注意来往的车辆中是否有马自达6，可是最后在我面前停下的却是一辆红色的凯迪拉克CTS，仔细看了看才发现是简薇的车，然后便看到了坐在车里的简薇和颜妍。

颜妍这个巨坑的女人，说和我单独出来吃饭，却带来了简薇……一闪而过的不满之后，我又深深疑惑，为什么简薇会来，难道这些天她一直待在苏州没有离去吗？而颜妍是否已经告诉她：米彩只是被我生拉硬拽而成的冒名女友？

这些不解，让我意外，让我忐忑，又有些许无地自容，因为以我对颜妍的了解，她在得知米彩不是我的女朋友后，一定会告诉简薇的。

心中再次叹息，这似乎又是一个雪上加霜的夜！

第63章 离开前夕（2）

简薇停好车和颜妍两人一左一右从车里走了出来，我看了看二人，却没有言语。

餐厅里，颜妍和简薇坐在一边，刚坐稳，颜妍便开口对我说道：“说吧，你为什么辞职，就昨天我还听方圆说，这次你几乎铁定能坐上你们宝丽百货企划文案组组长的位置！这也太突然，太不符合逻辑了！”

“在外面飘了这么多年，飘累了，想回去了。”我笑了笑，以一副很轻松的姿态说道。

颜妍表情很严肃，道：“这肯定不是真相，昭阳，你有什么难处就和我说，行吗？”

“工作都已经辞掉了，你真的没有必要追根究底了。只希望你能告诉方圆，我不是他想的那种为了巴结女人、为了自己利益出卖上司和兄弟的人渣……过些天我就回徐州了，在这座城市我不会带走任何东西，因为我什么也没有得到，包括方圆所以为的利益，我干干净净地走。”我说着不顾两个女人在场，点上了一支烟，心中尽是低落。当我真的要空空如也地离开这座城市时，才发现最该奋斗的这些年就这么被自己浑浑噩噩地给荒废掉了，所以我只能带着一副没用的皮囊从苏州回到徐州。

颜妍挥手驱散掉被我吐出的烟雾，激动地对我说道：“昭阳，我不懂，你好不容易在这座城市，在你们公司看到前途，为什么要辞职，为什么又决定回徐州，哪怕辞职了，也可以找其他工作的嘛！你真的就甘心这么灰头土脸地离开苏州吗？”

我被颜妍说到痛处，沉默了许久才说道：“我一直活得灰头土脸，有什么不甘心的。”

这个时候一直沉默的简薇终于开了口：“你回去了，那你的女朋友呢？”

我有些诧异，难道颜妍并没有告诉简薇，米彩其实并不是我的女朋友。

简薇一直看着我，等待我的回答，我则看向颜妍，颜妍给了我一个眼神，示意她并没有告诉简薇这件事情。

我随即说道：“分手呗，这不就一句话的事情吗？这年头谁还指望谈一段爱情，就奔着白头偕老去啊！”

我的这句话是带着情绪的，因为简薇和我分手时，就只是简单又决然地对我说了句“分手”。

简薇用一种复杂的表情看着我，犹如上一次她接受向晨表白前的表情。

这一次我并没有躲避简薇的眼神，就这么和她对视着。我和她许多年的感情都因为她的一句分手而崩塌，难道还有必要去在乎和米彩那份根本不曾存在过的爱情吗？

颜妍有些尴尬地看着我和简薇，最终我在沉默后向简薇问道：“你为什么和颜妍一起来找我？”

简薇并没有回答，颜妍代替简薇解释，道：“简薇这些天一直在苏州，今天晚上我们约着一起去做SPA，正好吃过饭一起咯。”

我点头，这算是个很合理的解释，只是仍不解简薇为什么一直待在苏州没有离去，但我不打算问，因为和我没有一丝关系。

吃饭中话题又被扯了回来，颜妍苦口婆心地对我说道：“昭阳，离开苏州的事情，你还是再好好考虑考虑，回到徐州一切都是未知……”

我摇头很认真地对颜妍说道：“不用考虑了，离开这座城市对现在的我而言是最好的选择，你能约我出来吃这顿饭我真的挺开心的，至少我也不是一无所有，还被人惦记着。”

颜妍叹息，声音有些哽咽，道：“我一直把你当弟弟，这不是舍不得你嘛！看你一个人苦了这么多年，好不容盼到熬出头的日子，又这么突然辞职了……唉！这都什么事儿！”

颜妍的话让我心里很不好过，更不想让她难过，于是强颜欢笑，道：“你都升级为少妇了，就别整天把弟弟挂在嘴边，我还在最黄金的青春期绚烂着呢！”

颜妍苦笑，也没有再言语，确实也没有什么好说的了，因为一切已经尘埃落定，留在这里不一定对，回徐州也不一定错。我现在唯一希望的便是方圆能够理解我，若干年后我再来到苏州，我们还能互道一声“兄弟”。

吃完饭，简薇便开车载着颜妍离去，我独自站在餐厅门口没有离去，又一次抽出香烟盒上的薄膜，覆在眼前抬头看向星空，除了被霓虹映衬的鲜亮的天，我依旧没有找到那座晶莹剔透的城池，更看不到那个长发垂肩的女子。

一边抽着烟，一边随着人群走在纷扰的街道上。不知道走过了几条街，我回到了住处，机械地打开门，甚至懒得洗漱，和着衣服用被子将自己捂得严严实实，然后在密不透风中找到一丝少得可怜的安全感。

夜已经深不见底，唯一让我觉得自己和这个世界还有联系的手机又一次响了起来，我麻木地听着，却不愿意接听电话。

铃声执着地响着，一遍又一遍，我不胜其烦，终于掀开被子，从柜子上抓起手机，却意外地瞥到给我来电的是许久不联系的乐瑶。

犹豫中，我还是接通了电话，随即听到了乐瑶抱怨的声音：“昭阳，你怎么这么久才接电话啊？”

“睡了。”我含糊地应了一句。

乐瑶没有再和我纠结迟迟才接电话的事情，用快乐的腔调对我说道：“你猜我现在在哪儿？”

我没有心思猜，顺着乐瑶的话问道：“哪儿？”

“猜猜嘛。”

“肯定不在横店了呗。”我如是说道。

乐瑶特开心地笑道：“我回苏州了……现在在酒店里住着呢？”

我诧异地问道：“回苏州！你们的戏这么快就拍完了吗？”

“没有，这次剧组要到苏州的拙政园取景，我就跟着剧组名正言顺地回来了呗。”

“哦，那等你有空，我请你吃饭吧。”

“拙政园的戏都是白天的，晚上都有空的，所以你明天晚上请我吃饭吧。”

“嗯，明天你收工了给我电话。”我说道。

这样也好，离开苏州之前还有机会和乐瑶道个别，只是想起没有抓住她给我争取到的机会，心中又是一阵愧疚。

“好的，那你等我电话……对了，我想到阿林饭店吃竹筒鸡。”

我笑了笑，道：“你还真会吃啊！”

“人的一生总会遇到一两个吃货的，显然你遇到的吃货就是我。”

“行，没问题，我也想吃竹筒鸡了！”

“哼哼，那我从现在就开始期待了啊！”

“期待吧，最好能再陪我喝点酒。”

“可以的……时间不早了，我先睡了，坐等你明天的邀请。

结束了和乐瑶的通话，我又一次看向窗外月色还不错的天空，心中也期待明天，却不知道是期待与乐瑶的见面，还是竹筒鸡，或者是那还没有喝到嘴的几两白酒。

第64章

气饱了

这一夜我睡得很浅，而疲倦的灵魂却一直在灰色的梦境中挣扎着，直到清晨的阳光透过窗户照在我的脸上才疲惫不堪地醒来。

我呆坐在床上许久，忽然想起今天的我已经不必去公司，于是又躺了下去，不想起床，也不愿意再睡。

快到中午时分，我才离开床铺，简单洗漱之后，当即打开了58同城网，随即在上面公布了房屋出租信息，我现在的打算便是先转租掉这间屋子，然后还掉欠米彩的那些钱，最后离开苏州。

发布完房屋出租信息之后，我去楼下的小吃店吃了一碗水面便算搞定了自己的早饭和中饭，然后生活便陷入索然无味中。

我在封闭的房间里枯坐许久，终于不堪忍受，带着吉他离开了囚笼一样的屋子，我又一次来到护城河边，我想对着蓝天、白云、碧水，为自己唱上几首歌，以告慰疲惫的灵魂，然后静待黄昏。

我一首接一首地唱，唱得自己一会儿忧伤，一会儿心花怒放，最后将吉他摆在一边，仰躺在草坪上，失神地看着夕阳下白云飘过的天空。

我天真地以为，那座天空的城池会隐藏在白云的后面，于是眺望着，等待着，可是直到阳光变得绵柔，直到吹起了黄昏的风，我也没有看到那座晶莹剔透的城池。我更加失落，这种失落包含现实的沉重和幻想的破灭，于是痛上加痛！

许久我才从草坪上坐起来，习惯性地点上一支烟，然后在黄昏中静坐，却不是为了等待黎明，因为在这座城市，我不会再有黎明。

风随着夕阳的落下越吹越冷，也将我吹得清醒。

平静了一天的手机终于又响了起来，我知道是乐瑶打来的，因为我们约了今晚去阿林饭店吃竹筒鸡。

电话接通，乐瑶如释重负地对我说道：“我今天的戏拍完了，昭阳，咱们到哪儿汇合？”

“直接到阿林饭店吧。”

乐瑶却想了想说道：“我去你住的地方吧，然后咱们一起过去。”

“干吗这么麻烦，直接过去好了，而且我现在已经不住在原来的地方了。”

乐瑶的语气有些惊讶，道：“你什么时候搬出去的？”

“就这几天。”一阵沉默之后，我终于咬了咬牙又说道，“有一件事情要告诉你……我昨天辞职了，过些天就回徐州了。”

乐瑶一时没反应过来，愣了许久才语气激动地问道：“你为什么要辞职呀，上次你还说有机会晋升的呀！”

我抱歉地对乐瑶说道：“是我个人的问题，这些见面后再说吧。”

乐瑶的情绪明显低落下来，说道：“好吧，那咱们就直接到阿林饭店见面。”

打的来到阿林饭店时，乐瑶已经在我之前到了，她站在饭店的门口等待我。

夜晚的秋风顺着街道“呼呼”地吹着，乐瑶的双手插在上衣口袋里，脖间白色的围巾随风飘动着，这让她看上去更加单薄，这种无力的单薄又让我心中产生一阵极大的内疚。

我轻轻走到乐瑶面前，她眼神很复杂地看着我，我知道，对于我的忽然辞职她心中是有埋怨的，我清楚地记得，上次见面时，我们曾约定要一起努力做生活的高手，可我却越活越退化，俨然成了生活的奴仆……

我不想让气氛太沉闷，强颜欢笑道：“走吧，进去吃饭。”

“我可以说我已经气饱了吗？”乐瑶板着脸对我说道。

乐瑶的话让我心情沉闷，却依旧带着笑容，边将她往饭店里拉，边说道：“生气也别辱没了你吃货的名头啊！再说，你乐意看我小人得志似的吃独食么，你这也太不划算了……所以别用我的错误去惩罚你自己，对吧？”

说话间我已经将乐瑶拖进了饭店内，但乐瑶的情绪却依旧不高，而我有点郁闷地从服务员手中接过菜单一个人点起了单。

片刻之后，点的菜上齐，我给自己倒了一杯白酒，而乐瑶却没有像之前说好的那样陪我喝些白酒，她只是要了一杯白开水。

我端起酒杯一饮而尽，咂着嘴感叹这白酒够味，而乐瑶却始终一言不发，这让我更加惶恐。

我从竹筒里挑了个鸡块放进乐瑶的碗里，笑道："尝尝，看看他家厨师的手艺有没有进步。"

"说了气饱了！"乐瑶负气似的将碗里的鸡肉夹起来扔进了我的碗里。

"那你也不能尽喝白开水吧，喝多了，明天起床你那漂亮的小脸蛋儿肯定肿，影响明天的戏可不好。"

乐瑶不理会我的玩笑，面色凝重又严肃地问我："你告诉我，为什么要辞职？"

我又给自己倒上一杯白酒，一口喝完，感受着高烈度的酒液在腹内翻滚，无奈了许久才对乐瑶说道："生活充满选择，这对我来说是一个残酷的选择，我也不想，可又不得不做，你就不要追根究底了，辞职了我也不好过……"说着我又换了一副笑脸，道："我马上就要离开苏州了，以后见面的机会更少，所以咱们别让气氛这么沉重，开心地吃饭，开心地喝酒，不好吗？"

乐瑶与我对视，表情渐渐缓和了下来，无奈地说道："昭阳，你让我想起了邵夷贝的一首歌，《否定先生》。"

"邵夷贝是谁？"

"别装，上次我们和罗本还一起去深圳的音乐节听了她的专场，这么快就忘了吗？"

我腆着脸笑道："我就喜欢装啊！"

"混蛋！"乐瑶哭笑不得，随后又从我碗里夹回那块我原本夹给她的鸡块，这才吃了起来。

第65章 永远走不近

在阿林饭店吃完饭，我背着吉他和乐瑶晃荡在苏州夜晚的街头，落叶、冷风、光影、高耸的建筑，以深秋的模样构成了这座城市。

点上一支烟，享受温饱后的烟雾迷离，不禁频频回望这座城市，真的要离开时，才发现自己也并不是多么讨厌它，甚至有一些不舍，至少它曾经记录了我的青春和生活，包括爱情。在这里我明白了：想着一个人就叫寂寞；在这里我懂得了：两个人的喜欢，如果升华成婚姻，那便叫爱情，如果只剩回忆，那便只是一段传说，让人寂寞和孤苦的传说。

走得累了，我和乐瑶坐在街边的长椅上，各自沉默了一会，我终于向乐瑶问道："你呢，你最近过得好么？"

乐瑶有些茫然地摇了摇头，道："老样子，不过我一直没有放弃努力。"

我点头，一时间也不知道怎么去接乐瑶的话，因为我懂她话里的意思，她说自己没有放弃努力，实际上也是在质问我为什么放弃了努力。

短暂的沉默之后，乐瑶向我问道："回到徐州后，准备怎么生活？"

我重重地吸了一口烟，想了好一会儿才回答："如果我爸愿意给我在他工作的单位安排一份工作最好，如果不愿意，自己找一份工作，然后找一个一起过日子的女人，最后等着生老病死。"

"不要主观地去把自己的人生安排得这么远，生活充满变数，不是吗？"

“其实我情愿自己的人生一眼望到尽头。”

乐瑶笑了笑，道：“所以你才会幻想出一座晶莹剔透的城池作为心中的寄托。”

“是啊，只有晶莹剔透才能没有任何障碍地看到最远处。”

“或许我们真的不是一类人！”乐瑶感叹道。

“是的，你幻想出的那座有炊烟的海岛，需要游过一片海才能到达，所以相较于晶莹剔透，你要经历更多。”

乐瑶忽然想明白了什么似的看着我，过了很久才说道：“有没有觉得我们就像两颗注定不在一起出现的星星，我在海角，你在天边，遥遥呼应却永远走不近？”

我没有回应，只是往远方看了看，恍惚中好像真的看到了那座天空之城和一片海滩遥遥呼应，却彼此无法靠近。

这个夜，我和乐瑶拥抱着告别，或许离开苏州后，我们真的会往各自期待的方向越走越远，终究有一天彼此都不再记起我们曾经有过一夜缠绵，或许人生便是由无数个遗忘构成的，最后在死亡中忘掉所有的一切。

时间又往前推进了三天，这两天除了吃饭、睡觉、上卫生间，我唯一做的便是带着一个个房客来看我现在租的这间单身公寓。

这个下午，我一共带了三个房客来看房，但都因为这样、那样的原因没有谈成，最后来的是一对刚从大学毕业不久的情侣。

两人牵着手来回打量着这间屋子，最后觉得还不错，男生向我问道：“你这间屋子准备怎么租？”

“押一付三，一共5200元人民币。”

男生和女生对视了一眼又低语了几句，男生又对我说道：“你把200元的零头给抹了，这间屋子我们就要了。”

“小兄弟，200块可不是零头，我要不是急着离开，不可能这个价钱给你的。”我没有一丝商量余地，当然这是我的实话，当初我是花了5600元租下来的，也就才住了不到一个星期而已。

男生和女生又是一阵低语，这次女生对我说道：“5200也行，但是我们今晚就要搬过来，你看可以吗？”

我权衡了一下，道：“可以，如果没有其他问题的话，我们现在就把合同签了。”

两人点头表示没有问题，我随即去屋内拿出了先前已经拟好的房屋转租合同。

在两人看合同时，我的手机响了起来，下意识地以为又是打电话来看房的，从口袋里拿出手机才意外地发现是好几天不曾联系的米彩打来的。

这个电话让我百感交集，我曾经没有下限地欺负这个女人，可也因为这个女人丢掉了在这座城市好不容易争取来的工作前途，或许我们真的注定是冤家，虽然有那么一点点时间我们还像个朋友。

我走到屋外，接通电话，两人竟然都很有默契地等着对方先说话。

沉默中我终于按捺不住说道：“你给我打电话，你为什么不说话啊？”

米彩好似猛然听见我说话：“啊！不好意思，我正在看文件，不知道已经接通了！”

“哦，你好像挺忙的嘛，你不就是卓美的一个楼管吗？没这么忙吧？”我明明知道米彩是卓美的CEO却胡说八道。

米彩没有在意，笑了笑，道：“是挺忙的，不过已经快忙完了。”

“哦，说吧，打电话找我做什么？是不是我那间被你强占了的屋子又哪儿漏水了？”

“不是，今天下班早，你不是说可以到你那儿吃饭的吗？”

我有些诧异，我是这么和米彩说过，可是并没有指望她真的会来，难道我们不再为了那间屋子有所纷争之后，真的可以成为朋友吗？

米彩见我迟迟不说话又追问道：“不可以吗，还是你对你的厨艺不自信？”

我回过神，反问米彩：“你觉得我爸的厨艺如何？”

“很棒啊！”

“虎父无犬子听过吗？你来吧，今晚给你露一手，省得你老觉得我一无是处！”

“好啊，我待会儿就过去。”

“嗯，喜欢吃什么菜自己去超市买来，我可不提供食材。”

我以为米彩会说我小气，她却只是说了一个“行”字便挂掉了电话。

我回到屋内，那边小两口已经看好合同，并已经签上了自己的名字。

我接过递来的合同用商量的语气对二人说道：“和你们协商一件事情，我待会儿有个朋友要来吃饭，今天晚上就不能搬出去了，我给你们便宜200块钱，算补偿你们，行吗？”

男生和女生又开始咬着耳朵低语，我则有些无语。

我等了半天，两人终于商量完，男生对我说道：“便宜400！”

我皱眉，道：“小兄弟，做人要厚道啊，200块钱够你俩找个宾馆住一夜，还有闲钱去吃点宵夜呢。”

“合同已经签好了，现在这个房子我们已经拥有使用权了，你不便宜400，我们不答应你的要求。”

“我操……”我习惯性地爆了一句粗口。

两人似乎被我吓到了，面露惊恐之色。

我有些好笑地说道：“你俩胆子这么小，就别学那些社会无赖玩落井下石！”

男生终于壮了壮胆说道：“谁让你刚刚不肯给我们便宜200块钱……”

我生平最烦娘娘腔，不耐烦地打断他说：“行了，你别较劲了，400对吗，我答应你了。”

男生又和女生对视一眼，好似捡了天大的便宜，喜出望外地从包里拿出钱，数了4800元给了我。

我将房屋转租合同给了他们一份，又给了他们一把钥匙，两人随后离开，我则有些哭笑不得，想不到我昭阳竟然也有被别人坑的时候，还是一个娘娘腔！

没有再多想，拿起拖把打扫起屋子，迎接米彩的到来，这是继乐瑶之后，上天又给了我一个和米彩告别的机会。

第66章

我们算朋友吗?

晚上七点半,门铃终于被按响,我穿着拖鞋跑去开门,而门外站着的果然是先前约好来吃饭的米彩。

米彩手中提着一只硕大的方便袋,我从她手中接过来看了看,里面有一些蔬菜,也有肉食,还有一瓶红酒,一瓶果汁。

米彩对我说道:“红酒是给你的,果汁我喝。”

“陪我喝点红酒怎么了,怕咱俩喝多了,我对你图谋不轨吗?”

“我可没这么说,我没有喝酒的习惯而已。”

我笑着抱怨道:“你这人可真没劲,我就是想在言语上占你点便宜,你怎么就一点都不配合呢?”

“我干吗要配合你的下流?”

“下流这个词用得好,有的时候我真觉得自己不怎么高尚。”

米彩无言地看着我,显然是不知道怎么接我的话。

我关上门又对米彩说道:“你先坐一会儿,我去做饭,你待会儿坐享其成就行了。”

米彩摇头对我说道:“我可以力所能及地帮你做一些的。”

“又不是做夫妻肺片,干吗要你力所能及地帮我啊!”我说着提着袋子向厨房内走去。

米彩再次无言地看着我。

大约五十分钟后,我便将全部的炒菜做好,同时锅里小火炖着的骨头汤也在同一时间做好,时间掐得非常完美。

这个时候一直闲着的米彩也终于派上了用场，她来到厨房，力所能及地将做好的饭菜端到了餐桌上。

打开了屋内所有的灯，于是吃饭的小客厅一片光亮，我脱下围裙和米彩相对而坐，我喝红酒，她喝果汁，却不是一顿烛光晚餐。

我对跃跃欲试的米彩说道："咱们是先碰个杯，还是你先尝尝我的手艺？"

"我先尝尝你的手艺。"米彩说着夹了一块糖醋鱼送进了嘴里，品味了一番点头称赞，"不错，你的手艺还不错。"

"是吧，说了虎父无犬子。"我略带得意地说道。

"很难想象你会做饭，而且做得还不错，你什么时候学的？"

我边吃边答道："我们家板爹说我性子野、脾气坏，所以在我很小的时候就逼着我学做饭，说能修身养性，以后还能讨媳妇欢心！"

米彩不理会我的言外之意却问我："你们家板爹？"

"对啊，我叫我爸板爹啊，难道你以前没听我这么叫过吗？"

"没怎么注意，你为什么叫他板爹？"

我耐心解释道："因为他为人古板啊，不光我叫他板爹，他们同事都叫他板科，不过他一直以为我叫他俺爹……哈哈……"

米彩也被我逗笑，半晌说道："你可真损，连自己的老爸都不放过！"说完表情却黯然下来，我恍然间意识到她是想起了自己在车祸中过世的爸爸米仲信，也终于明白她为什么会对板爹充满善意。

我举起杯子对米彩说道："咱们别光顾着说话了，碰一个杯吧，庆祝我们有机会化干戈为玉帛。"

米彩点了点头端起自己的果汁轻轻与我碰杯，随后抿了一口，又对我笑了笑，摆脱了刚刚的黯然和低落。

晚餐继续进行，我已经喝了两杯红酒，而米彩只是喝了小半杯果汁。

我表情复杂地看了米彩许久，终于放下手中的酒杯对她说道："我明天就要回老家了。"

"怎么了，你是要休假了吗？"米彩并不太在意地问道。

"不是，是回老家生活，我这边的工作已经辞掉了。"

米彩看着我，放下了手中的筷子，有些惊讶地问道："辞职了！是家里发生什么事情了吗？"

难怪米彩惊讶，因为前些天她才陪我租下现在住的这间单身公寓，但她并不知道当时的我正处于挣扎之中。

我笑了笑对米彩说道："你知道的，我那也不是什么正经工作，再加上我的年纪也不小了，真没多少时间在这座没根没底的城市继续挣扎着了，所以……回老家过一种安稳的生活也是不错的选择，人，尤其是成年人必须要学会对自己所处的环境做出最正确的判断。"

米彩点了点头认同了我的话，但也没有说太多，我们并不是一个世界的人，注定过着彼此不理解且不能互相渗透的生活。

我再次向米彩举了举杯，米彩端起酒杯向我示意，我点头后一口饮完了半杯红酒，一种不能用言语表明的情绪和酒液一起在我的躯体里弥漫了开来。

这顿晚餐在我和米彩寥寥数语中结束。在米彩要离去之时，我将自己身上所有的现金全部掏了出来。这些现金中有一部分是我的工资，还有一部分是转租了这间单身公寓后得到的钱，总共10318元，还掉米彩的10016元，我还剩302元，而这302元就是我在这座城市挣扎了两年多后最后得到的身外之物。

我将钱放在桌上，很认真地从一堆零散的钱币中数出10016元递给米彩，道："咯，还你的钱。"

米彩看了看我，才我从我手中接过那一叠从一百到一块面值不等的钱，却出乎意料地从里面抽出16元钱递给我说道："我喜欢整数。"

我诧异地看着米彩，没有伸手去接，她却已经将零散的16元钱放在桌子上，然后将另一叠钱放进了自己的手提包里。

"时间不早了，我得回去了。"米彩对我说道。

"哦，好……路上注意安全。"

米彩点头随即转身离去，我忽然意识到过了这个夜晚，我们或许将不再有见面的机会，尽管我和这个要离去的女人做了将近两个月的冤家，但最后还是随着我的离去，将那些短暂的曾经化作尘埃，然后被流逝的时间慢慢抹去。

"米彩……"我喊了一声她的名字。

“怎么？”她回过头，长发垂肩的模样让她看上去是那么不染尘埃。

我沉默了许久，低声问道：“我们算朋友吗？”

米彩稍稍想了一下，点头对我说道：“算。”

“嗯。”我重重地点了点头。

米彩向我笑了笑，然后转身向不远处的电梯口走去，一小会儿电梯便关上了门，于是再次将我们隔离在两个世界之外。

第67章 送行

送走了米彩，我回到屋子里，将没有喝完的红酒喝得一点不剩，然后点上一支烟躺在沙发上吸着。心中却仍回想刚刚自己问米彩我们算不算朋友的画面，我有些诧异自己为什么会这么问，而这么问的意义又是什么？

半天我也没有想明白，或许这就和人之将死其言也善一个道理吧，尽管曾经不在乎米彩怎么看我，在真的要离开时，也想给米彩留下一个好的印象，哪怕不是朋友，也不希望她想起我时，全和下流、无耻、卑鄙这样的字眼联系在一起。

洗漱之后，我脱离了酒后的恍惚渐渐清醒，于是又趁着清醒收拾起行李。

我的行李中依然有那把简薇送给我的吉他，我找到一块干净的抹布，擦拭了一遍又一遍，于是擦出了爱情的痛，擦出了回忆的伤，我有些难过。

如果有一段爱情可以无视物质而永恒该多好，这样，现在的我或许也已经和简薇结了婚，其实我一点也不畏惧婚姻，因为我爱简薇，和自己真正爱的女人在一起，过多久都不会乏味。

我放下抹布，拉了拉吉他的弦，声音依旧清亮，于是又仿佛听到那些依偎在一起的清亮笑声，这样的笑声幸福了我的过去，却又疼痛了我的现在，于是我紧紧握住吉他，紧紧握住，以为这样便会将那些欢声笑语死死握在手里。

一阵手机铃声将我拉扯回现实中，我茫然地盯着手机，这个电话是颜妍打来的，她直奔主题地问我："昭阳，你准备什么时候回徐州？"

"明天，明天早上。"

颜妍感叹道："这么快吗？"

"对啊，没牵没挂，来去自由。"我笑了笑回道。

"还想请你吃饭给你践行呢！……我们这么多年的朋友了，真的挺不舍得你的。"颜妍有些哽咽地说道，我知道她的哽咽是发自肺腑的，她舍不得我离去，我也舍不得她和方圆，可这座城市终究不适合我，离开才意味着解脱和新的开始。

"践行就不用了，你和方圆都挺忙的，倒是以后有时间你们记得到徐州来玩……"想了想我又补充，"如果他还愿意的话。"

实际上从公司辞职后的这四天，我和方圆没有一点联系。我知道他还不能释怀那件事情，对我也是有不满的，可我不知道怎么和他解释，因为我的理由在他眼中都不算理由，我们根本不能以同样的角度去看待这件事情，这多少让我感到遗憾、心痛。

颜妍不语，我更加猜测到此时的方圆还在气头上，或许还会气上很久，这件事情造成的不良后果实在太大了。

颜妍沉默许久才对我说道："明天几点的火车？我送你去车站。"

"不用这么麻烦了。"

"明天是周末，我不上班，没事儿。"

我想了想，没有再拒绝，便将明天早上出发的时间告诉了颜妍，又把现在的住址也告诉了她。

结束了和颜妍的通话，收拾完自己的行囊又洗漱之后，我终于回到了自己的卧室，躺在床上想打个电话给罗本和CC告诉他们我明天早上走，但最后还是放弃了，因为我知道他们会去车站送我，可我一点也不喜欢这种面对面离别的惆怅，所以等回到徐州再告诉他们。

关掉了灯，我迎着黑暗总结着自己在苏州的这些年。其实也不是没有一点收获，至少还有几个玩得好的朋友，还有一个不错的上司陈景明，只可惜最后是自己放弃了机会，还间接毁掉了陈景明的晋升机会，想起这件事情心中又是一阵愧疚。

我也知道方圆对我最大的怨恨，便是因为陈景明，一直以来他很看重陈景明对他的知遇之恩，没有陈景明也就没有他的今天。

可是，我们这么多年的兄弟感情真的要毁在这些职场的是是非非中吗?

我不懂，也没有答案，只期待时间能让方圆释怀，希望某一天会等到他和颜妍去徐州做客，然后再像从前一样，喝几杯酒，抽几支烟，再扯着嗓子说几句吹牛逼的话……

倦意终于在胡思乱想中产生，深夜里我重重打了个哈欠，然后陷入到睡眠中，悄然渡过了这个离去前的最后一个夜。

次日一早，我便将行囊从屋子里搬了出去，然后又将屋子的钥匙全部给了昨天租房的两口子。

公寓的下面，我迎着清晨的阳光张望着，今天和颜妍约好她会来送我去火车站，不过女人天生磨蹭，此时离上车的时间还早，我倒也不着急。

片刻之后，我终于看到了颜妍那辆缓缓驶来的白色马自达6。让我意外的是：副驾驶座上还有一个人，仔细一看竟然是方圆，心中立刻情绪翻涌，方圆竟和颜妍一起来送我了。

车子停稳后，颜妍和方圆从车上走了下来，随后来到我面前。

我冲方圆笑道："没想到你会来！"

"颜妍都来了，我能不来嘛。"

我开玩笑地问道："你小子不会是被颜妍给绑过来的吧，看你挺不情愿的！"

"没绑也和绑差不多了。"方圆虽回应我的话，却不苟言笑。

颜妍拍了方圆一下说道："你俩人这么多年的兄弟了，还真要弄得老死不相往来吗，咱们赶紧帮昭阳把行李搬上车，别误了火车的点。”

方圆点头，随即和颜妍将我不多的行李放进了车子的后备箱里，又对愣在原地的我说道：“怎么，还想再留恋一会儿吗？”

我笑了笑，没有言语，向方圆做了一个上车的手势，随即三人都上了车，颜妍启动了车子往火车站方向驶去。

第68章 我想笑着离开

车子里，方圆坐在副驾驶的位置上，我则坐在后面。一阵沉默之后，颜妍终于对我说道：“昭阳，你辞职的事情，方圆都和我说了，他对你有点误会，你和米彩之间应该不存在什么交易，你之所以把卓美高层的权力阴谋告诉她，是因为你过不了自己的那一关，对吗？”

我沉默了很久，没有想到作为局外人的颜妍，却在我将离去的这一刻给了我一个理解的说法。她说的没错，我也想在保住自己工作前途的同时成全陈景明，可是我真的过不了自己这一关，也因此痛苦挣扎了好几天。

见我沉默，颜妍又轻声对我说道：“方圆那么说你确实不应该，但是也希望你能理解他，你们两兄弟更不要因为这件事情闹得不愉快，因为你们都没有错，只是立场不同而已……”

这次颜妍的话还没有说完，我便开口说道：“我当然理解方圆，只希望他不要把我看成那种见利忘义的人，或许这件事情我是做错了，但我真的不后悔，潜意识里我就该这么做，不管对象是米彩或是其他人。”

颜妍叹息道：“唉！我也不知道说些什么了，只是可惜了这份工作……对了，方圆已经接到上面的任命通知，他现在已经是宝丽企划部的副经理了，赵里成了企划文案组的组长，所以你也不用替方圆担心了。”

这个消息让我又高兴又失落，为方圆感到高兴，为自己而失落，但我没有把自己沉浸在失落中，又赶忙向方圆问道：“陈景明呢，陈景明进公司的高层了吗？”

方圆摇了摇头，道：“没有，他也没有什么机会成为公司的核心高层了。”

我听得出方圆语气中的不满和失落，是我毁了陈景明得来不易的机会，更深知丢掉了这次机会，以他的年纪已经基本不会有什么机遇成为公司的核心高层了。

三人再次陷入沉默中，最后还是颜妍先开的口：“昭阳，这件事情你是当面告诉米彩的吗？”

我摇了摇头，道：“不是，我只是给她写了一封匿名信。”

“你也真是够傻的，至少要让米彩知道呀，让她欠你一个大人情，以她在商场的地位，她还你的人情肯定不会小的。”颜妍说完摇头叹息。

我只是笑了笑说道：“我要有这种心理不真成了方圆口中的那种人了吗？”

这一次方圆出乎意料地主动接了我的话，他声音低沉地说道：“我真的情愿你是这样的人，也不想你像现在这样灰头土脸地回徐州，你知道我心里多难过吗？……我是不爽你毁了陈景明的机会，可是我更不想……更不想你这样走，心里堵得难受，懂吗？”

方圆的话让我眼角发热，此刻我才明白，无论我们闹得多凶，怎么不理解对方，但在彼此的心底，我们是兄弟，一起在这座城市挣扎了很久的真兄弟。

这一刻我已经不知道该怎么表达自己，只是仰起头，不想让在眼眶里打转的泪水落下，而正在开车的颜妍也已经抽出纸巾擦掉了自己面颊上的眼泪。

方圆重重叹息，又从自己的包里拿出一只盒子扔给我说道：“这是朋友从国外寄过来的清肺胶囊，我用了效果还不错，你拿回去试试，以后也少抽点烟吧，用完了给我打电话，我让朋友直接寄给你。”

我只是点了点头，然后将清肺胶囊放进了自己的包里，最后在沉默中，我们终于到达了火车站，也意味着分别的时刻到了。

我从方圆和颜妍的手中接过行李，挥手和两人道别：“我走了，有空到我们徐州转转。”

颜妍点头对我说道：“嗯，我们一定会想你的，你要一路顺风。”

我笑了笑问一直沉默的方圆：“怎么，不打算祝哥们儿一路顺风吗？”

方圆却忽然抱住了我，声音哽咽，重重拍着我的后背说道：“代我向板爹问好……还有……你自己也别混着过了，赶紧把日子踏实下来，别让我和颜妍担心……知道吗？”

这一刻我被深深触动了，咬着牙将泪水往肚子里咽，又想起毕业时，我们是带着怎样的豪情发誓要在这座城市扎根。而几年过去，方圆在奋斗后真的在这里扎上根又娶了自己爱的人，而我痛苦挣扎了两年多也终究只能带着一副躯体离去……

我仰起头做了一个深呼吸，终于笑了笑对方圆说道：“放心吧，哥们儿会好起来的，说不定要不了多久，你和颜妍就收到我的结婚请帖了。”

“努力吧，等你结婚那天，我和颜妍一定会给你送一份大礼的。”方圆又抱紧了我说道。

颜妍也来到我身边，推开了方圆抱着我哽咽道：“加油，昭阳，我们会抽空去徐州看你的！还有，谈了女朋友，一定要先给我们看，我们帮你把关。”

我心中感动却又推开了颜妍，强颜欢笑，道：“……你们夫妇别双剑合璧地玩煽情了，我一七尺爷们都快招架不住了！别让我哭，真不想哭，我想笑着走。”

颜妍破涕为笑，拍了我一下说道：“行吧，让你笑着走，过段时间等有休假了，我们就去徐州看你。”

“拜托，这已经是你第三遍说去看我了！……不过你们来，我一定夹道欢迎。”

颜妍点头，替我理了理拥抱后凌乱的衣服，说道："到家了给我们个电话。"

"知道了，你再这么唠叨下去我都想喊你妈了……"停了停我又说道："你们俩也好好过日子，继续做一对让我羡慕的神仙眷侣……行了，时间差不多了，我走了，你们也回去吧。"

方圆将颜妍搂在怀里，两人向我挥了挥手，我再次回望这座城市，将吉他背在身上，拎着行囊头也不回地向车站走去，可是却感觉那把背着的吉他越来越沉重！

与方圆、颜妍告别的一刻钟后，我坐上了开往徐州的火车。看着车窗外越来越陌生的景色，我终于感觉自己是真的离开了，可是等待我的又是什么样的生活呢？

我希望板爹会在他们的国企给我安排一份稳定的工作，老妈会托人带我去和一个漂亮的姑娘相亲，而我要做的便是努力做好板爹安排的工作，然后爱上老妈托人介绍给我的漂亮姑娘……生活也就崭新了起来，至于那些陈旧的过去，都随风而去吧！

第69章 回家以后

经历了六个小时的漫长行程之后，我终于到达徐州，这是我久违了的家乡。

提着行囊走出火车站，当即被下午的阳光刺得有些睁不开眼，而空气依旧是熟悉的味道，只属于徐州的独特味道。

火车站的广场前，我随着拥挤的人群向路边成排的水果摊走去，打开自己的钱包，里面只剩下100多块钱，而这最后的100多块钱便是我在苏州两年多来的物质收获。

我买了些水果，又买了两包烟，水果是送给板爹和老妈的，烟自然是留给自己抽。

提着水果，抽着烟，背着行囊，带着仅剩的36块钱，沿着路的左边向公交站台走去，而这些也是我面对老妈和板爹时能够拿得出手的所有东西。

在公交车上经历了20分钟的晃荡，我终于站在了家门口，抬手了两次却没有能够将门铃给按下去，因为不知道怎么面对，也不知道要怎么解释自己为什么会回来。

“昭阳？”一个不太确定的声音忽然在我身后响起。

我回头看去，后面站着的是提着菜篮子的老妈，她一定又是去超市买下午便宜处理的菜了。

我嬉笑着说道：“妈，你儿子我回来了。”

老妈笑了笑，把门打开，又向我问道：“怎么突然回来了，你们最近有长假吗？”

我依旧用伪装出的轻松语气说道：“妈，这次回来我就不去苏州了，以后待在徐州陪在你们身边，也尽尽孝道嘛！”

老妈是个没脾气的人，但我的话还是让她皱了皱眉，她放下菜篮子向我问道：“你在那边不是工作得好好的吗，你是不是把工作辞掉了？你这性子怎么就是定不下来呢？”

“妈，这就不是性子能不能定下来的事情，再说了，你们不早就想我回徐州了吗？现在我回来了，你不是应该高兴嘛！”

“你要早两年回来我和你爸肯定高兴，你现在这老大不小的，也没个女朋友……你让我们怎么高兴？”老妈的语气非常不悦。

“妈，我亲妈，您就别唠叨我了，我这次回来，不就是为了安居乐业嘛，这次我保证好好工作，好好找个姑娘谈恋爱，过一两年就让您抱个大孙子！你和我爸得多高兴！”

老妈又好气又好笑地看着我，半晌才说道：“还是没个正经，待会儿你爸回来，我看你怎么和他解释。”

我依旧嬉笑，道："没准板爹巴不得我回来，待会儿没准还得把珍藏了十几年的老陈酒拿出来庆祝庆祝呢！"

"我看悬！"老妈说着拎起菜篮向厨房走去，又向我问道："你吃过饭了没有，我先给你煮碗面。"

"不用了，等着板爹回来一起吃晚饭，我先吃俩水果就成。"

黄昏来临前，我安置好了自己的行李，又铺好了床铺。感受着家的味道，心中渐渐忘记了那些沉重，但仍为自己以后的生活担忧，经历了生活的挫折后，早已经不像曾经那般憧憬和期待未来，更多的还是担忧。举个例子：假如现在老妈托人帮我介绍了一个姑娘，我却连请人家吃饭的钱都没有，这种窘境下的未来我还敢期待吗？

小睡了一会儿之后，我听到了开门声，然后老妈便向我喊道："昭阳，你爸回来了，赶紧起来吃饭。"

我应了一声，穿着拖鞋跑向客厅，果然见到了提着鱼竿和鱼篓的板爹。

我赶忙从板爹手中接过了钓鱼的道具，笑着说道："板爹，今天鱼钓得不少嘛，赶紧让我妈把鱼给煮了，做个下酒的菜。"

板爹点了点头，随即又疑惑地问道："你怎么突然回来了？"

"你问我妈。"

"你妈让你回来的？"

"不是，是我为什么回来，已经告诉我妈了，咱们爷俩不是有代沟嘛，你和我妈更容易沟通。"我在心虚中嬉笑道，之所以不愿意亲口告诉板爹，是怕他翻脸。他虽然看上去木讷，但真的是个有脾气的更年期老男人。

板爹又看向老妈，老妈言简意赅地说道："他把工作辞了，说是要待在徐州，陪着我们老两口子。"

板爹倒没在意我把工作辞掉的事情，皱着眉问道："我看你不是和那个姑娘相处得挺好的嘛，你回徐州了她怎么办？"

板爹忽然提起米彩，我心中又是一阵莫名的滋味，但又安慰自己，"塞翁失马，焉知非福"，虽然我因为她间接地丢了工作，可说不定在徐州也是一段新的开始，从此把生活过得有模有样。

我少有地喊了板爹一声"爸"又苦着脸说道："我回不回徐州和她没什

么关系，我们就是正常的朋友。你去了苏州两次，我和你强调过两次，你怎么又忘了。”

板爹沉默半晌，道：“弄不懂你们年轻人！”

我没有接板爹的话，板爹也没有像我想象中那般不满我辞掉工作回徐州。这也好理解，毕竟他们是我爸妈，天下又有几个做父母的不希望孩子留在自己的身边呢，所以我可以放心地在徐州过好以后的生活。

晚饭间，一家人坐在一起，板爹难得地拿出了自己珍藏的老陈酒，两人都倒上了一杯。

我敬了板爹一杯酒，又放心不下试探着问道：“板爹，我把工作辞掉了回徐州你不会不高兴吧？”

“再好的工作，你存不住钱也没用，在苏州、徐州都一样。”

板爹说得我有些惭愧，赶忙信誓旦旦地保证，道：“徐州和苏州可不一样，以后有你和我妈管着我，坚决不乱花一分钱，每个月工资都交给你们二老保管。”

板爹和老妈皆没有言语，也不知道是不信任我的未来，还是不满于我的过去。

我和自己的爹妈也没什么不好意思的，趁势说道：“板爹，你看能不能帮我在你们的单位安排一份工作？”

板爹放下筷子看着我，几乎没有一丝思考，便对我说道：“工作的事情你自己想办法。”

板爹的那套死板，让我顿时有点不淡定地说道：“你可是我亲爹，这事儿您就不能考虑一下再答复我嘛，怎么说你也是个副科长。要不，你给我在你们科安排一个保管资料的工作也成啊！我保证好好工作，不给您老丢脸！这还不行嘛！”

第70章 没钱的窘境

尽管我很信誓旦旦地在板爹面前表示会好好工作，但他依旧没有答应帮我在他们企业安排一份工作。

我对板爹实在是无可奈何，哭丧着脸看着他，他自顾自地喝着酒，就好像我没和他提这个事情似的。这份定力，真是对得起他板科的称号！

我又求助似的看着老妈，企图让她帮忙说服板爹，果然还是老妈亲，她推了推板爹说道：“老昭，你就帮儿子在你们单位安排一份工作吧，你又不是不知道，咱们这儿子也没什么出息，性子又野，把他放你身边，我也安心。”

我赶忙附和道：“是啊，板爹，如果我能立即找到工作还好，如果找不到就这么在家里待着，这不，街坊邻里的都知道你儿子没出息，你这脸上也挂不住啊，除非你真不把我当你儿子！”

板爹依旧不为所动地说道：“工作的事情自己想办法。”

我挠了挠头有些上火地说道：“板爹，你就告诉我你到底是怎么想的！我去你们单位工作，不也就是想把日子给稳下来过么……再说了，你们单位那些做领导的，有几个不把自己的儿子、闺女、亲戚什么的，安排进去工作的啊，为什么就你这思想转不过弯？”

板爹忽然就火了，重重一拍桌子对我怒道：“你这个混账东西，我是你爹，轮得到你来教训我吗？……日子能不能过稳，不是我给你安排一份工作就能解决的，你自己好好给我把这事儿想明白了。”

我不言语，但却无法理解板爹是什么意思，只觉得他帮我安排一份稳定的工作，才是把日子过稳的第一步。

老妈对我使了使眼色，示意我别乱说话，又柔声对板爹说道："老昭，你也别和儿子置气，工作的事情咱们以后再说，儿子这刚回来，先让他休息几天。"

板爹没有回应老妈，也没有再言语，只是一口喝掉了杯中剩余的酒，但看上去还有不小的情绪。

吃完饭后，板爹直接洗漱休息，我和老妈坐在沙发上聊天，聊着聊着，便聊到相亲的事情上了。

老妈很严肃地问我："昭阳，你告诉我，你到底有没有结婚的想法。"

我很肯定地点头说道："肯定有啊，我也不小了。"

老妈点头说道："那行，你张阿姨在居委会工作，认识的姑娘多，这几天我就请她帮忙张罗张罗！"

"这可是您说的啊，不过你得让张阿姨好好把关，找那种靠谱的姑娘，毕竟你儿子各方面的条件还是不错的！"

老妈打量着我许久说道："儿子，你是在和我说笑的吗？你说说看，你哪儿不错了。"

"就冲我是您亲生的，您也不能觉得我差吧？"

老妈却没有答理我，只是嘱咐我"早点休息"后，便回了自己的房间。

而我也终于在空荡的客厅里点上了一支烟，实际上当然知道自己并不优秀，如果人也有次品和优等品之分的话，自己无疑是一件次品，之所以大言不惭地那么说，只不过是想给自己一点信心罢了。

躺在自己从小睡到大的那张小钢丝床上倍觉踏实，不一会儿便恍恍惚惚了起来。

恍惚中手机的短信提示音响了起来，我拿起手机看了看，竟然是米彩发来的，而信息的内容倒是很简单，就是关心我有没有到家。

我当即给米彩回了信息，告诉她安全到家了，之后她便没有再回信息，不过我也不意外，她能发个信息来关心我一下，就已经很难得了，难不成还指望她和我聊人生、聊理想、聊爱情吗？

我能预见，这个短信之后，我们便不会再有什么交集，毕竟相隔两城，毕竟只是普通朋友的关系。

将手机放回床头柜上之前，我看了看时间，才刚刚九点半，忽然便没了睡意，于是又点上一支烟躺在床上抽着。

虽然我用一天的时间从一座城市换到另一座城市，可有些事情却不能那么快忘记，睡不着的时候，我想起了在苏州的点点滴滴。

关于苏州的记忆，好像都与那个已经远去的女人有关，只是现在想起，我已经没有那么心痛，因为现在我所在的城市并没有她的印记，而我也终于放下心中的执念，愿意去爱上另一个还不知道在哪里的姑娘。

也许，在和简薇分手的那一刻，我就应该放弃自己的坚守离开苏州了，这样我也不会沉溺在回忆里自我伤害两年，可是她又哪里晓得，之所以留在苏州，是因为舍不得，舍不得她用口红在车窗上写下的等待。

夜更深了，我终于再次有了睡意，在关灯之前，最后看了看那把立在墙角的吉他，心渐渐沉淀了下来。

转眼已经在徐州过了一个星期。这个星期中我重复做的事情，便是在网上投简历，然后去应聘，遗憾的是并没有找到一份满意的工作，可也不敢将希望寄托在板爹身上，以我对他的了解，找工作的事情他百分之九十九不会帮我。

比找工作更让我遗憾的事情是，我的身上已经没有一分钱，最后的那几十块钱都花在最近坐公交车找工作上去了，可我也拉不下脸问板爹和老妈要，好在现在不需要租房，也不需要花钱吃饭，日子总算还能对付着过。

这又是一个下午，我坐在电脑前浏览招聘信息。老妈忽然来到我身后，拍了拍我的肩膀语气喜悦地对我说道：“昭阳，我上次托你张阿姨办的事情，她还真放在心上，这不给你找了个姑娘，正好你现在没事儿，今天晚上你们约着见见面，先看看能不能谈得来。”

“行啊。”我一口应了下来，随即又问道，“妈，晚上你一起去吗？”

老妈摇头说道：“我就不去了，现在的年轻人都不喜欢长辈跟在后面掺和，这个老妈是知道的。”

“别啊，你去呗，我就喜欢你跟在后面瞎掺和啊！”我赶忙说道，实际上是想让老妈跟着去买单，我现在身无分文，到时候和人家姑娘吃完饭却没钱付账，那种尴尬我简直想都不敢去想。

“不去了，我们两边家长都说好了，就让你们单独见面。”

我垂死挣扎，道：“去啊，你不去我怎么认她啊！”

老妈当即拿出手机，用微信给我发了张照片，说道：“这是那姑娘的照片，你到咖啡店后就看着这张照片认她。”

我拿起手机看了看，姑娘的模样还行，但这并不是重点，沉默半晌，咬着牙想问老妈要点钱，可最后硬是没能开得了口！

第71章 人生中第一次相亲

下午5点半，距离相亲的时间还有半个小时，我稍微整理了一下自己的外形，从卫生间里走了出来，而板爹也提着公文包打开了屋子的门。

我又一次涌起和板爹要钱的冲动，半晌说道：“板爹，今天下班挺早的嘛。”

“不都是这个点吗。”板爹不咸不淡地回了一句。

我赶忙去给板爹倒了一杯水，板爹也没察觉出什么，很自然地从我手中接过了水，然后问我：“你这几天工作找得怎么样了？”

“这不刚投出简历吗，才面试了几家，都不太满意。”

“你要求别太高，有个差不多的工作就行了。”

“我可不是刚从学校毕业没有工作经验的嫩学生，这个找工作的事情还真不能瞎凑合。你又不是不知道现在年轻人的开销有多大，至少薪水要能养活自己吧！”

我已经隐晦地提出了现代年轻人的开销大，希望板爹能够理解，然后给我一些零花钱，以解我的燃眉之急。

却不想板爹很轻描淡写地说道：“知道开销大，平时就省着点花。”

板爹看待问题的逻辑让我很无奈，半晌不言语，而板爹也懒得再和我多言，放下茶杯转身向自己的书房走去。

“板爹……”我终于咬了咬牙喊道。

板爹不苟言笑地回头看着我问道：“还有事情吗？”

板爹的表情让我莫名心慌，半晌嗫嚅道：“那个……那个，借点……把你的车借我用一下，今天晚上要去相亲。”说完恨不能抽自己一大嘴巴，要个钱怎么就这么难开口？

确实难开口……毕竟自己是个已经工作了好几年的成年人，如果还和自己的父母伸手要钱，这也太扯淡了！

板爹并没有察觉出异常，从包里将他那辆单位配的老款桑塔纳2000的车钥匙拿出来递给了我。

我有些呆愣地看了看手中的车钥匙，然后又傻愣地看着板爹进了房间，直到房门关上，才意识到自己貌似又丢掉了一次要钱的机会。

硬着头皮开着板爹的那辆快报废的桑塔纳2000向约定的咖啡厅驶去。一路上也不是没想过找以前的朋友借钱，可这些朋友大多是高中时期的，很久都没有联系过了，忽然回来就问人家借钱，好像也有点不太厚道。

不知不觉中又过了几个有红绿灯的路口，乍看到约定见面的咖啡厅就在前面50米左右的地方，硕大的店铺招牌晃得我心里更加忐忑。

磨磨蹭蹭地停好车，又磨磨蹭蹭地向2楼走去，蜗牛步中拿出手机又看了一遍照片，这才站在咖啡店的大厅里扫视着。

扫了两遍终于在一个角落里发现了一个相貌特征与照片挺吻合的姑娘，理了理衣服向那个角落走去。

我来到姑娘面前，再次打量。只见姑娘长得还不错，五官不错，皮肤也不错。不过和简薇比少了些惊艳和气质，更没有米彩那份惊世骇俗的美，也没有乐瑶身上时尚、前卫、性感的气息，总之就是普通的漂亮，普通的姑娘。

可就是这样的姑娘适合过日子，所以我对她的第一印象还不错。

我笑了笑，特彬彬有礼地问道："请问你是李小允姑娘么？"

姑娘点了点头，也冲我笑了笑，道："那你就是昭阳咯？"

"没错，我就是……可以先坐下吗？"

"坐吧。"

我刚坐下，服务员便拿着一份菜谱来到我们身边说道："先生、小姐，现在可以点单了吗？"

"那个，你们这边是……吃完饭后买单，还是点完单就得付钱啊？"

似乎没人问过这么奇葩的问题，服务员愣了愣才回答："这个，都可以的。"

我松了一口气，道："那行，菜单给我吧。"

服务员将菜单给了我一份，我和李小允各自点了自己想吃的东西，然后在等待的过程中又聊了起来。

李小允是个挺活泼的姑娘，主动对我说道："先做个自我介绍吧。我的名字你已经知道了，今年是我的本命年，所以年纪你也能猜到。目前是一家广告公司的客户部主管，暂时没有自己的房子，和父母住在一起，大概情况就是这样。"

我瞪大眼睛看着李小允，她这么露骨地自我介绍让我很不可思议，感觉自己好像查她户口似的。

李小允也很疑惑我的反应，半晌才用试探的语气问道："你这是第一次相亲吗？"

"对啊。"

"那难怪了，我刚刚做的自我介绍是相亲必走的程序，如果以后你踏上相亲这条路，会习惯的。"李小允笑了笑，道。

我点头说道："是哦，好像电视上是这么演的！"

"所以该你介绍自己咯。"

我正襟危坐，演讲似的说道："我叫昭阳，今年26岁，目前无业，呃……没车，没房，也没存款，目前和我爸妈住在一起，可能还得住上很久，对于未来也没什么特别的规划和目标，属于得过且过型的。”

李小允好似被我的自我介绍给惊到了，半晌才说道：“你说的是真的吗？”

“对啊，千真万确！”

“可是帮我们介绍的张阿姨不是这么说的呀。”

“那她怎么说的？”

李小允回忆了一下说道：“她说你刚从苏州回来，是某个大型百货公司的白领，勤奋上进……是一个很不错的小伙子！”

我“哈哈”笑道：“媒妁之言你也信，这说得也忒离谱了，我听了都惭愧！”

李小允哭笑不得地看着我，半晌才问道：“那张阿姨说你会弹吉他，多才多艺也是虚的吗？”

李小允的话，让我有点冒冷汗，这可真是难为我老妈了，估计她也实在找不到我身上有什么优点，便索性把我会弹吉他，也当成个事儿说给张阿姨听了，然后张阿姨又很热情地转告给李小允。

半晌我才对李小允说道：“会弹吉他这事儿倒是真的，不过这和相亲也搭不上什么边儿吧？”

李小允点头，没有再说什么。

我笑了笑问道：“是不是感觉丰满的理想瞬间变成骨感的现实，然后承受着这种落差，心里特失落？”

李小允摇头笑道：“也不是啊，我觉得你还不错，至少很坦诚，比一般男人坦诚很多！”

我心中一喜，觉得这是一个千载难逢的下台阶的机会，于是脸皮一厚顺着李小允的话说道：“我也觉得自己很坦诚，不过我还有一件更需要坦诚的事情告诉你。”

李小允有些不解地看着我问道：“什么事情？”

“……我现在身上一分钱都没有，所以……这顿饭得你请客！”

第72章

意外的相见

在我说完让李小允请客后，她又一次哭笑不得地看着我，半晌对我说道："那就我请客吧。"

我心中顿时松了一口气，这原本很尴尬的事情就这么被自己的厚脸皮所化解了，想了想我又对李小允说道："你回去可别和你爸妈说我没钱请你吃饭啊，这事儿要是传到我爸妈耳朵里，影响特不好！"

"放心吧，不会说的，就当请朋友吃顿饭嘛！"李小允很爽快地说道。

我冲李小允竖了竖大拇指说道："姑娘你的觉悟真不错，我挺欣赏你的。"

"唉！不是我觉悟高，实在是拿这事儿没办法啊！你说我俩出来相亲，你没钱买单，那肯定就是我了嘛！"李小允笑着叹息道。

李小允这么一说我还真有点儿不好意思，尴尬地说道："听说相亲的道路上一定会遇到一两个奇葩，你遇到的就是我吧？"

"要说奇葩你肯定当仁不让了。"

我往李小允摆放在桌上的钱包看了看，随即说了一句更奇葩的话："你看我们这儿都知根知底的，要不你就好人做到底吧，我最近真是缺钱花，你给借点儿，等我找到工作，拿了工资就还你，肯定不会太久的，最多2个月。"

"借多少？"

"1000吧。"

李小允随即从钱包里点了1000元的现金递给了我，我说了声“谢谢”再次厚着脸皮收了下来。

大约半个小时后，我和李小允吃完晚餐，最后我用和她借的1000块钱买了单，当然，这还算是一个不错的结果，也算是我请她吃了饭，因为这借的1000块钱我是肯定会还给她的。

夜色中，我和李小允站在咖啡店的门口，我向她问道：“你怎么来的？”

“打车啊。”

“那我送你回去吧。”

李小允摇了摇头说道：“不用了，我家离这边也不远，打车很方便的。”

我没有坚持，因为我明白，一般女方拒绝了男方送她回去的要求，证明她对这个相亲对象是不满意的。

我当然能够理解李小允，她要满意才奇怪，毕竟她已经到了女大当嫁的年纪，更多的还是要考虑男方的经济基础。

虽然理解我仍旧有些失落，因为纯真的爱情在这个什么都需要金钱去证明的年代已经越来越少，甚至绝迹。

稍稍沉默后，我对李小允说道：“那你给我留个电话号码吧，以后还你钱的时候好联系。”

李小允点了点头，将自己的号码给了我，我将号码记了下来，笑了笑对李小允说道：“希望这次相亲经历没有给你留下阴影。”

“不会的呀，我觉得你挺有意思的，至少我们相处的时候一点儿也不闷。”

我开玩笑，道：“唉！你这么说，我更惭愧，好像除了会说笑也没有其他可取的地方了。”

“每个人都有可取的地方，只不过需要时间去发现而已，不过你呀，真的要好好努力了，相了这么多次亲，你是唯一一个……”李小允忽然意识到什么，没有再说下去。

我却懂，她一定想说，我是唯一一个，在26岁的年纪，却仍没有存款，没有工作的。

结束了相亲之后，我开着板爹那辆快要报废的桑塔纳2000来到宣武市场对面的那条河边，一个人坐在河边的草坪上，有些沉闷地抽着烟。心中一阵阵低落，这种低落源于我迟迟搞不定自己的生活。

护城河里的水在夜色下顺着秋风往城市的东面流淌着，我茫然地看着，渐渐觉得自己虽然身在这座城市里，可却更像一个旁观者，这里的万家灯火根本与我无关。

“昭阳，你相完亲不回家，一个人待在这边做什么？”老妈的声音忽然在身后响起。

我吓了一跳，从草坪上坐了起来，怔怔地看着，半晌问道：“妈，你怎么跟来了？”

“你进咖啡店的时候我就跟着了，和小允的妈妈一直坐在你们后面的餐位上。”

老妈的话让我一阵心惊肉跳，要是她一直坐在我们后面，那我刚刚和李小允的对话她不都听到了吗！

我问道：“你不是说让我们单独相处吗，干吗还跟着啊？”

老妈不理会我的质问，却沉着脸对我说道：“你这个不靠谱的儿子，有你这么相亲的时候和人家姑娘借钱的吗？”

“妈呀，我是真没钱啊！”我底气不足地叹了一句。

老妈在我身边坐下，并没有发火，而是放轻了语气向我问道：“你告诉老妈，你这些年在苏州到底是怎么过的？”

许久我才回答：“就这么不靠谱地过的呗……妈，我真的不是一个好儿子，这些年总是让你和板爹操心！”

“人在年轻的时候都会犯点错误，改正了就好，以后日子还长着呢。”

“嗯。”我重重地点了点头。

老妈搂住我笑了笑，道：“回头我再劝劝你爸，让他给你安排一份工作，以后你就待在我们身边。”

“板爹实在不愿意就算了，我自己去找吧，改正错误就从找工作开始。”

“他那是古板，自己儿子不帮，帮谁！”

我没有言语，实际上我自己也弄不清楚，让板爹帮我找一份工作，到底是对还是错。

许久我终于说道：“妈，你先回去吧，我想一个人静一会儿。”

“行吧，不过临走前我得问你一件事儿。”

“你问吧。”

“你觉得小允这孩子怎么样，想不想和她处下去？”

我想了想说道：“处对象的事情以后再说吧，现在什么都不稳定的。”

“才相了一次亲就把你怂成这样了？”

我抹了抹脸又躺回到草地上也不言语，我承认我是有点儿怂，可这并不是因为相亲本身，而是自己的处境。

我意识到：离开了苏州虽然短暂地告别了痛苦，却更加茫然，为自己的未来茫然。

这个夜，我一个人在河边待了很久，也想了很多，可是并没有想出什么头绪，而未来过得好或坏更不是仅靠想想便能决定的。

我不想回家，仍开着车，晃荡在徐州这座我生命起始的城市里。看着车窗外林立的高楼，忽然想起，我也曾经有过雄心壮志，我想做一个出色的企业家，不光要实现自身的价值，还要帮助更多的人实现自我价值。

后来不知道哪一天便忘记了这个伟大的愿望，去学了吉他，从此弹着吉他唱尽世间百态却唱不出一份完整的爱情，于是更不愿意去想那个什么企业家的愿望！

人嘛，要么成功，要么安于现状，要么堕落。我的点儿背，最后就这么该死地堕落了，却常常记不得自己到底是怎么堕落的，又是从什么时候开始堕落的！

当堕落变成一种习惯，也就渐渐不觉得羞耻了，于是我又去了游戏城，买了一小篮游戏币，与一个初中生模样的小孩打起了一款格斗游戏。

我叼着烟操纵着游戏机里的八神庵一个轻踢后，接了一个重手，又接了一个葵花二式的连招，最后爆了个八稚女，瞬间KO了小孩所控制的角色。

小孩涨红着脸看着我又不敢说话，这让我心中升起一阵无敌的寂寞，然后自己也就笑了，我竟然堕落到在一款游戏里找所谓的存在感。

我扔给了小孩一个游戏币，示意他继续，小孩转悲为喜，将游戏币投进游戏机里，于是两人又奋战了起来，在小孩的阵阵惨叫声中，我将游戏机拍得“啪啪”作响。

“昭阳，你游戏玩得不错嘛！”一个女人的声音在我的身后响起。

我注意力全部集中在游戏上，一时没理会，乍然意识到：游戏厅内怎么会有人知道我的名字，随即猛然一回头，竟然发现米彩站在我的身后。

我傻了似的看着米彩，以为在做梦，又以为自己还在苏州，而小孩儿趁机放了一个大招，打死了我游戏里的角色！

第73章 你那么喜欢装

我用力掐了掐自己的脸，疼痛感顿时传来，确定并不是在做梦，又愣了很久才向米彩问道：“你怎么来了？”

米彩笑了笑，道：“当然是来找你的呀。”

“可……可是你为什么来找我啊？又是怎么找到我的？”

相较于我的震惊，米彩却很平静地对我说道：“你先玩游戏，待会儿说。”

“那你干吗？”我下意识地问了一句。

“看你玩呀。”

米彩刚说完，那边的小孩儿已经帮我往游戏机里投了一个游戏币。

我平复一下心情又和小孩激战起来，可却无论如何也打不赢了，最后将一篮游戏币扔给了小孩，拉着意犹未尽的米彩离开了游戏室。

夜已经有些深了，风带着深秋的冷冽从我们身边呼啸而过，而米彩却穿得有些单薄，她下意识地掖紧了那件她穿过很多次的千鸟格的毛呢外套。

我再次按捺不住地问道："我怎么觉得这事儿特离谱，你赶紧告诉我，你为什么来找我。"

米彩看着我，表情不似以前那般淡然，她从口袋里拿出一封信递给我，道："这是你写给我的对吗，你早就知道了我是卓美的总经理！"

我接过信件却没有拆开，只是怔怔地看着米彩，情绪却跌宕起伏，沉默了很久，才点上一支烟向米彩问道："你是怎么知道这些的？"

"方圆，是你的朋友方圆告诉我的，他说你因为这个事情才从宝丽百货辞职，然后离开苏州的。"

"他不应该告诉你这些的，这是我自己的选择。"

米彩看着我，没有言语，实际上即便她不言语，我也已经知道她的态度，她是感激我的，否则她不会千里迢迢地从苏州赶到徐州来见我。

我不希望这件事情成为米彩的负担，更不需要她感谢我，于是笑了笑，抱着转移她注意力的目的问道："我很奇怪你是怎么知道我在游戏城的，你这也太神通广大了吧，这可是徐州！"

米彩微微一笑，道："方圆把你家的住址告诉我了，我就去你家找你了。正好你爸在家，他还给我做了晚饭，最后你妈回来了，我问她你在哪儿，她说你心情不好的时候就会去游戏城，八九不离十会在那里，然后我果然就在游戏城找到你了。"

"你费这么大周折，为什么不提前给我打电话啊？"

"你那么喜欢装，如果我提前给你打电话，让你做好准备，我还怎么看得到你可怜兮兮的样子？"

我被米彩噎得一阵无言，半晌看着板爹那辆桑塔纳说道："我可怜吗？有车开，有烟抽，有游戏玩，自在得神仙似的！"

米彩无奈地摇了摇头，对我说道："咱们别站在这儿说话了，我有点冷。"

我当即将自己的夹克脱下来披在米彩的身上，又向马路对面指了指说道："对面有个茶餐厅，去里面坐坐吧。"

米彩点了点头，随即与我一起避开了车流向马路对面走去。

茶餐厅里，我和米彩相对而坐，我喝的绿茶，米彩要的红茶，茶杯里的热气在我们的身前弥漫开来，我透过热气看着米彩，她依旧那么美。

米彩握着茶杯轻轻转动着，她似乎想说些什么，一时却又不知道怎么开口。

最后我打破了沉默，但也只是以聊家常的方式问道："你今天晚上住在哪里啊？"

"酒店。"她回答得漫不经心，甚至没有看我。

"哦，什么时候回苏州？"

米彩终于抬头看着我问道："是不是觉得我来徐州找你很冒昧？"

"你误解我意思了，我是怕你工作忙，才这么问的。"我赶忙解释道。

米彩摇了摇头，道："工作再忙，我也要来徐州找你的……很感谢你不计回报地帮助我。"

"你不用这么客气，即便是别人我也会这么做的。"我笑了笑说道。

米彩点头沉默，而我却发觉自己和米彩从来不曾像现在这般相处过，这让我有些不自在。

许久米彩看着我问道："那你以后打算怎么办？"

"我都回徐州了啊，以后肯定就待在徐州生活了，其实这里也蛮不错的，至少能陪着家人。"

米彩看着我，欲言又止。

"你们卓美呢，现在稳定下来了吗？"

"暂时稳定下来了，但这只是一个开始，以后类似的事件或许还会有。"米彩情绪有些低落地回答道。

我在心中轻声叹息，也知道米仲德不会这么轻易地放弃卓美的掌控权，后面一定还会有其他针对米彩的动作，心中更同情米彩，毕竟算计她的是她的亲叔叔，可我也无能为力，能帮她的也就仅仅那么一次。

"我听方圆说，这一次你丢掉了很难得才争取到的工作机会，付出这么大的代价你后悔吗？"

我摇头说道："其实当时我真的挣扎了很久，毕竟人性都是自私的，可是当我真的下定决心时，我就不会后悔。"

米彩喝了一口热茶，终于好似下定了决心般地向我问道："昭阳，你愿意回苏州，加入我们卓美购物中心吗？"

"你这是补偿吗？还是你觉得我需要你这样的补偿？"

"你如果要补偿就不会通过那样的方式告诉我这一切了。我只是希望你加入卓美，一来你现在没有工作，二来你本身便是从事企划工作的，三来在卓美工作是一个不错的选择。"

我笑问："如果方圆不告诉你这些，你会邀请我加入卓美吗？说到底你只是因为过意不去，但是真的没有这个必要！"

"我承认我的确过意不去，但是你有没有想过方圆为什么会告诉我这些？他也不希望你因为这个事件丢掉工作，希望你能继续留在苏州，毕竟那是你曾经努力过的地方。"

我摇头，道："你说得不准确，苏州并不算是我努力过的地方，而所有关于苏州的记忆都是灰色，因为我在那里消沉、颓靡……"

米彩没有再言语，她显然并不善于做说客，而我也真的不想再回苏州了，因为找不到回去的意义。

加入卓美，更不可能，因为这会让我的选择充满利益感，好似为了加入卓美才这么做，会让我更加愧对陈景明，无论如何我也不愿意带着这样的愧疚生活着。

我愿意把徐州这座我生命起始的城市当作人生的避风港，从此在这里安居乐业。

第74章 不去卓美工作

夜幕下的窗外渐渐安静了些，茶餐厅内几乎没有了顾客，音响里工作人员伴随着陈奕迅的《预感》通知着还有一刻钟店铺将要打烊。重复了两遍之后，大厅的灯也熄灭了一排，只有我和米彩所坐位置的灯还全部亮着。

这个夜我们没有达成共识，但却必须要离开了，我起身对米彩说道："我们该走了。"

米彩点了点头，也随我起了身，情绪看上去却有些低落，只是我却辨不清她的低落是因为担忧自己在卓美的未来，还是因为我不愿意回苏州加入卓美。

我陪米彩在附近订了酒店，等米彩拿到房卡，两人也随之迎来了分别的时刻。

我对米彩说道："你明天要是不走的话，欢迎到我们家做客。"

"我不走，这两天都不走。"

"有必要待这么久吗？"

"徐州又不是你家的，我想待多久就待多久。"

我有点无语，也有点意外，因为米彩很少会说带情绪的话。

半晌我说道："那成吧，咱们明天再见。"

米彩点了点头，随后拎着行李包，在服务员的引导下向电梯处走去。

回家的路上，我当即给方圆打了电话，怎么着我也得和他聊聊。

一会儿电话便接通，没等我说话，方圆便笑道："刚拿出手机给你拨过去，你倒先打过来了……是不是米彩去找你了？”

“这事儿你干吗要告诉她啊，这不是给她增加心理负担吗？”

“哟，不光做好事儿不留名，还关心人家的情绪，雷锋同志也没你昭阳做得这么到位吧！”

“别扯淡……”

方圆还没回应，电话却被颜妍给抢了过去，开口便问道：“昭阳，你找到工作了吗？”

“暂时还没。”我没好气地回道，我知道告诉米彩这事儿，多半是颜妍这事儿妈怂恿方圆去做的。

“那米彩有没有邀请你回苏州，到她的卓美购物中心工作。”

“说了。”

“你怎么说？”

“你觉得我有必要再回苏州吗？”

颜妍笑道：“昭阳啊！你这打的是漫游加长途吧，你悠着点打，以我对你的了解，你下一阶段的电话费能不能搞得定还真不好说！”

我不禁佩服颜妍的跳跃思维，半晌说道：“你大爷的，你和我说说，这都哪儿对哪儿啊？”

“我的意思是，你都潦倒成这样了，米彩又亲自去找你，给你一份工作，你就别端着了，成吗？赶紧回苏州，继续你的生活。”

“你一女的，什么都不懂，别和我说话，把电话给方圆。”

方圆接过电话，随即对我说道：“颜妍的意思就是我的意思。”

“颜妍搞不清楚状况，你也搞不清楚状况吗？我要回苏州，去卓美工作，我是不是更对不起陈景明？你让我怎么过自己这一关？”

“你回苏州也不一定要去卓美工作嘛，当然如果你在徐州已经找到不错的工作，就当我没说。”

我无言以对……

方圆继续说道：“你自己好好考虑一下吧，来苏州有兄弟们互相搀扶着往前走，你在徐州，以我对板爹的了解，他肯定不会在工作上帮你什么忙的。”

我又一次无言以对，因为被方圆给说中了，板爹还真就不愿意管我工作的事情，要不然我也不会这么因为工作干耗了一个多星期！

“昭阳，时间不早了，咱们就聊到这儿，这事儿你自己多琢磨琢磨……对了，待会儿我给你充100块钱话费，你那电话不能断，咱们得保持沟通。”

“你夫妻俩能别这么损么？！”

方圆没再接我的话，直接挂掉了电话，而我的窘迫在方圆和颜妍的一顿臭损后被数倍放大，的确，要不是今天和相亲的李小允借了1000块钱，我真的连充话费的钱都没有了。

又过了一个红绿灯，再过一条街便能到家。这个时候手机的短信提示音忽然响起，拿起来看了看，竟然是充值100元成功的短信提示，顿时哭笑不得，方圆和颜妍这两口子真是巨有才！

回到家，打开门，板爹和老妈都在客厅的沙发上坐着，我带上门将车钥匙扔给了板爹，问道：“你们还没睡呢？”

老妈看着我笑道：“昭阳，今天来我们家找你的那姑娘是你的女朋友吗？”

对于老妈的提问我一点也不意外，当即说道：“她不是我女朋友！”

板爹表情严肃地将话接了过去：“她不是你女朋友能从苏州跑到徐州来找你吗？你是不是做了什么对不起人家姑娘的事情了？”

我心中泛起一阵无力感，不知道怎么和他们解释，习惯性地摸了摸鼻尖。

老妈立刻对板爹说道：“老昭看到没，就那个动作，每次不说真话的时候就那个动作。”

板爹附和着老妈点了点头，我实在没辙，只得说道：“这事儿我和你们真的解释不清楚，明天估计她会来咱家吃中饭，你们要不信就去问她啊，问她我们是什么关系。”说完赶忙向自己的房间走去，害怕他们没完没了地追问下去。

谁知刚泡了一杯茶坐在床上，老妈又推开了我房间的门，看样子是不打算放过我，继续刨根问底。

老妈搬了一张椅子在我的对面坐下，语重心长地对我说道：“昭阳，我都听你爸说了，她就是在苏州和你住在一起的姑娘，我还给她织过围巾呢。”

我没否认，点了点头。

“那你老实和我说，你们是什么关系，这都住在一起了，还说没关系，你当你妈傻呀？”

“妈，不是我不承认，实在是真的没关系啊，你不知道城市里现在流行合租吗？我们是在一起住过一段时间，可也不是睡一间房的啊！非要牵强地说有关系，那就是普通朋友吧。”

“普通朋友她怎么大老远地跑徐州来找你啊？”老妈用一种你继续装的眼神看着我。

我哭笑不得，索性往床上一躺，盖上被子，目空一切……

老妈明明是自言自语，却更像说给我听的，道：“那姑娘真是水灵漂亮，难怪你不愿意和小允处对象呢，可这么漂亮的姑娘怎么就看上你了呢？还特意来徐州找你，这事儿可真玄乎！”

这番感叹让我哭笑不得，恨不能问她：我到底是不是她抱回来的儿子，我有那么差吗？可又不敢和她搭话，生怕她继续没完没了地问下去，于是，直接将被子拉到了最上面，连脸都遮住，不听、不看、不说……

第75章

可以信任的朋友

次日早晨，我还沉浸在梦中，老妈便将我叫醒，我迷迷糊糊地抱怨道：“妈，这才几点啊！你就把我喊醒，让我再睡一会儿。”

“别睡了，问你点事儿。”

“您就别问了，我都说了我和那姑娘没关系，真没关系。”我重重打了个哈欠，闭上眼睛又躺在了床上。

“我是问你那姑娘喜欢吃什么，你不是说她今天要来我们家做客嘛，我待会儿就去买菜了。”

“你就买一些藕、甜椒、面筋、河虾，再做个辣子鸡什么的就行了。”

“这不都是你爱吃的吗？”

“年轻人口味都差不多，您自己看着办就行了。”

“这可马虎不得……”

没等老妈说完我便打断：“您就放心去买吧，她肯定爱吃。”

老妈终于不再唠叨，想了想又问我：“你有打个电话关心人家姑娘吃早饭了吗？”

“妈，我们不是一个时代的人，您别把你的生活习惯套在我们身上啊，她起没起床还不知道呢，您先把菜买回来再说。”

“你就整天嫌我唠叨，我这不都是为你好吗，赶紧给人家姑娘打个电话，再问问她什么时候过来，你去接她。”

“您说的我都照办，您再让我睡一会儿，行吗？就一小会儿。”我央求道。

“那我刚刚交代你的事千万别忘了，听到没？”

我连忙点头应了下来，老妈又絮叨了几句，这才离开了我的房间。

老妈离开后，我却渐渐没有了睡意，在床上辗转反侧了半天，终于拿出手机拨通了米彩的电话。

米彩很快接通了电话，很客气地对我说了句“早上好”。

我也回了一句“早上好”后，又问道：“你吃早饭了吗？”

“正在酒店的餐厅吃呢。”

“哦，你的生活习惯不错嘛，这会儿正是吃早饭的点儿。”

米彩“嗯”了一声算回应我。

“待会儿吃过饭你准备干吗？”

“逛逛你们徐州的百货和购物中心。”

“米总这是专程来徐州做市调的啊！”我感叹道。

“不是，是专程来找你的，市调只是顺带做的。”米彩语气认真地对我说。

我就害怕别人很一本正经地和我说话，半晌没言语。

米彩又对我说道：“徐州是你的主场，你不来给我做向导吗？”

“这个是没有问题的，反正我现在时间一大把。”

“那我在酒店门口等你。”

结束和米彩的通话，我迅速起了床、洗漱好，前后不到10分钟，真想让那些磨蹭的女人们看看这才叫速度。

没来得及吃上一口早饭，便开着板爹的桑塔纳2000，向米彩住的酒店驶去。

到了酒店之后，果然看到了在门口等待的米彩，我按下车窗向她问道：“是坐我的车，还是你自己开车。”

米彩没有言语，直接用行动回答了我，她打开了副驾驶的门在我身边坐了下来，我随即启动了车子。

往市中心开的过程中，米彩一直很入神地看着摆在车内的一张照片，这张照片是我们的全家福，只是照片上的我那时还很小，带着很稚嫩的笑容抱着板爹的腿。

米彩的神色有些黯然，又笑了笑，我明白她的黯然。

我按下了相片框，不想让这张照片继续撕扯米彩的情绪，转移了话题问道："听说你们卓美在上海和南京的店正在筹备中，在徐州这样的三线城市做市调不太符合你们的大城市战略吧？"

米彩摇头说道："其实关于卓美未来发展的方向我们内部的高层是有分歧的。我个人认为卓美的战略重心应该放在二线和三线城市上，一线城市面临的竞争过于激烈，也会消耗掉我们很多资源，如果不能盈利的话，很快便会影响整个集团的运营。"

我点头，心中也大致明白，米仲德对卓美的战略规划是在一线城市，而米彩则偏向二三线城市，这种分歧一定会再一次加深两人之间的矛盾。我有一种预感，卓美的未来，米彩和米仲德不可能共存，至于最后谁能彻底掌控卓美，我不能轻易断言。

整个上午，我陪米彩逛了徐州几个比较大的百货和购物中心，两人也交流了一些对市场的看法，而这也算我们为数不多的共同语言了。

在去我家做客之前，米彩执意给板爹和老妈买了不少礼物，而我则充当苦力拎着这些礼物，随之抱怨道："你到我们家做客，真的不用买什么礼物，弄得你像我女朋友似的。"

"一定要是女朋友才能买礼物吗？"

"这倒不是，不过咱们现在是男大当婚女大当嫁的年纪，长辈难免误会，待会儿见到板爹和我妈，你得好好和他们解释一下我们的关系。"

米彩反问我："那你觉得我们是什么关系。"

我想了想回答："对头多一点，朋友少一点的关系。"

米彩摇头否认，道："我可没把你当对头。"

"那你把我当什么？"

"朋友，一个可以信任的朋友。"

我笑了笑，道："待会儿你和我爸妈介绍自己的时候就这么说，不过你可千万不要因为那件事情就对我有所改观，然后盲目地信任我，我可真算不上是什么好人！"

米彩摇头说道："我不愿意把一个人想得太复杂，这会让人很累，所以我更愿意相信自己的直觉。"

"难道我们初次见面的时候你也是这么认为的？"

"没有，那时候只觉得你很渣，难得一见的人渣！"

我道："所以，你也并不是凭直觉判断我的，或者说，我在你的第一直觉里还是一个人渣。"

米彩笑了笑，道："不讨论这个了，逛了半天，我都饿了，赶紧去尝尝板爹做的饭。"

我扯住了往前走的米彩，疑惑地问道："你刚刚喊我爸什么？"

"板爹啊！"米彩答道，瞬间反应过来，"我只是觉得这么喊好玩，就随你这么喊了，没其他意思的。"

"你在他面前可不能这么喊啊，他一直以为板爹是俺爹，你要喊了，这事儿可真就闹大了。"

米彩意识到事态的严重性，很认真地点点头，随后我们两人相对而笑，她的笑容在阳光正好的中午是那么让人心跳。

第76章

神经病吧

中午11点半左右，我和米彩一起来到我家，开门的是老妈，米彩将买好的礼物递给老妈说道："阿姨，昨天来得急也没顾得上给你们买礼物，挺冒昧的，这些东西希望您和叔叔能喜欢。"

老妈笑得合不拢嘴，却很客气地说道："喜欢，喜欢，你来做客阿姨和叔叔就很高兴了，不用这么破费的。”

米彩笑了笑，老妈随即很热情地招呼米彩进去坐。

进了屋米彩很客气地又去厨房和做饭的板爹打了招呼，这才在客厅的沙发上坐了下来。

我找了一本杂志给米彩打发吃饭前的时间，自己则坐在她身边也拿了一本杂志看了起来。

片刻之后，老妈和板爹招呼我们吃饭，我和米彩都放下手中的杂志，拉开椅子落座，两人很有默契地保持距离，完全没有男女朋友间的亲密，因为我们都能预料待会儿吃饭的时候，板爹和老妈会对我们进行一番盘问。

果不其然，在我和米彩刚喝了口果汁开始动筷子时，老妈便打量着米彩问道：“丫头，你和我们家昭阳是怎么认识的？”

米彩看着我，笑了笑答道：“阿姨，昭阳以前在苏州租的那间房子被我买下来了，我们也就认识了。”

“就这么简单？”老妈语气疑惑地问道。

我赶忙将话接了过去：“那您还想怎么复杂啊？这本来就是一件很简单的事情，正好米彩今天在，由当事人当着你们面把事情说清楚，省得你们老是惦记着。”

板爹和老妈同时将目光汇聚在米彩身上，等待着米彩的说法。

米彩放下筷子，正色说道：“叔叔、阿姨，我和昭阳就是朋友关系……我知道你们疑惑为什么我会千里迢迢地来找昭阳，这个事情我要和你们解释一下……其实，昭阳在苏州的工作已经有了起色……可是，因为帮助我，他丢掉了工作，为此我很抱歉，所以我才来徐州找他，希望能在他的工作上出一份力。”

米彩这番得体的解释让我很是满意，忙附和：“板爹，老妈，事情的前因后果就是这个样子，这下你们都明白了吧？”

板爹不动声色，老妈却面露失望，随即又自我安慰似的说道：“没关系，感情是培养出来的，你们慢慢相处……”

没等老妈的话说完，我和米彩又互相看了一眼，都在对方的眼神中读到了无奈。

终于在老妈的盘问中，我们吃完这一顿有些煎熬的午餐，但也松了一口气，因为终于说服了老妈和板爹接受了我们只是朋友的事实。

已经是午后，板爹照例去上班，老妈被几个牌友叫去搓麻将，此时屋内只剩我和米彩。

我习惯性地点上一根烟，然后对米彩道："我抽烟了，你别反对，这可是我家，我一切行为自由！"

"你是在报复我吗？"

"谈不上报复，就是以前在那间屋子里，被你管制得很不爽……还说什么我自己找一间房，爬上屋顶抽烟都没人管我，你知道我当时有多憋屈吗？"

米彩见招拆招地说道："既然你现在这么自由，那你就爬上房顶抽根烟看看嘛，机会很难得哦，赶紧释放自己的憋屈。"

"当你的面抽我就已经很爽了，我那么低调的一个人，不会做去屋顶抽烟这么拉风的事情的。"我说着往米彩那边绵长地吐了一口烟。

米彩皱着眉，挥手驱散了烟雾。

我"哈哈"大笑，道："现在知道什么叫江山易改本性难移了吧？"

米彩："……"

午后的阳光，透过窗户慵懒地荡在沙发上。我将自己完全放空，仰躺在沙发上，巴不得时间就在这一刻静止了才好。

而米彩似乎比我更享受这样午后的宁静，她已经靠在沙发上睡着了，一脸的安然和恬静。

我起身从房间里拿了一床羽绒被，轻轻地将她的身体放平，脱掉鞋，又帮她盖上了羽绒被，自己却离开沙发将空间全部留给了正在睡眠的她。

站在窗户口，我又点上了一支烟，开始神游……

我知道这次米彩特意来徐州，是希望我能和她一起回苏州，重新在苏州开始工作和生活，可是我痛定思痛中才下定了离开苏州的决心，既然已经回来了，我还有再回去的必要吗？

事实上我是没有回去的必要的，可是每每想起苏州，心中还是会有一种莫名的情绪在翻涌。这种情绪让我不能在心里完全摆脱苏州这座城市，我有点伤，有点不甘心，可又排斥重回故地，这种情绪持续发酵后，我更加无从选择。

米彩似乎很累，这一觉睡得很稳、很长，直到傍晚时分才醒来，她看了看自己身上的被子，问我：“我睡多久了？”

“天都快黑了。”

“哦，你一直这么傻站着？”

“和你学的啊，上次我在河边睡觉，你不是也在我旁边傻坐了一个下午！”

米彩很无奈地看着我，半晌说道：“不说这事儿。”

“不说这些，还能做什么？”

“带我去吃你们徐州的美食吧，我可是第一次来徐州，你要尽地主之谊的。”

“行吧，带你去吃我们徐州的地锅，不过我得提醒你，很辣！”

“我不怕吃辣的，上次去CC的餐厅记得就和你说过。”

“我要带你去的这一家可不是一般的辣，你这水乡出来的苏州姑娘，别把话说得太早。”

“那你说有多辣？”

“你想象不到的辣！”

米彩显得有些底气不足，问道：“如果实在太辣，我可以要求少放一点辣的嘛！”

“那个饭店没有少放辣这一说，去吃的就是辣，你要不行，咱们换一家就是了。”我言语间带着轻蔑说道。

“去就去，我不会折载在你们徐州的。”米彩心一横说道。

“别说得你好像是来征服我们徐州似的，别忘了有我这一尊神在镇守着呢？”

“你很神吗，是神经病吧？”

“你再说一遍！”

“你是神经病吧？”

“信不信我掐死你？”我有些火大地瞪着米彩说道，她太过分了，我可是好心请她去吃地锅。

米彩不和我多言，直接将我拖到一面镜子前，然后特淡定地问我：“你自己看镜子，像不像神经病？”

我：“……”

第77章 真实的她

打电话告诉板爹和老妈今天晚上不在家吃饭后，我便开车带着米彩来到以前经常和朋友聚会去的“辣死你”地锅饭店。

今年饭店重新装修过了，客容量也增大了一些，唯一不变的是那个带着厨师帽的李大爷和他的几个徒弟，他们在对外开放的厨房里忙得不可开交。

走进店内，空气中便弥漫着强烈的辣椒味，米彩下意识地捂住了口鼻。

我轻蔑地看着米彩一笑，道：“如果你扛不住，咱们现在换地方还来得及。”

米彩不甘示弱地放下了手，也不言语，直接找了一个空位，坐了下来。

我笑了笑向服务台喊道：“给来一份地锅鸡和地锅鲫鱼，加红，加大红。”

服务台里的服务员应了一声，随即将写好的单子递给了厨房里的李大爷。

20分钟后，我点的地锅鸡和地锅鱼便被送了过来，又要了两瓶啤酒，只觉得此刻对我而言便是人生中最精华的时刻，有酒、有肉，还有米彩这样的美女陪着，更重要的是，待会儿我很想看看米彩被辣得眼泪鼻涕一大把的模样。这绝对不是我幸灾乐祸，谁让她刚刚骂我神经病来着!

所以，真的要给我们之间的关系进行定位，我觉得还是“对头”最适合、最贴切。

我先给自己倒了一杯啤酒，一口喝完，然后又对米彩说道：“米姑娘，可以吃了啊，为什么还不动筷子？”

“你要赖，你刚刚喝了一杯啤酒，是为了方便冲淡辣味吧！”米彩很计较地对我说道。

我当然知道她的计较是因为心虚，眼前这两个地锅上面可铺满了朝天椒，辣味似乎在空气中沸腾着。

我笑了笑，道：“那你也可以先喝一杯啊，我不介意的。”

“我要也喝了，咱们谁开车回去？”

“这也好办啊，你喝饮料就是了，给你要一罐凉茶，可比啤酒更来事儿。”我说着不给米彩再找借口的机会，自己去服务台拿了一罐凉茶递给了她，然后挑着眉毛对她说道：“喝吧，吃吧，然后记住这个辣死你的夜晚。”

米彩不悦地看着我说道：“我吃就是了，可你也用不着一副小人得志的模样吧！”

我立刻换了一副严肃的表情对米彩说道：“我现在够正经了吧，你赶紧吃吧，地锅趁热好吃，凉了面饼就不好吃了。”

米彩看了看我，然后用筷子拨开了最上面的朝天椒，夹了一块面饼，试探着吃了一口，然后就静止了。

我的心中一阵窃喜，充满期待地等待着米彩接下来的失态，却不想米彩不动声色地将一块面饼吃了下去，然后很淡定地对我说道：“也没想象中辣嘛！”

我狐疑地看着米彩，试图在她的脸上找到死撑的蛛丝马迹，可是她一脸淡然，毫无破绽，竟然又夹起一个鸡块颇有滋味地吃了起来，还抽空不屑地看了我一眼。

我回头向李大爷看了看，不禁怀疑是他丢了水准，随即自己拨开朝天椒夹起一块面饼嚼了起来，顿时感觉爆裂开的辣味已经逼近味蕾能够承受的极限，只一口便感觉到身体开始燥热，鼻尖冒出了细汗。

我将筷子往桌上一拍，一口喝掉了一杯啤酒，还不过瘾，又将米彩那灌凉茶一口喝了个干干净净，今天李大爷不仅没有丢掉水准而且是超常发挥，这辣味简直已经刻进了面饼里！

米彩似笑非笑地看着我问道："昭阳，你是不是徐州人啊，才这么一点辣就撑不住了？"

"你是不是苏州人啊，有你这么能吃辣的苏州人吗？"我说着又给自己倒了一杯啤酒，这才稍稍缓解了些，又不堪地用纸巾抹掉了自己鼻头的汗。

米彩很享受地看着我狼狈的模样，终于笑着向我问道："昭阳，你听说过卡罗来纳死神吗？"

"什么玩意儿？"

"一个美国人培育出来的世界上最辣的辣椒，我尝过，完全受不了！可是眼前的这点辣，还吓不倒我。"

我无语了很久才说道："那你刚刚还一副小心翼翼的模样，看不出来你也很会装嘛！"

米彩不紧不慢地说道："有半句话叫近墨者黑，和某些品行不良的人相处多了，多少会沾染一些陋习的！"

我又一次被米彩噎得想吐血，半晌捂住胸口对米彩说道："我心中有一团淤血吐不出去……"

"那你赶紧多吃点辣椒，刺激一下可能会吐出来的。"米彩一副很关心我的表情说道。

我忽然觉得不能再和她继续沟通下去，因为今天我不在状态，先忍气吞声，休整以后再战不迟。

从"辣死你"地锅饭店出来后，我嘴一阵阵火辣的疼痛，又拿着一罐凉茶往嘴里灌着消火，而米彩若无其事地随我走着，于是她的这种淡定再次放大了我的狼狈。

走了几步我转身向米彩问道："你现在要回酒店吗？"

米彩摇头，道："还没到休息的时间，回酒店太闷了！"

“那我带你去打电动游戏吧，有助于饭后消化。”

“非要去玩那种只有小学生才感兴趣的电动游戏吗？”

我有些火大地说道：“你是不是不损我，就会发胖啊！谁告诉你电动游戏就只有小学生喜欢玩的？”

“我昨天去找你的时候，你就是和一个小学生一起玩的呀。”米彩很平静地回道。

我看着米彩许久，负气说道：“我就一幼稚的小学生行了吧，满意了吧？”

“你别不服气，你看你现在这生气的样子，我要再给你系上一个红领巾，活脱脱的一个小学生嘛！”

我终于彻底败下阵来，央求道：“我求你别损我了，要不咱们真的没法相处下去了。”

米彩带着得胜后的微笑说道：“也不一定非要损你这个手无缚鸡之力的男人，但是待会儿你得听我安排。”

“你安排？我没听错吧，你忽然这么主动我真的有点不太习惯。”

“你是对我有一点误会吧，其实我也不是一个很被动的人，记得上次的夜晚去郊外唱歌，就是我主动提出来的吧。”

我顿时气不打一处来：“你还好意思说这事儿，你知道那次我被你坑得多惨吗？”

“可是你也没长记性啊，依然我行我素，痞得很！”

米彩的话让我再次想起自己的种种恶劣行径，有点不太好意思，转移话题说道：“……不说这事儿了，没意义，你就说你待会儿想怎么安排吧。”

米彩想了想说道：“听你唱歌，那一次也没能好好听，心里一直挺害怕的。”

“你害怕什么？”

“怕被你识破了，我的下场会很惨，你可是把我的被子和毛毯都从楼上扔了下去，像个暴力狂！”

“你还会害怕吗？真不可思议，当时你可犟得和什么似的！”

“犟是因为不想向你这个混蛋屈服，心里当然也会害怕，我只是一个女人！”

看着米彩委屈的模样，我忽然觉得这个女人竟然也有可爱的一面，这或许便是放下了戒备后的她吧，也是一个更真实的她！

第78章 代替他去爱你

这个深秋的夜我选择成全米彩的安排，我和她一起驱车回家拿了吉他，然后两人又来到一个靠湖的广场，这个广场在夏天时会很热闹，可此时已是深秋，过了傍晚便很少再有人来这里找消遣。

我和米彩盘坐在草坪上，路灯温柔地映在我们身上，风似乎也在灯光的过滤下变得绵柔起来。

我试了试吉他的音，向米彩问道：“下面进入你点我唱的环节，说吧，要听什么歌，我尽量满足。”

“你随意就行。”

我想了想，最后选择了一首好妹妹乐队的《冬》，之所以用这首歌暖场，是因为我很喜欢这首歌的歌词。

“再寒冷一点，雪花飞舞的冬天，那年我经过你的门前，我们一起漫步的那条街；再遥远一些，青春朦胧的季节，你的笑凝结在风里面，像白雪一样淹没我的眼，时光流逝多少年，花落人散两分别，想问白云的里面，是否有你相思化作的雨点；月落乌啼霜满天，曾经沧海变桑田，春去秋来又一遍，曾经的我你可否还会想念……”

我在自我陶醉中用一个长尾音结束了这首歌，米彩带着微笑和赞许给我鼓掌。我笑了笑，习惯性地在唱歌后给自己点上了一支烟，又将吉他向米彩面前递了递，问道："会弹吗？我感觉你会！"

米彩将手递给我看了看，她做了美甲。

"你的意思是你会弹，但是不方便弹？"我问道。

"以前在国外上学，无聊的时候学过一点。"米彩点头说道。

"你的气质我觉得更适合弹钢琴，而CC那种气质的女人弹吉他就不错。"

"你把女人的气质划分得挺清楚的嘛。"

我重重吐出口中的烟笑道："我的人生就剩研究女人这一点儿乐趣了……唉！要不然怎么去熬这一遍又一遍的四季变迁啊！"

米彩笑了笑，算是应了我的话，而我掐灭掉烟头，仰面躺在草坪上，看着星空，被秋风吹得有点发倦，也可能和风无关，只是此时的夜太静。

米彩身上的幽香随着微风飘进了我的鼻腔里，我感到安逸和舒适，渐渐地闭上了眼睛，昏昏欲睡起来。

许久身边的米彩终于推了推我说道："昭阳，你能为我再唱一首《爱的箴言》吗？"

我坐起身子看着她，想起不久前我曾在她的车里播了这首歌，她却哭泣了，我意识到这首歌里一定有一个让她难以忘怀的故事。

我怕她再次哭泣，问道："你确定要听吗？"

米彩重重地点了点头。

"好，不过待会儿唱完，你要告诉我你和这首歌的故事，上次……"

米彩打断了我，道："你唱吧。"

我没有得到米彩肯定的答案，但这也勉强不来，只要她此刻愿意听，我就唱给她听，一切顺其自然，让这个秋夜继续简单下去。

我再次拨动吉他，用最低的嗓音演绎着这首代表着大爱的歌曲。

刚刚唱到那句"爱是没有人能了解的东西，爱是永恒的旋律，爱是欢笑泪珠飘落的过程，爱曾经是我也是你……"时，米彩的眼泪已经掉落了下来，她的脸上充满发自内心的悲痛。

我并没有因此而停止唱下去，我知道米彩一定不希望我停止，因为这首歌里有她的怀念，如果打断怀念对此刻的她而言是残忍的。

我缓慢地唱完了这首节奏舒缓的歌曲，而米彩已经哭得像个泪人，在我印象里她是一个坚强的女人，从不会轻易哭泣，可是这首歌却碰触了她内心深处最柔软的地方。

安静的夜，吹着的风，哭泣的女人，让我这个男人心生爱怜，我将身边的米彩轻轻拥进了怀里，抚摸着她的秀发，为她擦掉了哭泣后的泪水。

米彩并没有挣扎，她靠在我怀里许久，哽咽着对我说道："你知道吗……这是爸爸生前最爱的一首歌……在我15岁那年，他带我去听罗大佑在南京的演唱会。那天现场很吵、很闹，可是在唱这首歌时，全场都安静了下来，爸爸轻声告诉我他会一直爱着我，我是他生命里最爱的人，但……他却没有信守承诺，他是个骗子……可是我真的好想他……他在那个世界一定很孤独！"

米彩已经泣不成声，她紧紧地靠住我，像一个缺乏安全感的女孩。而这一刻我也终于明白，她为什么那么厌恶别人不信守承诺的行为，因为她的爸爸米仲信没有能信守一直爱着她的承诺，可是人生就是这么无常，一个有关于爱的伟大承诺就这么毁在了一场车祸中……但我相信，如果真的有另一个世界的话，米仲信一定会坚守着承诺，一直爱着他的女儿米彩。

一阵阵微风吹得我一阵阵无措，我不知道怎么去安慰，许久才沉声说道："别哭了……不久以后，一定会有一个男人代替你的爸爸去爱你，守护着你的，而且爱得更长、更久，不会再有尽头。"

米彩没有回应我的安慰，却与我靠得更紧，我不禁张望着远方，自问：这个世界上真的会有一条幸福的河流吗？如果有，此刻我愿意拉着这个女人的手，纵身跳进这个河流里，哪怕筋疲力尽也要拉住她游到河的尽头。

夜更深了，清风乘着月光从我们的身边掠过。米彩终于离开了我的身体，她理了理被自己泪水染湿的鬓发，看着远方没有街灯照亮的幽暗，表情里已经没有了柔弱，许久转过身看着我，对我说道："昭阳，我希望你回苏州，但不会勉强你，如果你在徐州没有找到合适的工作，觉得苏州更适合自己发展，你来找我，我会帮你安排的。"

我将吉他收进盒子里，开着玩笑问道：“我要回苏州，你愿意把那个屋子让给我吗？”

米彩愣了一愣，道：“如果你愿意回去的话，可以让给你。”

我笑了笑，背上吉他，轻声对米彩说道：“走吧，送你回酒店……对了，你真的还要在徐州待上几天吗？我可以带你到我们徐州的景点转转。”

“不了，该说的我已经说了，该做的也做了，剩下的你自己选择就好，我明天早上回苏州。”

我并不意外米彩的匆匆离去，毕竟卓美这么大的集团需要她去管理，哪怕她只是在徐州过了一天半，但这对日理万机的她而言也已经够久了，而我只希望她回去后能够尽快解决卓美内部的利益矛盾，这样她会省心很多也安心很多！

与米彩并肩走向车子的时候，我对她说道：“明天早上几点走，我去送你。”

“7点，不过不用你送了，我自己开的车，很方便。”

“怎么说你也是来徐州找我的，所以要送的。”

“那随便你吧。”

我点了点头，而夜色在我们的边走边说中，似乎又深了一些。

第79章 分别

回到家时已经是夜里11点，我以为板爹和老妈都已经休息，却不想两人都坐在客厅里看电视。

老妈将电视的声音调小，问我："昭阳，你今天晚上和那个姑娘一起吃的晚饭吗？"

"嗯，带她去吃的地锅。"说完怕他们继续追问又补充，"她明天就回苏州了。"

老妈点了点头果然不再追问。

我还没来得及松一口气，板爹忽然问道："她来是不是要你回苏州工作的？"

"有这个意思吧。"我模棱两可地给了板爹一个答案。

"你在苏州那边的工作是怎么丢掉的？她为什么说你丢工作和她有关系？"

"板爹，我也不打算回苏州工作了，你再问也没多大意义，是不是？"

板爹板着脸说道："你待在徐州也行，工作自己去找，不要指望我帮你安排。"

我有点儿无奈地说道："最近我不一直在自己找吗，您就放心吧，工作的事情不劳您大驾。"

板爹没有再理会我，也将注意力放在了电视里正在播的电视剧上。

回到房间，我倚在床上，点上一支烟，不禁也开始想着最近亟待解决的工作问题。

在看不到未来的低落中，我又想起了米彩，诚然和她回苏州在暂时看来是一个不错的选择，但是那座城市真的让我很疲惫，几乎没有任何期待感，我不想回去把曾经走过的路再走一遍。

次日，我在7点之前赶到了米彩所住的酒店，两人在清晨的阳光中告别。

我将手中的一只盒子递给米彩说："这是我们徐州的特产，小孩酥糖，你晚上无聊时可以嚼着玩玩，不会吃胖的。"

米彩从我手中接过盒子看了看，才微笑着对我说了声"谢谢"。

"路上开慢一点，困了就去服务站睡一会儿。"我心里有点不放心米彩一个人长途驾驶，叮嘱道。

"我晓得。"

"那个……"

米彩看着我，等待我说下去。

“那个，有空再来我们徐州玩。”

米彩面露一丝失望之色，但还是笑着点了点头，随即对我说道：“会的，如果有机会，还希望能来你们这里吃地锅。”

“嗯，那就再见，保重。”

“保重！”

米彩说完便向自己的车走去，而我对着她的背影终于喊道：“米彩，小心你叔叔米仲德，他不会那么轻易歇手的。”

米彩停在原地，却没有转身，点了点头，再不停留，启动车子驶出了酒店的停车场。

看着车子渐渐驶远，我心中产生一种莫名的失落，我不想将这种失落想得太深，轻叹一声也上了车，随后向与米彩完全相反的方向驶去。

这一天，我又应聘了几家公司，和以前一样有满意的也有不满意的，至于最后的应聘结果还需要等通知。

傍晚，我拨通李小允的电话，开门见山地说道：“今天晚上有空吗，想正儿八经地请你吃个晚饭，还有把上次借你的钱还你。”

“待会儿我就下班了，准备在哪儿吃？”

“地方你定吧，看你喜欢吃什么。”

“去吃日本料理吧，最近时尚大道那边新开了一家日本料理店，听说不错。”

“好啊，你在哪个广告公司上班，我去接你。”

“不用了，今天我自己开了车，我们直接到料理店见面就可以了。”

“好。”

我先行来到料理店，订好位置之后，便在料理店外等待着李小允。大约一刻钟后，一辆红色的福克斯两厢在我面前停了下来，接着李小允便从车里走了出来，向我挥了挥手，问道：“等很久了吧？”

“也就一小会儿，位置已经定好了，咱们进去吧。”

李小允点了点头，随我走进了料理店。

双人小包间内，我和李小允相对而坐，一会儿点的东西也上齐，实际上我谈不上喜欢吃料理，不过李小允有这样的要求，我还是要保持男人的风度满足于她。

我们边吃边聊，李小允问我："昭阳，你知道我们那天在咖啡店吃饭，我妈和你妈就坐在我们后面的位置上吗？"

"知道啊，要不然我哪会这么快有钱还给你，我妈可把我骂得够呛，不过还是爱子心切地给了我零花钱。"我笑道。

李小允浅笑，道："你知道我妈怎么评价你的吗？"

"肯定不是什么正面的评价。"

李小允"哈哈"大笑，道："我妈说她长见识了，第一次见到有人在相亲的时候问女孩借钱的。"

我叹息说道："唉！你妈就这么把我给否定了，看来咱俩这亲事是成不了了，不过这也不能怪你妈，是我自己不着调。"

"别这么悲观……"

"你的意思是咱俩还有戏？"

"呃……我也不是这个意思。"

"那你不用安慰我了，咱们今天还是保持愉快的心情把这顿晚餐给吃了吧。"

李小允点头说道："那就不聊这个了，对了，你最近在找工作吗？"

"对啊，一直为这事儿烦着呢，这都已经一个多星期了。"

李小允有点意外地问道："听说你是苏州大学毕业的，挺不错的学校呀，而且你爸是在国企做科长的，你这学历也不错，给你在他们单位安排一份工作不难吧？"

"别提这事儿了，我是他抱回来的！"

李小允笑了笑，又道："你之前是做企划工作的，对吗？"

"怎么，你是打算给我介绍工作吗？"

李小允点了点头，道："可以这么说，我们广告公司策划部，最近正在招商业策划，以你在大型百货商场做企划的工作经验，广告公司的策划工作应该能驾驭吧？"

"问题不大，两者之间的工作本质差不多，很快就能上手。"我很自信地说道。

“那成，回头你发一份简历给我，明天我交给我们策划部的策划总监，他要是觉得没问题，就约着面谈一次。”

“行啊，那麻烦你了。”

第80章 娶妻生子的冲动

这个晚上，我和李小允聊了很久，气氛要比第一次见面时自然多了，我们甚至和彼此聊到了各自在大学时的恋情，这让我们都有些伤感和唏嘘。

在和李小允的各自感慨中，时间已经是晚上的10点，也差不多是时候说再见了。

两人站在料理店的门外，我从钱包里数出1000元递给了李小允，略带抱歉地说道：“挺不好意思的，咱们第一次相亲就问你借钱。”

李小允笑了笑从我手中接过钱说道：“这事儿要看当事人怎么看，当时确实觉得你挺奇葩的，不过现在想想，是你不拘小节，有男人的洒脱。”

我开玩笑道：“借钱还借出男人的洒脱来了，那下次我多问你借一些。”

“那可不行，次数多了，可就证明这个男人的能力有问题了，男人可以落魄一时，但不能一直落魄，对吧？”

我很认真地点了点头，明白李小允的意思。

回到家中，板爹和老妈都还没休息，他们最近在追一部家庭伦理剧，睡得比往常要迟些。

老妈见我回来，很关切地问道：“昭阳，你今天是去和小允约会了吧？”

“嗯。”我应了一声。

“你上次借人家的钱还了吗？”

“还了，对了，她还准备给我介绍一份工作呢，你也就别为我的工作操心了。”

“是她自己工作的广告公司吗？”

“嗯，是的。”

老妈感叹道：“那小允这姑娘真是不错，有没有想过和她试着处处？”

我无奈地说道：“你儿子什么层次你又不是不知道，人家能看得上我吗？”

“你这个傻小子，人家要不是对你印象不错，会借钱给你，和你约会，还帮你介绍工作吗？……小允他们家虽然不是什么大富之家，但爸妈都有份正经工作，你爸呢也是一份铁饭碗，两家知根知底，门当户对的，我觉得你们两人在一起就挺好，关键是你要争气，赶紧把工作稳下来，知道吗？”老妈语重心长地对我说道。

“妈，你说得对！”我附和道。

老妈点头又追问道：“你赶紧告诉老妈喜不喜欢小允，想不想和她处对象？”

“想啊，怎么不想，小允挺好的，是个能过日子的姑娘。”

老妈面露喜色道：“那行，正好以后你和小允在一个公司工作，相处起来也方便，你要好好抓住机会，知道吗？”

“您就放一百二十个心吧，我也想赶紧结了婚，然后加把劲让你们二老抱上一个大孙子。”

我所描述的未来让老妈笑得合不拢嘴，一直没说话的板爹却忽然问道：“昭阳，苏州的那个姑娘今天回去了吗？”

“嗯，今天早上走的。”

板爹点了点，半晌说道：“那也是个好姑娘。”

我不明所以地看着板爹，板爹却没有再言语，若无其事地调着台，让我觉得自己想多了，板爹或许就是单纯地感叹了一下。从某些方面来说，米彩确实是个不错的姑娘，不过我总感觉，她的世界太不真实，我们之间的距离也过于遥远。

回到自己的房间，照例点上一支烟。

此刻，我相信自己已经放下了简薇，因为我在潜移默化中已经进入到另一种生活状态。我渴望一份稳定、简单的爱情，然后在水到渠成之后，将这份爱情转变成婚姻，而我的相亲对象李小允便是最合适的人选。

我忽然又想到了米彩，心中隐隐疼痛，这种疼痛让我意识到我是牵挂她的，但我更愿意把这种牵挂理解为同情，同情她的身世，同情她现在的糟糕境遇。

我这才想起给她发条信息，关心她有没有顺利回到苏州。

许久米彩才给我回了信息，内容很简单，就俩字“到了”。

这个夜，我做了一个梦，梦里我又见到了那座藏在天空里的城，那座城依旧晶莹剔透，而我也看到了那个长发垂肩的女子，可却仅有一个轮廓，我拼了命地想看清楚她是谁，可是怎么跑，我也靠不近她。

我呼喊着：“你到底是谁？”

“你心中的一个女人。”

“既然是我心中的女人，为什么我靠不近你。”

“因为你还不懂自己的心想要什么。”

我重复着她的话，还没来得及理解，便忽然醒了，看了看窗外，天色已经微亮，这才知道刚刚经历的只是一个梦，可却因为这个梦而欣喜，这种欣喜淡得几乎不存在，于是瞬间又蜕化成了失落，是不是我真的不懂自己的心到底想要什么？

坐着想了许久，电话忽然响了起来，拿起看了看，是李小允打来的。

我赶忙接通了电话和李小允打招呼，道：“早啊，小允。”

“早，昭阳。”

“这么早有事儿吗？”

“你忘了昨天晚上我们说好把你的工作简历发给我的吗？”

我抱歉地说道：“瞧我这记性，我这就起床发你邮箱。”

“邮箱你还记得吗，我怀疑你记不住。”

我尴尬地说道：“别把我想得那么混，存在手机里呢！”

李小允终于笑了笑说道：“那你赶紧发过来吧，今天我就交给策划部的周总监，咱们争取把你的工作早点落实下来。”

“谢谢你这么费心了！”我发自内心地感谢道。

“我是怕你没经济来源，下次相亲又得问人家姑娘借钱。”

我无语了很久才感叹道：“你说话也够损的啊！”

“那要看对谁，如果我不保持侵略性，很可能就会在以后的相处中被你给欺负了，听张阿姨说，你小时候可不是一般的淘气，欺负女孩子跟家常便饭似的！”李小允颇为感慨地说道。

我笑道：“我对自己女朋友可是很好的。”

李小允愣了愣，好似明白了我话里的意思，半晌才道：“时间不早了，我得先洗漱吃饭了，待会儿还得去上班呢。”

“那成，你先忙吧。”

听着电话里的“嘟嘟”音，我笑了笑，觉得李小允真的是一个很不错的姑娘，忽然产生了一种要娶妻生子的冲动，就在这座养育我的城市里。

第81章 我想我会珍惜她

起床洗漱之后，我便将电子简历发到了李小允留给我的邮箱里。

当然我也没有将希望全部寄托在李小允的引荐上，这一整天我依旧穿梭在各个公司之间，开始了千篇一律的应聘程序。

应聘了一天后，我终于在黄昏的落日下坐在了彭城广场的长椅上，偷偷点上一支烟。

我有些无聊，于是思维也涣散起来。我自己都没有想到回到徐州后会这么不辞辛劳地为自己找一份可以养家糊口的工作，这让我意识到，或许我真的已经铁了心要待在这座城市，然后娶妻生子，享受一家人在一起的天伦之乐。

小坐了一会儿之后，我收到了李小允发来的微信，她告诉我简历已经帮我递给了她们公司的策划总监，我明天有时间的话就可以过去面谈。

我当即便给李小允回了信息，告诉她没有问题。

到家的时候，板爹和老妈都穿戴得很整齐，老妈一见到我便说：“昭阳，你别换鞋了，马上和我们一起出去吃饭。”

我疑惑地问道：“和谁吃饭啊？”

“小允和她爸妈，还有帮你们介绍的张阿姨。”

“这……这是怎么个意思啊？”

“两家人加深一下了解，你赶紧去换一套正儿八经的衣服，我和你爸到楼下等你。”

我点了点头，不再多问，心中竟然也有一点期待。

我们到达后，李小允和她的爸妈还没有到，倒是张阿姨在我们之前到了。

我们在酒楼门口一边聊天，一边等待李小允和她的家人。

张阿姨笑着问我：“昭阳，阿姨给你介绍的对象靠谱不？”

“靠谱。”我很郑重地点头说道。

“那你自己是什么意思呢？”

“觉得挺好的。”我说道，却没有说喜欢这样的字眼。

张阿姨拉着我的手语重心长地对我说道：“你觉得挺好，待会儿就要主动，你是男孩子，知道吗？”

我点了点头，这个时候一辆红色的福克斯两厢在我们不远处的停车场停了下来，接着便看到了从车里下来的李小允和她的父母。

张阿姨、老妈和板爹向他们迎了过去，我愣了一愣才跟上了他们的脚步。

两家人客气地寒暄着，我轻声问李小允：“你知道今天晚上咱们两家人要一起吃饭吗？”

李小允摇头说道：“我要知道刚刚电话里就和你说了，我也是回家后他们才和我说的。”

我笑道：“那你知道他们是什么意思吧？”

“撮合我俩在一起呗。”李小允很直爽地回应。

“那你觉得我俩能成么？”

“现在说成不成还为时过早，我觉得还需要深入相处。”

我点头，道：“那待会儿咱们就见招拆招。”

李小允微微一笑，道：“嗯，见招拆招……”

说话间，一群人向酒楼里面走去，落座后，点好单，两家人又聊了起来。

菜上齐后，我帮板爹和李小允的爸爸倒上白酒，李小允则帮老妈还有她妈、张阿姨倒上了果汁。

我们两人很有默契的行为让双方的家长会心一笑。

吃饭过程中，双方家长聊得很投机，很快便聊起了如果我和李小允结婚，关于婚房的话题。

李小允的父母很开明，表示愿意在我们的婚房上也尽可能地出一份力。这让老妈和板爹很是高兴，现在的房子真的不便宜，李小允的家人愿意出力的话，我们家的负担也会小很多，毕竟板爹挣的都是堂堂正正的工资，算不上大富人家。

张阿姨趁热打铁地对我和李小允说道：“你看你们的父母都表态了，你们也表表态。”

我和李小允互相看了一眼，却谁都没开口说话，张阿姨对我使着眼色。

我硬着头皮说道：“其实我对小允挺有好感的，不过还需要互相加深了解，这样以后的婚姻才会牢靠，但现在我可以表态的是：我一定会好好奋斗，做一个好丈夫，照顾好两边家庭的。”

我话音刚落，张阿姨就感叹道：“这孩子说话真得体！”

李小允的父母点头认同，李小允却抿着嘴不让自己笑出来，其实我什么德行她还是知道一些的。

张阿姨又转问李小允，道：“小允你怎么说？”

李小允想了想说道："这个我和昭阳是一样的想法，我们还需要进一步了解对方。"

张阿姨点头说道："这么想是对的，不过你们这年纪也都不小了，相处得差不多了就该考虑结婚的事情了。"

我和李小允同时点了点头，双方家人也满意地笑了，接下来便看我和李小允的相处过程了。

我当然知道李小允的父母为什么会同意我们交往。一来板爹有一份还算体面的工作，二来我也是重点大学毕业的，虽然暂时没有工作，但是一定会有的，只要我肯努力。而李小允也有一份高薪工作，这让可能会发生的未来看上去非常美好，我也很期待这份美好。

这份强烈的期待感让我意识到：这些年自己真的是漂泊够了也颓废够了，我想改变自己的生活，更要为了以后的家庭而努力，我相信产生了这样的动力后，我和李小允以后的生活，不一定会比远在苏州的方圆和颜妍差。

我想：如果李小允愿意给我机会的话，我会去珍惜她，渐渐爱上她的。

结束了晚宴，双方的家人和张阿姨说时间还早，建议我和李小允去看一场电影，我自然没问题，李小允也同意了。

而这场电影或许就是我和李小允恋情开始的前奏。

第82章 直奔春天而去

看完一场电影，我和李小允走在马路上，我喝着可乐，李小允吃着爆米花，两人边走边聊。

我向李小允问道：“你说咱俩以后以情侣身份在一个公司工作，会不会违反你们公司的制度？”

李小允摇头说道：“不会，我们是广告公司，文化比较开放，公司里情侣好几对呢！”

我拉住李小允，表情“严肃”，又问：“小允，我可以理解为我们现在已经是情侣关系了？”

李小允愣了愣才说道：“昭阳，你刚刚是故意那么问的吧？”

“对，这事儿不能说得太直接，要是你不愿意，我就没台阶下了。”

“你做事儿很有章法，是个做策划的好料子！”李小允笑道。

“你很会转移话题，也是做业务的好料子！”我同样回以笑容。

李小允却不再是开玩笑的表情，她很认真地问道：“昭阳，你真的觉得我们可以在一起过日子，然后结婚吗？”

我沉默了许久，点头说道：“可以，至少我愿意去努力，去奋斗……而这种渴望奋斗的欲望，是我活过的20多年里从来没有过的。”

李小允点头，道：“其实相亲了这么久，我也很累，也希望能够摆脱单身的生活，你的出现让我意外，但如果说仅仅几次见面便喜欢上你，那也不实际……既然我们的父母都有让我们在一起的想法，那我也愿意把我们的相遇，当作是上天的安排，所以……”

“所以，我们可以正式相处了，对吗？”

“嗯……但是要看你以后的表现，毕竟我要托付的是自己的一生。”

“你的一生我值得拥有，看我的表现吧。”我带着欣喜说道。

李小允点头，我们继续向前走着，我带着一丝忐忑、一丝期待，拉住了李小允的手，宛如初恋时的单纯。

李小允本能地缩手，我却握得更紧，于是李小允不安地看着我，我又将握紧的手稍稍松了松，给了她一个舒适而没有侵略性的力度，李小允的表情终于缓和了些许。

我笑了笑，道：“再往前面走走，走到这条街的尽头，说不定会春暖花开。”

“冬天还没过呢？”

“不要冬天，直奔春天而去。”

李小允给了我个微笑，道：“那走吧。”

于是我们沿着街灯在夜色中向前走着，路灯将我们的面庞映衬成一片温柔的淡黄。

回到家，板爹和老妈依旧坐在客厅，看着某部电视剧。

我正在换鞋，老妈将电视的声音调小向我问道：“昭阳，你和小允处得怎么样？”

我笑了笑，道：“还不错。”

老妈很高兴，说道：“那就好，小允这一家人真是不错，通情达理，你要和小允好好相处，知道吗？”

“肯定的，妈，你就放心吧。”

我和老妈说完话，又看了看板爹，他的注意力却一直放在电视剧上，直到我从他面前走过时，他才喊住我：“你工作的事情落实了吗？”

“正在找，不过小允那边说她们广告公司正在招策划，已经帮我把简历给他们的策划总监，很快就应该有消息了。”

板爹点头说道：“男人一定要把工作放在心上。”

“板爹，你说得对，我会放在心上的。”

“别嘴上说，心里记住才好。”

我笑了笑，表示已经将他的话放在心里。

这个夜我有一丝喜悦，目前所发生的一切让我觉得回到徐州是一个正确的选择。等把工作的事情再落实下来，我也就真正踏实了，而这种充实和对未来有所期待的感觉在苏州时是从来没有的。

不知道是几点，忘了调静音的手机忽然响了起来，我被铃声吵醒，抱怨了一句才接通电话。

我迷迷糊糊地“喂”一声，等待对方说话。

“昭阳，你已经休息了吗？”

我忽然清醒了，这个声音让我很意外，只是一句话我便听出了是米彩的声音。

我抹了一把脸从床上坐了起来，打开灯看了看墙上的钟已经是夜里12点半了。

我又打了个哈欠，向米彩问道：“你还没休息吗？”

“我刚下班。”

“都这个点了，你才下班啊！”我感叹道，心中却有一种莫名的难受，这种难受可能是源于同情米彩一个人生活。

“最近公司有点忙，过一段时间应该会好些的。”米彩语气平淡地对我说道。

“那你自己要注意身体，特别是饮食方面要注意，可以熬一些小米粥，很养神的。”

“谢谢关心。”

“我们之间别说谢谢，感觉很别扭啊！”

米彩笑了笑却没有言语。

一阵短暂的沉默后，我终于言归正传：“你这么晚给我打电话有事儿吗？”

“我房间的灯泡好像坏了，我不会换！”米彩略带尴尬地对我说。

“已经这么晚了，要不你先用台灯凑合一晚上。”

米彩更加尴尬地说道：“台灯的灯泡前些天也坏了，最近一直忙忘了换。”

我一阵无语，半晌说道：“那行吧，换灯泡很简单的，不过你要注意安全。”

“嗯，你说，我照做。”

“阳台的东面角落有一只储物箱，里面有灯泡，还有应急手电，储物箱的旁边有一个双面梯子，你顺着梯子爬上去换了就行了，先把灯罩卸掉，然后灯泡是螺口的，你就像扭螺丝那样扭进去就好了。”

“哦。”

“等等，你先把电源切掉，保险一点。”

“好。”

米彩似乎已经将所有东西准备就绪，我心里却充满紧张，生怕她不小心从梯子上掉下来。

忐忑中，米彩如释重负的声音终于在我的耳边再次响起：“弄好了，灯已经亮了。”

我悬着的心也终于落了下来，随即说道：“那你早些休息吧，时间不早了！”

“嗯，马上就休息……对了，你工作找得怎么样了？”

米彩忽然的关心让我的心绪复杂起来，略微思考了一下，决定告诉她我在徐州过得还不错，这样她也就不必觉得太歉疚于我了。

第83章 搞定工作

米彩还在等待着我的回答，我稍稍沉默之后对米彩说道：“工作的事情已经差不多落实了。”

“哦，还是百货公司吗？”

“不是，是在一家广告公司做策划，朋友介绍的。”

“哦。”米彩只是应了一声，情绪似乎有些低落。

我又安慰道：“其实我待在徐州真的挺好的，告诉你一件蛮新鲜的事情。”

“你说。”

我笑了笑，道：“我最近相亲了，人生中第一次，不过……一次就相中了，我的魅力是不是还可以？”

米彩出乎意料地沉默了很久才问道：“是吗？那你爱她吗？”

“有好感吧，这才多久，说爱太牵强了，但是相亲不都这样子嘛，双方有好感了就深入相处，最重要的是，家长们很看好我们在一起。”我笑着解释。

“哦，那就祝你们能够在一起吧。”

“谢谢，所以你也不用再为那件事情心怀歉疚了，我越来越觉得回徐州是一个正确的选择。”

“你的选择正确是你的事情，我歉疚是我的事情，我不认为两者必须要联系起来……时间不早了，我先休息了。”

我一刹那未能明白米彩的话，但是她已经很麻利地挂掉了电话。

再次躺了下来，心情莫名惆怅，大脑里满是米彩忙碌到深夜，回家后孤独的影子。我知道她在苏州没有什么朋友，而自己的亲人，却时刻想在商场置她于死地。

我的心情越来越沉闷，而米彩那美丽又柔弱的面容却深深地刻在了我的脑子里。

这一觉我一直睡到中午时分，起床时大脑仍因为睡眠不足而昏昏沉沉，简单洗漱之后，还没来得及吃上一口饭便接到了李小允的电话。

我接通电话，无意识地打了个哈欠。

“昭阳，你刚起床吗？”

“嗯，刚起一会儿，昨天晚上失眠了。”我对李小允说道。

“那你要赶紧调整好精神状态了，你的简历我已经给我们公司策划部的周总监看过了，他希望你下午能够过去面谈。”李小允语气很认真地对我说。

“具体几点说了吗？”

“他下午都在公司的，时间你自己定，到了给我打电话。”

“好的。”

我没等老妈回来做饭，给自己煮了一碗面条吃了后，便打开电脑开始在网上查找李小允所在广告公司的资料，而熟记这些资料对我即将面对的应聘肯定有不少好处。

将在网上所有能查到的关于奥森广告（李小允所在的广告公司）的资料全部熟记于心之后，我便打车向奥森赶去。

在我到达奥森之后，李小允已经在办公楼下等着我，我迎面向她走去。

等我走近，李小允打量着我，笑着感叹道："昭阳，你穿得一本正经的时候，还真有点社会精英的气质啊！"

"这没办法，我就是那么一个注定要成功的男人！"我也笑着附和。

我以为李小允会损我一句，却不想她很认同地点了点头，随即帮我理了理有些皱了的衣角对我说道："走吧，那边周总监已经在等着了。"

随李小允来到奥森广告，走过普通工作区，足足有50多人在埋头办公。人数规模也足以说明奥森广告在徐州算得上是顶级广告公司，而网上能查到的资料，并没有刻意去夸大奥森广告的公司规模。

来到总监办公室，李小允轻轻敲了敲门，里面传来一声厚重的"请进"。

李小允给了我一个眼神，示意我随她进去，我点了点头，先行推开门，与李小允一起走进了总监办公室。

一个西装革履的35岁左右的中年男人端坐在办公椅上，颇有大广告公司总监的气势。

李小允将我引荐给他："周总监，这就是我和你说的昭阳。"

我带着职场拿捏适度的笑容点头对他说道："你好，周总监，我是昭阳，来应聘贵公司商业策划一职。"

周总监点头笑了笑，道："你是李主管（李小允）介绍来的，简历我已经看过了，更相信李主管的眼光，咱们先聊聊吧。"说完示意我和李小允坐。

李小允却说道："周总监，您和昭阳聊吧，我们客户部还有点事情要处理。"

周总监点了点头，这证明李小允确实在这个公司是有地位的，以她的年纪能做到大型广告公司的客户部主管，也真的算很有能力了。她的身上有一种很随和的气质，很适合做客户管理工作。

李小允临离去前向我做了个加油的手势，我回应了她一个自信的眼神之后，她这才放心离去。

周总监又将我的简历拿了出来，快速浏览一遍后问我："你在苏州任职于宝丽百货的企划部，曾经参与过3个奢侈品牌的招商和企划工作。”

“是的，周总监。”

“那你在这些工作中分别扮演什么角色呢？”

“招商中的企划配合，设柜之后的品牌维护，以及为这些奢侈品牌提供在商场的销售支持，当然这些工作很庞大，是一个团队在操作，但我是这个团队中的主要成员，另外组织或参与过多次商场的商业策划。”我尽量节约时间抓住重点说道。

周总监点了点头，颇有兴致地问道：“那详细谈谈这些你做过的商业策划案例吧。”

我点了点头，随即将这几年在宝丽百货做过的一些案例，尽量简洁地叙述出来。

聊完这些在宝丽百货曾经做过的案例，又和周总监交流了一些对商业策划的看法，可以说是相谈甚欢。

交流的过程中，周总监对我在离开苏州前为宝丽百货做的“爱情不奢侈”这个主题促销活动策划案给予了很高的评价，并表示会关注这个活动的效果。这让我有些唏嘘，实际上还有不到一个星期，宝丽百货的“爱情不奢侈”的主题促销活动就将开展了。这个活动方案虽然是我撰写的，可终究不能去执行，多少让我觉得有些遗憾！更希望“爱情不奢侈”这个主题促销活动能够大获成功，也算对陈景明最后的一点报答。

一瞬间的失神中，周总监又对我说道：“昭阳，和你说一下我们公司目前的情况吧，今年是我们奥森广告大跃进的一年，客户质量相较于前几年都有了很大的提高，目前我们准备集中资源拿下徐州几个大型百货商场的广告业务，你有丰富的百货商场企划工作经验，在百货类的商业策划上很有优势，很符合我们现阶段的战略需要，我个人对你充满了期待。”

“我也期待能够加入奥森广告，尽自己最大的能力为公司和策划部创造价值。”我很真挚地点头回应。

周总监报以诚恳的笑容，说道：“我这边没有问题了，回头你在薪资待遇上有什么要求和人事部那边沟通一下，我们会尽力满足你的。”

“让周总监费心了!”

“有能力的人值得我费心，希望你能成为我的得力干将！”周总监起身向我伸出了手。

我赶忙起身握住他的手，这种被人尊重的感觉真的很好，我想，我一定会珍惜这个机会，尽最大的努力让自己在徐州有所作为。

说话间李小允又来到总监办公室，她一只手拿着资料，一只手拎着手提包，好像要出去。

“周总监，你觉得昭阳能够胜任我们公司策划的工作吗？”李小允很关切地问道。

“我个人是很期待的，非常欢迎他加入我们奥森广告。”

李小允冲我笑了笑，向我竖起大拇指，随后又对周总监说道：“我刚刚得到时代百货企划部林经理的约见，主要是谈广告业务上的合作，希望你们策划部能够委派一个人配合我去完成这次约谈，可能会涉及一些对我们公司策划能力上的交流。”

周总监点了点头，脸上现出思考的表情，好似在想人选，忽然目光便停留在我的身上，然后给了我一个询问的眼神。

我疑惑地指了指自己问道：“周总，您的意思是我和李主管一起去时代百货吗？”

第84章 小试牛刀

在我的疑惑中，周总监笑了笑说道：“虽然你还没有正式加入我们公司，但是我觉得你是最适合的人选，当然如果你个人还没有做好准备的话，我不勉强。”

周总监说完后，李小允也看着我，似乎很期待。

“没问题，我会尽力协助李主管的。”我没有再犹豫，带着自信的笑容说道。

周总监拍了拍我的肩膀说道：“那期待你们胜利而归。”

我和李小允随即与他打招呼告别，稍作准备后两人驱车向时代百货驶去。

路上我坐在副驾驶位置上，李小允问我：“昭阳，待会儿你能搞定吗？”

“小场面，咱俩双剑合璧没问题的。”我很淡定地说道，这种淡定源于自己在工作上有所经历。要知道在宝丽工作时，每次有奢侈品牌在商场设专柜时，都会有国内一线明星受邀参加开业仪式，光大牌明星就接待过好几次，只是一次普通的商务会谈还不至于让我有什么心理上的压力；另外对于奥森广告的公司背景，以及团队资料我都大致了解，相信自己完全可以应付待会儿的商务会谈。

李小允点头说道：“嗯，我对你的心理素质和表述能力有十足的信心，就是担心你对奥森广告还不够了解……”

“别担心，不还有你的嘛，咱们默契配合，肯定搞得定的。”

李小允点了点头，笑道：“昭阳，你自信的样子还是蛮有男人的魅力的，很难和初次见面的你联系起来。”

“以后你会习惯我的深藏不露的！”我开玩笑道。

可李小允却不当作是玩笑，很认真地说道：“很期待你即将要给我的惊喜！”

片刻之后我和李小允来到时代百货，在前台的引领下，我和李小允来到了企划部经理的办公室，敲了门，得到回应之后两人当即走了进去。

李小允面带极具亲和力的笑容和时代百货的林经理寒暄道：“不好意思，让您久等了，林经理。”

林经理回以笑容说道：“谈不上久等，离咱们约定的时间还有10分钟呢。”

李小允点头回应，又将我介绍给林经理，道：“这位是我们公司策划部的同事，昭阳，有过顶级百货的企划工作经验，待会儿您有关于我们公司策划上的疑问，可以和他交流。”

“你好，林经理。”我点头示意道。

林经理很客气地笑问：“原来咱们是同行啊，冒昧地问一下，你曾经在哪个百货公司高就？”

“苏州的宝丽百货，后来因为一些个人问题回徐州了！”

林经理惊讶地说道：“宝丽百货啊！我和他们企划部的陈景明经理还有一点渊源，不过我们时代百货和宝丽百货相比还是有些差距的！”

我并不意外林经理的这番感慨，江苏省顶级百货也就这么10来个，都是业内的人，都是从事企划工作的，虽然不在一个城市，但互相认识也不稀奇，而时代百货和宝丽百货相比也确实有差距，他们目前所拥有的国际顶级品牌也就5个而已，但在徐州已经很顶尖了。

我接着林经理的话说道：“陈景明是我非常尊敬的一个上司，能在他手下工作，是我人生之幸！”

这番话并不是我的恭维，对于陈景明的感谢我是发自肺腑的，只是没有机会报答他的知遇之恩了，这让我又是一阵歉疚和伤感。

林经理点头认同我对陈景明的评价，又示意我和李小允坐下聊，气氛因为搭上陈景明的关系而显得随和了很多。

林经理的助理给我和李小允一人倒了一杯咖啡，而我们的交流也随之开始。

林经理先向李小允询问了一些广告制作以及广告价位上的问题，李小允一一给予很专业的回答。

终于林经理又对我说道：“昭阳策划，再和我谈谈你们公司的广告策划能力吧。”

我点头，直言不讳地说道：“林经理，我想您肯定明白在徐州这种三线城市，广告策划能力这个说法有点难定义；我也相信时代百货在选择合作广告公司时，看重的绝对不是广告策划能力，而是这个广告公司拥有多少宣传资源，打通了多少广告渠道，我这么说对吗？”

林经理惊讶地看着我，随后笑着点了点头说道：“的确是有在百货公司工作的经验，在徐州这个广告市场还不算成熟的城市，所谓的广告策划能力，我们也不会有过高的期望。”说完间断了一下，又加重了语气说道：“的确，我们更看重的是广告公司所掌握的广告资源。”

这个林经理之所以把徐州广告公司普遍都偏弱的广告策划能力拿出来作为重点说事，只不过希望在谈判中处于强势地位，好在广告价格上进行压价。

所谓知己知彼，百战不殆，我很了解百货行业的广告需求和他们的心态，随即带着善意的笑容说道：“林经理，我还是向你简单介绍一下我们奥森广告目前所掌握的广告资源吧。”

林经理点点头，而身边的李小允却略显紧张地看着我，在她眼里我还没有正式加入奥森广告，哪里清楚他们所掌握的广告资源。

我稍微将中午看过的关于奥森广告的资料在大脑里回忆了一下，随即说道：“目前我们在徐州境内的京福高速、宁徐高速上均有高炮广告牌；另外徐州的高档别墅区龙润山庄、太阳花园、南岸别墅都有我们设置的楼宇广告，整个云龙区的站台广告，包括电视台黄金段的广告代理权我们也拿下了。这些都是一个高档百货无法拒绝的广告资源，如果时代百货可以和我们奥森广告合作，我相信我们奥森广告也有能力将这些广告资源进行整合，做出最适合时代百货的广告策划案，提高传播效率，最大限度地为你们节省资源。”

在我说完后，李小允面露惊色看着我，她绝对没有想到我已经把奥森广告所拥有的广告资源已经全部熟记于心。

林经理在我说完后，稍稍沉默了一会，许久才说道：“徐州目前有广告策划能力的广告公司屈指可数，懂百货营销的广告公司更是没有，你们拥有的广告资源也确实对我们百货很有诱惑力，我一定会认真考虑奥森广告的。不过合作的事情还要和上面的高层进行汇报，你们等我的消息吧。”

李小允还想说些什么，我在下面用脚点了点她的脚尖示意她别说话，然后向林经理笑道：“林经理，那我们就静候佳音了。”

林经理起身，我们的手握在了一起，我有很强烈的预感，这次和时代百货的合作一定会成功的，要不了几天林经理就会找我们谈合作的细节。

第85章

我要开 音乐酒吧

回去的路上，李小允开着车，有些担忧地问我："昭阳，你刚刚是不是表现得有些强势了，毕竟他们是我们的潜在大客户。"

我笑了笑，道："那你告诉我，为什么在和客户谈判时就必须要处于弱势的地位？"

"因为他们会给我们公司创造客户价值啊？"李小允不假思索地回答。

我摇头，道："小允，你是做客户管理工作的，把客户捧在很高的地位很正常，这是你们的惯性思维，也说明你有很好的专业素质。但是你要了解广告这个行业，这是一个充满个性的行业，一个对客户唯唯诺诺的广告公司，是绝对没有创造力的，虽然客户为我们创造了客户价值，可是我们最终也会通过广告传播为他们带来经济收益，本质上我们是一个对等的关系。"

"可是除了我们奥森，还有其他广告公司虎视眈眈着时代百货的广告业务，毕竟这是每年好几百万业务的大项目，我们公司上下都很重视，我很担心……"

"不用担心，徐州的广告公司我大致有所了解，他们手上拥有的广告资源都有限，很难系统地去支撑时代百货的广告传播需求。林经理是个明白人，他不会拿自己的工作前途开玩笑的，你知道百货公司每年的广告费用都是天文数字，如果广告传播效果不好，那就是企划经理的严重失职。"

李小允沉默了片刻，这才稍稍安心地点了点头。

我又安慰道："放心吧，我在百货公司任职了三年，对于他们的广告需求了若指掌，之所以强势，是为了避免他们到时候在广告价格上过分压价；另外广告公司必须要有广告公司的个性，没必要在客户面前过分放低姿态，广告人是骄傲的，因为我们在用创意实现价值！”

李小允终于笑了笑说道：“或许你的理解更深刻，不过刚刚你的表现真的很有领导的气势，处变不惊，收放自如……很有男人的魅力！”

“受之有愧，等咱们公司真的拿下时代百货的广告业务你再夸我不迟。”

“你说得那么自信，我相信肯定没问题的！”

“你的信任满足了我男人的虚荣感，你是个很棒的女朋友！”我赞道。

李小允的表情终于有了一丝羞涩。

回到公司，我立即去人事部进行了个人资料的登记，最后确定工资待遇。目前我在奥森广告的月薪6500，不含福利和提成，这个工资虽然和我在宝丽百货相比略有差距，但是已经足够我暂时在这座城市无忧地生活下去，毕竟在这里我没有租房的负担。

下班后的傍晚，我请李小允以及策划部的同事们吃了个饭，回到家后已经是深夜，但这个夜我却不觉得疲倦，因为对未来的期待已经冲淡了疲倦。

这时我才明白，人是多么擅长自我烦恼，如果早两年我便回到徐州，或许我也就不必承受那么多虚妄的痛苦。我心中有些懊悔，这种懊悔的情绪让我明白，我渐渐要忘记简薇了，忘记那曾经刻骨铭心的爱情。

其实所谓爱情，当你决定放下时也就不过如此，如此的轻薄，交给一阵风，便吹得烟消云散……

洗漱后，我打开电脑，研究着奥森广告策划部曾做过的一些策划案例，以便自己快速融入新的工作中。

点上一根烟，喝上一杯茶，夜又深了一些，而我却沉浸在工作里浑然不觉，直到一阵电话铃声响起，我才缓过了神。将摆放在电脑旁的手机拿起来看了看，不禁笑了笑，这个电话是乐瑶打来的，好似从上次一起吃过饭后我们就没有再联系过，也不知道最近她过得怎么样。

我接通了电话，带着愉悦的心情和她打起了招呼：“哈喽，乐大腕，好久不联系了啊！”

乐瑶言语抱怨，道："你还知道啊？最近在哪儿快活呢。"

"我回徐州已经好一段时间了，快活谈不上，但过得还凑合……你呢，最近怎样？"

"我这段时间挺闲的，属于我的戏份差不多都拍完了。"

"哦，那先预祝你的新戏大火！"

"但愿吧……"

在乐瑶说完后，我们好似丢掉了话题，沉默了片刻，我才说道："那你这段时间好好放松放松。"

乐瑶却没有接受我的提议，很认真地说："我可没有时间去放松哦，有件事情正想和你商量呢，我想在苏州开一间音乐酒吧，你觉得怎样？"

"你哪来的资金啊？开酒吧可不是小投资！"

"这个你就别管了，资金我有办法，你帮我分析分析就成。"

"你还是好好待在演艺圈里面混吧，做生意不适合你，你那智商是硬伤！"我当即否决了，这种否决可没有贬低乐瑶的意思，她本身就是一大大咧咧的姑娘，开酒吧这么繁琐又细的生意，她搞不定。

"昭阳，你个死人，好意思这么损我吗？我智商低怎么了，大不了多吃一点脑黄金补补。"

"脑钻石都没用，我劝你还是打消做生意的念头，而且酒吧这个行业的水有点深，要打点的地方太多，你还要拍戏，也没那么多精力去打理吧。"

乐瑶沉默。

我趁热打铁，道："你听我的，暂时打消开酒吧的念头，以后真的有资金，有人脉了，再开不迟。"

谁知话音刚落，乐瑶便负气似的说道："CC还开音乐餐厅呢，我怎么就不能开音乐酒吧了？"

"CC还抽烟喝酒呢，你行吗？"

乐瑶被我说得哑口无言，半晌说道："我也就是听听你的看法，不聊这个事情了，说说你，你最近在忙什么？工作了吗？"

"我？我挺好的，工作的事情今天刚落实，以后也就安心在徐州待着了。”我很轻松地说道。

乐瑶“哦”了一声，稍稍沉默以后又问道：“有女朋友了吧？”

“你猜猜看。”

乐瑶又是一阵沉默，我却觉得她的智商真是不太行，又不是什么复杂的几何试题，答案无非就是有或没有，需要想那么长时间吗？

第86章 结婚的打算

在我准备催促乐瑶时，她终于对我说道：“你既然让我猜，那应该就是有女朋友了吧！”

“给你准备好的脑钻石看来是用不着了，你答对了。”

乐瑶没有理会我的调侃，许久才对我说：“很快嘛，你回徐州也才没多久。”

我颇为感慨，道：“对啊，我也没想到会这么快，可能因为是家人安排的相亲吧，目的很明确，所以也就快了些。”

“呵呵，常年混迹于夜场的昭阳也会去相亲吗？”

乐瑶的话让我心中滋味莫名，许久才说道：“人被挤压到一定程度后会质变的，现在，再回想曾经的生活，总觉得是那么惨不忍睹，所以我很喜欢被挤压后质变的自己，还有现在的生活。”

“那你爱她吗？”

我一愣，忽然想起昨天和米彩通电话时她也问过我这个问题，于是我拼了命地想当时是怎么回答米彩的，却已经记不起。

于是说道："爱吧，她给我一种很舒服的感觉，我想和她一起过日子。"

"嗯，我知道你一直想要什么样的生活，作为朋友，我祝福你。"

"谢谢。"

"不必客气。"

乐瑶说完便挂掉了电话，我反应不及，有些失神，许久才将电话挂断。

夜深不见底，我真的累了，昏昏沉沉中真的希望：吹一阵风或是打个盹便将一辈子过完。

转眼一个星期过去，这个星期里我很快便适应了奥森广告的工作环境，并开始负责一些方案的策划，状态好得让我自己都诧异。

这个下班前的傍晚，公司一片欢腾，因为我们奥森广告已经和时代百货正式签订了全年广告业务的代理合同，这将为公司增加百万的收益。

晚上，全公司一起去吃庆功宴，全体都玩得很嗨，包括我，在KTV发挥自己的特长，唱了一首又一首的歌，喝了一瓶又一瓶的啤酒，直到忘记过去所有的伤痛，直到忘记自己的姓名，直到眼里只剩下在不远处倾听我唱歌的李小允。

从KTV出来以后，我和李小允牵着手晃荡在已经少有人路过的街头。

走着走着李小允对我说道："昭阳你知道吗，时代百货将广告业务交给我们公司时，甚至没有进行压价，一切都和你预料的一样。"

这个结果确实在我的意料之中，我笑了笑没有言语，只是松开了李小允的手，然后将她搂在怀里继续踩着街灯投射下的光影向前走着。这一刻我们真的像是一对要在一起过日子的小两口子。

我悠然地从烟盒上抽出透明薄膜覆盖在眼前，我想想看看，今晚没有月亮的天空会不会出现那座天空的城。

身边的李小允有些好奇地问道："昭阳，你在看什么？"

"一座晶莹剔透的城池！"

李小允抬头顺着我的视线向天空看着，不解地问道："你是在说醉话吗？”

我拿掉覆在眼前的透明薄膜看着李小允，她的话让我发觉，好似每次喝完酒都会很渴望去寻找那座天空的城池，可是这座天空的城和酒醉有什么必然的联系呢？我百思不得其解！

李小允没有再追问我，依偎在我的怀里，对我说道：“昭阳，你要继续努力，公司的高层对你都很满意，尤其是策划部的周总监，当着我的面就称赞过你好几次，说你做出来的策划方案很有建设性，很有才华！”

我点了点头，又重重吸了一口快要抽完的烟，烟雾弥漫中，我好似看到了被勾勒出来的未来。

时间又往前推进了一个月，我的生活完全进入到稳定的轨道中，甚至我已经渐渐记不得在苏州所发生的一切。

这一个月里方圆和颜妍夫妇只是偶尔会和我联系，CC和罗本也是如此，乐瑶自从上次打电话和我商量开音乐酒吧的事情之后便没有再联系过。

而那个因为一间老屋子和我无数次有过纷争的美丽女人，更是没有互相打上哪怕一个电话。

于是有关于苏州的记忆，就这么在打马而过的时光中，渐渐模糊了……

这又是一个气氛不错的夜晚，我和李小允带着双方的家人一起到火锅城去吃火锅，在这个月中我和李小允的感情也迅速升温。

不含糊地说，抛开那些在乱七八糟情况下认识或发生关系的女人，李小允是我真正意义上的第二个女朋友，而我也实实在在地有了和她结婚生子的打算。

吃饭过程中，双方家人很自然地聊起了我和李小允的婚事。

李小允的妈妈问我：“昭阳，你和小允关于结婚有自己的想法吗？”

我放下筷子看着李小允，然后才说道：“这一段时间我和小允相处得很好，也觉得我们能够在一起结婚过日子，我和小允商量过，准备过完这个年把婚先订了，当然这是我们的想法，还想听听你们长辈的意见。”

双方家长交换了一下眼神，随即老妈代表我们家说道：“关于昭阳和小允订婚的事情，我们没有意见，我们这心里真是高兴得很！”

在老妈说完后，李小允的爸爸也随即表态，道：“我们也是这个意思，两个孩子先把婚给订了，我们也就了了一桩心事了！”

老妈点头附和：“那昭阳，明天正好是休息日，你就带小允去商场看看订婚的首饰吧。”

我点头应了下来，而这也意味着，李小允将正式成为我的未婚妻，我人生中第一次有了无限接近婚姻的感觉。

回到家的夜，我洗漱后躺在了床上，不禁想起了那个我称呼她为房客的女人，如果没有遇上她，现在的我又会过着什么样的生活呢?

我掐灭掉烟，从桌子上拿起手机，我想给米彩打个电话。动机很单纯，只是很简单地关心一下她现在的生活，毕竟我们已经有一个多月没有联系了，但愿她已经顺利地解决掉了卓美内部的权力危机。

第87章 失去联系

我盯着手机屏幕看了许久，终于拨通了米彩的电话，随即等待接通，可让我意外的是，手机已经关机。

又毫无意义地拨打了一遍，得到的依旧是关机提示。

我忽然就担心了起来，这种担心随即演变成了胡乱的揣测，可是又不知道还有其他什么方式能够联系到她，总不能现在便去苏州一探究竟吧。

关掉灯，我躺在了床上，企图将注意力转移到最近的工作上，压制住这种让我不安的担忧，可是种种不好的假设还是控制了我全部的思维。

我愈发烦躁，终于按捺不住再次拿出手机找到方圆的号码，随即拨了出去。

方圆很快接了电话，好似已经休息，打着哈欠问道：“你小子这么晚打电话来有事儿吗？”

我愣了愣，感觉这么晚直切主题地向他打听米彩的消息，他会误会，便先说道：“我要订婚了。”

“什么，你再说一遍。”

“我要订婚了。”

方圆反应了过来，随即听到他语气颇激动地对颜妍说道：“老婆、老婆，醒醒……昭阳说他要订婚了！”

颜妍先是“哼哼”了一声，好似忽然清醒，从方圆手中接过了电话，语气比方圆还激动地向我问道：“昭阳，方圆说你要订婚了？My God……”

我笑道：“千真万确的事情，你就别乱感慨了。”

“什么时候？什么时候？是不是和你相亲的那个李小允？”

“年后订婚，明天去买订婚的首饰。”我言简意赅地说道。

颜妍沉默了许久，估计在沉默中完全清醒，又大声感慨道：“老天开眼，昭阳，你终于浪子回头了……不行，我想哭！”

“那你先找个地方哭一会儿，把电话给方圆，我还有事儿问他。”

颜妍骂了我一声“德行”之后，又将电话给了方圆。

方圆对我说道：“你订婚前一个星期通知我们，我和颜妍好好准备准备。”

“嗯……”停了停，我假装突然想起什么似的向方圆问道，“对了，你……你最近见过米彩吗？”

“问这个做什么？”

“她电话打不通，就关心一下了，你可别多想啊。”

“我没多想啊，你用不着这么紧张兮兮地和我解释。”

“谁紧张了？你赶紧的，见没见过？”

“还真没见过，她是卓美的高层，哪是我们想见就见的，上次为了告诉她你帮助她的事情，托了好几个人才约到她！”方圆感慨道。

我想让方圆再托人打听打听，可是最后并没有开口，一来可能米彩只是手机没了电，二来过于紧张，倒真显得我动机不纯。

我稍稍沉默后对方圆说道："那行，我主要也就是告诉你们我要订婚的事情，时间也不早了，我就不打扰你们夫妇休息了。"

方圆应了一声，我又和颜妍互道晚安之后，便挂掉了电话。

结束通话之后，我再次关掉了房间里的灯，窗外皎洁的月光荡在被拉开的窗帘上。我趁着月色点燃一支烟，也意外自己为什么会这么紧张米彩，或许真的是因为同情她可怜的身世吧。我不想她有什么意外，因为这对她而言不公平，她已经失去了家庭，老天就应该补偿她，给她一个幸福的生活……也真心希望她能找到一个用生命去爱她的男人。

我将烟头掐灭在烟灰缸里，不断地告诉自己：她只是手机没电了，或是不想开机影响休息……如此反复的自我安慰中，我的心绪渐渐平静了下来，片刻之后陷入到了睡眠之中。

次日一早，我被老妈给叫醒，她拿着一张银行卡对我说道："昭阳，这张卡里面有三万块钱，你拿着，下午带小允买订婚首饰。"

我有点不太好意思，不过自己也才正儿八经地工作了一个多月，手上也没多少积蓄，从老妈手中接过来说道："这钱算我借你们的，等以后攒着钱了，我就还你们。"

老妈轻轻拍打了我一下说道："你这孩子，说什么还不还的，我们的钱又带不走，你以后好好工作，好好对小允，就是对我们最大的回报了！"

我心中感动，重重地点了点头，老妈又告诉我已经煮好早饭后离开了我的房间，我则从床边拿过衣服穿了起来，猛然又想起还未能联系上米彩的事情，没来得及穿上裤子又拿起电话找到米彩的号码拨了出去。

结果依然让我失望，电话依旧处于关机状态，瞬间又好似昨晚那般心绪不宁了。

吃早饭时，我依旧有些心不在焉，恍惚中想起今天是周末，或许此刻的米彩还没有起床，我不必过于担心。

我在又一次的自我安慰中将早餐吃完，歇了一会儿后又去跑了步，而跑完步时已经快早上的10点，估摸着米彩此刻也该起了床又拨了一个电话给她，可依然未能接通。

之后我每隔半个小时便打一次，以这个节奏一直打到下午一点钟也没有能打通，我心中的不安感越来越强烈。我又想起了CC，米彩也喜欢去“空城里”餐厅吃饭，或许最近就去过。

不再多想立刻拨通了CC的电话，小片刻后CC便接通了电话。

这一次我直切主题地向CC问道：“CC，最近米彩去你的餐厅吃过饭吗？”

“怎么了？”CC疑惑地问道。

“你先告诉我有没有。”我的语气愈发急切。

CC想了想才说道：“半个多月前来过一次，后来就没再来过，她怎么了？”

“从昨天晚上到现在打她电话都没能打通，她在苏州无依无靠的，就是特担心她有什么意外！”

“不能吧！”

“这样吧，CC，你现在去她住的地方看看，今天是周末，没有特别的事情她应该是在家的，可能只是忘了开手机。”

“嗯，我这就过去，你也别着急，有消息了我立刻通知你。”

“好，一定要第一时间通知我。”我又着重强调了一遍。

CC说了一句放心后便挂掉了电话，而我在心里祷告，但愿只是我想太多了！却更迫切地想知道CC一会儿后将会给我的答案。

第88章

虚惊一场

在结束了和CC的通话之后，我失神地在沙发上坐了好一会儿才想起今天下午要带李小允去买订婚饰品的事情，赶忙再次拿起手机拨通了李小允的电话。两人约好见面的地点之后，我便匆匆离开了家，开着板爹的车向目的地驶去。

20分钟后我和李小允在时代百货的南门口见了面，李小允手捧一杯热奶茶，似乎已经等了好一会儿。

我来到她面前有些抱歉地说道："小允，你等了好一会儿了吧？"

"没多久……奶茶喝吗，刚买的，热着呢！"李小允将自己喝的奶茶递到了我的嘴边。

我吸了一口，笑了笑赞道："什么口味的，挺好喝的。"

"香芋的，那我去给你买一杯吧。"

"不用了，先去把正事儿做了，待会儿买完首饰，咱们再一起去喝点东西。"

李小允很顺从地点了点头，随即挽住我的胳膊向时代百货走去。

两人看了几个牌子的珠宝，最后在李小允的要求下，仅仅在I Do的柜台要了一只钻戒，而耳环、项链传统的三金并没有要，最后老妈为我准备的3万块钱也没有全部用完。

我将钻戒送给了李小允，她很高兴地打量了许久才将钻戒放进了包包里，并表示期待结婚那天我亲手为她戴上戒指的画面。

准备离去时，意外地碰到了时代百货企划部的林经理，他老远就冲我点头示意，并很热情地邀请我和李小允去喝茶。

我和李小允盛情难却，一行三人在时代百货对面的茶楼要了一个小包间。

三人互相寒暄了一会儿，林经理正色对我说道："昭阳，最近你们奥森为我们时代百货投放的广告，广告效果都很不错，我们时代百货的高层非常很满意，没想到在徐州这样的城市还有这样的广告策划水平。"

我还没言语，身边的李小允便将话接了过去微笑，道："林经理，关于你们时代百货的广告投放方案，昭阳真的做了很多的努力，我们公司所有人都看在眼里的。"

林经理点了点头，认可了李小允的话。

我笑道："努力为客户创造价值，是我们的本职工作，都是应该的。"

林经理也笑了笑，道："你这样的年纪有这么一份宠辱不惊的平静很难得，我们时代百货也很期待接下来的合作……对了，这次时代百货圣诞节的促销方案策划以及广告投放和执行，我打算全部交给奥森广告去做。不知道你们有没有信心能够做好，如果可以，以后我们就完全按照这个模式进行深度合作。"

李小允面露期待之色看着我，我稍稍权衡了一下便说道："没问题，合作的细节，我们两边可以开一次交流会议具体商讨。"

说话间，我的手机铃声忽然响起，我拿出来看了看，是CC打过来的，我心中莫名一紧，匆匆向林经理说了句"抱歉"后，立刻接通电话向包间外走去。

CC还没开口，我便带着紧张问道："怎样了CC，她在不在家？"

CC带着遗憾对我说道："我按了好一会儿门铃都没人回应，我又在楼下等了将近一个小时，也没等到人，应该不在家吧。"

我心中紧张感更甚，又赶忙问道："那你有没有看到她的车？"

"好像没看到。"

"你到楼对面的空地看看，说不定她停在那儿了。"

CC说了声"好"，过了一小会儿又对我说道："没有，也没有她的车。"

我心中堵得慌，忽然就沉默了……

CC安慰道："昭阳，你先别心急，我晚上再过来看看，应该不会出什么事情的。"

我低落地回应，道："那麻烦你了。"

"说什么麻烦啊，我也很担心她的，反正有消息了，我会立即通知你的。"

"嗯。"

挂掉电话，准备回包间时，李小允已经和林经理并肩走了出来，又寒暄了几句后，林经理先行离去。

我有些恍惚，李小允却没有察觉，语气很高兴地对我说道："昭阳，真没有想到时代百货竟然将全部的营销交给我们公司代理，你又为公司立了一件大功，和一个多月前相比，你给了我很大的惊喜。"

我笑了笑，道："这证明为我们介绍的张阿姨还是很靠谱的。"说着却又下意识地将手机从口袋里拿出来看了看，生怕错过什么消息。

李小允终于察觉出我的不对劲，问道："昭阳，怎么感觉你恍恍惚惚的啊？"

"有吗？咱们去吃点东西吧。"

"我们刚刚才在茶楼吃了点心的呀。"

我看着李小允，不知道怎么去接她的话，她笑了笑说道："可能是你最近的工作压力太大了，今天你就早点回去休息吧，别太累了！"

我歉疚地看着李小允，她依旧关切地说道："去吧，路上开车慢一点，明天我给你炖胡萝卜骨头汤，可以帮助醒神的。"

"嗯，谢谢你小允。"

"我们之间就不要说谢谢了吧……好了，赶紧回去吧，有事儿我们电话说。"

我带着莫名的滋味和李小允告别，之后便驱车回到了家中。

坐在沙发上看着电视，我依旧心绪不宁，在担忧的驱使下甚至想连夜开车去苏州一探究竟。

已经是夜晚的十点，CC依旧没有来电话，我再也无法克制自己的担忧，从桌上拿起了车钥匙，简单收拾了几件衣服准备连夜赶往苏州……

我刚走到楼下，一直沉默着的电话响了起来，我条件反射似的从口袋里拿出了电话，顿时欣喜若狂，这个电话是CC打来的，她一定有了米彩的消息。

我立刻接通了电话，几乎是狂喜的语气说道：“CC，你找到米彩了吗？”

“嗯……她回来了，这会儿正在我的餐厅吃饭呢。”

“她去哪儿了？”

“她就在我旁边，我把电话给她，你自己问她呗。”

“嗯，你快点给她。”我焦急地催促。

却不想CC似笑非笑的语气说道：“她这都回来了，你干吗还那么紧张啊？”

我一瞬间愣住，没有回应CC的话，因为我也意识到自己好像真的紧张过了头！

第89章

乐瑶来徐州了

CC将电话给了米彩，没等她开口我带着责备向她问道：“你去哪儿了呀，电话也关机！”

米彩语气很淡然地说道：“最近有点累，去韩国度了一个星期的假，你打的那个手机没带在身边。”

米彩的淡然让我忽然就平静了下来，也我让我意识到自己确实紧张过了头，沉默了许久也平淡地回了一声“哦”。

“听CC说，你一直在很紧张地找我？”

我愣了愣回答，道：“有吗？只是出于关心，紧张谈不上。”

“CC这么说的，难道CC在说谎吗？”米彩的语气有些戏谑。

我忽然不爽地说道：“我就紧张了，怎么了，我就担心你了，又怎么了？”

我突如其来的发作让米彩无言了许久才说道：“谢谢你担心我。”

“不客气，只是看你一个人可怜而已，没别的意思。”我负气似的说道，却也说不上自己哪儿来的气，可能是因为不爽她拆穿了我所掩饰的不紧张，也可能是气她一副淡漠的样子，而我却足足紧张了一整天。

米彩情绪忽然低了下去，可能是我口中说出的“只是看你一个人可怜而已”刺痛了她，许久她轻声说道：“我不用你可怜……你要没有其他事儿我挂电话了。”

“等等，你先别挂。”我连忙说道。

“怎么？”

我沉默了片刻才说道：“抱歉，我刚刚说话的语气有些重，我只是……只是害怕你有什么意外！”

“我有意外和你有什么关系？”米彩情绪不太好地回道。

“别这么说好吗？”

“那我不知道该说些什么……就这样吧，我挂电话了，你不必担心我，我一个人也会生活得很好！”米彩说完没有再给我接话的机会，直接挂掉了电话。

我有些失神地听着电话里传来的挂断音，终于反应过来，随即又拨了出去，但这一次接电话的却是CC。

CC可能没有听到我和米彩的对话内容，带着疑惑问道：“你怎么又打来了？”

“呃……以后你有空的话，多陪陪米彩吧，她一个人挺……”我最终没有将“可怜”二字说出口。

CC却心领神会地说道：“你就放心吧，我会和她发展成闺中密友的。”

我笑了笑问道：“为了我？”

“当然不是，因为她是一个让女人也会为之着迷的女人。”

我连忙说道：“你可千万别打她主意啊，想想罗本……想想罗本！”

CC“哈哈”大笑，道：“你还真提醒了我，反正罗本对我也没感觉……”

“醒醒，女流氓！”

“好啦，不和你开玩笑了，有空我就约她来餐厅坐坐，或者去逛逛街。”

“嗯，待会儿她吃完饭，你送她回去吧，这么晚了她一个人我有点担心……”

CC没等我说完便打断道：“昭阳，你什么时候变得这么唠叨了？”

我下意识地回了一句：“有吗？”

“当然有，我可不想再听你唠叨了，挂电话了啊！”

“你挂吧……对了，我说的事情你可千万别忘了！”

“又来！”

听着CC不胜其烦的抱怨，我终于沉默了，而CC也在我的沉默中挂掉了电话，而我忽然觉得自己陷入一种深不见底的失落中，好似没有一点缘由。

我的手中还提着简单收拾出来的行李包，但现在，我已经不用去苏州了，米彩只是去韩国度假了，而我的担心则显得很是多余。

透过黑暗，往苏州的方位看着，自嘲地笑了笑，终于拎着行李包又上了楼。

转眼一段时间就过去了，我的工作状态很好。短短一个多月的时间里，我已经成功地完成了多个策划行销方案，深得领导们的赏识，渐渐在奥森广告站稳了脚跟，这样的我已经渐渐不愿意再想起曾经在苏州所发生的一切。

甚至我已经有将近一个月的时间没有和方圆、颜妍夫妇联系，CC和罗本也没有再联系过，至于……至于米彩，似乎已经渐渐淡忘在我的记忆里，只是偶尔会在夜深人静时想起她，还有简薇，也只是夜深人静时才会偶尔想起。

我手拿对讲机，指挥现场的工作人员执行活动的环节，一番忙碌后，终于找到片刻休息的空隙。我坐在商场的木制长椅上，想点上一支烟，才恍然发现自己正身处一个不能吸烟的公共场合，于是又将烟放进烟盒里，有些失神地把玩着自己手中的对讲机。

我的未婚妻李小允拎着手提包随着逛商场的人群来到我的身边，她手中拿着一罐红牛，带着笑容递给我，道："给你提提神，刚刚在商场的服务台用开水帮你热过了，你趁热喝吧。"

我回应了李小允一个笑容，从她手中接过了饮料，又撕开喝了起来，而李小允在我的身边坐了下来。

"这段时间辛苦了，待会儿等你下班，我请你吃大餐，犒劳犒劳你！"

"就等你这句话了！"

"那我就不走了，在这儿等你下班……"

我点了点头，电话却忽然响了起来，我看了看来电显示，却是许久不联系的乐瑶打来的。

我只把乐瑶当朋友，并没有避讳李小允，当着她的面便接通了电话，笑问道："乐大腕，今天是圣诞节，是不是特意打电话来祝我圣诞快乐的？"

乐瑶语气低沉地对我说道："昭阳，我来徐州了，你现在在哪里？"

"什么！你来徐州了……为什么突然来徐州？"我非常惊讶地问道。

"有事情请你帮忙……电话里说不清，你在哪里，我去找你。"乐瑶的声音依旧低沉。

乐瑶的话让我心头一紧，但还是保持着平静问道："你在哪儿，我去找你吧。"

"火车站这边。"

"好，你先找个地方吃点东西，我马上就过去。"

乐瑶应了一声，随后我们两人都挂断了电话。

我将手中的对讲机递给了身边的李小允，带着抱歉对她说道："小允，我有一个朋友来徐州了，我现在得去接她，恐怕晚上咱们不能一起吃饭了。"

"我和你一起去，咱们可以带着你的朋友一起吃的嘛。"

我摇头，道："这边现场还要你帮忙盯一下，我尽量早点回来，咱们再一起去吃饭。"

李小允犹豫了一下，还是说道：“那好吧，你路上注意安全，这会儿是下班的高峰期，车多。”

我点了点头，随即向商场外面跑去。

第90章 你要帮帮我

我一路揣测着乐瑶来徐州的目的，从她的语气中不难听出她的心情很糟糕。

大约一刻钟后，我来到了火车站，随即给乐瑶打了电话，她告诉我，她没有去吃东西，正在火车站的广场前。

我将车停在路边，随即向火车站前面的广场走去，在拥挤不堪的人群中，终于发现了立在寒风中的乐瑶，尽管晚上的光线不够好，但我还是能够看清她凝重的表情。

我向乐瑶走去，她也在眺望中发现了我，迎着我走来。

我不想让见面后的气氛太凝重，笑问道：“乐大腕，怎么没找个地方先吃点东西啊。”

乐瑶强颜欢笑，道：“等你请我呀。”

我和乐瑶在火车站附近找了一个相对安静一些的餐厅，两人点了些东西，等餐的过程中，我向乐瑶问道：“说吧，到底什么事情需要我帮忙？”

乐瑶表情复杂地看着我，沉默了许久才说道：“昭阳，我在苏州开了个音乐酒吧。”

我吃惊地回道：“你开音乐酒吧！不是让你别开的嘛！”

乐瑶语气低沉，无奈地说道：“我是混娱乐圈的，如果能出名自然最好，如果不能呢？你想过我该怎么生活？我没有什么工作技能，不投资还能做什么，我又该怎么养活我自己？”

我沉默，心中感慨这个世界是多么让人活得没有安全感，大部分人都在挣扎，辛苦地为自己谋取生存的条件，许久我问乐瑶：“你投资开音乐酒吧这件事情，罗本和CC应该都知道吧？”

“嗯。”

“那我怎么从来没有听他们和我提过？”

“上次你就不同意我开酒吧，所以我没让他们告诉你。”

这个时候我很难责怪乐瑶不听我的劝阻，心中也明白她是为了什么来找我的，我平复了一下心情问道：“这个音乐酒吧你投资了多少钱？”

乐瑶的神色更加黯然，沉默半晌，低声对我说道：“100多万。”

我以为自己听错了，又问了一遍：“多少？”

“将近150万。”

“我靠……你疯了吗？150万！酒吧这东西，你投资个几十万玩玩就好了，投资这么多钱你不是在玩火吗？”我几乎朝乐瑶吼道。

乐瑶低头沉默……

我点上一支烟，知道这个时候再责备她也无济于事，重重吸了一口烟，又放轻了语气向乐瑶问道：“你告诉我，你哪来这么多钱投资的？”

“上部戏的片酬有50万，然后……”乐瑶停顿许久鼓足了勇气对我说，“然后找朋友借了100万的高利贷。”

我陷入沉默中，更意识到事态的严重性，我没有想到乐瑶竟然敢去碰高利贷，她的投资实在是太盲目了。

我又重重吸了一口烟，才说道：“你告诉我，现在酒吧的经营状况怎么样？”

“入不敷出……经营状况很糟糕。”乐瑶回答我的声音都已经哽咽了。

我再次陷入沉默中，因为100多万的资金已经完全超出我能力可以解决的范围。

“昭阳，我现在该怎么办？你要帮帮我……”乐瑶无助地看着我。

“当务之急是先把高利贷还掉，这东西利滚着利太吓人，酒吧的经营后面再说。”

乐瑶点了点头，道：“我会想办法把高利贷还掉的。”

“你怎么还，哪儿来的钱还？”

在我的质问后，乐瑶下定决心似的说道：“大不了我……”

“你干吗？”我语气中充满怒意。

乐瑶嗫嚅地回道：“有富商……”

我当即打断，道：“乐瑶，我不许你这么做，你必须给我有尊严地活着，听到没有？”

“可是还能有什么办法？”

“我和你一起想办法，但是那个念头你必须给我打消。”

乐瑶这才抬起头，眼里噙着泪水看着我，许久才对我说道：“对不起，昭阳，我又给你惹麻烦了。”

我心中烦闷，但还是安慰道：“别这么说，投资酒吧这件事情，你的动机并没有错，这也是被生活逼的。”

得到了我的理解，乐瑶的泪水决了堤般流了下来。她抽泣着对我说道：“昭阳，高利贷的事情……我自己一定会想办法解决的，我来徐州找……你，就是希望你能帮我经营好……酒吧，我知道你很聪明……一定会有办法，帮酒吧渡过难关的……你一定要答应我好吗？”

乐瑶的声泪俱下让我心如刀绞，可是此时的我没有办法答应她，如果我回苏州帮她经营酒吧，就意味着我要放弃好不容易才在徐州稳定下来的工作，甚至……甚至是和李小允的感情。

一阵极长的沉默之后，我低声对乐瑶说道：“抱歉，在徐州我已经有新的生活，而苏州……我真的回不去了！”

“昭阳……我求求你不要拒绝好吗？……除了你，我不知道，自己还能倚着谁？我真的好孤独、好无助……我快要崩溃了！”

我的心一阵阵刺痛，好似再一次置身于那种让我疼痛难当的选择中。我深知乐瑶这样的女人，看似朋友很多，可真正能在患难中帮助她的极少，即便有能力帮助她的，也是觊觎她的身体和美丽……除非放下女人的尊严，否则她真的是无助和孤独的。

在一阵阵让我窒息的挣扎中，终于对乐瑶说道：“你让我考虑考虑吧！”

乐瑶的表情稍稍轻松了一些，含着泪点了点头，而点的饭菜也在这个时候被服务员送了上来。

我将筷子的包装拆开，递给了乐瑶，又舀了一小碗银耳莲子汤递给她，带着安慰的笑容说道：“先喝点热汤吧。”

乐瑶温顺地点了点头，从我手中接过了小碗，而我自己却没有一点吃东西的胃口，再次从烟盒里抽出一根烟点上，心中充满了抉择的痛楚，如果我真的要放弃这边的工作随乐瑶回苏州，我该怎么去面对李小允？

烟雾弥漫中，我仿佛再次看到了那被扭曲的人生……

第91章 命运撕扯着人生

吃饭过程中，乐瑶的情绪一直不太稳定，我知道在没有得到我肯定的答复前，她一定是惶惶不安的，说到底她只是一个女人，而且她和简薇、米彩都不同，她是一个很依赖别人的女人，看上去大大咧咧，实际上最缺乏安全感。

这顿晚餐终于在两人的沉默寡言中吃完，我又帮乐瑶在火车站附近的酒店订了一间房。

临走时，乐瑶拉住我的胳膊问道：“昭阳，你什么时候给我答复？”

“很快。”我很简洁地回道，这件事情我必须尽快做出选择，因为乐瑶等不起。

乐瑶松开了我的胳膊，点了点头说道：“那我在徐州等你做好决定。”

“嗯……你好好休息，有事情就给我打电话，我先走了。”说完我便在乐瑶期盼的眼神中离开了酒店。

我手拿啤酒坐在城市光影笼罩下的街边长椅上，有些茫然地看着眼前的车来车往。我的茫然完全源于无从选择，假如我为了乐瑶放弃工作去苏州，我该怎么和李小允解释？或者说解释有用吗？

如果不去苏州，就意味着自己将眼睁睁地看着乐瑶在无助中坠入深渊，我办不到，因为想起她为了我的工作机会，承受被其他女演员打耳光的屈辱，我的心就一阵阵抽搐，这种抽搐让我痛苦不堪，唯有答应乐瑶的要求，才会摆脱这样的痛苦。

在抉择的撕扯中，我感觉到了无助和茫然……而手机铃声伴着一阵冷冽吹过的风响起，这才将我从茫然中唤醒。

我费力地从口袋里掏出了手机，看了看号码，是李小允打来的，这才想起自己答应过她，要陪她一起吃晚饭的，而此时已经九点半了。

我带着复杂的情绪接通了电话，却沉默着等待电话那头的李小允先开口。

“昭阳，你接到你朋友了吗？”

我带着歉意说道：“嗯，刚刚陪她吃了个饭……”

李小允语气低落地应了一句：“那是应该的。”

“你吃过饭了吗？”

“……还没有，一直在等你。”

“那我现在去找你吧，我陪你去吃。”

“嗯。”

“你不是喜欢吃西餐嘛，我请你到菲斯去吃烤牛排。”

李小允终于笑道：“你都吃过了，就不用这么破费了，随便吃点什么就行了。”想了想又说道：“就去吃米线吧，好久没吃过米线了。”

“好……”我应了一声，情绪却被米线这个词带进了在苏州时和米彩一起吃米线的画面中，但一闪即逝后，心中却有了一种很微妙的感觉，明明我是厌恶在苏州的一切的，为什么此刻却有些怀念，我的心态到底又是因为什么而发生了这样的转变？我不太懂！而人很多时候真的不见得有多了解自己。

20分钟后我和李小允在一家米线店见了面，李小允要了一碗米线，我则坐在对面陪着她吃。

李小允吃得并不快，她看着一直沉默的我问道：“你朋友来找你做什么的？”

我一时不知道怎么回答，许久才说道：“有点事情请我帮忙。”

李小允笑了笑说道：“事情应该不小吧？”

“你怎么知道的？”

“不是大事儿怎么会特意赶到徐州来找你呢……不过这是你和你朋友的私事儿，我不会问的。”

我看着李小允，心中又是一阵酸涩的感觉，实际上她真的是一个很得体、很不错的女人，我对她充满了好感，所以我很难选择离开徐州，再加上我们已经有婚约在身，如果真的辞掉工作选择回苏州，那对我们的感情无疑是致命的。

我点了点头，再次陷入沉默中，心中的撕扯感却更加剧烈起来。

终于在李小允快要吃完的时候，我深吸一口气带着凝重向李小允说道：“小允，我想和你商量一件事情……”

李小允疑惑地看着我，半晌说道：“你说。”

“……我朋友开的音乐酒吧出了问题，我可能要去苏州帮忙一段时间。”一段极长的沉默之后我才说道。

李小允几乎是下意识地皱眉问道：“你去苏州，那工作怎么办？”

又是一阵死一般的沉默之后，我低声说道：“只能辞掉这份工作了，我知道这很唐突……”

我的话没有说完便被李小允愤怒地打断：“你知道唐突就不应该做出这样的决定……你为了在奥森广告站稳脚跟，熬过多少通宵，付出多少努力，难道你自己不知道吗？”

“我别无选择，希望你支持我的决定，好吗？”

李小允怒极反笑，问道：“那我们的感情怎么办？你又要在苏州待上多久？”

“我不知道要待多久，如果你愿意，可以等我回来……”

“等你回来，再重新找工作，再让我配合你重新培养感情吗？……不好意思我做不到。”

“小允，你不要这么偏激好不好？我朋友的酒吧投资了100多万，借了大额的高利贷，酒吧经营也出了不小的状况，你让我眼睁睁地看着她见死不救吗？”

李小允重重地点了点头，道：“昭阳，我最欣赏的就是你的坦诚，你能坦诚地回答我几个问题吗？”

“可以。”我几乎没有犹豫地回答道。

“你那个朋友是男人还是女人？”

李小允的第一个问题便让我措手不及，半晌才低声回，道：“她是一个女人。”

在我说完后李小允的表情顿时变得很难看，许久才又向我问道：“你和她到底是什么关系？”

“朋友。”

“朋友？一个普通朋友值得你放弃大好的工作前途吗？甚至是我们的感情？”

我心中烦闷，但还是咬着牙说道：“这个忙我必须要帮……因为这是我欠她的。”

“好，如果你执意如此，我不会勉强你，也勉强不来，不过我还是希望你回去问问你爸爸妈妈，看看他们同不同意你这么做。”李小允说完拿起放在一边的手提包，带着愤恨离去了。

我的对面忽然一片空荡，看着那碗李小允还没有吃完的米线，我再次在疼痛中感觉到自己的人生正被命运无情地撕扯……

第92章 痛苦的抉择

离开米线店，一个人走在深夜空荡的街头，心中一阵阵无法抑制的烦闷，此刻的我已经做了抉择，而李小允的反应却比我想象中更剧烈，似乎我的决定触碰到她的逆鳞。

话说回来又有哪个女人能受得了自己的未婚夫放弃工作，为了另一个女人去另一座城市呢，其实李小允没有和我大吵大闹便已经显出她的修养了。

我从烟盒里抽出一支烟，有点颓靡地抽着，心中更是涌起一阵阵对李小允的歉疚感，可是已经做出的决定我便不会更改，这一次无论如何我也要帮助乐瑶渡过难关，为了她曾经为我挨过的那记耳光……

做了一个深呼吸，我掐灭掉烟头，从口袋里拿出手机，随即给乐瑶发了一条信息："我明天去把工作辞掉，完成工作交接后就去苏州。"

很快乐瑶便回了信息："谢谢你昭阳，我就知道你一定不会扔下我不管的。"

乐瑶没等我回短信，便直接将电话拨了过来，我呆愣地看着因为来电而闪烁的手机屏幕，终于还是没有接听，挂断了电话，随即给乐瑶回了一条信息："今天有点累，我想休息了，明天再说吧。"

没等乐瑶再回短信，我便关掉了手机，然后用疲倦的灵魂拖拽着沉重的身躯继续走在清冷的街头上，仿佛怎么也看不到尽头……

回到家的时候已经是深夜，我以为板爹和老妈都已经休息，轻轻地打开了房门，却不想他们二人都在客厅里坐着，两人的面色看上去都不太好。

我心中一紧，难道他们已经知道了我和李小允之间刚刚发生的事情？按照我对李小允的了解，她至少不会现在便把我要辞职去苏州的事情告诉她爸妈的。

老妈没等我换好鞋便沉声问道："昭阳，你手机怎么关机了？"

我敷衍道："可能没电了吧。"

"你是不是和小允吵架了？"

"没有啊。"

老妈质问道："你和我说实话，到底有没有？刚刚小允的妈妈打电话来说，小允一回家就哭，把自己关在房间里，怎么喊都不开门。"

歉疚感又一次充斥着我，立在原地许久，不知道怎么应老妈的话，如果让她知道事情的真相，她或许比李小允更难接受。

可是我终究不可能不声不响地离开徐州，他们也终究要知道事情的真相，至于那些糟糕的后果，索性今天一起承受了。

我鼓足勇气终于对等着我回答的老妈说道："妈，徐州的工作我准备辞掉了，我要回苏州，为了一个朋友……"

我的话没说完，老妈的表情顿时变得极其难看，她愤怒地骂道："你这个混账东西，难怪小允……难怪小允……你告诉我，你这么瞎折腾，到底想做什么？啊？你想做什么？嫌好日子过多了吗？"

看着老妈被气得语无伦次的样子，我心中更是歉疚，低着头一言不发，却不想这种一言不发更刺激了老妈的情绪，她愤怒地说道："昭阳，我告诉你，不管你是什么原因，你都得好好给我待在徐州，好好把小允娶回我们老昭家，要不然，我就当没你这个混账儿子。"

被老妈宠溺着长大的我，从来没听她对我说过这么重的话，铺天盖地的钝痛感挡都挡不住地刺透了我，甚至一刹那产生了动摇，情愿辜负了乐瑶也要待在徐州，因为不敢这么去忤逆父母。

可终究，我还是咬着牙说道："妈，我知道这个决定会伤害很多人，可我依旧决定这么做，是因为非做不可，所以希望你和我爸能够理解……如果有一点选择的余地，我都不会离开徐州的，我没得选……"

"昭阳，你现在翅膀硬了，我和你爸管教不了你，也做不了你的主……

你不是要走吗，现在就滚，从这个家滚出去，我和你爸就当没生过你这个忤逆子。”老妈气得一颤一颤地指着我说道。

我无助地看着板爹，指望着他能帮我说些什么，可是他却沉默，甚至木讷。我知道我的决定真的刺痛了他们，否则一向好脾气的老妈，一向最宠溺我的老妈，又怎会对我说出这么重的话来。

我没有再为自己解释什么，因为怎么解释这件事情，站在父母的角度来看都是愚蠢和错误的，我终于低着头走进了房间，随即收拾起自己的行李。

我就这么从房间拖着行李走了出来，对板爹和老妈说道：“爸、妈，我走了，儿子也不敢请求你们谅解，只希望你们注意身体，有空我就回来看你们。”

“昭阳，你这么一走了之，你对得起小允，对得起我和你爸吗？”老妈声泪俱下地对我说道。

我心如刀绞，这种抉择甚至比上次将米仲德的权力阴谋告知米彩更难，可也更无可奈何。我不期待得到谅解，只渴望时间快一些将这种抉择后的恶果冲淡，然后解脱我，至于现在，我唯一能做的便是在抉择的痛苦中承受。

我低着头沉默，在沉默中下定了决心离去，而这个时候一直没有说话表态的板爹终于开口说道：“随他去吧，他的心就没放在徐州，也没放在小允身上，早晚他都会走的。”

我诧异地看着板爹，我不知道他这番话的依据来源于何处，如果不是因为乐瑶遭遇了巨大的困难，我真的已经没有再回苏州的打算。

不解中，我忽然想起了许久前做的一个梦，梦里我问那个长发垂肩的女子为什么她是我心中的女子，我却靠不近她，她说因为我还不懂自己的心到底想要什么。

板爹的话与这个梦有着很奇异的相似之处，难道我的心真的不在徐州吗，而苏州却一直有我梦寐以求的人或事物？

板爹点上一支烟，对我说道：“你是我儿子，你的脾气我晓得，你做了决定我们也劝不住你，现在你和小允还没有订婚，就不要再耽误小允这个好姑娘了，好聚好散吧……”

老妈拉扯着板爹情绪激动地说道："老昭，你怎么说这样的话，不能这么由着他的性子胡来，错过了小允这个好姑娘，他要后悔一辈子的。"

板爹摇了摇头说道："现在和小允了断，总比以后结了婚再了断要好，我是不忍心看着他糟蹋了小允这个好姑娘，随他去吧，他的路让他自己走。"

老妈惊愕地看着板爹，而板爹表情充满疲惫和低落地向我挥了挥手，示意我走……

我低着头说了声"对不起"，终于拖着行李箱向屋外走去，而这个夜过后，我又将过上什么样的生活，我无从得知，但我深知，那些有李小允陪伴着的安稳日子就这么在恍惚间走到了尽头。

想起李小允的好，我的鼻子有些发酸，如果她愿意等我，我真的可以在帮完乐瑶后回到徐州，再次为了和她在一起的安稳生活而奋斗，可是她愿意等吗？愿意吗？

第93章 诀别

拖着行李箱茫然地走在已经少有路人的街头，心中充满着惆怅。我没有想到在徐州这座生养我的城市，我竟然也会有无处可去的这一天，不禁自问：我的选择真的值得么？

我不敢将这个问题想得过于深入，值得与否，我都已经做出了选择，而回苏州帮助乐瑶解决酒吧的危机也已经成为必然之事。

这个夜，我在火车站附近找了一间小旅馆住下，却一夜失眠。我在失眠的清醒中控制自己不去胡思乱想，可是李小允的模样还是占据了我所有的思维，虽然我们的恋情只有区区数月，但我真的不忍舍弃，在她的身上，我找到了男人也需要的安全感。

早晨就这么到来，我却没有一点胃口，带着已经写好的辞职信恍恍惚惚地来到公司。

准备进电梯的时候，李小允也从另一个方向走来，我们就这么碰了面，却各自站在一部电梯前，我在人群中看着她，她的眼睛还有些红肿，很可能在哭泣中过了一个夜，相较于我，她的痛苦一点也不少。

我拨开人群，来到了李小允正在等待的那部电梯前，站在她身边，喊了她一声，她却没有理会我，而电梯在这个时候也落了下来，李小允在我前面一步走进了电梯，我也随之走了进去。

电梯里拥挤的人群将我与李小允挤在了一起，但彼此的沉默中两个人的心却已经分开。

电梯上升的过程中，我数次想和李小允搭话，可始终不知道怎么开口，许久才问了一句“吃早饭了吗？”而李小允只是冷漠地看了我一眼，却没有回应。

我终于拉住了李小允，她冰冷地看着我问道：“干吗？”

以我对女人的了解，这种冰冷正是心死前的征兆，于是沉默了许久才说道：“今天中午一起吃个饭吧，我觉得我们该聊聊。”

“好啊，我也觉得我们该聊聊。”李小允说完挣脱了我抓住她的手，随即向自己的办公室走去。

我看着她的背影，茫然地站了好一会儿才向总监办公室走去，而目的只有一个，便是带着歉意递交辞职信。

尽管周总监极力挽留，但我去意已决，最后还是在无奈中批了我的辞职申请，因为我的手中还有几个正在跟进的项目，所以需要一周左右的时间完成工作交接，而这一周，将是我留在徐州最后的日子。

中午吃饭时分，我和李小允在公司楼下的一间餐厅小包厢里相对而坐。

气氛如意料中般沉闷和压抑，我因为愧对李小允迟迟没有说话，终于李小允开口问道：“你早上已经把辞职信交给周总监了吗？”

“嗯。”

“多久完成工作交接？”李小允好似极力保持着平静问道。

我低声回答：“一个星期左右吧。”

李小允表情变得痛苦，泪水终于抑制不住地落了下来，她哭泣着说道：“昭阳，你的心真的是铁做的吗？只是从昨天到今天，你就否定了一切，把我推进深渊，你考虑过我的感受，又考虑过我家人的感受吗？……他们可是把自己女儿的终身托付给你的呀……”

我低头沉默，心中充满着歉疚感，可此时除了改变结果，任何语言都是那么的苍白。

李小允用憎恨的目光看着我，于是我更加惶恐和歉疚，许久才低声说道：“如果你愿意等，我可以回徐州的。”

“回徐州？……如果是个男人，或许我愿意等，一年半载也没什么，毕竟我才25岁，等得起，可你偏偏是为了一个女人，你让我以怎样的心态去等？”李小允在哭泣中质问。

“我和她真的只是朋友关系，没有你想的那么复杂。”我辩解。

“是吗？你摸着自己的良心说，你和她没有发生过一点什么……不要把别人当傻子，为什么她不找别人，偏偏找你昭阳，而你情愿抛家，抛弃自己的未婚妻也要帮她，这还能是普通的男女关系吗？……你说呀！”

面对李小允的质问，我百口莫辩，虽然我和乐瑶没有男女之情，可确实在人生最颓废的一段时间和她上过床。这样的关系，能说纯洁吗？

我的沉默让李小允更加愤怒，她从手提包里拿出了我们一起买的订婚钻戒，放在我的面前说道：“昭阳，我们分手吧，就当从来没有认识过。”

我看着李小允，她的嘴唇在微颤，我也是，可终究说不出一句挽留的话，因为太徒劳。

“这个戒指你留着吧……”

李小允不屑地笑道：“怎么，是觉得过意不去吗？……昭阳，买戒指的钱是你爸妈的，现在我们分手了，你可没权利把戒指送给我。”

我心中一阵刺痛，我听得懂李小允的言外之意，也想起了自己刚回徐州时的狼狈，是李小允解救了我的狼狈，或许离开了徐州，我又会回到曾经一无是处的日子。

“对不起。”我终于对李小允说道。

李小允决然地对我说道：“不用和我说对不起，我就把这几个月经历的一切当作是生命中的一场劫，只希望你昭阳以后不要再给另一个女人希望后，又亲手毁掉这种希望……”说完拿起手提包向包间外走去。

我就这么呆坐着，失神地看着李小允留下的订婚戒指，刹那间觉得自己的人生被击穿，千疮百孔……也许真的会有那么一天，我会为自己今天的选择而后悔。

下班后的夜晚，无家可归的我，独自回到那个简陋的小旅馆里，我买了些啤酒，消遣着孤独和苦闷。

喝得有些高的时候，我接到了乐瑶的电话，此刻我一点也不想说话，当即挂断，随即给她回了条短信：“有什么事情发短信说吧。”

很快乐瑶便回了短信：“我还在徐州，想和你一起吃饭……请你吃饭！”

我在眩晕中又给乐瑶回了一条短信：“我吃过了，明天你先回苏州吧，我得把工作交接一下，一个星期后过去。”